产房

CHANFANG

一树树美丽的花儿瞬间摔成了纷飞的碎片
又一个丁香花开的季节

董永红——著

黄河出版传媒集团
宁夏人民教育出版社

图书在版编目(CIP)数据

产房 / 董永红著. -- 银川 : 宁夏人民教育出版社，2016.9
ISBN 978-7-5544-1688-4

I. ①产… II. ①董… III. ①长篇小说—中国—当代 IV. ①I247.5

中国版本图书馆CIP数据核字(2016)第243841号

产 房　　董永红 著

责任编辑　超 楠　周旻子
封面设计　星 秀
责任印制　殷 戈

黄河出版传媒集团
宁夏人民教育出版社 出版发行

出 版 人　王杨宝
地　　址　宁夏银川市北京东路139号出版大厦(750001)
网　　址　http://www.yrpubm.com
网上书店　http://www.hh-book.com
电子信箱　jiaoyushe@yrpubm.com
邮购电话　0951-5014284
经　　销　全国新华书店
印刷装订　宁夏凤鸣彩印广告有限公司
印刷委托书号　(宁)0002647

开本　787 mm×1092 mm　1/16
印张　15.5　字数　250千字
版次　2016年9月第1版
印次　2016年9月第1次印刷
书号　ISBN 978-7-5544-1688-4/I·106
定价　26.00元

诊断

天色灰蒙蒙的，阵阵冷风与疾驰的汽车像一把把胡甩的扫帚，时而将地上的纸屑与零散的杂物刮到墙角，时而又将它们赶到街头。道旁的树枝在风中摇来摆去，沙沙地嚷闹着，似在低语，似在打闹。这样的天气，在中午和傍晚的下班高峰期，人流车流猛然像蜂群一样挤过街道。别的时间，街道显得空荡、孤寂、惆怅。

冬季的白天异常短。傍晚，还不到六点，街灯就瞬息亮起。渐渐昏暗的天空中弥漫着无际的浮云浊雾，虚晃晃地遮蔽着高楼矮巷的盏盏灯光，城市仿佛浸泡在海水中一般混沌、模糊。

下班时间到了，忙碌了一天的医生护士们聚拢在更衣室，纷纷脱掉白大褂，取出各自衣柜里的羽绒服、大衣和鞋帽换上。随着楼梯间里发出踢踏舞般乒乒乓乓的阵阵响声，他们走出科室，走出医院，匆匆的身影消失在黑沉沉的夜幕中。

此刻，除了门诊部的大楼没有灯光外，急诊和那两栋住院大楼的灯光都满满地亮着。各科室的值班医生从这间病房到那间病房，从这个床头到那个床头，逐个给病人进行晚间查房。值中班的护士脚步如飞，连续给病人做着各种治疗，为病人监测血压，还要写记录、打扫卫生、整理用物等。

家属们有些提着保温盒给住院的亲人送来饭菜，有些坐在床边陪亲人说话，有些给卧床的亲人喂饭。病情轻的病人，有的让医院餐厅送了饭，有的穿戴暖和去医院对面的餐馆吃饭，有的向医生请假回家了。

诊断明确了，妈妈患的是肝癌。噩耗雷电般击中欧阳砚，她疼痛、眩晕、瘫软、绝望！欧阳砚跌跌撞撞地走出安装着核磁共振仪、CT 机、X 光机、彩超仪等检查设备的功能科，躲在二楼一处僻静的角落，一次次把妈妈的检查结果展开，折起，再展开，再折起……簌簌的泪水挡着她的视线，那可怕的诊断结果仿佛锐利的尖刀，狠狠地刺在她的瞳仁上，扎进她的胸膛里，毫不留情地将她的五脏六腑搅成肉泥！

欧阳砚喘息着，眼前浮现出妈妈从前的身影。小时候，亲爱的妈妈经常牵着她的手，去离家不远的一片树林里采野花、捉蝴蝶。那时候，妈妈是多么年轻，她们是多么快乐呀。

记得有一年暑假，欧阳砚从学校回来，远远地看见一个女人推着手推车，车里盛着满满的水泥。面前是一道几米高的陡坡，每推几步，女人就将车子停在坡上歇息片刻，然后，接着推！快推到坡顶了，女人无论怎样挣扎，车子还是左右摇摆着，不肯上坡。女人用身子扛着车把，拭了拭额头上的汗，然后双手握紧车把，"啊"了一声，终于，车子上坡了。

欧阳砚认出了她，忙喊："妈，等等。"当她跑到跟前时，妈妈喘着粗气，抬头看见她，高兴地说："我的砚子回来了，快回家吃凉面去。"欧阳砚说："妈，这车子太重了，还是我帮你推。"妈妈笑着说："一点都不重，你坐了半天车，快回家歇一歇。"这时，有人喊妈妈，妈妈就推着车子走了。那时候，妈妈还很精神。这才过了几年，妈妈就满头白发，眼窝深陷，身体干瘦，完全变了个样。

妈妈向来乐观坚强，她怎么会得这种恶病呢？

不！不可能！肯定是报告出错了！

欧阳砚核对了好几遍，这致命毒瘤的确长在妈妈的肝脏上。从下午四点钟拿到检查结果到现在，她已经在这里撕着、揪着自己的胸口，暗暗抽泣，无力地徘徊了近两个小时。她怎么也无法相信，却不得不强逼自己接受如此无情的事实。昨天她和妈妈拿着刚做完检查的彩超单去找许大夫，许大夫看后，用怀疑的口吻对她说："还是让你妈住院检查吧，彩超上显示肝上有东西，等明天影像和化验结果出来就明确了。"当时，欧阳砚赶紧办了住院手续，妈妈一手牵着她，一手压着疼痛的腹部说："砚子，我就是打扫卫生时跌了一跤，把内脏震了，你给大夫说说，给我开些药吃就行了。"欧阳砚牵着她妈的手说："妈，还是住院全面检查一下吧。""唉，住院要花钱呢，我还寻思着给你……""妈，先不想那么多了，给你看病要紧。"欧阳砚见妈妈犹犹豫豫的，就硬拉着妈妈住进了外科大楼。

哦，可怜的妈妈，生活为何对你这般残酷？从我记事起，无论冬春，你总是半夜出门去工作。为了拉扯我长大，你承担过多少重活儿，背煤、扛麻袋、抱砖、和泥……你含辛茹苦，自己从来舍不得吃一顿好饭，舍不得穿一件新衣……如今我长大了，还没来得及报答你的恩情啊！妈妈，我恨你！你为什么会得这种可怕的病啊！妈妈，你说什么也不能把我一个人孤零零地丢下，你一定要好好活着！

欧阳砚拭了眼泪，挪着沉重的脚步向住院部走去。还没到外科楼，眼泪又哗啦啦掉下来。她只好转身，摇摇晃晃回到那个角落，接着落泪，接着默念。

欧阳砚的妈妈又出现了撕裂般的剧痛，她咬着牙跪在病床旁，双手紧紧攥着床腿，额头抵着地面，冷汗一滴滴落在地面上。旁边病床上的老太太见她这样，急忙问："你咋了？是不是有心脏病？"她疼得咬着嘴唇，不能说话。老太太就让家人跑去叫大夫。

一阵脚步声，许大夫和护士赶来了。剧痛过后，欧阳砚的妈妈脸色蜡黄，无力地倒在地上。大家一起慢慢扶起她，许大夫问："你女儿咋不在？""她拿检查结果去了，一直没回来。""结果下午四五点钟就该出来了。你这样的疼有多长时间了？""一个多月了。""你身体原来就这么瘦，还是近些天瘦的？""我本来就瘦，上冻前三个月在建筑工地上加班干了一份重活儿，费力得很，我猛跌子就瘦了。"许大夫轻轻一笑说："看你，就不能悠着点干。饭量咋样？""一点都不想吃，大夫，你说我这是啥病？说疼，一下子就把人要疼死，疼一阵又过去了。"许大夫说："检查结果出来再说吧。"

大夫和护士走了，欧阳砚的妈妈望着窗外说："天黑了，这个砚子咋还不来呢？"旁边病床上住着的一个做过阑尾炎手术的妇女说："让我家人去给你买饭吧，你是不是长时间没吃东西，饿得胃疼？""不了，等一阵我女儿就回来了。"另一张床上住着一个患胆囊结石的老太太，得消炎几天才能做手术。这时，儿媳给她送来了饭，老人非要给欧阳砚的妈妈分半碗。她摆摆手说："老人家，我真的不想吃，你快趁热吃吧，说不定我女儿给我做饭去了。"老人说："你先吃点，你女儿提来了你接着吃。你看你瘦的，要多吃饭呢。""真不麻烦了，哎哟——"说话间，剧痛再次袭来，她双手压住腹部，再次倒在地上。以前，这样的疼痛一天发作两三次，现在越发频繁了。邻床的家属又去叫医生，这次来的是许大夫和他的徒弟江大夫，他们把她扶到病床上。那个老太太搁下碗，一直瞅着欧阳砚的妈妈疼痛缓解了，才叹着气说："大夫，你赶紧给她治一治，照这个疼法，可就把人疼死了。我住院前都疼昏过去了，说不定她和我得了一样的病。"许大夫说："是得尽快治疗。”便问欧阳砚的妈妈:“你女儿是哪个科的?”“妇产科。”“她上班时间不长吧?”“才一年多。”“我们去妇产科会诊,好像见过她。等她来了,你让她来医生办公室找我。”

血崩

有个干瘪的黑影,被凌晨的昏暗卷入城市。你看他,一会儿窜进这个角落找找,一会儿又去那个垃圾箱里翻翻,渐渐地,他的影子便像风中晃动的帐篷,东拉西扯地鼓包起来。

眼下,破烂王老柴背着从大街小巷捡来的一大捆旧报纸、纸箱、饮料瓶之类可回收的废品,步履蹒跚地走出城市,郊外的黑暗将他吞没了。漫天大雪落在废品上,压得老柴不时抖着身子。

老柴家距离市区十多里路。近些年,乡邻们有的进城做生意,有的承包土地搞养殖或种植,日子过得越来越红火。唯独老柴家,房还是两间破房,老柴还是捡破烂,老伴还是瘫在炕上……儿子柴全小学没毕业就去外面瞎逛,十来年了,他仍旧猥琐卑鄙,没学下正经本事,无非干些小偷小摸、拦路要钱之类的勾当混日子,人们背地里厌恶地叫他“豺犬”或“豺狗”。这样说来,老柴家似乎没有什么变化,其实不然,老柴家这两年的变化可大着呢。先不说老柴变得更老了,背驼得更厉害了;瘫痪的老伴更瘦了,头发更白了;豺狗胆子更大了,搞起飞车抢夺了……最大的变化就是老柴把拾破烂积攒的分分角角都凑起来,从人贩子手里给儿子柴全买来了一个哑媳妇,算是了结了老两口平生最大的一桩心愿。多一张吃饭的嘴,老柴必须要比以前起得更早回得更晚不说,那个哑媳妇刚到柴家时,成天咿咿呀呀嚷闹着往外跑就把柴家整得没办法。那些天,豺狗死死守着她。后来实在管不住,就下狠心用绳子把她拴在家里。时间久了,豺狗放开她,她也不再出门,缩在墙角不停地抠指甲,两手的指甲被她抠掉了七八片,结着血痂。眼下,她快生孩子了。逛鬼豺狗上次回来,老柴让他别出去,好歹在家守着哑媳妇,谁知天不亮他又跑没影了。

雪越来越厚,老柴好不容易进了村庄。经过邻居家灯火温暖的大院,拐过一条窄窄的小路,老柴摸黑进了自家的大门。平常死一般沉寂的屋里,此时却传出怪异的呻吟。老柴把东西扔在院里,慌忙推门进了屋。

突然闪亮的灯光像一道惊魂的闪电,僵在破被里的老伴睁大眼睛说:“快,快去叫胡老太,儿媳妇是不是要生了?你咋不早些回来嘛,急死人了。”儿媳头抵墙根斜跪着,双手抓着地面,手指流着血,嘴角淌着血,额头上碰出了血。老柴弯腰去扶儿媳,才发现儿媳的棉裤前面已经被血浸透了。老柴好不容易把儿媳拉到炕边,就赶紧转身往外跑。

胡老太过去偶尔帮人接生,现在年事已高。胡老太见老柴披着一身雪慌里慌张来叫,就连忙说:“如今谁还在家里生娃娃呢。老柴,不敢耽搁,你赶紧把她送到医院去。”老柴气喘吁吁地说:“我的情况你清楚,你老人家是菩萨心肠,就帮我一把。”胡老太叹着气说:“我好多年都没沾手了,早忘了。”“你老是活菩萨,先给看看去。”老柴急得不顾胡老太的推辞,也不看胡老太家人的脸色,拉起胡老太就出门。胡老太拄着拐杖,紧随着老柴往外走。望着母亲叫老柴“劫持”而去,儿子没好气地说:“说不准豺狗子又下个害人的狼崽子呢。”妻子沉着脸说:“咱园子边上的铁护栏,肯定叫豺狗子偷去卖了,还好意思叫妈帮忙。唉,光景还得实打实地过,偷人真是偷不富啊!”

老柴把胡老太拉进门,看见儿媳又跪在地上,双手不停地抓着地面。她的棉裤让血浸透了,连鞋里也往外溢着血。两人拉起浑身湿冷的哑媳妇,才发现她翻着白眼。胡老太吓得哆嗦着说:“这哑娃血崩了。快!老柴,去医院。”见老柴愣着,胡老太又吼道:“你快些,快些啊。”“得借钱去……”“快,救人要紧!”胡老太急得捣了老柴一拐杖。老柴拉过院里装废品的破架车,将一块破毡扔在车上,就去背儿媳。胡老太说:“你快去谁家叫个车,这破东西猴年马月才能到医院呀?”老柴说:“怕叫不上。”胡老太见老柴不肯去叫车,只好和他一起把缩成团的哑媳妇抬上架车。

“造孽哟!”胡老太叹了一声,回头望了望炕上的那个瘫婆子。她的眼睛死鱼般瞪着,灰黄的脸,苍白的唇,炕边有两个干馒头,炕角的破被上结着层层的污渍……

雪如剪乱的纱布缠着老柴的腿脚。架车上,儿媳发出的一声声怪叫撞击着飞雪密织的黑夜。雪是这么的大,路是恼人的长,拖拽着走也走不动。老柴低着头,呼呼喘气,像老牛一样拼命拉着架车。血一滴滴地从架车上洒下来,转眼就埋入了大雪,埋进了两道歪歪扭扭的车辙和一串凌乱的脚印里。

老姜

妇产科主任老姜的儿子和儿媳在外地一所大学教书。三年前的寒假,儿子扶着临盆的儿媳回来,本指望当妇产科主任的老妈能亲手迎接她的小孙儿出生。哪知,在媳妇生产的时候,老姜却在手术室为别人做剖腹产手术。没亲手接孙子也就罢了,令儿媳有点多心的是,身为妇产科专家的婆婆没能守在家里精心照顾她的月子,而且婆婆几乎天天三更半夜跑医院真叫她难以适应。好不容易熬到满月,儿子、儿媳和孙子就走了。一晃三年过去了,眼下若不是孙子嚷嚷着要看爷爷奶奶,儿媳还有点不想回来呢。

人常说隔辈亲,老姜每次听到孙子在电话里喊奶奶,就忍不住抹眼泪。老姜怕耽误工作,进手术室从来都不带手机。今天孙子要回家,她破例将手机调成会议模式,放在窗台上。老姜正在手术台上指导严厉和几个医生做手术的时候,手机的屏幕突然亮起来。手术室的巡回护士拿起手机说:“姜主任，家里的，接不接？”“快接,可能是我孙子回来了。”巡回护士刚一按绿键,里面果然传来“奶奶,奶奶”的喊声。“你奶奶正忙着,过会儿给你电话。”“不,我要奶奶,我要奶奶……”接着传来了哭声。老姜眼里顿时涌出了泪花,她急忙扭过头,望了望窗外。巡回护士拿起纱布麻利地沾去她眼角的泪,笑着说:“老都老了,还学会脆弱了。”老姜眨着眼睛说:“你不听人常说,人老了没出息,不想儿子想孙子吗?等你以后有了孙子,你也就和我一样没出息了。”说得旁边的人都笑起来。

这是一台复杂的手术,三个多小时才做完。老姜一下手术台,就给家里打电话。电话是孙子接的,他一拿起电话就叫奶奶。老姜抹着幸福的眼泪说:“宝宝,奶奶马上就回来了。”孙子高兴地喊:“爸爸,快做饭,奶奶马上就回来了。”接着,儿媳拿过电话说:“妈,你快回来,你孙子都等不及了。”“我这就换衣服回家。”老姜说完风风火火回科室去了。

老姜高兴得太早了，她到科室才知道几分钟前又来了一个宫外孕大出血的病人，需要立即手术。严厉说："主任，有我和调姐，你还是回家看看孙子，要是把孙子惹下，以后再不回来，还不把你想疯。"老姜斜靠在椅子上，捶着站得又酸又疼的腿说："还是抢救病人要紧。唉，好像要变天了，这手和腿就像被铁皮箍着。"说话间，一下又来了几个挺着大肚子的孕妇。逗子放血压计的时候，顺手揽住老姜的肩膀说："主任呀，咋就这么多生孩子的，要把人活活累死了。"老姜说："这说明人脉延续得旺嘛，要是没有人生孩子了，人脉不就断了吗？""讨厌，一点儿也不体谅人。"逗子歪着嘴，拍打起老姜的背。老姜捏弄着自个儿那不听使唤的风湿手说："我的背疼得很，你再用点劲。""不让我们休息，就不给你拍了。""死逗子，去，把科室的大门一锁，咱们全休息。"逗子低头故意问："此话当真？"老姜说："当真，当你的头。咱们累了，缓一缓就过去了，但生孩子的事可等不得，病人的病可等不得。"

老姜拨通家里的电话，对老伴说又要加班。老伴说："饭都快做好了。""你们先吃。"孙子跑过来问："奶奶回来了吗？"爷爷如实说："又来了病人，你奶奶迟一阵才回来。""啊——"孙子蹦跳着哭起来。正在拌菜的儿媳停下手，悄声问丈夫："哎，你说老妈是不是对咱们有啥看法？"丈夫说："咱妈的工作就那样。从我记事起，她好像很少能和我们一起吃饭。""这个老人家真有点不懂情调哈。"丈夫笑着说："妈是妇产科主任，工作压力大，人命关天，哪能和你这个艺术系的教授比情调哈。"这时，老伴抱起哭闹的孙子走到饭桌前说："你奶奶是吃剩饭的苦命，咱们吃饭喽。""我要奶奶，我要奶奶……"孙子闹腾得怎么哄也哄不乖。

老姜再次走出手术室的时候，天早已黑严实了。科室的"常驻人"榴莲抱着布娃娃，口中念念叨叨地在门口转悠。这个女人从前来医院生孩子，结果孩子不幸夭折了。女人的精神受刺激出了异常，怀里经常抱着不知从哪里捡到的布娃娃，又哄又亲的。刚开始她隔三差五来一趟医院，后来完全就把医院当成了自己的家，天天晚上住在妇产科安全通道的楼梯间。保卫科赶了很多次，也没办法赶走。大家已经记不得她的名字，有人怜她命苦，有人念她"流连忘返"，就给她起了个榴莲的绰号。

老姜匆匆忙忙换了衣服跑出科室，才发现地上铺着雪，天上飘着雪。她在医院门口叫了出租车，向家奔去。钥匙在锁眼里一转动，闹累了的孙子就从他妈妈怀里惊起来，扑向门口。老姜抱起孙子，亲热了好一阵儿，才坐下问儿子和儿媳："你们都吃饭了吧？""我们吃了，你孙子非要等你，没吃。""哎呀，奶奶的好宝宝。"让老姜吃惊的是孙子只不过在家里过了满月，可现在回来，他竟然黏在奶奶身上，和奶奶一起吃饭，晚上还要和奶奶一起睡觉。

老姜亲着孙子的额头说："还是和妈妈睡吧，奶奶这星期是二线班，晚上说不准要去医院呢。"孙子紧紧搂住奶奶的脖子说："就要和奶奶睡。""好好好，和奶奶睡。"老姜说着把手机装在左侧的衣兜里。儿媳说："妈，手机的辐射多大啊，你咋能放在靠近心脏的地方呢？"公公笑着说："你妈晚上从来不搂儿子，就爱搂着电话。"儿媳笑了笑说："妈是不是有怪癖？"儿子说："以前，妈怕打扰我和老爸，晚上一个人在书房，把电话的音量调到最小，放在被窝里。有了手机后，睡觉时就把手机放在贴身的衣兜里，一振动就醒了。"听了儿子的话，老姜不无感慨地说："等退休了，天天搂我孙儿吧。"老伴说："你别觉不着，你抢着搂了孙子，难道叫他妈学你搂电话去。"老姜瞪了老伴一眼说："儿媳妇自然是搂咱儿子呗。"儿媳过去揽住婆婆的肩膀笑了，她扭头才看见丈夫站在一旁龇牙坏笑。

同意书

无论人们是幸福，还是辛酸，老天该黑的时候，谁也阻挡不住。如果没有灯光，泥潭一般严严实实的黑夜真会叫人憋得透不过气来。

角落的走道镶着一块大牌子，灯光从牌子下斜照过去，把欧阳砚当腰"截断"了。

欧阳砚认出那是自己的脚，她默默地说：不能再这样了，你得快点去看妈妈了！她鼓足勇气再次走出角落，来到外科门口。她强忍着眼泪，看了看过道，又跑进卫生间看了一圈，确定妈妈没出病房之后，她才做贼似的溜进了医生办公室。

许大夫在写病历，有个戴着一次性医用蓝色帽子和口罩的高个子大夫正在洗手，看来他刚为病人换过药或做过什么治疗。为防止妈妈看见，欧阳砚轻轻地关上医生办公室的门。她终于还是抑制不住满眼的泪水，把妈妈的报告单放在许大夫眼前。许大夫瞅了她一眼，拿起报告单仔细看了一阵，又把墙上的 X 光片观片机打开，将影像片放在上面，神情严肃地说："唉，才四十多岁，我就担心是这种情况。江泓，你过来看，这么大的肿块，边界不清，得切大半个肝。"那个高个子江大夫洗完手，取下头上的一次性蓝帽子拭着手，走到观片机旁边，顺手摘掉口罩望着片子说："呀，这么大的肿块……"两位医生讨论着病情。

欧阳砚站在那里，双手捧着脸，滂沱的泪水穿过指缝，纷纷向脚面坠落。

"小……噢，小欧阳，病情诊断是明确的。"许大夫对她说。欧阳砚睁开眼睛，低声说："许大夫，现在该怎么治疗？""还是得尽快手术。你是护士，你也知道这种病放疗和化疗效果不理想。""什么时候能排上手术？""越快越好，明天吧，万一转移就不好办了，只能把那几个不急的手术往后推一推了。""我听你的……""晚上得用些营养药和镇痛药。另外，请你爸快点来签字。""我签。""还是叫你爸和其他家属都来，我给他们详细说一说。""我家就我和我妈两个……""噢，你爸呢？""我很小的时候，他就出车祸了。"许大夫叹了口气，对仍然在分析片子的江大夫说："江泓，我去看一下 20 床，你给小欧阳交代一下病情，把手术同意书的字签了，她是咱们妇产科的护士。"江大夫抬起头说："好的。"

江大夫拿过欧阳砚妈妈的病历，对欧阳砚说："任何手术都存在风险，这是大手术，风险……"欧阳砚将满手的泪拭在衣服上，从兜里摸出钢笔说："我这就签，手术同意书我们经常给病人讲的。"江大夫轻声说："我理解你的心情，可我必须给你讲清楚，肝脏手术与妇产科手术不同……"欧阳砚把笔放在桌子上，不停地拭着眼睛，听江大夫讲了手术方案以及术后可能会出现的并发症等，恍惚听到："如果听明白了，请你签字。"欧阳砚又拿起笔，手抖着接过病历，她眼睛模糊，半天才找到签字的地方。

江大夫拿过病历，劝慰道："我们经常安慰患者和家属，但当不幸真正落在我们身上，谁都难以承受。事实已经这样了，你一定要安慰自己，给自己鼓劲，你妈还需要你的照顾。"欧阳砚点点头，走到水池边洗了一把脸，低头走出了医生办公室，赶紧向妈妈住的病房走去。

妈妈看见她，挣扎着坐起来说："砚子，你的眼睛咋红了？"欧阳砚愣了一下，结巴着说："风大……我上街买东西，猛然一股风卷过来，杂物打进了眼睛……我疼得揉了好一阵。""唉，眼皮都肿了。"欧阳砚含糊地说："妈，不要紧的。""检查结果出来了吗?”“出来了,是胆囊结石,大夫让明天就做手术。”旁边的那个老太太说:“我说嘛,这个病能把人疼死。还是你好,丫头在医院里,一查清楚医生就要给做手术。我来好几天了,医生还让消炎。”欧阳砚见老人误解了,就对她说:“你和我妈的病不一样,你的胆囊结石引起的炎症很重,必须等炎症消了才能做手术。”“噢,我还以为医生等着我们给红包呢。”

欧阳砚坐在妈妈身边说:“过一阵要输液,你先上趟厕所。明早手术,今晚一点都不能吃喝了。”“嗯,那你快吃饭去。”“妈,我不饿,过一阵再说。”“要按时吃饭呢,我这病怕就是饥一顿饱一顿落下的。有时候为了把活儿干完,就硬扛着。”听到妈妈这话,欧阳砚再也控制不住悲伤,她低头拿起脸盆,快步向卫生间走去。冰冷的水冲着她的脸庞,好一阵,她才接了半盆水返回病房,准备给妈妈洗脚。

护士给妈妈输了液体后,欧阳砚边向妈妈安顿做手术的事,边把东西整理好。接夜班的时间快到了,为掩饰眼里的泪水,欧阳砚就假装擦鞋的样子,垂着头说:“妈,过会儿还要打针,你好好睡一觉。我明早让同事早点接班,完了就来看你。别紧张,许大夫是最好的外科专家,你要把心放宽。”妈妈拍着她的肩膀说:“你安心上班,不要老想着我。”临走,欧阳砚写下科室的电话,对旁边那个老太太的儿媳说:“大婶,我接班去了,麻烦你晚上帮着照看一下我妈。有急事,请你在科室的护士站向我们科室打内线电话。”那个老太太侧过身说:“咋?你妈明早做手术,你还不守着她?”欧阳砚说:“我们科室病人非常多,不好请同事顶班,等我妈手术后,我就请几天假。”老太太虎着脸说:“看这丫头,工作再忙,你妈做手术你也得守在身边。人都说当医生护士的人心硬,真不假。”欧阳砚白天带着妈妈看病,她实在没想到妈妈会得这样的恶病,明天就得做手术,等在病历上签完字天已晚了,找同事顶班也难张口了。妈妈见老太太这样说女儿,就接过话茬笑着说:“唉,她们科室工作忙的,尤其冬天,上班脚底子比炒菜还急。”她又对女儿说:“你快吃点饭上班去,不要迟了。”欧阳砚点点头,收拢起全身的劲,咬紧牙关快步走出病房。

欧阳砚好不容易进了安全出口,她大口喘息着,身子无力地靠在墙上。她伸出双手,按住不停颤抖的双腿。她仿佛听见,一阵阵很遥远又很强大的雷声在耳际轰隆隆地回荡!噢,要下暴雨吗?暴雨又要把树叶打得到处都是,把街道弄得乱七八糟,妈妈得费多少劲才能扫干净啊!怎么回事,咦,我刚才不是还和妈妈说话的吗？不知过了多久，欧阳砚像一个失魂的人，木僵僵地走出外科大楼。

从一间间病房窗户倾出的灯光，照着扬雪的夜空，一片惨白！

欧阳砚一时记不得身在何处，也想不起这是什么景象。难道，那漫天的惨白就是传说中游荡在黑夜里的白无常吗？难道，那纷纷零零、飘摇不定的，就是指引亡灵的招魂幡吗？难道，是哪个病人的生命垂危了？正如老人常说的，出窍的灵魂是不散的阴气。

难道，难道妈妈要——

不！欧阳砚惊慌地大喊一声。瞬息，遮挡她眼睛的模糊而虚幻的惨白天幕被这喊声撕成无数碎片，瀑布似的落在她的头上、身上。原来是雪。

呃，什么无常，什么招魂幡，什么阴气，这些她都不信，她再也不是刚进护校时，吓得不敢去解剖室的学生了。从实习到工作，她不知道参与过多少次抢救，有些人救过来了，有些则没了。因此她深深地懂得，敢与死神决斗到底者，只有医生和护士！医院，随时有人可能停止心跳，失去呼吸，但却有无数的人站起来，重新回归生活。医院，其实是个温情的地方，是个阳光融融的地方。想到这儿，一丝柔软的希望，如蓬松的围巾微微地捧住了欧阳砚冰冷而失神的脸庞！

生日

昙芸早就约好同事于珏、窦姿和薛鸽几个去家里给自己过生日。这天，昙芸和于珏正好轮班休息，两人逛了一上午商场。昙芸身材宽厚，买件合身的衣服不容易，样式好的她穿上窄，样式土气的又不入她的眼，试来试去没几样喜欢的。两人上上下下逛了好几家大商场，最后终于选了两件合身的。

昙芸站在试衣镜前看了又看，问于珏："还行吧？""挺合身的。""你穿上我看看。"昙芸和于珏个头一样高，以前昙芸没发胖时，经常送自己的衣服给于珏。她俩一直在妇产科工作，彼此关系很是亲密。过去，昙芸帮男人料理生意时，经常把儿子托给于珏照顾。这份情，昙芸常记于心，没齿难忘。

于珏接过衣服穿上，笑着用手捏了捏前襟，示意衣服的宽大。昙芸笑着说：

“我越来越像麻袋了，你越来越像麻秆了。这衣服样子倒是很耐看，你换个小号的试试。”于珏一看价格就摆着手说：“不试了，不试了。”“你试一下嘛，试一下又不要钱，怕啥！”昙芸说着让服务员拎来一件最小号的。于珏怕昙芸又要破费给她买衣服，就一个劲儿推说：“不不，我不喜欢这种衣服。”“那你还说我穿上好看？哼！”“你穿上好看，我穿上不好看。”“对了，试这件红色的。”昙芸说着把衣服递到于珏眼前。于珏穿上站在镜子跟前，昙芸笑眯眯地说：“借用服务员的话，这衣服专门是给你做的，别脱了。”她又对服务员说：“开票！”“等等，我不买，我有衣服……”昙芸一把拉住于珏解衣扣的手，从包里取出银行卡在眼前一晃，悄声说：“这是那个顽怂昨儿走时专门送给我过生日的。咱今儿挥霍它一番，想穿啥穿啥，想吃啥吃啥，咱不穿，有人帮咱穿呢。”于珏知道好朋友的一片心意，也就没说什么。是啊，她与昙芸共事近二十年了，谁还不知道谁的苦乐，谁还看不透谁的心事。

买罢衣服，她俩在外面吃了饭，接着去超市采购。昙芸是个美食家，于珏推着车子，昙芸边选边往里面放，各种蔬菜、各式红酒和饮料盛满了车子。于珏说：“少买点，多了吃不完就浪费了。”昙芸说：“不要紧，八个凉菜，八个热菜，各样都得选点。”“就咱们几个人，你还真要摆宴席呀？”“芋头，难得我有这样的兴致，你别唠叨，由着我的性子选。回家看我的手艺，你只管摘拣。”“你的手艺咱科室人不知道吃过多少回了，谁不知道呢。”两人说笑着出了超市，叫了出租车，回了昙芸家。

昙芸住着二百多平方米的大房子，这是包王请设计师为他们量身定造的。真是世上无完美的事，昙芸家的房子如此大，丈夫包王却很少回来。他们的儿子大学刚毕业，在外地工作后，王老板绰号包王的结发妻子昙芸，下班后就经常一个人从东屋到西屋，从西屋到东屋，望着家里那些高档的皮沙发和摆设叹气。去他的，吃自己的饭，穿自己的衣……于是，她常常精心做可口的饭菜犒劳自己。人都说心宽体胖，但昙芸的胖纯粹是家庭变故后，她的情绪不佳导致的。她心中的苦和空，似乎得靠食物的抚慰和填塞。就这样，不知不觉间她胖了一大圈儿。

两人放下东西，昙芸又穿上新衣服站在镜子前，用手打理着烫成波浪的头发。今天没戴护士帽，头发看起来很顺。她打理完头发，又拍着自己的大方盘脸，眨巴着大眼睛说：“四十六了，从一个人变成两个人，从两个人变成三个人，又从三个人变成一个人,人活着就没个定数。我倒是羡慕你,回家有口热饭吃,有人陪着说话,很幸福的。我给那个顽怂说过,让给你家老张安排个活儿,老张咋一直没去呢?”于珏说:“活着自在就好。唉,那是个死脑筋,总想干他的老本行。孩子上学,每周回来都要钱,娃娃一喊爸爸他就愁。他经常拿过去和现在比,过去一角四分钱能买一个瓷瓷实实的馒头,吃了能饱一早晨。现在一块钱买一个馒头,看着大大的,一捏只有核桃大一点儿,吃三个都撑不到中午。我说现在的人只顾卖相好看,想着怎样能赚别人的钱。过去咱们一天挣十块钱,回家吃的、用的都买上了,现在一天挣几十块钱,买两个茄子就十多块钱。现在啥都涨价,涨得没个底子,收不住。你记得吗?咱们小时候一角钱买十个水果糖,后来一角钱买一个水果糖,现在一块钱买一个插着杆杆的水果糖。”昙芸说:“现在的人就爱比,国家和国家比,城市和城市比,你有啥,他赶紧也闹个啥。过去人们都住的平房,现在有了楼,住平房的人就想:别人住楼我住平房。自卑得受不了,只好想方设法买楼。别人有了电动车,你还骑个自行车,人家就觉得你落后。别人有了小汽车,你还顶风骑着电动车,你自个儿又觉得不行,又得凑钱买小汽车。你说说,一辆小汽车一年不怎么开,至少也得花费一万块。就算你天天出门打的,一年也花不了一万。其实,有些人买了小汽车只是个摆设,我那天听一个女人和一个男人吵嘴,女的说:‘我说没处用,你非得买,现在咱们连个买菜的钱也没有了。如果车能当饭吃,你就天天开着往饱转。’男的说:‘咋没处用,有了车送你回娘家也方便,去了也有面子。’女的说:‘屁,空着肚子撑哪个面子。我就是天天回娘家,不过是两块钱的车费,一年也就几百块钱。’你说比来比去,还不是把自己比得越来越紧巴。对了,还是让你家老张找个活儿临时干着,挣几个钱宽宽手。”于珏说:“这两天有个本行的叫他,他准备去看看情况。”“噢,也好。你家老张要是去顽怂那里,说不定叫我家那个顽怂把你家老张也带坏了。”“我家那个木头疙瘩,哪能学来你家包王的风流!”“哈哈,你还夸那个伤我心的东西呢。”“就是嘛,他不风流,能有小女人缠吗?”“哈哈哈……”昙芸性格直爽,于珏的话逗得她不由得大笑起来。随后,她脱下外衣,缅起袖子和于珏一起走进了厨房。

下班后,窦姿和薛鸽直奔昙芸家。窦姿一进门就喊:“坛子,芋头,饭做好了吗?”“逗子,雪糕,你们先洗手,尝尝凉菜怎么样。”薛鸽说:“人家背着一身冷风来,冻得浑身发抖,不吃凉菜,要喝热酒呢。”“喝,喝,我买了好几瓶好酒,保准把你们几个灌倒。”几个同事喊着彼此的绰号说笑。

“还要干啥？”两人洗了手走进厨房。坛子用胳膊肘捅了捅她俩说：“跑了一天，累的，快准备吃饭。有我这个大厨师，哪里还用得着你们动手。”“那我们可不客气，等着白吃来了。”“今天是坛子四十六岁大寿，你们也不送个牌匾什么的，就白吃了？”“芋头，你送的啥，拿出来我们欣赏啊。”“我熬的芋头羹。”“哈哈，那我送碗绿豆粥。”“妈呀，看来我要被爆炒了。”“就是，这么冷的天，只能吃爆炒雪糕了。噢，对了，想起来了，咱们不吃雪糕，吃鸽子。”“别着急，下一道菜就是爆炒乳鸽。”在厨房里炒得噼啪响的坛子听见她们斗嘴，也笑着插话。“芋头，快来拔鸽毛。”逗子一把抱住雪糕，雪糕挣脱她，笑着跑进卧室反锁上门，在里面看坛子的几大本相册。

相册里有新婚时的坛子，包王满脸幸福地用手揽着坛子的腰。相册里有小两口双手扶着儿子的照片，有儿子亲着父母的照片，有坛子与儿子的照片……其中一本里有坛子在外地游玩的照片，虽然风景很美，坛子的衣着也很好，但坛子的脸上却没有从前那样幸福的笑……

“哎，哎，薛家的小鸽子，你藏到哪儿去了，是不是想在坛子家垒个鸽子窝呢？雪糕，你快给我出来，小心融化在暖气上了。”逗子闲得无事，在客厅里转来走去，一会儿喊着薛鸽的名字，一会儿叫着她的绰号逗笑。

“雪糕，逗子，开饭了。”芋头喊。

雪糕放下相册，走出房间，直奔餐桌上摆满的诱人的菜。坛子解下围裙，笑呵呵地招呼她们。

爆炸

上高三的缪悦学习很紧张，虽说现在放寒假了，可她不能有半点松懈。妇产科的护士长贾爱贞和她当副院长的爱人缪国庆两口子，自女儿上高三后，每天回家只有在吃饭的时候才与女儿说说话，平常他们怕打扰女儿学习，几乎只用眼神和手势交流。

这天傍晚，他们相跟着走出医院，在一家超市里选了橘子、苹果等几样水果，又挑了些女儿喜欢吃的巧克力等零食，好让女儿学习累了的时候吃点补充能量。随后他们又买了菜，拎着向家走去。

女儿桌前的台灯亮着，客厅的窗户黑乎乎的。两人走上楼梯，轻轻地开了门，按亮灯，蹑手蹑脚地换上鞋，悄无声息地溜进厨房，关上厨房的门。同往常一样，贾爱贞和面，爱人缪国庆拣菜、洗菜。贾爱贞和好面，拿起肉，在缪国庆面前竖起大拇指和小拇指，意思是问切成大块的还是小块的。缪国庆一笑，张嘴朝她的小拇指咬去，贾爱贞微笑着缩回手开始切肉。缪国庆剥了几瓣蒜，怕拍出声音，只好放在刀下压扁，又轻轻地切了几下。眼看他要把蒜放在菜盘里，贾爱贞急忙伸手罩在盘上，另一只手拿过小碗，示意丈夫把蒜放进去，又拿起勺子做倒油状，意思是让他把蒜用热油炝了再拌菜。丈夫皱了皱眉，用手在自己胸前比画了一下，又拿起一瓣蒜，做着吃豆子的动作，接着龇牙扭肩膀。贾爱贞用肘子捣他，咬着嘴唇差点笑出声来。

外人自然搞不清他摆的这些古怪动作的意思，贾爱贞知道这是丈夫想起了小时候的事。他们上初中时某天的早自习，有个同学送给缪国庆一大头红皮新蒜。缪国庆家那时很穷，母亲为节省粮食，每天除了两顿饭，从来不烙干粮。缪国庆把一层一层的紫红蒜皮剥掉，那些胖乎乎的蒜瓣比糖果还诱人。他舔舔，口水猛然涌出来。他实在忍不住了，干脆将蒜瓣同吃豆子那样扔进嘴里咀嚼起来，转眼就辣得他眼里转着泪珠，身子强烈地扭动起来。坐在他前排的贾爱贞感觉他踢她的板凳，回头看见他脸色涨红，扭腰痛苦的样子，急忙塞给他一块馍，他没命似的几口吞掉了。等缓过神来，他才后悔不该吃她仅有的那块馍，害得她肚子像小鹅一样咕咕乱叫，羞得她一上午都不能集中精力听课。

后来，他们从同学到恋人，从恋人到夫妻。缪国庆经常想起这事，他自嘲经历过的贫穷，更念念不忘那份纯真的感情。女儿曾经好奇地问他们相识的经过，缪国庆笑着说："我和你妈呀，简单得很，就是一颗蒜惹下的事儿。"女儿听了他们的故事，笑得好一阵都直不起腰来。

缪国庆和贾爱贞出身农村，在医院工作后，他们对病人非常和善。尤其对农村的病人，知道他们来看病非常不容易，总是想方设法帮他们。不知有多少次，缪国庆主管的病人或是贾爱贞护理的病人如果没人照顾，夫妻俩就多做点饭给病人送去。有一年，科室住了一个非常贫困的患者，缪大夫不但把自己的旧衣服送给他，还让病人的父亲在自家的厨房里为住院的儿子做了四个多月饭，直到病人康复出院。那时，他们租住平房，吃穿都很朴素，城里的同事有的好意提醒他们穿得时髦些，有的人则揶揄他们是“乡绅”。

尽管生活简朴，但夫妻俩钻研医学的劲头可没几个人赶得上。缪国庆为得到医院那位德高望重的著名外科专家李老师的指点，常常下夜班后跟着他进手术室学习。李老师见他对医学如此热爱，就将自己的技术毫无保留地教给了缪国庆，两人也成了忘年交。没几年，缪国庆就成了医院响当当的业务尖子。贾爱贞当然不甘落后，由于她是中专毕业，在孩子一岁时，她报了护理自考大专，顺利完成三年专科学习后，她又报了护理自考本科。本科要“啃”英语，还要“啃”更加深奥的生物化学、免疫学等，她有时候实在“啃”不动了，只好向丈夫请教。大学毕业的缪国庆俨然成了她的老师，一遍一遍给她讲。有时，两口子轮换抱着女儿，一问一答，一起学习。年幼的女儿见爸爸妈妈不理她，喊起来，缪国庆便冲她笑笑说：“宝宝别闹，爸爸给妈妈当老师呢。”在丈夫的帮助下，贾爱贞完成了本科学业。本来她还想一路挺进，攻读硕士学位，只是一来家里拿不出那么多钱，二来外出上学女儿没人照顾，她只好有些遗憾地放弃了。这不是说她就此停止了上进，而是将事业拓展开来。她从一名优秀护士变成思维敏捷的护理带教老师，经常站在讲台上给全院护理人员讲课。后来她当了护士长，无论转到哪个科室，她的雷厉风行和严谨的作风，总叫一些拖沓的人在背后说她是“贾婆婆”。可从事着人命关天的工作，不快不严不行呀。这几年，缪国庆当了主管业务的副院长后，贾爱贞到其他科室检查工作时若指出了问题，有人就在背后指指点点，说她靠着院长男人的肩膀显威风呢。听到这些闲言碎语，贾爱贞则一笑了之。

夫妻俩配合默契地做好饭，放在餐桌上，这才喊女儿过来吃饭。女儿伸着懒腰来到餐桌前说：“爸，有两道题，我做了一下午都没做出来。”贾爱贞怜惜地给女儿揉着肩膀说：“先吃饭，吃完了让你爸给你讲去。”缪国庆往女儿手里递碗，笑着问：“啥题？”“物理。”“好，先吃饭。”他又转身提起从超市买的巧克力，说：“你做不出题的时候，吃点东西，缓解一下大脑的疲劳，就想出来了。”女儿笑着说：“好爸爸，这都是高热量的，我可不想过个假期变成胖墩儿。”“有本杂志上说，巧克力还能减肥呢。”“真正的谬论。”女儿冲他一撇嘴说。“哈哈，这可不是我杜撰的,我明天把杂志拿来你看看。”“反正那些人今天说吃这个补脑,明天说吃那个弱智,咱就老老实实吃饭要紧。”女儿的话把两口子逗笑了。

吃过饭,贾爱贞洗锅,缪国庆拿起女儿的难题算起来,女儿又关上门,坐在书桌前学习去了。

贾爱贞收拾完锅灶,又到卧室整理完衣服,见丈夫仍然低头给女儿解题,她就拿起一本医学杂志躺在床上看起来，其中有一篇关于子宫腺肌症的最新研究,她把它折起来,准备明天带去让科室的医生看。就在她聚精会神地读另一篇论文时,床头柜上的手机慌张地振动起来。她一看是外科的号,就光着脚跑到缪国庆跟前,低声说:“找你的。”缪国庆用手遮住话筒,把手机贴在耳边,轻轻“喂”了一声。“缪院长,一家餐厅的煤气罐爆炸了,快来医院……”缪国庆扔下笔,转身对爱人说:“出事了,快走。”贾爱贞是医院突发事件应急抢救组的,这样的事自然少不了她。在贾爱贞穿鞋的时候,缪国庆已经飞一般冲出了家门。

外面,雪茫茫一片。缪国庆怕拦不上出租车,直接跑进车棚骑上摩托车,捎上贾爱贞就往医院跑。事情紧急,两人都没顾得上戴帽子,贾爱贞冻得抱着丈夫的腰,把头紧紧地贴在他高大的背上,哆嗦个不停。飞雪打在缪国庆的脸上,弄得他看不清路,好在路上没有行人和车辆,不必躲闪。

他们赶到医院才知道事故造成多人受伤，其中有几个人的伤势非常严重，必须立即手术。一时间,医院的领导和抢救小组全部赶到,副院长缪国庆与几组外科医生跑进了手术室,经过会诊抢救,伤者们被陆续转到相关的科室。医院的十多间手术室灯火通明,医生们紧张地忙碌着。安顿过重伤员,贾爱贞和同事们还得想办法把受轻伤的人妥善安置下来。就在大家商议的时候,妇产科护士欧阳砚打来电话,叫护士长贾爱贞立即去科室抢救大出血的孕妇。

“哎呀,这是咋了? 一个事儿接一个事儿的。”贾爱贞给事故抢救组打了招呼,唠叨着往妇产科跑去。

惊魂

孙子搂着老姜的脖子,很快就睡熟了。老姜的手从孙儿的头一直抚摸到小脚丫,她一遍又一遍心疼地亲吻着他的额头和脸蛋,似饮一杯醇香的美酒,令老姜迷醉。她心里默念着:奶奶的宝宝,你咋就让我亲不够呢?亲不够,真是个亲不够。亲了又想亲,亲得她心里甜甜的、暖暖的,仿佛置身鲜花绽放的春天,使人忘记了疲倦,忘记了紧张,忘记了冬天的寒冷……

老姜刚怀抱着甜蜜进入梦乡,突然,她的腋下躁动起来,牵扯得她的心脏也怦怦乱跳。老姜摸出手机,一看是值班医生廉杰芳打来的,就急忙按了接听键。电话里立即传出廉大夫近乎命令的话:"姜主任,来了重症病人!速来!"廉大夫平日里性子极慢,大家给她起了个外号叫磨镰,如果不是十万火急的事,她自然不会有这般口气。

老姜心急,简直有些粗暴地把孙子枕着的另一只胳膊抽出来,像听到集合哨声的士兵一样,几下子穿好衣服,跑到另一间卧室推了一下老伴说:"和孙儿睡去。"说完就出门了,跑下楼,跑出小区。

街灯照着白茫茫的雪地,银光闪闪,像耀眼的水晶。若是晴朗的夜晚,出租车会通宵运营,但碰上这样的天气,街上寂静得只有雪花的飞舞声,从老姜的耳边嗡嗡而过。

老姜跑得嗓子里冒烟了,仍然不见一辆出租车。从家到医院步行十多分钟的路,此刻却是如此漫长。这期间磨镰又打电话"命令"了两次。"来了,在路上!"老姜答应着,可越急跑得越慢。唉,这恼人的雪呀。

老姜好不容易跑到医院,刚上台阶,脚下一滑,身子顿然失去平衡飞向大门,随之砰的一声被门拦住,碰得她一阵发晕。这时,手机又响起来,老姜没有接电话,而是拼命向科室跑去。

科室的走道里有很多人,有的扶着阵痛的孕妇转悠,有的瞅着产房的门窃窃私语,不知哪个家属嫌护士没有及时换液体而埋怨。他们看见老姜来了,急忙后退让道,仿佛见了救星一样,低声说:"主任来了,有救了,这下有救了……"

临近产房的通道里，疯女人榴莲也抱着个布娃娃，边转边哄道："宝宝乖，你是妈妈的乖宝宝……"

产房门外的玻璃隔门前，一位个头不高，脸色暗黑，衣衫褴褛，手指上缠着黑乎乎胶布的老头，手里拿着病危通知单急得团团转。

产房内传来心电监护仪等抢救仪器发出的紧急刺耳的报警声。

老姜没有像平常那样严格遵守产房规定更衣换鞋，而是径直推门而入。产床旁围着值班的廉杰芳、助产士霍绍梅，还有医院组织的几位来自外科、内科、麻醉科等科室的抢救专家。另一边的热辐射台上，一个儿科大夫和护士长贾爱贞正在抢救新生儿。产妇戴着呼吸机、心电监护仪、氧饱和仪等各种抢救仪器，两只胳膊上分别扎着特大号针头，输着两路液体，夜班护士欧阳砚一会儿给产妇加药，一会儿给婴儿拿药。

"咋样？"老姜跑上前问。"大出血，子宫根本不收缩……"尽管三十多度的空调直对着产妇，但她仍浑身湿冷，四肢冰凉，奄奄一息。医生用纱布拭去她脸上的血迹和灰土，她的脸色一片煞白。磨镰说："一来就休克着，连血压也测不到，好不容易把婴儿弄出来，也是重度窒息。"老姜倒抽了一口气说："血流干了！"门外的老柴扑进来说："医生，抽我的血，抽我的血。我一把老骨头，活着也没啥用了，把我的血都抽去救她……"老姜拉着他的手边往外走边说："老人家，医院正在配血，只有配型的血才能输给病人。""抽我的血，抽我的血……"老柴抓着老姜不放。老姜说："老人家，这不合规定。""救人的事，咋不合规定？"老姜说："老人家，等闲了我给你慢慢解释。"说完转身向检验科打电话催问配血的情况，检验师说："马上送来！"

就在老姜抬头的刹那，产妇的心跳突然停止了。医生们立即展开施救，胸外心脏按压，注射强心剂、呼吸兴奋剂、升压药等所有的抢救法子都用上了，但产妇的身体却变得越来越僵硬，检验科随之送来的鲜血也输不进她的体内了。填塞在她子宫内压迫止血的那些纱布，本来一直渗着淡淡的血，此时也像断流的溪水，干涸了。

偏在这时，又有两个孕妇要分娩，她们分别躺在旁边的两张产床上痛苦地喊叫起来。还算顺利，不多时，两个新生儿就用响亮的哭声宣告了自己的降生，两个经受了巨大痛苦的产妇眼里也涌出了欣喜的泪水。可在另一张产床上，那个哑巴产妇的身体越来越冰凉。

“向家属交代吧。”有人低声说。

“唉……”

抢救的仪器仍在大声报警,在场的医生个个灰着脸,对这个无法挽救的生命默默哀伤!

老姜脚步沉重地走到门口,对老柴说:“老人家,我们已经尽力了……”老柴号哭着,紧紧拉住门不肯松手。老姜眼中闪着泪花,赶紧一把扶住老柴,任他哭了一阵,才轻声说:“老人家,人死不能复生啊,已经这样了,这里不能停放,你得赶紧想办法往回拉……”

老柴似乎没听见她的话,突然转身,疯疯癫癫号哭着往外跑去。老姜喊:“老人家,你来……”走道上的人悄声议论着,他们怕阴魂附身,就纷纷关紧病房的门。参与抢救的那几个专家,如同打了败仗的士兵,一脸沮丧地离开了。

白单

老姜、磨镰和欧阳砚等人收起抢救仪器,取掉血袋和输液,稍事休息。家属不在,无奈之下老姜只好拉开一条宽大的白色大单罩住了死去的哑巴。此刻,门外又有孕妇急着要分娩了。

没有家属办理转科手续,产房一角的热辐射台上,贾护士长已经按照儿科医生开的处方,剃掉刚才哑巴生的女婴的胎发,给她扎针输液。

欧阳砚好不容易把一个阵痛剧烈的孕妇扶上产床,她突然针刺似的“妈呀”一声坐起来,瞪着眼睛惊恐地喊:“那床上是不是有个死人?!”老姜和正在换衣服的助产士霍绍梅跑过来同欧阳砚一起拉住她说:“快躺下, 快躺下, 孩子快出来了,不敢动了!”她似乎忘了疼痛,挣扎着说:“死人!死了!我不死,我不死……”老姜搂住她的身子说:“你放松生孩子,会平安的。”那孕妇牙齿抖动着说:“我怕,那是刚刚死的人!”说完仍然挣扎着要下床。老姜用力拉住她说:“哪有什么死人，早就转到别的科了。”“那就是个死人，我不生了，我怕，我要回家……”她大喊大叫，拼命挣扎，急得门外的家属不停地跺脚。老姜无奈，只好和欧阳砚拉着孕妇，回头吩咐说：“小霍，把产包拿上，在待产室接。”

旁边的待产室里已有两个临产的孕妇，见这个孕妇喊着“死人”之类的话从产房出来，都吓得缩在家人的怀里哭起来。老姜把孕妇扶到床上，像慈母一样抚开她脸上的头发说：“好了，你好好配合，很快就生下来了。”她又抬头说：“请家属先出去吧。”有家属问：“产房里是不是死了人？”老姜摆摆手，伸手帮霍绍梅拆开一次性产包。

欧阳砚见孕妇这样害怕，贴在老姜耳旁悄声说：“要不然，先把哑巴推到黑房子里去。”老姜轻声说：“不行，一下来个重症病人就没处抢救了。”

霍绍梅刚要穿接生衣，她的手机响了。电话里，三岁半的儿子强强哭着说：“妈妈，妈妈，你在哪儿？”“妈妈上班忙着呢，你好好睡觉。”“妈妈，我一个人在家里害怕，你快来接我……”“你爸死哪儿去了？”“我不知道。妈妈，妈妈，你来接我……”“妈妈忙得很，你自己快睡。”霍绍梅按了电话，刚准备穿衣服，电话又响起来了，她只好把手机关了。

“咋？强强没人陪？”老姜问。霍绍梅的眼里猛然涌着泪说：“那个畜生，又不知道去哪里鬼混了。”“唉，世上咋还有这样不负责的男人。”

一阵折腾之后，那个受惊吓的孕妇好像忘记了生孩子，宫缩越来越乏力了。磨镰只好让欧阳砚给她输催产素，老姜站在一边，双手吃力地给孕妇的腹部按摩，盼着胎儿快点出生。就在这时，旁边的两个孕妇也要分娩，她们说什么也不进产房，于是磨镰、老姜一起更衣，一人守着一个孕妇接生。

最壮观的场面，莫过于三五个孕妇同时在产床上嘶喊、屏气、咬牙、用力……随后，一个个水萝卜似的婴儿“哇哇”降生，剪断脐带，脱离母体，他们睁着黑幽幽的眼睛看着这个奇怪的世界。

看似很顺利的过程，往往在最关键的时候就卡住了。就说这个嘴里不停念叨着“死人”的孕妇吧，她旁边的两个孕妇经历了撕心裂肺的疼痛和大汗淋漓的拼搏，先后听到了婴儿响亮的哭声后，她却仍鼓着偌大的肚子，浑身发抖。

霍绍梅绰号火烧眉，此时，她火烧火燎地对孕妇一遍遍地说：“用劲！快用劲！好好用劲！看，学我这样憋一口气，使劲拉，使劲儿拉拉拉。对对对，听话，你一定要好好配合我们……”

“媳妇子,快用劲!你想生个特别聪明的宝宝是不是?你要是不用劲,宝宝的大脑就缺氧不聪明了。咱们一起加油,再使几次劲,宝宝就出来了。”

“我害怕,有死人,我不生了,我要回家……”孕妇哆嗦着,哀求着说。

“‘十月怀胎,一朝分娩’,哪个女人不经受疼痛能生下孩子?你好好配合,咱们一起加把劲,要不然娃娃就卡坏了。”

火烧眉说得口干舌燥,急得满头大汗,可产道口那个黑乎乎的胎儿头就是卡着,没有出来的迹象。监护仪显示出胎心跳动得越来越快,提示胎儿缺氧了。

“主任,胎心异常了。”霍绍梅着急地说。

“磨镰,给家属说一下,上胎吸。”老姜停住给另一个产妇缝合会阴的手,对已经接罢婴儿抱着废产包向门外走的磨镰说。

磨镰把东西扔进污物桶,对守在门外的家属说:“你们家媳妇宫缩不好,她也不好好配合,产程延长对胎儿不好。我们想用胎头吸引器助产,看你们同不同意?”孕妇的母亲说:“同意,同意,快……”孕妇的丈夫抢过来说:“助产有啥不好的后果?”磨镰说:“胎儿的头顶吸引部位会出现产瘤,另外……”小伙子大声打断说:“我媳妇本来好好的,你们把她和死人放在一起,吓成了这个样子。我可把话说在前面,要是我媳妇和娃娃有个三长两短,我和你们没完!”“小伙子,现在最主要的是想办法把娃娃弄出来,你要是同意请给我们签字。”“签字?你想把责任全推到我们身上,把你们洗得一干二净,我不签字!”老姜听见门外的吵嚷声,就提高嗓门说道:“小伙子,现在不是谁和谁推责任的时候,我们和你们的心情一样,都盼着孩子快点生出来。”那个小伙子的父母说:“我们签字,我们签字,无论如何,请你们快点让孩子出来。”小伙子瞪了一眼父母说:“不能签。”他父亲走向前说:“别犟了,听医生的,我来签。”

磨镰放下签字单,穿接生衣的空当,火烧眉接好了胎头吸引器。当吸引器的压力稳定后,两人一起使劲,终于拔出了一个“大萝卜”。

犹如鼓鸣的战场,仿佛速转的陀螺。欧阳砚快速清理婴儿的呼吸道,抱婴儿与母亲亲近,给产妇打缩宫素,再给婴儿打针,处理各种各样的事情。

贾护士长仍然在产房的辐射台前,给那个一出生就没了娘亲的小女婴吸氧、输液,然后给她穿宝宝服,不时帮一把忙不过来的欧阳砚。

白天生了六个婴儿，前半夜又生了五个婴儿。产房门口的污物桶里，填满了包裹着血渍的产包。当那些分娩的女人怀着幸福、轻松，又夹杂着疼痛等复杂的情绪躺在病床上时，医生和护士才停下他们炒菜般急促的脚步，拿起笔沙沙地记录起病程来。

火烧眉换下衣服，打开手机拨给自己不成器的男人。“对不起，您所拨打的电话已关机。Sorry……”她本想打家里的电话，犹豫再三，怕惊醒可能睡着的强强，只好叹着气把手机放进口袋，拿起多普勒胎心仪去病房检查那些待产的孕妇。

老姜摘掉白色的橡胶手套，回到产房，一边查看辐射台上的婴儿，一边对贾护士长说：“多可怜，一个哑巴妈，还没了。这家属怎么还不来？”护士长说：“这天气，那个老头回家找人也不容易。主任你看，这个婴儿的手指有点抽搐。”“但愿家属快点来，把她转到儿科去治疗。”老姜看了看婴儿，又抬头望着那面白单，脚步沉重地走到桌子边坐下准备写抢救记录。她的双手又开始故意和她作对，变得又酸又硬，不让她拿笔，她只好放下笔使劲摆弄着它们。从前，她的手很巧，每次给病人讲病情，都是边说边给他们画图，直到病人看明白为止。为给病人做手术，这双不知洗刷过多少回的手，如今落下了久治不愈的顽固性关节炎，她想使唤它们，但它们就是不听。

谈心

芋头不爱饮酒也不擅长说笑，坛子、逗子和雪糕几个平常就爱嬉闹，眼下聚在一起，有酒助兴，更是嘻嘻哈哈、打打闹闹，简直像娃娃一样要把天闹翻了。好在坛子家的装修材料都是最好的隔音材料，要不然这“三台戏”非惹得左邻右舍来敲门抗议不可。

芋头像大姐一样，招呼她们多吃菜，少喝酒。逗子和雪糕先后不胜酒力，东摇西摆，芋头就把她们扶上床，休息去了。坛子不仅是有名的醋坛子，更是有名的酒坛子。包王当初创业时，坛子陪他去谈生意，有一个老板指着两瓶白酒说：

"你要是一口气把这两瓶酒喝完了，我就和你签合同。"坛子忽地站起来说："君子一言。""驷马难追。"为了办成事，坛子二话没说，当着大家的面，就喝水似的把酒灌进了自己的胃，加上之前她已经喝过一瓶酒，惊得在场的人半天回不过神来。签完合同，她就倒在了包王的怀里。包王抱着她心疼地说："你受大苦了。"坛子硬着舌头说："我要尽全力支持——你的事业。"

此时，几个人喝了三瓶红酒，坛子刚到兴头上。芋头说："酒喝多了伤身，你多吃点菜，咱们说说话。"坛子拉着她的手说："芋头，你也喝点酒，这酒很醇香的。""我喝了胃里难受。""几点了？""过十点了。""噢，这小子还没睡，我和他说说话。"

芋头知道坛子想儿子了，就在手机里找到她儿子的电话，递给坛子。坛子听到儿子喊了一声"妈"，就笑呵呵地说："儿子，你这个家伙，也想不起给你老妈打个电话。""妈，我工作忙。你还好吗？""嘿，妈好着呢，好着呢。你啥时候回来？""今年春节可能回不去了。我谈了个女朋友，人家让我去她家。""噢，那就好。""妈，你是不是和我爸生气了？""没有，妈很高兴呢，今天是妈的生日。""祝妈妈生日快乐！我爸在家吗？""在，你爸在家里，他给我买了大蛋糕，做了好多菜呢。""啊，真的？那你让我爸接电话。""他又出去给我买玫瑰花去了。""哈，妈，你哄我吧？""你个坏家伙，不相信妈妈的话。""妈，你是不是喝酒了？你一定要注意身体。""妈好着呢，你早点把女朋友给妈带回来吧。""妈，别急啊。""好，妈不急。"坛子脸上笑着，泪水早已涌满了眼眶。

坛子放下电话，接过芋头递来的纸巾拭了泪痕，拉着她坐在身边。这时，芋头的爱人老张打来电话，问妻子回不回家，要不要他来接她。坛子说："老张，芋头今晚是我的，我不让她回去了。"老张笑着说："你们可别同性恋了。"坛子哈哈笑着说："当然，我今天包了三个小秘呢。你来不来，我给你分一个。"老张说："你把芋头给我分来，别的我可不敢要。"说笑罢，坛子说："我真羡慕你们，两个人牵牵挂挂的，心里多暖和，哪像我……"

一来喝了酒，二来芋头向来就是坛子倒苦水的对象。眼下，坛子回忆着往事，又借着酒劲诉说起自己的苦来：

我认识那个顽怂时，他刚从建筑学校毕业，在工地上给人家打下手。那时候工资低，两家老人经常有病，我俩的工资给老人买了药后，连一斤肉也没钱买。一天他馋得实在受不了，求人家卖肉的割二两肉。那卖肉的气呼呼地扔给他半截羊尾巴说:“看你人高马大的,咋一副讨饭的怂样。”从那以后,我们就开始想办法挣钱。

起初他包了个小活儿,雇了二十多个人,为了省钱,我下班就当炊事员。有时候下夜班后,累得做饭时都做梦,不是放重了盐,就是放错了调料,有一次还把小苏打当味精放在菜里了。那时他也没有啥经验,包的活儿不但没赚还亏了。我说,亏就亏了,吸取教训,再来。后来,包的活儿就赚钱了。人常说患难夫妻。我们真是患难夫妻,他每次包一个活儿,都煎熬得睡不着,我就给他宽心,帮他谋划。他常说我是他的贴心秘书,如果没有我,他都不敢去闯江湖。

再以后,他的生意也就越做越大,越做越顺,成立了公司,当起了老板,经常飞东奔西的。我帮不了多少忙,就一心操心孩子。儿子上初二那年,有一次那个顽怂出差一个多月才回来,睡在床上眼睛直勾勾的。我觉得他有心事,怎么问他也不说。我瞅着心里可怜,就抱着他,摸着他的头问:“是不是生意上出啥岔子了?”他把头靠在我的肩膀上就是个哭,哭够了才怯怯地说:“我和甜甜好了。”霎时,我的头像被棒打了一样嗡嗡乱响,天旋地转。尽管人常说男人有钱就变坏,但我相信他不会。我就是太相信他了,当时我痛苦万分,可冷静下来想,毕竟是这么多年的夫妻了,事情已经到了这个地步,还能咋样呢,就想给点钱,让她走人。他却说:“她已经有孩子了。”“不要!”我疯狂地喊。“她说啥也不,她死心塌地了。”“这么说你要娶二房?”“她说只要我对她好,她不强逼我离婚。”“那你要包二奶?”他不说话了。事情谈开了,多伤心也没用,于是我找她谈话。她很平静地说:“我知道你会来劝我,你想叫我离开他,我不。我可以不要婚姻,我要对他的感情。我知道你爱他,但我也爱他。”我望着她问:“你对他的爱有多深?”她说:“你要非让我离开他,你看,我和王总建设的那座最高的楼与地面的距离就是我的归宿。”那些年轻的女孩子,有心机,会说话。她以前来过我们家几回,知道我的脾气,量我也不能把她咋样,她就有意威胁我。其实,我想闹,想抽她几个大嘴巴,但我想到一个女人爱上一个男人,那种毅然决然之心,挡是挡不住的,打是打不回的。我想,他们也许只是一时的新鲜,过不了长久,谁知道人家两个的情还真得很。你看,现在他们的女儿也快上小学了,那天我在幼儿园门口碰见,唉,长得就像我儿子。你还记得吗?她刚出生,我一看那模样就说像我儿子。你说,两个妈生的,咋还长得那么像呢?

芋头一直静静地听着。

坛子接着说："唉，除了你们几个姊妹，我从来不向别人提起这些窝囊事。不知根底的无非可怜我人老珠黄，被男人休了，说不定还会嘲笑。知道根底的人都说我太软弱，把男人拱手让给了别人。如果是你，你怎么办呢？你说，如果是你，你怎么办呢？"芋头说："你心地太善良了，听你的口气，你还想把人家的女儿亲一亲，抱一抱呢。""哎，哈哈，你还说对了，我看着她还真觉得心疼得很呢。哈哈哈哈，我咋就这么可笑呢？你说，我这个人咋就这么可笑呢？"

芋头刚要接话，坛子的手机动了，她忙将手机给坛子。坛子一看是包王发的信息，就随口念道："亲爱的老婆，生日快乐！我们一路顺利，别牵挂。"坛子把手机推在一边，哈哈大笑着说："啥亲爱的，亲谁，爱谁，牵谁，挂谁，我们，你们，哈哈……"坛子仰头饮尽最后一杯酒，芋头收了酒杯扶她一起睡觉去了。

敲门

纷飞的大雪和阴魂似的旋风游荡在黑夜里，令人恐惧、心悸。

老柴走出医院，不知是鞋底打滑，还是身子晃动，在离医院不远的马路上，老柴像一锨抛出的泥团，展展地扑倒在厚厚的雪地里。老柴六神无主，他绝望地啜泣着，收起冻得发麻的手脚，松松垮垮地站起来。在他终日游荡拾荒的城市，有谁肯帮他这样一个失魂落魄的人呢？

忽然，老柴想起了给老伴看过病的杨大夫。以前，老伴住院，杨大夫是主治医生。当时杨大夫给老柴讲完病情，问他能不能想办法搞一张好羊皮做褥子，说家里老人怕冷。老柴为了让杨大夫精心为老伴治病，二话没说，跑到市场上买了一条上好的羊皮褥子送到杨大夫家。想到这里，老柴浑身来了劲，拔腿向杨大夫家跑去。

从前，凡是找杨大夫看病或不幸落在他手里的患者，不论贫富，不论男女，他都要想办法从他们身上揩点油水不可。别的医生，病人给几个苹果也推让不收,但杨大夫是直接张口向病人要。他们家吃的米面、用的锅碗等几乎全是向病人要的。更甚的是连家里的电视、冰箱等大件家电,也是杨大夫给一个商场老板做完手术后向他要的。

病人住院,就是把命交给了主管医生。为此,一些病人和家属总是心甘情愿地给医生送红包,无不盼望医生能精心给他们治疗。对杨大夫这种做法,很多病人打心眼里反感,可又没办法,谁让人家是医生,谁让你得了病栽到人家手里。你要是健健康康的,管他杨大夫是个啥茄子呢!

多年前,杨大夫给郊区一个放羊的老汉看病,就叫老汉给他拿些好羊肉。不知是谁出的坏主意,也可能是那个老汉的儿子真的过于憨厚,第二天他赶着一群羊来了医院。正是上班时间,医院的大门敞开着,二十多只羊被惊得东躲西藏。有的随着人流跑进了门诊大厅,有的窜进了车棚,碰得自行车噼里啪啦倒下一片。一时间,保卫科的人又赶又骂,医院领导也直瞪眼睛。好不容易把羊收拢成群,那人还要往科室赶羊。他对围观的人说:“你们医院的杨大夫要吃好羊肉,我把羊赶来,让他自个儿挑好的。”“快赶走,别胡闹了。”见保卫科的人拦着,那人竟然站在院子里喊:“杨大夫,快来挑羊。杨大夫,快来挑好羊来——”医院的人听到喊声,纷纷莫明其妙地凑在窗前张望,后来得知缘由,个个议论纷纷。

杨大夫抢病人更是出了名的。有一回,一个病人拿着检查单找缪大夫看病,杨大夫说:“你怎么找他看病,他能把聋子治成哑巴,你来,我给你看!”不料这话正好被年轻的缪大夫听见,他站在门外,插在白大褂兜里的双手握紧拳头。那个病人走出杨大夫的诊室时,做贼似的瞅了他一眼,跑下楼去了。缪大夫走进杨大夫的诊室,怒目瞪着他。杨大夫腾地站起来,把听诊器狠狠地砸在桌子上说:“咋?想咬人吗?”缪大夫说:“你简直就是‘杨二嫂’式的小市民!”“你是乡绅,就是乡巴佬式的绅士。”缪大夫强压着兜里的拳头,转身出了门,控制着情绪回到诊室。可恶人先告状,杨大夫摔上诊室的门去找院领导,医院就对这事进行调查。可想而知,杨大夫接受了领导的诫勉谈话,不久后被调到了另一个科室。也因这件事,杨大夫得了个杨二嫂的绰号,并迅速在医院里传开了。

三年前,杨二嫂与缪大夫同时竞选副院长。公示期间,投诉杨二嫂的匿名信像风吹的尘灰一般,悄然落在医院领导的面前。杨二嫂竞选失败后,对春风得意的缪副院长怀恨在心。后来,他从病人身上揩油的胃口越来越大,医院警告过多次但他根本不收敛，无奈之下，只能按规定把他开除了。

后来，杨二嫂就办起了男女专科医院，当时这种医院最能敛财。不管是否沾染花柳病，只要有人偷偷摸摸到医院，就少不了花个万儿八千。杨二嫂情不自禁地嘀咕：“奶奶的，以前每月就那点死工资，张口向病人要点好处，还有人指指点点的。”自从办起专科医院当了老板，他住上了别墅，开上了高级轿车，日子过得那个红火自不必说。

扯得太远了。话说老柴一路跑到杨大夫家门口使劲拍打着门，好半天，里面才传来女人的话音：“谁？”“我。”“你找谁？”“我找杨大夫。”“他早搬走了，到男女专科问去。”“啥？我找杨大夫，他在家吗？”“搬走了。”“搬到哪儿了？”“你去男女专科医院问吧。”“啥地方？”“男女专科医院，东街头的那栋大楼。”里面的人还算耐心。

老柴一路寻找，终于看见东街头的一栋大楼楼顶上，忽闪着偌大的写着“男女专科医院”字样的彩灯牌子。老柴踩着雪向那里而去，他慌慌张张地跑进医院，惊醒一个正在打盹的护士，她慌忙站起来，睁大眼睛问：“你咋了？”“我找杨大夫。”“哪个杨大夫？”老柴想不起杨大夫的名字，结巴了半天说：“杨……杨……他以前在医院的外科，听说现在调到这儿了。”“噢，你是找我们院长吧？他明早才来上班。”老柴愣了一下，急忙说：“我是他亲戚，有急事。他家在哪儿？我去找他。”一听是院长的亲戚，护士打量了一阵，慢腾腾地说：“喏，那边的别墅区。”老柴说：“请你给我带一下路。”“我值班，不能出去。你顺着那条马路过去，别墅门外的几个店铺都是杨院长家的，你敲门打听一下。”老柴只好接着找。

经过很多周折，老柴最后找到了杨二嫂家。杨二嫂的夫人邬燕躺在大卧室的贵妃床上一集接一集地看韩剧，看到感动处，她的眼里禁不住涌出一串儿泪珠。这个女人，平常在别人面前特别爱自显高贵，尤其在杨二嫂开办男女专科医院当上老板后，她更是拿出一副阔太太的架势，同事们背地里叫她乌鸦。不管在别人看来多么风光的人，内心都会有不如意的地方。比如她那个淘气的儿子，今年初中毕业后连高中也没考上，他们想给学校赞助一笔钱让他读高中，可儿子说什么也不去，他们只好送他去外地上职业学校了。如今在学校不知学没学到知识，只是三天两头向家里要钱。

听到敲门声，她懒洋洋地问：“谁呀？”老柴扯着嗓子喊：“杨大夫，我是老柴，我是老柴。”“三更半夜的，都睡了，明天再来。”可老柴依旧没命地敲着门。杨二嫂从另一间卧室披着睡衣出去开门，把老柴引到客厅的沙发上，他一时想不起这个不速之客是谁。老柴唠叨着说：“杨大夫，我以前给你拿过一条羊皮褥子，你还记得我吗？我姓柴。”“噢，噢。”杨二嫂终于想起来了，怕冷的母亲如今仍然把那条毛茸茸的褥子铺在床上。杨二嫂一手夹着烟，一手抚摸着眼角那块越长越大的黑痣，听老柴抽泣着讲儿媳的事情。讲完了，老柴抹着眼泪说：“杨大夫，你是大好人，能不能帮我一把，我实在是走投无路了。”“你闹医院去，闹着让他们给你赔儿媳妇呀。如今的社会大闹大赔，不闹不赔。”杨二嫂把烟头狠狠地压在烟灰缸里说。老柴愣了半天，叹着气说：“唉，那些医生也尽力了。”“他们尽了个屁，人死了，还叫尽力！你尽管闹去，这事你闹到天上，老天也给你做主呢。”“唉，我说把我的血全抽去救人，医生不抽。唉，怪天怪地，只怪我命苦……”“听我的，这事他们必须要赔！”“这……”“这啥这，难道我说得不对？难道你情愿就这么算了？”“我一个平头老百姓……”“我知道你是个可怜人才想帮你！既然你找到我门上了，我就不能不管。”杨二嫂说着拨通了一个所谓的“调解公司”老板的电话。

邬燕将电视音量调小，对他们的谈话听了个大概。这时她走到客厅问丈夫：“三更半夜的，给谁打电话呢？”杨二嫂拍着夫人的肩膀说：“你等着，有好戏看了，这下，你也要想办法大做文章了。”

包王

包王不姓包，姓王，熟人顺嘴叫他包王，生意人叫他王老板，还有人敬称他王总，只有他大老婆坛子这几年叫他顽怂。他是从小包工头一步步打拼成房地产开发老总的。四十岁之前，老婆坛子是停靠他所有疲惫、欢乐和苦闷的大港湾。在他四十岁那年，给他当了一年多秘书的甜甜执意投入他的怀抱，当了他的小老婆，大家叫她蜜甜甜。当时他的头发还像年轻小伙一样浓密、飘逸。多情多才的蜜甜甜不但是他的得力助手，更是他亲密的情人。东北的滑雪场、海南的椰子林、大漠驼背、极地海洋，都留下了他们浪漫的足迹。

不知是蜜甜甜太缠绵，还是包王也同普通人一样，抵不住不饶人的岁月，有一天他梳头时，摸见头顶上有指头大的一片没有头发。“甜甜，快来。”她答应着跑到镜子前说：“老公，怎么了？”“你看我头上。”包王说着弯腰让她看。蜜甜甜的个头不高，她可不像包王的妻子坛子那样，一抬头就能看到他的头顶。包王见她踮起脚，就弯了弯腰，头顶在她圆鼓鼓的胸脯上。蜜甜甜捧着他的头，看见他的头顶上掉了拇指大的一片头发，就用手摸着说：“秃顶了。”包王笑着说：“还不是你缠得我肾虚了。”蜜甜甜心疼地说：“我给你买些补药吃。”“你就是我最好的补药。”“真的，我这就去给你开药。”“不了，我老了，该谢顶了。”“人家就要给你买补药去。”“算了，醋坛子说过，所谓的补药其实多数是激素，不能乱吃。”“那我呢？”“你嘛，当然是我的爱情荷尔蒙喽。”

蜜甜甜不听包王的劝，还是从各处给包王买来各种补药和生发用品。包王拗不过她，各种补药也吃了，各样生发的也用了，可他的秃顶从指头大到核桃大再到鸡蛋大、巴掌大，去年掉得仅剩下耳朵旁边和后脑勺处的几根了。包王一气之下，剃成了大光头，这下倒显出他一种独特的魅力，加之包王近些年注重保养，春光满面，风流倜傥，外人很难猜出他的年龄。给他剃头的理发师说：“王总这个帅样儿，一出门就交桃花运。”包王望着镜子里发光的脑袋大笑着说：“毛都没了，哪有桃花运。”

有一回，包王去邻城出差。在酒吧与几个生意上的朋友喝酒时，包王无意中看见了一个极瘦的女孩子。她的头发烫得很蓬松，映衬得她的头异常突显。当她端着酒从包王身边经过，包王猛然想起了女儿爱吃的棒棒糖，他瞅着她的背影，不禁哑然失笑。

棒棒糖把酒捧到几个留着各式各样怪异发型的年轻人桌上，一个红头发的小伙子一把将她拉到身边说：“美人，陪爷喝几杯。”棒棒糖稳住倾斜的身子，鞠了一躬说：“先生，对不起，我正在工作，请您慢用。”小伙子啪地将钱包扔在桌子上说：“妞，爷有的是钱。”“对不起，先生……”话音未落，那几个毛头小子就把棒棒糖推倒在沙发里了。“对不起，对不起……”棒棒糖极力阻挡着伸向她的手，他们嘻嘻哈哈更加来了精神。

来这里消费的，多数是纨绔子弟，这样的情景包王见得多了。一般情况下，他总是克制住情绪，让助手叫保安。此时，他与几个朋友品着酒，望着不远处发生的一幕，心里希望那只是年轻人之间随意的恶作剧，很快能结束。但他们并不罢手。“对不起……”棒棒糖像一个落入漩涡的纸船，挣扎着，却怎么也站不起来。包王放下酒杯，朋友怕他管闲事，伸手按住了他的手。包王皱着眉，耸着肩膀，眼前浮现出早年间妻子为生意的事喝酒倒在他怀里的情景，怒气一下子涌上心头。他猛然站起来几步走过去，将棒棒糖一把从漩涡中捞起。那几个张牙舞爪的家伙发现不知从哪儿冒出来一个光头大汉，愣了片刻，就一齐向包王扑过来。包王把发抖的棒棒糖拦在身后，飞起拳头就把一个毛头打在沙发上，瞪着眼睛说：“在我面前撒野的人，没有好果子吃。”那几个家伙见势不妙，悻悻地离去了。

包王拉着棒棒糖来到他的座位，那几个生意朋友端起酒杯说：“王总英雄救美，敬佩，敬佩。”

棒棒糖拭去脸上的泪水，向包王深深鞠了一躬说：“谢谢您，给您添麻烦了。”简单询问后，得知棒棒糖是个大学文科生，父母工资低，她利用假期来这家酒吧做侍者挣学费。她不苟言笑，看起来像个冷美人，加上她最近失恋，显得“人比黄花瘦”。

包王望着她忧郁的眼神，从皮夹里掏出一张名片递给她说：“姑娘，你受惊了，如果不介意，有事可以联系我。”棒棒糖双手接过名片，含着泪说：“谢谢您。”“在这种地方工作，要多加小心。”望着她离去的背影，包王叹着气说：“哪个富人家的千金会在这里受人欺辱呢？还是穷人家的女儿啊。”“王总真是怜香惜玉。”“我当初创业时，有人也对我老婆这样过，说实话，我最见不得这种人。”“看来王总对太太非常疼爱。”“啊，哈哈……”包王端起酒杯一饮而尽。

过了一段时间，包王正在办公室忙碌，突然电话响了。“王总，您还记得我吗？”包王“啊”了半天说：“您是？”每天与他打交道的人那么多，每天给他打电话的人那么多，他怎么能记得住呢。“您救过我……”“哦？”我救过她，在路上？在生意场上？包王正在思索着。对方又说：“我在酒吧当服务生的时候，您救过我。”“哦，想起来了。你还好吗？”“我毕业了，能否在您的公司找份工作？”棒棒糖说明意图后，包王想了一下说：“那你来吧。”

蜜甜甜当了包王的半个家之后，公司换了好几任男秘书，不是水平差就是性格让包王不满意。蜜甜甜笑着说：“前车之鉴，我可不给你配女秘书。”棒棒糖来后，包王让蜜甜甜给她安排个岗位。他对蜜甜甜说："文科高才生，我看给你当秘书合适。"蜜甜甜冲他笑了笑，没吭声。

过了一个多月，包王去工地上检查工作，在隆隆的搅拌机旁，一个满脸满身泥巴的身影礼貌地向他鞠了一躬说："王总，您好。"包王愣了愣，终于认出了她。"你怎么在这里？"他惊讶地问。"王总，我在这里工作。""你不是……你啥时候到这里的？""上班第一天就在这儿。""哎呀，你怎么不来给我说呢？""在这里工作很好的。"由于同男人一样干着重体力活儿，棒棒糖显得更瘦了。"你明天到我办公室去一趟。"包王叹着气走了。

蜜甜甜几乎对靠近包王的每一个女人都存有戒心，当包王把棒棒糖介绍给她时，她当然很不悦。为了尽快打发走这个姑娘，蜜甜甜随手就把她安排在了"重要"的岗位。本来，蜜甜甜想，一个文科高才生看到安排了这样的工作，自然会转身离去，谁能想到她偏偏就没走，又偏偏叫包王碰见了。

包王回到家，蜜甜甜同往常一样，像个孩子一样扑向他的怀中。包王抱了抱她，慢腾腾地说："我让那个大学生给你当秘书呢，你怎么让她和泥去了？""她找你了？""没有，我在工地上碰见的。""我想考验一下她的吃苦精神。""考验了一个多月？""你是不是掐着指头数呢？""我早忘了，今天问她的。""看你虎着脸，是不是要打我一顿，给你的小美人报仇呢？"蜜甜甜见包王冷冷的，就有些无理取闹地说。"小美人，世上只有你是个小美人，别人都是土泥巴。""呀！你竟然这样骂我。"一向受宠的蜜甜甜哪里能容他这样的挖苦，顿时捧着脸哭起来。

这时助理将女儿送回家，女儿看见妈妈哭，爸爸不像平日那样哄妈妈，而是躺在床上，这样紧张的气氛一下把女儿吓哭了。包王急忙起身抱起女儿，坐到蜜甜甜面前说："别要小性子吓女儿了。来，打我的光光头。"蜜甜甜扑哧笑了，随即拍打着他的头说："你是不是看她苗条，对她生了坏心眼。"包王说："扯到哪儿去了，有你一个就够缠我的了。"甜甜搂住包王的脖子问："要是她像我一样，缠上你咋办呢？"包王有意逗她："要是还有这样的艳福，那我就再娶一房呗。"听到这话，甜甜的眼泪哗啦啦挂了一脸。包王放下女儿，大笑着一把将甜甜举过头顶，仰面对她说："你真是个可爱的小娃娃。"女儿跑来抱住包王的腿说："我是爸爸的小娃娃，我是爸爸的小娃娃。"包王笑着，把女儿也抱起来，甜甜拍打着他的头说："有她没我，有我没她。你明天就把她打发走。"

包王原本想说通蜜甜甜，给棒棒糖安排一个合适的岗位，没想到蜜甜甜一直有意刁难她。包王将朋友想了一遍，又怕棒棒糖去了吃亏。他突然想起前阵子他向杨大夫要当初建医院的工程款时，是杨的夫人邬燕接的电话，她热情地恭维了包王几句，又叹息自己当个小记者非常辛苦。包王说："你不好好当专职太太，还乱忙啥呢。"邬燕说："我倒是想当专职太太，可单位缺人。"包王笑着说："你当记者风光呀，世上的事情由你说呢！你说猫儿是白的，它就是白的，你说它是黑的，那它就是黑的。""哪儿呀，听起来荣耀，其实写写编编的，费脑伤神的，比驴还苦。咱这说小不小说大不大的地方，留不住人，来的人笔杆子练硬就跑了，现在又吆喝着招人呢。"

棒棒糖科班毕业，又能吃苦，想到这里，包王就给邬燕打了个电话，问她记者招聘的事，邬燕一口答应明天向单位引荐棒棒糖。第二天，棒棒糖到包王办公室听说了这件事后，很是高兴。包王让司机把棒棒糖送到报社，听司机回来说，报社愿意试用棒棒糖，包王的心这才放下来。

入冬后，包王又向杨大夫催讨已拖欠了好几年的工程款，杨大夫答应明年开春支付。由于外面的欠款太多，包王只能给工人们发一半工资。有些外地来打工的人，由于领的钱太少，他们无法回家，仍散落在城市的各个角落打零工挣钱。

每到年关，工人讨工资的电话几乎要把包王的手机打爆。包王何尝不想给苦了一年的工人们付他们应得的血汗钱，但最叫他头痛的就是恶性循环的三角债，他实在没有好的解决办法。

在这个深冬寒月，拖欠工程款最多的杨大夫，突然打电话向包王的两个队长"借"些外地人，说有什么抢修管道的急活儿，出高工资，让他们快去。两个队长见工人们拿得工资少，心急，也没有细问，就给他打发了一些工人。

就在坛子生日的前一天，包王只向几个得力的队长打了招呼，然后关闭手机，开车带上蜜甜甜和女儿一起去外地了。

灾难

缪国庆接连为爆炸事故中受重伤的伤员做了两台手术，才回到外科楼。在楼道口，不知从何处跑出来一个小女孩，一把拉住他的白大褂哭叫道："叔叔，我妈妈哪儿去了？"缪国庆蹲下问她："谁是你妈妈？""你给我妈妈看过伤，就把她推走了。叔叔，我要妈妈……"缪国庆叹了口气，抱起小女孩说："你妈妈叫啥名字？"小女孩说："我爷爷奶奶叫她秀秀，我爸爸叫她阿秀。""你妈妈姓啥？你外公姓啥知道吗？""张，老张。"小女孩肯定地回答。"好，我们一起去找你妈妈。"

护士站的"住院病人一览表"里，并没有叫张秀或张秀秀的，缪国庆只好抱着小女孩去看另外两个不知道姓名的重伤者。刚到重症监护室门口，小女孩就认出来了，她挣脱了缪国庆的怀抱，扑过去"妈妈，妈妈"哭喊起来。缪国庆难过地蹲下，轻声对她说："妈妈受伤很重，要安静休息。明天她就醒来了，你先跟叔叔出去好不好？""不，我要在妈妈身边。""那好，一定要乖乖的，别吵妈妈。"她点点头，站在床头抱着妈妈的手。

缪国庆查看了下仍昏迷的小女孩妈妈的伤情，又向小女孩挥了挥手走出病房。随后他一一看了受伤的病人，这才走进办公室，与做完手术的几位医生讨论后续治疗方案，向守在医院的几位市领导汇报了情况，把他们送出医院。

此时已是凌晨四点，一切似乎恢复了平静。

接收伤者的科室里，已经安排好的几位护士匆匆地穿梭着，给病人做各种治疗护理。缪国庆本打算同另外几位同事挤在办公室的桌椅上躺一阵，但同事们劝说："缪院长，现在病人病情平稳了，你还是回家休息吧。"缪国庆知道，发生了这种大事故，明早肯定还有这样那样的调查。他对几位护士叮嘱了几句，为那个小女孩送了些零食，才惴惴不安地走出了外科大楼。

外面的雪，树叶一般密麻。缪国庆禁不住打了个激灵，加快脚步向妇产科走去。

他走进妇产科，在护士站写抢救记录的老姜一脸愁容地说："你家小贾还在产房忙着，给你打了好几次电话，都说你在手术室……""我在手术台上，护士给我说了。唉，真是不幸。"老姜凑近他，低声说："家属不知道去哪里找人了，还不见影子，吓得孕妇不敢进产房。""还在产房？"老姜点点头，说完两人一起向产房走去。

护士长贾爱贞给婴儿穿好衣服，守在一边，见丈夫进来，忙问："那几个重病患者情况怎样？""暂且平稳了。""可惜这个哑巴媳妇没抢救过来。"缪国庆走过去掀开白单的一角，又轻轻盖上说："得赶快想办法通知家属让拉回去，这样放着可不行。"磨镰停下写病历的手，抬头说："这家只来了一个老汉，还跑得没了人影。""再等一阵，要是家属还不来，就得想办法把她搬走，可不能影响其他人。"几个人正在说话，火烧眉手里拿着胎心仪走进来说："有两个肚子疼的，也夹不到天亮了。"缪国庆冲她淡淡一笑说："你叫她们硬夹着，天亮了慢慢生。"火烧眉没想到缪院长来了，不由得苦笑着说："缪院长，你去命令她们，等天亮了再生。"缪国庆说："可惜生娃这事，天王老子也管不……"话音未落，只听楼道中传来大声的吵嚷声和摔碎玻璃的响声。几个人慌忙跑出产房想知道究竟，只见七八个蒙面人个个手持木棒，围着护士站殴打欧阳砚，他们边打边气冲冲地喊："打死这些白眼狼！打死这些狗东西！"

缪国庆一把将老姜她们拦在身后说："快报警。"

欧阳砚抱着被打得流血的头喊："主任，你们快进去，把门锁上，快把门锁上！"

说话间，那些人已经冲向了产房门口。坚硬的棍棒朝他们打来，慌乱中，火烧眉只按了个"11"，手机就被人一棒打飞了。其他人还没回过神，那群人就叫嚣着扑过来。

"咋回事？我是主事的，你们有话好好说……"缪国庆喊道。

"管他什么鸡巴，兄弟们，给我往死里打！"

几个手无寸铁的人，转眼就被这帮歹徒打倒在地。有人一把掀掉白单说："哑巴，他们杀了你，杀人偿命，血债血还！"接着踩踢着缪国庆、老姜等五个人的头和身子。

"我是医院的副院长，你们有事跟我说，可不能乱来……"

几个歹徒把缪国庆踩在脚下，喊道："院长，我们往死打的就是院长！你可来着了！"贾爱贞和老姜她们头破血流，叫歹徒踩得几乎喘不上气来。歹徒们一边侮辱几名医护人员，一边砰砰啪啪打碎了产房所有的玻璃窗，四处乱溅的碎片随着外面的冷风一齐涌进来！

歹徒们砸了产房，又用棒子敲打着病房的门喊："大家快走啊，这里没有医生，只有刽子手！你们难道等着他们要你们的命吗？”病人和家属吓得魂飞魄散，那些襁褓中的婴儿也纷纷哭起来。躲在安全通道里的疯女人榴莲，突然抱着一个脏兮兮的布娃娃跑出来说：“别吵了，把我女儿吵醒了。噢，妈的乖，别哭别哭。狗日的，吵啥吵……”

张牙舞爪的歹徒们见有人敢骂他们，纷纷提着棒过去打榴莲。榴莲怀里紧紧抱着布娃娃，冲歹徒嚷嚷道：“谁让你惊醒我的女儿，她睡得好好的。看你们这帮土匪，是不是要抢人呢？”说话间，一个歹徒手中的棒就重重地打在她的腿上。榴莲“哎呀”一声倒地，揉着腿对布娃娃说：“宝宝好好睡觉，妈去打他们。”榴莲正准备起身，身上又挨了两棒，疼得她大叫着向角落爬去。

一个歹徒凑近布娃娃一看，顿时哈哈笑着说：“原来是个疯子。”

“哥们儿，那些白眼狼不经打，手还痒痒的，正好把这个疯婆子揍一顿。”

就在他们谋划打人的时候，榴莲从地上爬起来，抓起产房门口污物桶里的一个废产包扔过去，打在一个歹徒的头上，产包里的羊水、血液、胎便等污秽物溅在他们身上。接着榴莲将桶里的废产包一一扔过去。歹徒们有的恶心呕吐，有的用袖子抹着脸上的污秽向她冲过来，转眼就把榴莲打趴在地上。

接诊爆炸事故伤员后，医院保卫科的两名值班保安小张和小李就与医护人员一起投入了紧张的运送、安置伤员等工作中。安排稳妥后，小张遵照上级领导指示与消防部门的工作人员守在安置伤员的病区，负责联络、接待此次爆炸事故伤者的家属。小李同往常一样，对医院的每一层楼进行常规巡视。

别人上下楼自然选择电梯，保安则不同，他们从东侧的步行梯逐层巡视至最高层，又从西侧的步行梯走下来，出外科大楼，又上了前面的综合楼。保安小李正在综合楼巡视，忽然听到一阵阵噼里啪啦的响声。从哪里传来玻璃的碎裂声？不好，小李来不及细听，就飞一般向楼下跑来。他先向急诊科跑去，因为那里经常有醉酒和闹事的人。转过大厅，跑过长长的通道，响声反而隐约了。怎么，难道事情不在急诊科？他立即转身向大厅跑，并顺着响声向妇产科跑去。

小李跑到妇产科门口，顿时傻眼了。一群蒙着面的人抡着棍棒叫嚣着，打砸着妇产科的门窗。护士站的花篮、花盆和真假花都碎在地上，病历车掀翻在地，水池已被打碎成几块，墙上各种宣传板乱七八糟地落在走廊里……小李急忙转身退到门外，拨打 110 报警。小李挂上电话，疾步进门大喊：“干什么的！”那群人愣了一下，有人笑着说："哟，是条看门狗，给我打！""住手，有事说事，你们不能乱来！""打这狗日的！"那些人的棍棒就狠狠地落在小李身上。小李虽是退伍军人，但寡不敌众，不多时，他就被暴徒们打倒在地。

随着一阵阵警笛声由远而近，与另外一卡车提着棍棒的死者的"娘家人"几乎同时驶进了医院。

脾脏破裂

几名警察还没进妇产科的大门，就让死者的"娘家人"团团围住了。那些先前打砸医院的人不知何时已掀掉蒙面，加入了新来的人群。几十号人怒气冲天地拥塞在楼道里，挡着警察，还有一些人仍然在产房里踩着缪国庆、老姜、欧阳砚等人，逼他们给那个再也不发声的死人下跪、磕头。呼呼的冷风卷着纷乱的雪片刮进窗子，几个穿着单薄白大褂的人前半夜忙得汗水淋漓，此时，他们鼻青脸肿，嘴角滴血，双手被反绑，几乎冻僵了。他们无力反抗，任人家万般蹂躏！墙角热辐射台上的那个婴儿，仿佛被惊得屏住呼吸，倾听这不幸的一切。她头上的输液针头不知让谁拔掉了，药液滴在地面上，结成了冰。

警察边给人群做思想工作，边向上级和有关部门汇报这里的情况。医院的其他领导处理完事故回家刚躺下，就连连接到了保安、总值班人员、职工、警察等打来的电话。他们立即拎起衣服，边向医院跑边相互打电话。

恰在此时，一个待产的孕妇腹痛得忍不住，在病房里放声大哭起来。陪护的婆婆把门开了一条缝儿哭喊道："警察，警察，我儿媳妇要生了，快找医生和护士啊，他们到哪里去了？"警察对那群人说："你们来个主事的人谈事，快把医生和护士放开救治病人。""杀人啊，杀人的医院啊——""杀人偿命，用他们的血来祭奠死人！"死者的"娘家人"群情激愤，绝不退让。就在警察与这群人推来搡去的时候，那个孕妇扳住门框，大喊一声，随之传出婴儿的哭声。婆婆跪在地上，不知所措地喊："警察，医生，医生，警察……"儿媳慢慢松开手，瘫倒在地。一个警察挤过人群，挤进病房，与另外两个家属一起把女人抬到病床上。婆婆托着没有断脐的婴儿跟在一边，吓得直哭。

“赶紧叫医生来给娃娃断脐。”一个家属说。“医生呢？医生哪儿去了？”婆婆哭着问。“扣在产房里了。”“你们当警察的，用警棍把闹事的人制伏啊。这样下去咋行！”“事情还没搞清楚，还得上级来了指示……”“上级怎么还不来，这明摆着是闹事嘛！”警察顾不得多说话，又挤出病房，跑到楼上的内科，对值班的医生和护士说：“你们快去给妇产科刚生的娃娃断脐带，还连着呢。”内科的值班医生和护士为难地说：“我们没有器械，快请急诊科。”警察从急诊科叫来位医生，那帮人又挡在门口吆喝着要打。这位医生一手护着头，一手提着器械箱好不容易挤进病房，给婴儿断了脐带，又在那帮人的追打中逃出了妇产科。

雪仍然纷纷扬扬。黑暗中，妇产科的一些医护人员叫厚厚的积雪纠缠着脚步，气喘吁吁地向医院跑。主管部门的领导，也相继被急促的电话声从睡梦中叫醒。他们穿衣服的时候，司机已经开始发动轿车了。

谁能料到，救死扶伤的医院会发生如此恶性的事件。当妇产科的医护人员陆续赶到科室时，都惊呆了，他们以前精心布置的科室一片狼藉，辱骂声、打砸声、叫嚷声混杂着。听说值班的同事在产房里给死人下跪，他们的眼里顿时涌出了悲凉的泪水。他们急匆匆地跑来，接着就被闹事人群纠缠、围攻、殴打。

听说医院的院长和上面的领导来了，人群像饿疯的狼群一般围扑上来，抓狂、撕咬，吆喝着不赔一百万，他们就杀人偿命。

雪糕的手机在坛子家的餐桌上嗡嗡振动着。逗子梦见敌人的飞机携炸弹在空中盘旋，她吓得惊叫着“快跑，快跑”，猛然坐起来，才想起是睡在坛子家。她摸黑下地，一看十三个未接电话，就赶紧叫醒雪糕。雪糕腾地坐起来说：“天哪，我梦见我婆婆得了心脏病，正抢救呢。”逗子说是不是家里有急事，说着把电话交给雪糕，雪糕慌忙按下家里的电话。公公说：“你们科室有事，你快去。”“爸，我妈是不是病了？”“好着呢，我们都好着呢。你快去科室，你们医院已经打了几次电话了。”雪糕长叹了一口气说：“科室有啥事呢？是不是来了重病人？”逗子从衣帽架的大衣里摸出自己的手机一看，也有几个未接电话。“可能叫着抢救病人，咱们快走。”两人穿上衣服，悄然出了坛子家。

时间一分一秒地过去，这里聚集的人越来越多，事态变得越来越难以控制。已是清晨六点，扬雪的天空仍然黑沉沉的。这时，另一个孕妇又要生产了。警察只好从被围攻的医护人员中强拉出一个医生给孕妇接生。

当杨二嫂听说缪国庆在场，更是精神大振，咬牙切齿地说：“打！好好打！往死里打！好大的缪院长啊，你也有栽倒的时候！这回可有你的好果子吃了。”

死者的“娘家人”一面围攻院长和相关领导索要巨额赔偿，一面发狠地踢踩着那几个跪着的人。接到杨二嫂的指示后，无数乱脚就踢在了缪国庆的身上。

缪国庆被逼迫着从凌晨一直跪着，很快就叫他们踩着趴在地上，在这长夜即将过去的黎明时分，躯体贴在冰冷的地上，几乎没了气息。一个暴徒把手伸在他的鼻子上试了半天，抬头对另一个说：“好像没气了？”“装死呢吧？”“你来试试？”那家伙低头一看，吓得吐了吐舌头，转身跑出门喊：“有人昏过去了。”“啊？快让开，快让开！”院长喊着，警察也动了手中的工具，好不容易挤进产房，看到奄奄一息的缪国庆和其他受蹂躏的人。医院的领导与警察奋力把缪国庆抬出产房。混乱中，那帮人再次揪住了医院领导的衣服，院长挣扎着对警察说：“快抬去抢救，快……”

经检查，缪国庆的脾脏破裂出血，休克了，他当即被送进手术室。在缪国庆不久前站立的手术台旁，此时却站着他的大学同学许刚和助手江泓，他们怀着十分悲愤的心情抢救他。

一批接一批的“娘家人”叫嚣着涌入医院。缪国庆生命垂危，老姜、火烧眉几个人仍然叫人家踩着脖子跪着。

一个接一个的孕妇在家属的簇拥下急切而来，又慌张离去。

天麻麻亮的时候，很多家属就冒雪给住院的亲人送饭了。谁也没想到，昨天还整洁温馨的地方，眼下却惨不忍睹。他们的亲人呢？走道里进不去，他们就跑出门，绕到楼外的窗户下拍打玻璃窗。早已心惊胆战的人们掀起窗帘的一角，当看到是自己的亲人时，才松了口气。

接踵而来的家属不得不将饭菜从窗户递进去。他们蹑手蹑脚地凑近产房，探头向内张望。十多号手持棍棒的家伙控制着几名医护人员，死去的那个人冻硬了，掀在地上的那面白单，踩成了一团肮脏的污泥……

有些病情轻的病人和产妇，在家属的帮助下，一个个翻出窗户，悄然逃走了。那些做了手术的和病重的患者，不得不无奈地躺在病床上，等待事态早点平息，祈盼医生早点来查房，护士早点来给他们治疗。

消火栓

闹钟响了，芋头按亮台灯，坛子打着哈欠说："要是今天休息该多好。"芋头起身穿着衣服说："老姜今天大查房，得早点去整理病房，免得老人家又看不顺眼唠叨。"坛子笑着说："老姜她孙子回来，心里乐翻天了，根本想不起唠叨咱们。"芋头穿上衣服推开另一间卧室的门，看见被子折起来了，就满屋子喊："雪糕，逗子，大清早的，这两个家伙藏哪儿去了？"找了一圈，不见她俩的影子。芋头笑着说："那两个没出息的家伙，是不是半夜想老公，起来跑了。"坛子穿着衣服说："没那么严重吧。""那她们咋不见了？""嘿，那两个没出息的，昨晚上喝醉了，可能是胃里不舒服，早早出门找着喝粥去了。"

芋头洗过脸，在坛子洗漱的空儿，就手脚麻利地收拾好早餐。两人吃过饭，穿上昨天买的新衣服，在镜子前欣赏了一阵，就同所有上班的人一样，扑腾着厚雪向单位走去。

正值上班高峰期，千百号人走出各自的家门，急匆匆地向医院走来。当他们蹚过厚厚的积雪步入医院大厅时，才看见大厅里有好几摊血，清洁员正在清理。有人问："哪来这么多血？""昨晚上出事故了。""哦。""唉，听说妇产科出事了。""啥事？""听说……"同事们低声议论着，医院的各个过道和楼梯间里传来急促的脚步声。

坛子和芋头怎么也没想到全科二十多人中，只有她俩照常赶到科室上班了。昨晚，她们两人的手机，在同事频频拨打中耗光电自动关机了。让她们万万没有想到的是，一夜之间，昔日她们精心布置的科室已是面目全非。

走廊里挤满了提着棍棒叫骂和打闹的人，无论是前来调解的领导，还是先前跑来的同事，或是维持秩序的警察，全部被几十号人推来搡去。"家属"不走法律程序，也不同意调解，狮子大开口要一百万。

"天啊，这是咋了？"芋头愣在门口。坛子猛然看见被围攻的逗子在人群中使劲向她俩摆手,意思是让她们千万别进去。坛子意会,一把拉起芋头就向门外跑。两人跑出门看见有病人顺着窗户往下跳,坛子跑过去问:“这是咋了?”病人认出了她俩是护士,低声说:“不得了了,产房死人了,人家娘家人来闹医院,我们不敢住了。”“啊?”“听说你们的院长叫人家打昏了,科主任和医生护士还给人家跪着呢。”病人说着指了指产房。

坛子和芋头急忙向堆着碎玻璃的破窗户走去。

“天哪,这些畜生!”坛子向产房望了一眼,惊得倒退了两步。

“这可咋办?”芋头吓得脸色煞白。

“轰走这群狗日的!”坛子咬牙切齿地说。

“轰?怎么轰走?警察都拿人家没办法。”芋头苦着脸说。

坛子抬起胳膊比画了一下,果断地说:“我扛湿的,你喷干的。”

坛子和芋头是医院的义务消防员,坛子一说,芋头就明白了她的意思。“这……敢吗?”“有啥不敢?浇死这帮狗日的。”说完两人快速返回科室。

此时,闹事的人像狗头蜂一样把医院的人包围在产房门口的角落,气势汹汹地叫嚣辱骂。他们的衣领、衣襟、扣子等叫他们撕扯得零零落落。

坛子和芋头以超乎寻常的速度打开消火栓,只听砰的一声,白色泡沫便像无数纷乱的子弹朝那群人喷射而去。他们号叫着,捂住眼睛四处躲闪!随之,刺骨的冷水又如闪电般击来,但他们很快就反应过来是怎么回事了。

从产房门口一寸寸爬到护士站拐角的榴莲,看见坛子和芋头扛着水枪,立即抱起布娃娃,高兴地大喊:“啊——冲冲——”

水枪冲击着那些人,混乱中,医闹围攻的几个妇产科同事逃脱了。

突然,芋头的腿上挨了重重一棒,她打了个趔趄,扶住墙根,水枪晃动了一下。有人扑过来同坛子抢水枪,水枪如受惊的烈马,挣脱着,喷在墙上,喷在房顶,稀里哗啦打在坛子和芋头身上。

那人与坛子夺了几个来回,突然水断了。那人用袖子抹去脸上的冷水,猛然抽筋似的松开手,慌忙背过身在心里嘀咕:见鬼,她怎么像王总的夫人?没错,就是她,肯定是她。坛子失去了重心,滑倒在芋头怀里。浑身滴着冷水的闹事者,呼喊着扑过来。刚才与坛子争夺水枪的那人一把将帽檐压低,慌忙举起双手,像投降那样对其他人说:“别,别再打了!”

这个人的异常举动倒使同伙一时有些不知所措，坛子趁机拉起芋头往外跑。两人如刚从水塘里爬出来一样，冷水急雨般落了一路，身上昨天新买的衣服已经没了模样。她们跑到大厅，坛子扭头看没人追，就同芋头躲进了门诊输液室。同事一把将她们推进更衣室，反锁上门。直到确定没有人追来，芋头才打电话让丈夫给她俩送干衣服，她还叮嘱："你再给我们同事买二十个大热包子。"

冷风不停地从窗户灌进来，地上结着冰。被冷水浇透棉衣的人哆嗦着，有些叫嚣不动了，警察和上级领导好言劝他们先回家吃饭换衣服。"事情总有解决办法嘛。"浑身颤抖的一位领导说。"拿了钱，我们立马走人。"领头的人说。警察说："好说，好说，先换衣服，你们熬了一夜，先去吃点热饭。"闹事的人都冷得抖着牙，实在支持不住，暂且撤出了妇产科。妇产科的走道一片狼藉。

不久，芋头的丈夫就送来了一大包衣服和一大袋热包子。坛子接过衣服低声对他说："你绕到产房后面，想办法从破窗子里把包子送给老姜她们。"他点点头，提着包子去了。就在她俩换干衣服的时候，他又提着包子返回来了。"咋，送不进去？""窗子外面站着一群提棒子的人。""这可咋办？"芋头望着坛子。坛子用手挤着头发上的水，叹着气说："我去。""人家已经盯下咱们了。""我试试，送不了再说。"

产房里，扣押几名医护人员的人分成了两批，一批守着产房的门，一批守在破窗子外面。

一直静静地缩在热辐射台上的婴儿，此时竟然哭起来。"哎，你们把孩子抱去喂点奶。"老姜喊门口的人。接连喊了几声也没人答应。

老姜、欧阳砚、贾爱贞、霍绍梅还有廉大夫五个人让他们折磨得东倒西歪。痛苦、寒冷、饥饿、委屈摧残着她们的身心。"我们这是为了啥？"磨镰悲叹道。"我妈……今天……做手术……"欧阳砚抽泣着。"你妈？得了啥病？"护士长泪水满面地问。"肝癌。""天啊，怎没听你说起……""昨天……下午才诊断明确……""这些狗日的要干啥？"火烧眉强睁开肿得像青蛙似的眼睛骂。"无非要讹钱！"老姜吃力地说。

坛子把头发塞进针织帽，提着包子走到产房窗外。那群人立即像抢食的狗似的虎视眈眈，喊道："干啥的？干啥的？"坛子边向前走边说："兄弟，天这么冷，你们到屋里暖和一阵嘛。""干啥？干啥？"那群人挡住了她，她没瞅见老姜几个，只看到产床上哑巴僵硬的尸体。“兄弟，我只瞅一眼。”坛子想将包子从窗子投进去，就不顾他们的阻拦，拼命向窗户靠近。老姜她们听见坛子的声音，都屏住了气。“走，不然可别怪这棒子不认人！”那些人几下就把她推倒在雪地上，碎裂的玻璃碴刺在她的肘上、腿上，装包子的袋子也被摔出老远。

有人拾起包子说：“吃，热的。”那些人分吃着包子。坛子双手撑在雪上慢慢爬起来，站了一阵，无奈地离开了。

手被绑得死死的，老姜她们挣扎着慢慢挪动疼痛的身体，好不容易才移到靠墙的角落。护士长附在欧阳砚耳边说：“侧身，我给你咬开绳子，你想办法出去看你妈。”“缪院长他……”“医院会安排人管他的……”贾爱贞的脸肿得厉害，嘴角也叫人家踢烂了。在其他人的遮挡下，贾爱贞满嘴流血地咬着欧阳砚手上的绳子。那绳子打着比石头还硬的死结，贾爱贞的牙都快崩掉了，欧阳砚手上的绳子还是纹丝不动。

“老姜，咋办？”

“国家的王法呢？”

“……”

欧阳砚昨天晚上心里难过，忘了吃饭。眼下，她又冻又饿，浑身不停地颤抖着。护士长好不容易用脚将柜门打开，慢慢趴下，用嘴把柜子里给孕妇备用的半包红糖拎到柜子上，又与磨镰一起咬住袋口用劲撕开，每人吃了一口红糖。

婴儿的哭声越来越大，老姜说：“看来这娃娃缓过来了。”“我们都快死了，还管她呢。”火烧眉气愤地说。“唉……”“你们给孩子喂点奶粉吧。”护士长对着门和窗子说了几遍，仍然没人搭理。

往日熙熙攘攘的妇产科完全瘫痪了。

那群人一撤离，病房里重症病人的家属就打开病房门，呼喊着医生和护士。四处躲藏的医生和护士只好跑回科室看病人。

“大夫，赶紧给我媳妇输液啊，两天没吃没喝，虚脱了。”“护士，啥时候给我妈换药啊？”“医生，我家娃娃一惊一惊的，这可咋办呢？”病人家属着急地问。

面对病人，医者别无选择。

妇产科的医护人员急急忙忙打扫走道和办公室。一阵呜呜咽咽的哭声伴随着唢呐声由远而近，一群人披麻戴孝，抬着花圈，一路哭喊着进入医院大门，进入大厅，进入妇产科，设起了灵堂。男人烧香放炮，女人哭声雷动。吓得病房里那些新生的婴儿惊恐万状。收拾科室的医护人员再次被暴徒打散。

“他妈的，咱们找市长走！”一些家属联合起来去上访。

经过协调，妇产科的一些重症病人陆续转到了其他科室。这样一来，所谓死者的父母、姨夫、姨母、姑妈、姑夫等几十号“娘家人”干脆住在妇产科，闹起事来。

豺狗

根据豺狗的经验，雪夜行动最容易得手。可这次他们失手了，不是猎物有多么强悍，也不是自己不够利索，偏偏就在他们靠近目标时，他们骑的摩托车不知叫雪里埋的什么东西挡了一下，猛然滑倒，两人像足球一样飞出老远。同伙的胳膊摔疼了，豺狗好半天才把他扶起来，但猎物早已消失在茫茫雪夜中。

干这行的人，只要出师不利，就会收兵。豺狗扶起摩托车，捎着同伙返回。半路上，同伙气急败坏地嚷嚷着要喝酒，豺狗拍着空空的口袋说：“谁家的马尿能白给你喝呀？”同伙说：“喊个朋友请客。”豺狗想了一圈，最后想到了酒蛇。

火烧眉的男人长得尖头细腿，走起路来身子像蛇那样扭来摆去，加之其嗜酒如命，人赐绰号酒蛇。酒蛇是一家单位的修理工，平日无事，常溜到门外与酒友小酌。后来，单位的纪律抓得紧了，他干脆将酒瓶提到值班室，以酒代茶。一次，单位的机器出了故障，他醉眼朦胧，非但没排除故障，还将价格昂贵的机器彻底弄坏了。为此，单位处罚他停岗一个月，酒蛇不但不反省，还把不满和抱怨一股脑儿撒在家里。火烧眉本来就很生气，忙碌工作一天回到家还要忍受酒蛇的无理谩骂。起初火烧眉只是好言相劝，后来她再也控制不住，抽了酒蛇一巴掌。这下可捅了马蜂窝，酒蛇揪住了火烧眉的衣服，年幼的儿子强强抱着他们的腿号哭，恰好有酒友喊着喝酒，酒蛇才摆着身子跑了。火烧眉追到门口，恨得咒骂：“让酒淹死你个驴！”“妈妈，爸爸……”强强哭成了泪人儿，火烧眉抱起儿子，无力地坐在床边。

常言道：男怕入错行，女怕嫁错郎。恋爱时，火烧眉把酒蛇带到自家住了两天。临走，母亲拉着女儿的手悄声说："男人要沉稳，这娃娃咋心浮气躁的，怕靠不住呢。"那时，她没在意母亲的话，如今她只能痛饮自酿的苦酒。

停岗期间，酒蛇无所事事，又交了好几个酒友。无论是认识的还是不认识的人，无论是白天还是深夜，只要有酒场，酒蛇几乎都不错过。

恢复工作后，酒蛇两天一小场，三天一大场，夜夜是醉翁，"业务"比以前还繁忙。火烧眉气得不知劝了多少遍，闹了多少次，妇产科同事教给她的法子软硬兼施地用在酒蛇身上都毫无效果，真叫她悲观失望。

在大雪漫天的深夜，口袋空空的豺狗和同伴猛然想起了那个大名鼎鼎却只照过一面的酒蛇。听说酒蛇最大的特点就是不管同谁喝酒，只管称兄道弟，从不问名问姓，更不会打探任何人的事，酒友最放心与他喝酒。

"酒蛇大哥，在'魔力'请小弟喝两杯怎样？"豺狗本没抱多大希望，没想到已经躺在被窝中的酒蛇却欣然说："好，好。"

为不惊动儿子强强，酒蛇悄悄起身穿上衣服，从抽屉里摸出妻子白天取的工资，轻轻拉上门，直奔魔力酒吧。他喝到凌晨才回家，进门就倒在床上。第二天下午醒来，不见儿子强强，他隐约记得妻子昨晚上夜班，也许她早晨回来见他喝酒，赌气领着儿子回娘家了？唉，他们现在除了吵嘴，再也没有什么话可说了。酒蛇起来喝了杯冷水，上班去了。单位的人见他那个样子，也无心搭理。晚上酒友有约，他又去了。他压根没想到妻子出事了，儿子半夜在寻妈妈的路上丢了。

雪太厚不便出行，加上同伴胳膊疼痛，豺狗与其商量回家休息几天。豺狗蹚着雪回到家，父亲正从雪堆里寻柴火给母亲烧开水，炕头上放着几个冷馒头。老柴看见儿子，顿时老泪纵横地骂："你死到哪儿去了？家不管家，媳妇不管媳妇！人都死了，你还回来做啥？"豺狗向来拿父亲的话当耳旁风，他边在屋角找哑巴媳妇边问："谁死了？""谁死了！你媳妇死了！""啊？咋可能？"豺狗以为父亲吓唬他。脸色灰白的母亲哽咽着说："你成天在外干啥？你媳妇昨晚生娃，你爸送到医院里……死了……"豺狗一脚把地上的三脚小板凳踢到墙上说："不可能！咋可能！"老柴双手颤抖着生火，低着头说："你就是把房踢破，也是一堆死土，有本事你也闹医院，叫他们给你赔媳妇？""闹医院？赔媳妇？"豺狗歪着脖子瞅着老柴。

老柴好不容易点着潮湿的柴火，就抽泣着把事情的前前后后给儿子说了一遍。

老柴说："人家叮嘱了又叮嘱，叫咱们一口咬定，医院闹事的都是你媳妇的娘家人，还要一口咬定，你媳妇就是医院没有及时输血给耽搁死了。""那娃娃谁照看？"豺狗耷拉着脑袋问。"他们说医院不赔钱，就不抱娃娃，让医院养着。"豺狗的母亲说："还是抱回来，好不容易有了这个娃娃。""事后再说。""咱们现在咋办？""人家让多叫些亲戚去医院。唉，咱们哪有个啥亲戚呢。"老柴盛了半碗开水端到老伴面前，把炕头上的冷馒头顺手拿给老伴。

老柴伺候了老伴，又盛了两个半碗开水对儿子说："赶紧吃喝了走医院，谁知道是个啥结果？"昨晚从杨大夫家出来，老柴就蹲在一个十字路口等人。那些人会合后，老柴把他们带到妇产科门口，依照事先安排，他没露面。豺狗端起水，大口吞了两个馒头，扔下碗走了。

老柴随后出了门，亮白的雪刺得他的眼睛直冒泪花。由于一夜没合眼，加上雪厚，老柴走两步退三步，跌跌撞撞的，比背着东西还吃力。

饥饿

老柴出了村庄，看见远处的公路上，一辆越野车像牦牛一样硬顶着雪慢慢行走，看来那些平日里比风还快的家伙也叫雪缠住了脚。

老柴心急死去的儿媳，牵挂可怜的孙女，心慌地不时用脏兮兮的袖子拭着额头的汗。被厚雪封锁的路故意逗乐一样不时撂倒老柴，气得老柴咒骂着。他抖着袖子里的雪站起来，又再次被撂倒了，这次摔得很疼，他好半天才摸着肘子爬起来。这时，他看见儿子柴全走到离他不远的地方了。

老柴拍着脸上的雪说："哎，叫你去医院，你咋回来了？"豺狗跨着大步跑着说："背我妈去。""啥？背……背你妈？""他们说叫我妈去闹更管用。"说话间豺狗已经从老柴身边过去了。"这么冷的天，你妈受罪呀……"老柴念叨着，见儿子只顾往回走，他又说："你等，咱们一起回家抬。""哎呀，就一把干骨头，我能背动。"老柴只好喊着说:“给你妈把衣裳穿好,把被子裹紧。”

望着儿子身后飞溅起的一道雪雾，老柴抬起那双到处裂着血口的双手,揉搓着布满皱纹的粗糙的脸,一声接一声叹息着,像羊脑包虫病发作的绵羊那样,六神无主地在原地打转儿。

豺狗年轻力壮,加上平日练就了一双能跑的腿。没多久,他就踏着雪到了家。只听咣的一声,豺狗就卷着冷风进屋了。他一把扯过炕上的被子说:“妈,我背你闹医院走。”瘫痪的母亲由他摆弄着,呻吟着:“我这个样子,人家几脚就把我踩散架了。”“谁敢?我看他们谁敢?”豺狗不由分说,几下就用破被把母亲裹住,拿起炕头的绳子捆好,背着她出门了。

老柴望着儿子与老伴的影子忽闪忽闪近了,便迎上去。豺狗见父亲佝偻着往回返,就喊着说:“你怎还在这里呢?你快往医院走。”老柴仍然往近走着说:“你把你妈的老骨头抖散了。”豺狗不耐烦地说:“捆紧着呢,你走你的。”老柴还是不放心,走上前去给老伴掖了掖被子。豺狗几步就超过了他。老柴气喘吁吁地追在后面说:“你背好,小心你妈的胳膊扭了。”儿子只管背着母亲走。老柴落在了后面。

豺狗死拉硬扯地把母亲背进医院,背进妇产科,那些“叔叔”“姑妈”“姨姨”之流,见来了这么一个气味熏人的瘫子,立即捂着鼻子让开了道。豺狗把母亲放在产房门口的床垫子上,大声说:“妈,你闹,咱一辈子穷得叫人看不起。你闹,闹来钱我娶十个媳妇伺候你。”母亲看到这么多穿孝服的人,这么多花圈,顿时悲从心来,号啕大哭道:“我可怜的哑巴,我可怜的孙女啊……”这个女人双手撕着自己的衣服哭诉着,那些哭泣的“亲戚”个个后退着不哭了。女人哭了一阵,没了力气。这时,有人又从病房的床上扯来几张床垫让他们坐在上面。只听唢呐声响起,那些人又有节奏地哭起丧来。

眼下的情形是,那些提着棍棒的家伙死死把守着产房门口的周围。过道里摆着花圈,他们把病床上的床垫、被褥等拉到走道,哭丧的、念经的,吹吹打打,哭哭啼啼。除了困在产房的老姜、欧阳砚几人,妇产科别的医生和护士一边照料转移到其他科室的病人,一边焦急地想办法营救困在产房里的几位同志。可什么办法也没有,医闹扬言如果医院不赔钱,就把老姜她们活活踏死在产房里,把院领导活活饿死在办公室。与此同时,豺狗和一帮男人在办公楼气势汹汹,只要警察离开,他们就扑过去,抡起拳头逼迫医院的领导。

老柴在郊外,远远地看见城市里到处在扫雪。当他终于走进那熟悉的地方,迎接他的是一堆堆积雪和一个个高大的雪人。平日下雪的时候,他总是缩在家里,现在行走在雪景中,他感觉又陌生又奇怪。如果悠闲,这景致倒也别有一番情趣。可此时老柴如困在冰窟窿中,有些喘不过气来。是的,此时他不是提着袋子走街串巷拾荒来的,而是为哑巴儿媳讨命来的。

不知为何,老柴心里很不安,他怕走进医院,怕见到死去的儿媳,怕见到那些救过儿媳的医生。他就快走到医院的时候,惴惴不安地停住了脚步,在雪堆旁磨蹭了好一阵,就转身向杨院长的专科医院走去。

杨院长又当老板又当员工。天下雪,病人没有往常那么多。杨院长见老柴邋遢着缠满雪的鞋来了,就把他拉进检查室说:"叫你们到医院闹去,你怎么又跑到我这里来了?"老柴说:"儿子把他妈背去了,我心里咋悬悬的,也不知道能闹成个啥样子……""等闹来钱,你心里自然就踏实了。现在你只管骂、打闹就是了,天塌下来有我们挡着呢。"老柴点点头,揉着又涩又痛的眼睛走了。

老柴摇摇晃晃到医院时,吃过午饭的人们陆续上班了。那些闹医院的人也换岗吃完饭,吃完饭的人接着"上班"忙碌起来。

老柴说什么也没想到他们弄下了这么大阵势,竟然在一个治病救人的地方设了灵堂,以祭奠自家死去的哑巴媳妇。唉,这么闹是不是过火了?老柴嘀咕着挤进人群。就在他快挤到老伴跟前时,有人站在病房门口猛然吹响了唢呐,随之"亲戚"们像支有指挥的乐团,有节有奏地哭起来。仔细听,这哭声干涩、无情,是模仿着哭的叫嚣。老柴愣了愣神,禁不住眼里涌满了泪。

一轮哭丧声、唢呐声停了,众人的哭声随之停了,只有老柴的老伴像深陷泥潭,挣扎着,抽噎着,快要断气一般实实在在地哭着。她的哭声悲凉、撕心裂肺。老柴挤过人群,跪在老伴身边,拍着她的肩膀哽咽着说:"咱们命苦哇……"老伴拉着他的手哭了半天才说:"这都是哪来的亲戚,咋都哭呢?""这……这都是哑巴的娘家亲戚。"老伴叹着气问:"唉,那咱们的小孙女在哪呢?""我去问问。"

老柴站起来,挪着小步跨过打破的玻璃隔门,又踩着一摊碎玻璃渣到产房门口。守门的那些黑脸汉子见老柴是自己人,就放他进了产房。老柴一眼看到墙角的辐射台上放着的孩子,还有那几个抢救过儿媳的医生和护士,她们全身污泥,头发凌乱,满脸是伤,被反捆着手,紧紧地依偎在辐射台旁无精打采地缩着避风。

见老柴进来,老姜得救一样打起精神说:“老人家,你们这是要干啥嘛!人要讲良心啊,你们可不能再这样了……老人家,你是一家之主,你要说句公道话。”老柴口气生硬地说:“你们不给我儿媳妇输血,我要给她输血,你们还不让,一个人白白死了,我给你们说啥公道话?”“不管你们占多少理,也不能这样闹我们。这样,你让这些人放她们几个人回去,事情由我一个人负责。”“你负责,你负得起这个责吗?”老柴瞪着眼睛对老姜喊。

见他不通情理,饿得头昏眼花的老姜只好有气无力地说:“那你快把孩子抱去喂点奶,要不然低血糖了。再说,窗子大敞着,辐射台上也很冷啊。”老柴抱着孙女走到门口,有个汉子说:“不能抱,抱来谁管?”“还是先给她喂些奶。”老柴终于将辐射台上的婴儿抱出门去。喂过奶,老柴又把婴儿放回了产房的辐射台,好像那里才是她的家。

特护

许大夫和江大夫给缪国庆做完手术,许大夫轻轻地拍着缪国庆苍白的脸问:“国庆,能听见我说话吗?”缪国庆没有睁眼,只是微弱地“嗯”了一声。许大夫对护士说:“失血太多,叫科室做好特护。”护士点点头,把氧气袋放好,与麻醉师和另一名医生一起推着缪国庆出了手术室的门。送走他们,许大夫脱下手术衣,抬头看了一眼挂钟,舔了舔嘴唇,对江大夫说:“走,咱们喝口水,还得接台手术。”

手术室的护士把缪国庆送回病房,又把车子推到欧阳砚妈妈所在的病房门口,拿着病历喊她的名字。欧阳砚妈妈捂着剧痛的腹部答应着,护士说:“快点,走手术室。”“噢……”

夜里,欧阳砚妈妈又经受了几次刀割样的剧痛。凌晨时一阵剧痛过后,她挣扎着起来准备去妇产科找女儿，刚走到门口，值班护士就劝住了她。女儿不是昨晚说好要赶在她做手术前来的，现在已经大早上了，怎么还不见她的影子？

穿着一身绿色手术衣的护士站在门口催欧阳砚的妈妈。她疼得嘴唇微微抖动着说："护士，能不能再等一阵，我女儿还没来。"绿衣护士好像要把对医闹的愤怒转嫁到她身上一样，口气生硬地说："要是你女儿中午来，难道手术要等到中午吗？她不来，难道让医生护士都等她吗？""她……她说下班就来的。"欧阳砚妈妈咬着嘴唇向床下挪动。病室的家属急忙给她递来鞋，扶着她向门口走去。此刻，欧阳砚妈妈多么想看见女儿，她怕自己万一出不了手术室……这时，与欧阳砚住在同一间宿舍的一个年轻护士过来说："姨，你别紧张，先进手术室。砚子她们科室病人多，经常推迟下班，你别等她。"欧阳砚妈妈一把拉住她的手，眼里涌满泪说："娃娃，如果我有个三长两短，你一定给砚子说，叫她好好工作……"那个护士拍拍她的肩膀说："姨，别胡思乱想，做完手术病就好了。"欧阳砚妈妈放开她，抹去泪水，在护士的搀扶下躺在了窄窄的平车上，两行泪水悄然流下，浸湿了被角。绿衣护士推着她，走过几道长长的楼道，直听"咣"一声，她的身子摆动着进了手术室的门。随之，里间的绿衣护士接过车子，又过了几道门，把她送进了手术间。

麻醉师过来和她闲谈着打麻醉，许大夫和江大夫重新洗刷了手来到欧阳砚妈妈跟前。看见他们，她绷紧的神经渐渐松弛下来。他俩边穿手术衣边同她说话，不一会儿，她就迷迷糊糊睡着了。

欧阳砚妈妈手术后生命体征很不稳定，一下手术，许大夫就让护士把她推到重症监护室。护士长说："这个病人只交了一点钱，连手术费都不够。"许大夫说："她女儿是咱们妇产科的护士，叫她多操心，也好省下点特护费。""妇产科的？""姓欧阳，昨晚上夜班，她说要倒几个班伺候她妈呢，可能现在还困在科室。"护士长凑过来低声说："听说人家要一百万，现在在妇产科设灵堂闹着。""唉，这是啥世道？医护人员没有人身安全，还怎么给病人看病，警察咋不制止？""警察来也没办法。"许大夫说："这个病人病得很重，得监护。"护士长为难地说："昨晚上，咱们的一个护士调去护理爆炸事故的伤员了，一个守在缪院长床头没人换班，一下子少了两个人，又有这么多重病人。""实在抽不出人就用监护仪。""监护仪收费高，你最好和家属商量一下。"许大夫低头说："能减就给减些吧。"

护士长说:“我说你们这些软肠子,尽叫科室贴钱。”许大夫低头下医嘱,不再说话。护士长开启了监护仪又唠叨:“也不能对病人太慈善了,要不然咱们就要饿肚子了。”

许大夫下好医嘱,把病历交给主班护士,就去看缪国庆。缪国庆似乎几天没睡觉,仍呼呼大睡着。许大夫摸着缪国庆的手和脚,对护士叮嘱了几句,就走出病房。

接着,许大夫又同江大夫一起查看了他们主管的病人,等下完医嘱,已是中午了。许大夫换着白大褂说:“小江,快回家吃饭了,现在才觉得饿得心慌。”江大夫说:“许老师你快回去,我在食堂吃。”“你以院为家了。”“我是住院医生,住到医院了。”两人开罢玩笑,许大夫就拖着疲惫的脚步下楼了。

出了外科大楼,他特意拐进妇产科,眼前的一切把他惊呆了。从医快二十年了,他虽然也受过病人不信任的语言和白眼,但无论如何,也不相信这样无法无天的事就发生在眼前。他又能如何呢?上去驱赶他们,同他们打斗吗?他只能气愤地问警察为什么让这些人胡闹,一个警察说:“人家的人死在医院了,我们也没办法。”“你们不制止,就意味着在支持他们胡闹。”“干啥的?干啥的?”不远处提棒的人喊。“你快走,你们的院长都叫人家困着呢。不关你的事就别惹事,这种事谁沾谁不得净出身。”警察把他推开了。

江泓大夫在食堂匆匆吃过饭,又回到科室。中午值班的护士忙不过来,他就出出进进观察着欧阳砚妈妈。给她翻身,用温开水棉棒湿润她的口唇,倒尿……没有家属,病人的一切都得靠医护人员。

欧阳砚妈妈半夜因伤口被疼醒,无力地叫着:“砚子,砚子,这娃娃,咋还没下班呢?”值班大夫不想让她着急,只好骗她说:“你女儿一直守在你身边的。我见她太瞌睡,刚刚让她回去休息了。”“噢,现在几点了?”“半夜,给你打一针,你好好睡觉。”

此时,已经在产房里困了一天两夜的老姜和欧阳砚等人,只能吸着墙角的一桶生理盐水活命。

解救

事发之后的几十个小时，上级部门一直对此事进行调解。对方断章取义死咬住一条《献血法》的规定：为保证应急用血，医疗机构可以临时采集血液。既然法律有规定，那么医院为什么不早点采集老柴的血救他的儿媳妇？这是故意杀人！

医院的理由有三：一是患者到院时已处于重度休克状态；二是医院进行了全力抢救；三是患者到院后就立即进行了采血、配血、输血。故医院无责。

相关部门在反反复复地进行调解，对方就要一百万。医院的几个领导自事发到目前一直挨打受骂水米不粘牙。眼下，他们实在体力不支，熬得头晕目眩。

经历了漫长的一天，又过了无比漫长的一夜。凌晨，对方终于松口少要了点钱。院领导派人给缪国庆传话，伤口疼痛的缪国庆咬着牙说："绝不能开这样的口子，要不然以后有人就把敲诈勒索医院当摇钱树了。"那人无奈地说："这样逼下去实在不行啊，几个院领导撑不住了。"缪国庆说："我总觉得这事很怪，医院不能赔！"缪国庆把他叫到跟前，耳语了几句。

眼望快成的事，听说副院长缪国庆不同意，又搁下来。

事发的第二天早晨，老姜的儿子见妈妈一直不回来，连打了几次手机都关着。他只好对闹着要奶奶的孩子说："奶奶不接电话，肯定做手术去了。"爷爷抱着孙子哄道："咱们吃饭吧，你奶奶一进手术室，就和咱们玩失踪了。"

临近中午，坛子才打电话告诉他们，老姜困在产房里。他们赶到妇产科，看见磨镰的丈夫与科室的一些工作人员焦急地等在外面。事情一直处理不下来，他们为自己的亲人和同事着急、叹息。

当然，火烧眉的男人酒蛇终日醉生梦死，还没想起自己的孩子和女人。

欧阳砚的妈妈，时而清醒时而昏睡，仍在监护室，慢慢煎熬着手术之后最危险的时期。

护士长贾爱贞听见同事在窗外说丈夫缪国庆终于清醒了，苦涩的泪浸湿了她的衣襟。

贾爱贞的女儿缪悦第二天一早去学校补习，中午吃了点零食，晚上回家仍不见父母，就在餐馆吃过饭后回家埋头写作业。反正在医院工作的父母不按时回家或双双加班是常事。她现在全力备考，每天都沉浸在学习中，总是忘了时间，真是“两耳不闻窗外事，一心只读圣贤书”。直到夜深了才扔下笔，倒在床上睡着了。

不知什么时候，一阵奇怪的声音把缪悦惊醒了。起初，她以为是父母回来了，听了半天又不像。她起身去大卧室看了一圈见没人，又睡下，可门外总有声音。是什么呢？难道是老鼠？不会吧。从小父母值班，她常一个人待在家里，虽然并不害怕，可三更半夜，门外的声音还是让她睡不着。管它呢，门反锁着，小偷也打不开。缪悦安慰着自己，侧耳听着门外断断续续的响动。

凌晨五点的时候，缪悦索性起来看书了。冬日早上六点半，外面还黑得伸手不见五指。缪悦装了一块面包，背着书包准备去学校了。就在她关上灯打开门的刹那，一个“人”顺势倒在她身上，吓得缪悦大叫一声，退着摔倒在地上，那“人”也随之倒下。缪悦打开灯，才看清是个草人。这是怎么回事？哪来的草人？缪悦压着乱跳的心把草人扶起来立在门外，回到沙发上好半天才缓过神来。

爸爸妈妈为什么都关机呢？妈妈班上的电话也打不通，打到爸爸科室，护士按缪国庆叮嘱的告诉缪悦，她爸妈护送重病人到外地去了。“噢，怪不得。”“你爸让你照顾好自己，如果没钱了，存折在柜子抽屉里。”“好的，谢谢了。”既然爸妈外出了，她就不能为此而害怕。也许这是邻居家的，也许是哪个流浪汉拿来的……总之，不必想它，上学要紧。缪悦提起书包，匆匆向学校走去。

老姜几人被困着。那具僵硬的尸体让人推到靠窗户的地方，脸上身上落满了从破窗里刮进来的雪。老柴每隔几小时将那个婴儿抱出去喂奶，喂完又抱进来放在产房的辐射台上。产房墙角的一桶生理盐水，叫老姜几人用管子吸到底了。

门外、窗外不知换了几拨人，听说了他们踢破脾脏的那个家伙不同意赔偿，恨得他们咒骂着要把他打个稀烂！

老姜的家人与磨镰的家人，说什么也不能忍耐自己的亲人受罪了。再三请求警察解救无果的情况下，他们不知是自制了还是从哪里搞到了烟雾弹。第三天早上，正当有人担来几大袋包子和花卷，医闹们纷纷抢着吃的时候，突然而来的烟雾弹顿时弄得他们睁不了眼。混乱中，两个戴着防毒面具的小伙子跳进产房窗户，将缩在角落里反捆着手、饿得瘫软的几个医护人员连拉带背弄到窗前，里面有人推,外面有人往出拉。由于老姜几人困的时间太长,个个没有一点儿力气。就在他们往出拉护士长的时候,有人提着棒吆喝而来。那两个小伙边躲闪边抽出腰间的辣椒粉瓶,拉开盖子向对方喷去,对方捂着脸,咒骂着乱打。那两个小伙躲闪着,其中一个用肩膀把挣扎在窗口的护士长扛了出去。就在外面的人接住贾爱贞,把她拖拉着塞进车的时候,那些人又呼喊着跑来了。

眼下,欧阳砚还在产房里。那两个小伙子努力了好几次,也没能把软成泥的欧阳砚推出窗户。眼看医闹要围上来,那两个小伙子只好夺窗而逃,跳上发动的车跑了。

欧阳砚眼前一阵发黑,软绵绵地顺墙倒在一堆玻璃碴上。

“一群饿死鬼转的,就知道吃!吃!吃!人跑了,你们想吃屁也没人放!”一个满脸胡碴的大汉冲揉着眼睛的人乱骂起来。

“吃……吃……”欧阳砚隐约看到解救她们的人丢在角落的布包和棉衣。蚂蚁啃咬一般的饥饿,使她额头布满了冷汗。她用胳膊肘慢慢挪着身子,挪近布包,她闻见了食物的香味,这香味给了她巨大的力量。她使出全身的劲,终于凑近了布包。她用肿得变形的嘴和僵硬难动的牙齿好半天才弄开布包。啊!里面有软花卷。欧阳砚爬过去,似乎忘记了疼痛,狼吞虎咽地吃起来。

那些人也许动了恻隐之心,也许只顾揉自个儿的眼睛。欧阳砚趴在地上,吃了花卷,瘫软的腿渐渐有了力量。她用胳膊把布包推到辐射台下,靠在棉衣上,眼睛直直地盯着那个死去的哑巴,心却喃喃地说:可怜的妈妈,你现在怎么样了?你是不是已经知道女儿被困在这里,你该有多么着急啊。

寻找

老姜四人被解救后,怕有人跟踪,只得先到亲戚家避难。一进门,贾爱贞就着急要去医院看缪国庆,在大家的一再劝说下,她只好用被绳子捆得肿成馒头的手给缪国庆打了电话。听到丈夫微弱的声音,贾爱贞还没开口,眼泪就簌簌而下了。正扶着床活动的缪国庆听到妻子的哭声,禁不住哽咽着说:“爱贞,我好着呢,你别急,快吃饭休息……”

霍绍梅的手腕被捆烂了,胳膊肿得碗口粗,疼得抬不起来。老姜的儿子拨了酒蛇的电话放在她耳边,他的手机还是关机。霍绍梅非常想念儿子强强,可她因感冒严重浑身无力。

两天来一直咬紧牙关不停地给几个人鼓劲的老姜,被儿子背下车,背进亲戚家,她倒在炕上说啥也爬不起来,浑身发抖,连粥也喝不下。亲戚以为她是被冻成了那样,就在她身上压了四五条被子。当另外三个人喝了粥,恢复了一些体力的时候,老姜却出现了发烧、咳嗽,继而恶心呕吐,迷糊不醒。家人请医生上门给老姜诊治。到了傍晚,老姜气喘胸闷,非常难受。家人只好将她送进医院。

近中午时分,贾爱贞和霍绍梅挣扎起身,换上男装,戴上棉帽、墨镜和口罩,有人把她们送到了医院和家。贾爱贞走近缪国庆的病房时,有个护士警惕地跑到护士站,向大家打了一个手势,几个人立即跑过来问:“你找谁?”贾爱贞拉开口罩,轻声说:“小王。”同事小王这才认出是她,于是向其他人摆摆手,示意他们都回去。王护士用钥匙打开门,对忍着疼痛写控告书的缪国庆说:“缪院长,你看谁来了。”

缪国庆摇摆着站起身,疼痛的折磨、失血与手术后的虚弱令缪国庆头晕眼花,他好半天也没认出贾爱贞。贾爱贞摘掉口罩、棉帽和墨镜,过去捧住缪国庆的手说:“是我……”缪国庆瞅着妻子浮肿的手和脸庞,难言的苦涩涌上心头,他的身子像被大风吹着似的晃动着,王护士急忙过来扶着他说:“缪院长、贾护士长,你们坐下慢慢说。”

霍绍梅下了车,慌里慌张扑进家门大喊:“强强,强强。”酒蛇不在家,强强也不在家。霍绍梅心急火燎地寻遍了屋子,发现强强的外衣和袜子还放在乱堆的被子边。“死鬼,这么冷的天也不知道给娃娃穿衣裳。”她气得骂着,用生疼的手拉起被子,床上到处是儿子吃的碎饼干渣。她无力收拾,靠在墙上歇了片刻,又向厨房走去。

灶台到处蒙着灰尘,那天她上班之前吃剩下的菜已经风干了,看样子,自她出门之后,酒蛇就再也没有进过厨房。

霍绍梅拿出药盒,向破烂的手腕上撒了一些消炎药,抬头看看表,中午了。如果强强跟他爸爸去了,那么中午他就回来了。

消炎药刺激着她的伤口，她咬着牙向窗外张望。下班了，街上的人和车猛然多起来。霍绍梅趴在窗前，焦急地张望着酒蛇工作的地方，她在人群中寻找着强强的身影。听到门外的脚步声，她赶紧挪着肿疼的脚站到门后，透过猫眼向外看。门外无人，脚步声远去了。

时间一分一秒过去，时间已经是十二点一刻了，仍然不见强强回来。霍绍梅急得转来转去，她想跑出去寻找，又怕有人跟踪或认出她来。

煎熬，每一秒都是煎熬。霍绍梅的双手在空中乱抓着。

十二点四十分了，街上人少了，还不见强强回来。霍绍梅再也等不住了，她戴上那套行头，前步跟不上后步地出了门，叫了出租车向酒蛇单位而去。酒蛇不在单位，门卫老头瞅了霍绍梅半天，满脸疑惑地指着不远处的一家餐馆说："好像去那里了。"霍绍梅二话没说，转身就向餐馆跑去。餐馆里仅有几个顾客，酒蛇果然在这儿，他一个人背对着门坐在靠里面的角落，慢悠悠地喝酒吃菜。霍绍梅风风火火地跑到他跟前问："强强呢？"酒蛇瞪着红红的眼睛，打量着异样的妻子，很不解地说："不是，我说那个，不是你带他走了吗？""我上夜班去的时候，你在家看强强的呀！"霍绍梅急得大喊起来。吃饭的人都停下筷子，不知发生了啥事。

酒蛇放下酒瓶，晃荡着身子站起来问："那，你这两天干啥去了？"霍绍梅眼前一黑，只听她"哎哟"一声，紧紧地扶住桌子才没摔倒。酒蛇仍然不相信地说："我以为你和强强到他姥姥家去了。""你个鬼，还不快寻强强。"霍绍梅怕自己跌倒，一把牵住酒蛇的衣服走出餐馆。

两口子找遍了邻居家，找遍了亲戚和熟人，谁也不知道强强的下落。霍绍梅急得声音嘶哑，说不出话。平日油桶倒下也不扶的酒蛇，如今也急得青筋怒张，头发竖立。寻找无果，他们只好报警。

谁能想到，就在豺狗叫酒蛇出去喝酒的那天晚上，强强夜里醒来一个人在家害怕，独自去医院找妈妈，走丢了。

强强

家里没人照顾,强强两岁就上了私立的幼儿园。强强最怕上幼儿园,每次他都抱着火烧眉的脖子哭喊:“妈妈,强强不去幼儿园,强强要和妈妈在一起,不去幼儿园。”火烧眉左哄右哄,最后没办法了,就硬抱起他出门。一路上,他挣扎着哭喊:“妈妈,妈妈,我不去,我不去……”

到了幼儿园门口,他双手紧紧地拉着妈妈喊:“妈妈别走!妈妈别走!”火烧眉和老师怎么也哄不下,最后,老师就硬将他从妈妈手上撕开。他哭成了泪人儿,挣扎着大喊:“妈妈,我害怕!妈妈,妈妈……”火烧眉转身就跑,跑出门,仍听着强强在哭,她压住疼痛的胸口,泪水模糊了前面的路。

几天前,幼儿园的老师有事不在,火烧眉上班,只好托欧阳砚看管强强。欧阳砚那天下夜班非常疲劳,她让强强一个人玩,自己靠在被子上睡着了。强强玩了一会儿趴在欧阳砚耳旁说:“阿姨,起来和我玩一会儿吧。”欧阳砚迷迷糊糊地说:“阿姨瞌睡,你自己玩好吗?”又过了一会儿,强强又拉着欧阳砚的手说:“阿姨,你和强强说会儿话吧。”欧阳砚说:“阿姨实在太累了,再睡十分钟好吗?”说完不一会儿,强强又催:“阿姨,你就和强强说说话嘛。”欧阳砚使劲睁开像被胶粘住似的眼睛,强强立即高兴地要她讲故事。

强强是个爱打破砂锅问到底的孩子,他一会儿问:“阿姨,白天鹅有翅膀,我咋就没翅膀呢?”“因为咱们是人,人没有翅膀。”“人为什么没有翅膀呢?”欧阳砚笑着说:“等你长大就知道了。”“为什么长大才能知道呢?”“因为你现在还太小,不懂嘛。”“为什么我现在还太小?”“因为你才三岁半么,是个小宝宝。”“为什么我才三岁半?”“你妈妈才生下你三年半么。强强,你看那画儿上有树,有鸟儿。”欧阳砚怕他还要追问,就指着墙上的画让他看。他看了一会儿又说:“阿姨,墙上的水流到哪儿去了?”“那是画儿,水看着流动,其实是静止的。”“为什么是静止的?”“它是画儿。”“为什么是画儿?”“走,阿姨抱你去外面玩好不好?”“好好,咱们看妈妈走。”“妈妈上班忙着呢,咱们去外面玩吧。”

到了外面,强强很高兴,一会儿爬上台阶,一会儿又让欧阳砚抱他爬树。欧阳砚陪着他，说说笑笑，一直玩到天黑。“阿姨，强强饿了。”“走，阿姨给你买牛奶去。”他们在商店买了两瓶牛奶，强强又指着草莓夹心面包说：“阿姨，强强要面包。”“好，再给咱们强强来一个面包。对了，你的小肚肚，能吃得了这么大一个面包吗？”“留着我明天吃。”“为什么要明天才吃呢？”“今天吃了明天就没有了。”“明天让妈妈再买吧。”“我爸爸不让妈妈买。”“噢，为什么呢？”“爸爸说妈妈乱花钱，他就没钱喝酒了。”“强强饿了就吃吧，阿姨再给你买一个。”听了强强的话，欧阳砚的眼泪差点儿掉下来了。那个酒鬼，妇产科的人谁不知道他的臭德性。火烧眉找了这样一个不着调的男人，经常受气，面色灰暗，痛经严重。好几次痛晕在产房里，同事只好给她打止痛药。老姜和同事们找过几回酒蛇，劝他说：女人是男人疼爱的，你天天泡在酒里，气得她经常哭鼻子，她的心情能好吗？心情不好，痛经就更厉害。再说妇产科的工作又这么苦，一个女人哪里能扛得住几头子的折腾。酒蛇才不会把她们的话当回事，不知多少个夜晚，强强没人管，火烧眉只能把他托给同事帮着照看。有时候，火烧眉倒班没法接强强，同事们就帮着把强强接回自家。正如有人所说：好的男人让你透过他的爱看到更远的世界，不好的男人只能让你的世界毁灭。

晚上，强强搂着欧阳砚的脖子睡着了。半夜，他在梦中喊着妈妈。这个小家伙，妇产科的阿姨们经常帮着接送照看，他早已习惯睡在阿姨们的怀里，睡梦中还以为睡在妈妈的怀里呢。第二天，欧阳砚送他去幼儿园，他又哭起来。欧阳砚抱着他说：“强强最听话了，强强去幼儿园，阿姨以后经常给你买好吃的，买最大最甜的面包，买最好吃的巧克力，还买嗒嗒响的手枪。”强强眼里噙着泪，点点头，去了幼儿园。

如今，强强不见了，欧阳砚也当了人质。

失实的报道

事发第二天早上，本市的报纸刊登了一篇《产妇殁于非命，医生见死不救》

的匿名文章引起了人们纷纷的猜测和议论。第三天早上，在老姜四人逃出产房，医院与医闹的谈判处于白热化之际，报纸上又一篇名为《医生涉嫌故意杀人》的所谓的追踪报道在全市引起轩然大波。有人愤慨，有人唾骂，有人怀疑。失实的报道似阵阵战鼓，使事态进一步恶化。

护士把报纸送到缪国庆的病房，他看了一阵，就气得把报纸撕了个粉碎扔在地上说："纯粹是诋毁！"护士强压气愤说："缪院长，这是哪个狗屁胡说八道？咱们找报社评理去。""咱们现在是泥菩萨过河——自身难保。"作为一名医生，缪国庆很快就冷静下来。常言道："来者不善，善者不来。"明摆着，那帮人得不到钱是绝不会罢休的。着急受困的同志，想着被砸的科室，缪国庆不得不喘着气阅读了调解协议书，最后用颤动的手在协议书上签了字。

这天上午十一点，在多方调解下，双方终于签订了协议书，医院最终以无过错补偿死者家属一大笔钱，由于医院资金紧张，赔偿款分三次付清。这样，家属必须立即将死者抬走，所有闹事家属全部撤离，恢复医院正常秩序。另外，对于家属打伤医护人员的行为，医院要进行控告。

不一次性付清赔偿款，还得扣人。中午人群撤离的时候，在警察与保卫人员再三阻拦下，四个壮汉还是将护士欧阳砚押走了。芋头和逗子等同事在门口追着、拦着，但他们强行把欧阳砚拉出门，推上了车。逗子追着车喊："砚子，你妈好着呢……"

豺狗子用几天前老柴拉过哑巴的破车子拉着瘫痪的母亲。老柴说什么也舍不得丢下孙女，他几次把孙女抱出产房都叫人喝了回去。就在别人快撤走的时候，老柴又一次走进产房伸手托起孙女说："可怜的娃，爷爷抱你回家。"话音未落，只听身后有人大喊："不许抱。"吓得老柴双手一抖，襁褓中的孙女猛然掉在辐射台上，哇哇哭起来。老柴一边拍着孙女，一边抬头对喊他的人说："唉，我实在不放心。""我说老柴，放你八万个心，有人会把她给你拉扯得白白胖胖的。再不听话，我们就不管你的事了。"在他人的拦阻下，老柴拭去清凉凉的鼻涕，把手缩进袖子往外走。小孙女似乎也舍不得爷爷，哭声一阵比一阵大。

老柴走到妇产科门口，停下脚，透过到处散架的花圈、一堆堆黑乎乎的纸灰，以及横七竖八的板凳、床垫，侧耳听着孙女的哭声，双腿软得打战。那人说："你前脚一走，后脚就有'娘'给娃娃喂奶呢。"老柴搓着到处裂着口子的手，结巴着说:“这四处窟窿的,万一有人抱去咋办?”“又不是个金娃娃,谁稀罕呢!”老柴听他这么说,不由得叹道:“各娘肉儿各娘疼,好不容易盼来个星星儿的孙女……”

押了护士欧阳砚当人质,是个小砝码。丢下柴家女,若有闪失,必是个大砝码。当然,还得不停地制造舆论。

在报社工作的杨二嫂的夫人邬燕,平日只在网上搜集一些明星绯闻之类的娱乐小新闻。这几天,她可真忙坏了。她一边向报社领导、同事鼓吹此次“热点新闻”的影响力,一边指挥棒棒糖和另外一个新来报社的女生按照她的要求“直击新闻内幕”,杜撰一封封措辞强烈的匿名“群众来信”。

得到首批赔款的当天,主事人把所有闹事者请进酒楼,酒肉犒劳之后,给大家分发了相当满意的工钱,又带他们在快活林 KTV 的包厢唱歌跳舞,逍遥快乐。那些离家太久的男人,简直叫快活林里柔情似水的妹子融化了。

知恩图报的棒棒糖对邬燕言听计从。就在棒棒糖和同事绞尽脑汁撰写“追踪”稿件时,邬燕给他们提来了丰盛的晚餐,并将两个红包放在他们面前说:“加油,往狠写,往深写,往死写!”棒棒糖说:“邬姨,这个稿子我俩还把握不准,请您指点。”邬燕就把稿子拿给杨二嫂,杨二嫂说:“医院里的事我清楚得很,来,我给他们找毛病。”就这样,第三天的报纸上又出现了歪曲事实,丑化医院妇产科的报道。

常言说:“好事不出门,坏事传千里。”没几天,这些消息就传到了很多地方的小报上。

孩子在哪儿

欧阳砚妈妈的病情平稳后转入了普通病房。身边没有亲人,医生护士照顾不过来,欧阳砚的同事就私下商量轮流照顾。热心肠的坛子悄悄地给欧阳砚妈妈交了一笔住院费,还和同事一道给她煲汤送饭。欧阳砚妈妈每每问及女儿,大家只好说欧阳砚去外地护理病人,过些日子才能回来。

“得几天？”“如果病人好得快，再过两三天就回来了，如果慢，还得几天。”“噢。”既然女儿送病人去了，那还有啥可说的。这儿的医生护士对她这么好，女儿照顾其他病人就是理所当然的事情了。

叫人防不胜防的是，这天中午新入院了一个中年妇女，医生护士还没顾得上给她叮嘱，她就在欧阳砚妈妈面前把这几天听到的关于医院的“热点新闻”说破了。病床上虚弱无力的她本来没精神听对方的说道，但当对方说：“哎呀，你们听说了吗？有一个护士还扣在人家手里。”此话惊得欧阳砚妈妈顿时浑身大汗，她扭头问：“护士？叫啥名字？”“不知道，唉，那些人谁知道会把她……”“七床，来测血压。”一个护士路过病房，隐约听到她的话，赶紧喊她。“刚测了。”“还要测。”中年妇女这才停住了说话，拖着鞋向护士办公室走去。

当班护士把她叫进更衣室，低声给她说明情况，一再叮嘱：“她病情很重，不能刺激。”中年妇女紧张地说：“我这嘴没个把门的，这可咋办呢？”“她要再问，你就说是从《今日说法》上看的。”“对对，反正我一直说医院，医院哪儿都有呢。”

中年妇女回到病房，欧阳砚妈妈满脸焦急地问起，对方只好说谎，这还是引起了欧阳砚妈妈的怀疑。过了一阵，坛子来给她送饭。她拉着坛子的手说：“你给我说个实话，砚子到底去哪儿了？”坛子说：“送病人去了，刚才还给我打过电话，说可能还得三五天才能回来。她问你的病情，我说好着呢，让她放心。”“按理说，砚子知道我有病，该叫别人去吧？”“那晚上正巧出了事故，护士调不开。再说，医院有规定，有突发事件，不许任何人以任何借口后退，要不然就会被辞退。不要说砚子这样的年轻人，就是我们，谁也不敢推。”“噢，她再来电话，叫她在你来的时候打个电话，和我说几句话。”坛子扶她靠好，给她盛着饭说：“砚子在特级病房，二十四小时不能离开，怕影响监护仪器，所有的人都不能拿手机，今天她出门办事才给我打了电话。”“那，就不为难她了。”“你想吃啥想要啥，尽管给我说。”“真是太麻烦你们了。”

欧阳砚妈妈卧病在床，只要医生和护士口径一致，欧阳砚叫人扣押的事暂且还能瞒住。还有令人揪心的强强。火烧眉两口子和亲人没日没夜地寻找，同事们家家帮着寻找，警察到处寻找。城市的角角落落都找了好多遍，仍然不见强强的影子。霍绍梅急火攻心，鼻腔出血，加上之前受的折磨，不几天她的头发就白得像落了霜雪。

“强强，强强，你在哪儿？快给妈妈回来……”

“强强，妈妈的强强，你快回来呀……”

“强强，强强，你们看见我的强强了吗……”

她不住声地呼唤着儿子，嗓子越来越哑，声音越来越低。最后，她绝望地动着嘴，再也发不出声音了。

接连三天三夜的寻找，她昏倒在路上。酒蛇把她背到急诊科救过来，她又接着寻找。母子连心，强强失踪，霍绍梅近乎精神失常了。

酒蛇去外地寻找儿子后，谁也挡不住霍绍梅，她把寻找强强的启事写在自己的衣服上，不论是白天还是半夜，她都游走在街头巷口，或哭或喊，吓得玩耍的孩子四处躲藏。行人们见她可怜，或给她一口吃的，或给她说几句宽慰的话。

有好心人给霍绍梅提供了很多线索，结果总是令她更加焦急。

有一天上午，她在巷道看见一个穿着同强强一样外衣的孩子，她忘记了强强的外衣在家里放着，就疯跑过去，一把抱住他，强强、强强地叫着。孩子吓得大哭，大人闻声赶来，抢过孩子冲她大骂。男主人撕住她的衣领还要揍她，看见她衣服上的寻人启事，才松开了手。

闹鬼

缪悦同平常一样，傍晚从学校出来，在餐馆提了盒饭，匆匆回家吃过，打开高考冲刺强化训练复习资料，准备“战斗”。昨晚那该死的草人闹腾得，她今天的精神显得有些不足。吃过饭，她禁不住连连打着哈欠。

她拿起杯子去冲咖啡，壶里没有开水。这时，她的耳边响起老师的提醒：犯困，是大脑在抗议，不妨休息一会儿，会休息的人，才会学习。她放下杯子，定了闹钟，倒在床上就睡着了。四十分钟后，闹钟准时把她叫醒。她跳起来，用冷水洗了脸，精神抖擞地开始了学习。不知是这套题简单还是她解得顺利，总之比往常解得又快又准。其中有一道她总解不对的题，这次却没费劲就解出来了。缪悦伸了个懒腰，又转向下一套冲刺试卷。

缪悦完成第三套题已是深夜,她丢下手中的笔,关上灯,想美美睡一觉。就在她迷迷糊糊快进入梦乡的时候,隐约听见门口有响动。“谁又闹啥鬼呢?”她唠叨了一句,心想是不是邻居讲迷信,弄那些乌七八糟的草人儿。不理它,睡觉要紧。缪悦从小在医院玩,连死人都远远地看见过,她的胆子还是蛮大的。为阻隔噪音,她撕下两团卫生纸塞住耳朵,把书房门关紧。

谁家的婴儿哭呢?好像就在自家客厅里。嗐!精神病,自家哪有什么婴儿?管他谁家的,睡觉。缪悦说服了自己。

婴儿的哭声大一下小一下的,是不是有人把婴儿丢了?以前,有人把婴儿丢在楼下,第二天早上冻死了。想到这儿,缪悦只好开灯起床,披上衣服蹑手蹑脚地站在客厅倾听,听了半天又听不到了。难道是幻觉,我怎么会出现幻觉呢?缪悦开始怀疑自己。

缪悦吃了两块干奶片,正准备接着睡觉,婴儿又哭起来,好像就在自家客厅。缪悦用被子包住头,婴儿的哭声更大了。这一次,无论是幻觉还是真实,缪悦必须看个究竟。她打开所有的灯,透过猫眼,外面什么也没有。她拉开窗子,楼下什么也看不见。找遍了屋子,还是什么也没有。可她一睡下,婴儿又哭起来了。

唉,我怎么会出现幻觉呢?缪悦难受地翻来覆去。对,应该问问李爷爷。李爷爷是著名的医学专家,是爸爸的老师,她家离李爷爷家不远。以前,爸爸带她去李爷爷家,李爷爷非常爱逗她玩。那时候,李爷爷还抱着她,与爸爸一起站在各式各样的人体图像或骨架前,没完没了地讨论。李爷爷退休后,成了他家的常客。只是她上高二后,李爷爷怕打扰她的学习,不经常来了。

此时已是凌晨两点,李爷爷可能刚睡下,他向来看书到凌晨才睡觉。缪悦犹豫着,最后还是拨打了李爷爷的电话。

“缪悦,”李爷爷好像知道是她打的电话,拿起来就叫她的名字,“李爷爷,打扰您了。我好像出现了幻觉,总听到有婴儿哭。”李爷爷果断地说:“不不不,缪悦,爷爷也听到了婴儿哭。可能是哪个流浪的人,抱着婴儿到处找吃的或穿的呢。”“爷爷,是这样啊,那我在门口放些吃的和穿的吧。”“不用,你只管睡你的觉,要是再听到哭声,我给他们送去。”“好的,爷爷晚安。”“快睡吧,都早安了。”缪悦放下电话,拿起一盒饼干和爸爸的一件旧衣服放在门外,这才睡觉了。

这几天,柴家事件同样牵着李爷爷的心,尤其是自己的得意门生缪国庆的遭遇,更叫这个从医一辈子的老人陷入了深思。他扔下手头撰写的医学论文,奔走呼吁,连夜写诉状,要求严惩凶手,却迟迟没有回音。

看来为了钱,他们的黑手能伸到任何地方。李爷爷对老伴说医院有事,睡得迷糊的老伴说:“退了,也不得闲。”李爷爷戴上厚棉帽,穿上厚大衣、棉鞋,提起床头的一块厚垫子,轻手轻脚地出了门,顺着熟悉的路向缪悦家走去。

他把垫子立在楼门口,慢慢走到顶楼,然后从顶楼走下来,悄悄地提起缪悦放在外面的饼干和衣服,关上楼门,坐在垫子上,就在楼道过夜了。从前,他下乡到边远地区,好多次在雪地里过夜。比起那时,这儿可温暖多了。清晨,李爷爷悄然回了家。缪悦早晨上学时,见门外的衣服和饼干不见了,更确信了李爷爷的话。

抽搐

正如那个主事者对老柴所言,他们前脚一出门,妇产科的工作人员就迫不及待进了门。第一个走进产房的人惊讶地喊起来:“天啊,他们咋把娃娃丢下不管了!”“唉,又给咱们留下了祸根!”在一片气愤的骂声中,他们纷纷想办法,把柴家的婴儿暂且安置在一间小库房的暖气边。接着,他们就同医院后勤科、保卫科等的工作人员一起收拾起了烂摊子,搬东西、扫垃圾、镶玻璃、钉门、修床……忙乱中,还不得不抽出人手照顾可怜的柴家女婴。

由于出生时窒息,加上被医闹惊吓,婴儿哭声如猫,频繁惊厥抽搐。妇产科的医生和护士给她喂了镇静的药,症状还是不缓解。

“听这哭声,颅内肯定有出血,是不是要用止血剂?”“要不拍CT看一下。”“做CT要钱呢。”“给医院汇报,看能不能免费。万一在咱们科室出事,又是天祸。”

同事们商议罢,有人就请示医院,得到准许后,逗子和芋头就抱着女婴去了功能科。功能科主任与她俩都熟悉,看到芋头抱着一个婴儿,故意惊讶地问:“这个婆姨,啥时候又生娃了?”逗子脑瓜儿机敏,笑着说:“早生了,十五六年了,怕超生罚款，一直藏在麦垛里。现在抱出来，你给咱检查检查，看这娃还会不会长哈。”“嘿，这个咧嘴的毛豆子，听这话，还没叫人家整怂。”“还不怂？人家把咱往死整，咱还把人家的娃当上帝。你说，这到底是哪儿和哪儿的事呢。”

检查显示，柴家女婴颅内的确有出血。这样一来，妇产科的人不但要管她的吃喝拉撒，更要给她按时喂药、输液、进行按摩抚触等治疗。

护士欧阳砚仍叫医闹扣着。老姜患了重症肺炎，病得喘不过气来。霍绍梅找不到强强，发疯了。护士长背着浑身的伤，又要照顾丈夫，穿着宽大的男工装、戴着墨镜，一边警觉着可疑人员，边用沙哑的声音指导工作。为瞒住女儿缪悦，两口子咬着牙，一直不敢给女儿打电话。

磨镰主管的一个老年病人，因为柴家闹事惊吵，后来转到其他科室。因加床拥挤、晚上失眠等不良因素，手术的伤口迁延不愈。家属情绪激动，非要找主治大夫说话。磨镰没办法，只好肿胀着头、脸、胳膊、双腿到病房，给气呼呼的家属解释，给老人换药……有些病人说：我不信大夫，但还得让他们给我治病。医生说：你们不信我们的话，但我们还得给你们治病。在这种情况下，他们还要接受一波一波的调查，有人还扬言要他们的命。

那些抱着大肚子的孕妇好像老早就在门口等着，医闹刚走，她们就涌进妇产科。“到其他医院吧，你看，我们这儿……”“我们等着。”

忙乱，理不顺的忙乱。所有的人都在奔跑，都在喘气。不断涌入的孕妇和病人挤满了走道，家属们纷纷帮忙搬床、抱东西，抢着将自家的人安置妥当。师傅们正在镶产房的玻璃，两个孕妇就要急产了。一家家属喊着让他们离开，另一家的说：“叫他们赶紧镶吧，总不能叫咱们的人在敞着的房子中生娃。”医生只好对那些忙碌的师傅说：“你们对着窗子干活，不要转头了。”

抢着入院的人，陆续从各科转回来的人，很快就把妇产科所有的床位占满了。“没有床位了，请你们去其他地方吧。”“请你们无论如何想想办法，我们就想住你们医院。”“病房的加床都满了，过道里实在太冷了。”“我们自个儿拿被子，拿毛毯。”“咱们先说好，等有人出院才能给你们安排病房的床位，你们现在非要住走道，就不要跟在我们屁股后面埋怨。”“只要有出院的，一定先想着给我们安排。”在一次次“讨价还价”中，走道两旁又加了近十张床。

又是七八十号孕妇和病人，大家忙得顾不上吃饭，家属送来的饭仍放在暖气上。就在大家忙得不可开交的时候，挨过医闹打的榴莲又抱着几个“娃娃”一拐一扭回来，照样住在楼梯角落的“家里”。

有些病房的玻璃还没有安好，那些刚出生的婴儿集中到护士站一边的更衣室里。窗台上放着风扇形的电暖，居高临下地向家属怀里的一个个婴儿散着热气。墙的拐角，放着从那间小库房内移出来的小婴儿车。车旁立着输液架，输液袋中的药正一滴一滴输入柴家抽搐的女婴体内。床头挂着特别护理单，详细记录着女婴的情况和护理者的名字：十一点二十分，喂奶粉 25 毫升，大小便各一次，嘴角抖动，抚触 3 分钟，窦姿；十二点三十分，喂温开水 15 毫升，手指抽动，小便一次，抚触，彦丽；下午三点，喂奶粉 30 毫升，小便一次，哭闹，鼻翼颤抖、发青，吸低流量氧气 10 分钟，薛鸽；下午四点三十分，喂温开水 18 毫升，小便一次……

晚上八点，护士长安排护士夜莺回家吃晚饭，随后返回来接夜班，其他人接着忙碌。一直到晚上十一点多，所有的玻璃总算镶上了，病人总算暂且安置妥当了，大家疲惫不堪地回家休息。护士长对值夜班的夜莺、美妞和大心肠三人反复叮嘱：“一定要按时喂养，出门一定要锁好门。如果你们在产房里忙的时间长，就把她抱到产房，千万不能出岔子。”

困境

护士欧阳砚被医闹扣押，同事们心急火燎，医院领导只能一次次向警察求助，请求无论如何要保证她的安全。警察得到医闹的答复是：她很“安全”，医院什么时候清款，他们什么时候放人！

欧阳砚的手反捆着，嘴塞着，眼睛蒙着。有人把她推上车，车厢里倒也暖和。随着车一路的摇晃，事发后一直没合眼的她就迷迷糊糊睡着了。不知过了多久，有人喊她醒来，推拉着她疼痛麻木的身体经过坑坑洼洼的路，到了一处说话有回音的地方，这才解开蒙她眼睛的毛巾，取下塞在嘴里的毛巾，她松了一口气。眼前是两个男人：高个子的额头有一块拇指大的旧伤疤，穿戴着灰土土的旧棉衣棉帽；矮个子的，脸膛黑红，额头异常凸圆。欧阳砚记不清之前是否在闹事的人群里看见过他们。此时,他们把她推到拐角用砖头支起的木板床边。高个子给她披上一件破旧的棉衣,指着粘满斑斑水泥的被褥,操着外地口音说:“就在这儿好好待着!”

“两位大叔……”“只管待着,叫爷爷、太爷、祖太爷都不顶啥事!”红脸膛说罢,和高个子两人拐进了旁边的房间。

此处是未完工的工地,外面堆放着杂七杂八的东西。这间大房安着差尺寸的临时门,门的上下有两道拳头可以自由出入的空隙,门下的空隙被风吹进来的灰土和杂物堆住了一半。宽大的窗框上蒙着塑料,被风吹得“哗啦哗啦”乱响。粗糙的水泥地上到处游落着树叶、纸屑、塑料袋等杂物。冰冷的水泥墙上粘着脏东西。地上有几堆炭火的灰烬,墙角堆放着几捆铺盖。看样子,这是建筑工人的临时住处。

欧阳砚浑身疼痛难忍,她披着棉衣,慢慢弯腰,认命地侧身靠在铺盖上,满脑子是妈妈痛苦的面容。噢,可怜的妈妈,眼下,你最需要女儿的照顾,可是,女儿不能给你揉揉背,扶你翻翻身,陪你说说话。老天,这是怎么了?这是哪儿?他们会不会殴打我?会不会变花样折磨我?会不会将我撕票……巨大的恐惧使她猛地从床上跳起来,浑身禁不住战栗,狂跳的心击打着胸膛!她摇晃着走到窗户前,靠着坚硬的墙,深吸气,慢慢呼出去,再深吸气,连同涌入门缝里的灰尘也吸入胸膛,再缓缓呼出去。直到她的胸腔里吸入太多呛人的灰尘,好像才将狂乱的心跳压住。

得想法子逃走。门反锁着,要能撕开窗户上的塑料,就可以从窗户翻出去,只是手反捆着。眼下最重要的是把手上的绳子弄开。她的目光扫过整个房间,没有割断绳子的利器,再仔细寻找了一遍,还是看不见能用之物。欧阳砚咬着牙扭动着僵直的脖子,好不容易侧目看见自己肿得圆鼓鼓的胳膊。无论如何,先求求看管她的人,也许他们心底并不坏,世上还是好人多……

欧阳砚思忖着,挪着越来越肿的脚向里边那个房间走去。小房间门上挂着一面又脏又油腻的破褥子。不大的窗户上,也同外间的大窗户一样蒙着塑料。地上有个小火炉,那两个人正弄得锅碗响,里面传出这样的话:“他奶奶的脚,那些狗日的又吃又喝,怕要撑死了,叫咱们挨冻受饿呢。”“答应给咱们多分点儿钱呢,能多分点咱快回家过年,家里催得紧。”“唉,谁知道呢。反正……”他们压低了声音:“不好说,这事真不好说。”随后是切菜的响声。

欧阳砚退到门边,站了一阵,又挪到门帘跟前,用肩膀将门帘顶开,侧身进了门,门帘随之重重地垂落在反捆的手上,痛得她眼里闪出了泪花。“妈哟……”她缩着身子呻吟着。“你到外面去,好好缓着。”高个子停下和面的手说。

“两位大叔,请你们放了我,我妈做了手术,现在在医院里没人照看。”

“你到外面去,我们两个几年没见女人了,你不出去,万一有个事,就怪不得我们了。”红脸膛沉着脸说。

“两位大叔,将心比心,要是你们的亲妈病在医院里,你们叫人这样困着,你们的心里一定和我一样难过……”

一行行泪水顺着欧阳砚的脸颊滴答着。那两个人不吱声,只顾埋头做饭,任凭这个落难的人苦苦哀求。欧阳砚哽咽着从事件起因说到经过,从母亲得病说到她们并不好过的生活……

他们切的核桃大的土豆块在火炉上炖着。红脸膛向炉膛里添了炭,坐在同样用砖撑的木板床上开始吸烟。高个子把面团分成两半,用一块小木面板分别擀开,撒上面粉,叠在一起切成肥厚的块,下入土豆锅里煮了一阵,盛了三碗。红脸膛端了一碗,放了辣椒,自顾自地吃起来。高个子解开欧阳砚手上的绳子,掀起门帘,蹲在门口吃去了。

饭香如此诱人。欧阳砚的胳膊弯在背后,动一下都扎心的疼。不管怎样,得想办法吃到饭。欧阳砚“妈哟,妈哟”地哀叫着,好不容易将胳膊垂到腰间,挣扎着一点点向前移动。肿得发紫的胳膊与手僵硬在腰间,不听她的话。她挣扎着弯腰,强顶着右手,肘部撕裂般的疼。她又用膝盖顶着左手,疼得她出冷汗。手抬不起来就吃不到饭,欧阳砚急得猛吼了一声,谁料惊掉了红脸膛的筷子。高个子也扭过头,不知道发生了啥事。

红脸膛瞪着眼睛,欧阳砚连连说:“叔,对不起,对不起。我也想吃饭,胳膊抬不动。”红脸膛把地上的筷子踢到火炉下,拿了另一双筷子出去吃饭了。

欧阳砚又挪到用砖支起的面板前,踮起脚尖,把右手放在面板上,慢慢往下蹲,她想把僵硬的肘子折弯。她斜着身子,一点点把肿胀的手指压弯,把手腕压弯,再紧闭着眼睛压胳膊肘。疼,揪心的疼。就在她睁开眼睛时,红脸膛吃完饭进来了。欧阳砚喘着气,挣扎着说:“叔,请给我留些饭。”红脸膛没应声,放下碗,背身睡在床上了。

高个子拿着空碗在门外瞅了一阵欧阳砚，进门放下碗，走到她跟前，一手稳住欧阳砚的肩膀，一手帮她揉捏着胳膊，疼得欧阳砚眼前一阵阵发黑。慢慢的，欧阳砚的胳膊肘终于能弯了。“大叔，谢谢你，请再给我捏一下左边的。”高个子再不理她，收拾洗锅去了。

欧阳砚好不容易用肿得变形的手拿住筷子，却怎么也喂不到嘴边。眼看着高个子洗完锅了，情急之下，她索性扔下筷子，用手扒着吃起来。嘴脸肿得厉害，口齿咀嚼困难。噢，必须吃，吃饱饭才会有力气想办法逃跑。

她吃完饭时，高个子已经收起抹布，从墙角捡了几块大炭，向火炉里添着，而那个红脸膛在床上打起鼾来。

欧阳砚低声对高个子说：“叔，我知道你是好人，请你放我回去吧。我妈做了手术，一个人住在医院里，我心里急得着了火。”高个子把火炉添满，拍掉手上的炭，一直把欧阳砚拉到外面那间大房的床铺边，啥也没说，转身向里间走去。

逃出

天色越来越暗，屋内的光线也越来越暗。欧阳砚坐在床边，用疼痛的右手使劲拿捏着自己的左手和胳膊。歇缓的时候，她就瞅着门窗，寻思如何逃脱。

听不到车鸣声，这是哪里？离城市很远？还是墙隔住了声音？

不知是红脸膛和高个子商量好的，还是红脸膛这几天也闹累了，他的鼾声越来越大。高个子坐在火炉边的小木凳上，一支接一支地抽烟。欧阳砚靠在散发着油汗味的铺盖上，眼巴巴地瞅着从那间屋子的门帘缝儿溢出的缕缕淡烟。

时间蜗牛似的蠕动着，一阵风旋着纸屑从门缝里灌进来，屋里透骨的冷。欧阳砚悄悄凑近门帘，看见高个子仍在昏暗的屋里抽烟。没有逃跑机会。欧阳砚只好用被子裹住疼痛的、颤动的身体。不多时，她的双脚就麻木了。怎么办呢？脱了鞋躺下吧，有事不好起来；不脱鞋吧，自己的护士鞋天天穿梭在病房间，鞋底上粘着血渍和污物。那天晚上抢救哑巴时，哑巴的血从腰间流下来，滴在她的鞋面上。如果不脱鞋，鞋上的细菌就会粘在被褥上，说不定会给被褥的主人传染病。欧阳砚轻轻抖着麻木的双腿，眼睛慢慢掠过地面，靠窗户的杂物中似乎有塑料袋。她过去挑了两个内面干净的，抖掉尘土，翻过来套在两只脚上，扎紧袋口，这才躺在又潮又冷的床上。

也许该像红脸膛那样鼾睡，让高个子放松警惕，放心去睡觉。想到这里，欧阳砚背过身子，故意拉出深长的鼾声。高个子等炉膛里的炭烟散了，就把那些烧红的炭块夹在大屋离欧阳砚不远的地上，屋里顿时暖和了许多，他又向炉子里添了新炭。欧阳砚压低鼾声，听见高个子脱了鞋，上床睡觉了。只要他睡熟，就能想办法逃了。欧阳砚激动得忘了打鼾，侧耳细听高个子的动静。不知道高个子睡觉不打鼾还是他根本就没有睡着，欧阳砚着急得额头出汗。听不到高个子的响声，倒是红脸膛的鼾声呼哧呼哧的，比以前更响亮了。

黑夜来临，高个子放在地上的那些红炭块渐渐暗了，成了一堆灰。大屋已是漆黑一片，那间小屋地当中的火炉里仍透出淡淡的光。欧阳砚悄悄起来，脚一落地，脚上的塑料袋就发出声音。“唉，该死。”她又小心翼翼地收起脚，在被子里陆续解掉塑料袋，慢慢挪下了床。

得拿小屋地上的小木凳，要是拿到面板上的刀，划破窗子上的塑料就容易了。欧阳砚思索着，不知不觉到了小屋门口。门帘翘着一条缝，红红的炉火，炉火前的小板凳就在不远处。欧阳砚屏住气，蹑手蹑脚进了屋，轻轻地拿起板凳退了几步，把板凳放在门口。面板上的刀呢？她慢慢站起来，凭记忆向面板那儿挪着。突然，高个子似乎要翻身，压得床发出刺耳的响声，吓得欧阳砚悬在胸口的心几乎要跳出来了。她紧紧捂着胸口，等高个子睡稳了，她不想冒险取刀了，而是退到门侧，斜身挪出门帘的缝，轻轻地拿起板凳直奔窗户。

她的手肿得太严重了，每将这种厚实的塑料撕一点，手就扎心的疼。什么也顾不上了，她狠狠地拽着，窟窿一点点变大。她用手比划了一下，好像可以出去了，于是，她急忙踩在板凳上，把头伸了出去。糟糕，一侧肩膀还卡着。就在她缩着身子准备向里退的时候，突然觉得有人抱住了她的双腿。天啊，完了。直听耳边嗖的一声，她的身子就如弹簧似的升起来。她来不及反应，双脚就踩上了窗台。她的身子猛然一歪，一双手又撑住了她，她扶着那双手跳下窗台。

“向北……”欧阳砚隐约听见他说。

阴沉的天，漆黑的夜，哪儿是北？欧阳砚跑了一阵，就叫前面黑乎乎的东西吓住了。她接着向另一个方向跑，跑着跑着眼前又出现了黑幕。她调头再向另一个方向跑。这时，一束手电的光闪过来。她急忙蹲下，用手摸着地，好像是堆沙子，她慢慢摸着移到沙堆的后面。

光束越来越近，说话声也越来越清。“咱管尿他，只要给钱就行。咱们同情别人，谁同情咱们。看这尿事，咋向人家交代？”好像是红脸膛的声音。“唉，我也累得受不了，一迷糊睡着了，谁能想到她跑呢”是高个子。“说好的，你前半夜，我后半夜，现在人跑了，人家怪罪下来，我就说你把人放走了。”“兄弟，咱们谁不是为两个糊口的钱。人家怪就怪在我头上，唉，你说我猪不猪，倒在床上一闭眼就睡扎实了。”“不怪你怪谁！”红脸膛气呼呼的和高个子经过沙堆走了一段路，又返回了。

“北边的高速公路她根本摸不着，肯定还在后院转悠呢。这地方这么偏，她哪里能跑得出去。”高个子大声说。“早就跑没影子了，还能等着咱们抓。反正全怪你，我不管尿这事。”“唉，这可咋向人家说呢……”

高个子和红脸膛返回了，欧阳砚绕出沙堆，就在她准备顺着他们刚才用手电照过的地方逃跑时，不知什么尖尖的东西刺进了她的小腿，疼得她差点喊出声来。蹲下一摸，湿湿的，好像正在往外流血。她顾不得伤口，站起来接着跑，跑了一阵，前面又碰到一处黑幕。她凭感觉往前走着，好像是一道很高的地坎。她爬上地坎，才看到不远的地方有夜行车。啊，公路。欧阳砚拼命向公路跑去。

看着不远的公路，其实离得还很远。欧阳砚跑一阵，歇一阵。眼看着公路近了，却仍远着。深一脚浅一脚，坚硬的杂草扎进她的手掌和膝盖，灰土和沙砾蹦进了她的眼睛。噢，夜行车，等等我，带我回去吧。

这是一条高速公路。欧阳砚钻过铁栏，不知该向哪个方向走。前方有车灯，她使劲招手，车忽闪就飞过去了。又过来一辆，她又使劲招手，车还是飞驰而去。看来招手拦不住车，她要豁出命，站在路中间拦车。这回过来的是辆载重物的大车，欧阳砚拼命招着手，司机终于把车停在路边，伸出头恶狠狠地问：“干啥的？”“师傅，我要回市里。”“在那边，半夜三更的，哪儿的神经病。”司机骂着离开了。

欧阳砚只好穿过中间的铁栏，同之前一样冒险拦车。几次失败后，她终于拦住了一辆车。车主摇下玻璃窗问：“你有啥事？”欧阳砚跑上前，着急地说：“师傅，我有急事到市区去，麻烦你捎我一下。”司机打量着她说：“你是不是精神不正常？”“不不，师傅，我是医院的护士，遭人劫持了，才逃出来。”“嘿，还是护士，遭劫持了？这是哪儿的梦话。”说话间，司机就启动了车，欧阳砚追着，车转眼就没了影子。是啊，她现在的这个样子，谁能把她与白衣天使的护士形象联系到一块儿呢。

欧阳砚后悔说了实话。怎么办呢？就说自己得了急症，要去看病，说不定司机会同情。欧阳砚只能顺着公路边跑边等。小车车速太快，根本拦不住，她走了很久，远远地看见一辆大车，这回说什么也要拦住！这是辆大客车，售票员问：“走哪的？哪能在高速公路上拦车呀！”“我有病了，要去市里的医院。”“我们不进市区。”“我到路口下车就行。”“上来。”夜车上，上下铺的旅客都睡了。

欧阳砚刚坐下，售票员就过来卖票。欧阳砚这才想起买票的事，只好如实说：“大哥，我没钱买票。”“没钱就下车。”“是这样，大哥，我是医院的护士。你看，这是我的工作服。”欧阳砚拉开那件破棉衣，指着大褂前胸污得看不清的字。“这个疯子，不知在哪儿拾了个破褂子，还冒充护士了。停车，让她下去。”售票员不客气地说。“大哥，请你们一定把我捎上。我真的是护士。”欧阳砚见售票员过来拉她，急得眼泪涌了出来，他们的话惊醒了几个旅客，他们好奇地过来。

“车速快，你们回座位去。”售票员挥挥手。旅客走后，司机扭头问：“到底是咋回事？”欧阳砚这才简略地向他们说了事情的经过。“哎呀，这太过分了。”司机同情地说。售票员一直用疑惑的眼神打量着她，欧阳砚又对司机说：“师傅，能不能借你的手机，我给同事打个电话，让她想办法找车接我。”“你索性打110，让警察接你。”售票员有意挖苦的话倒提醒了欧阳砚。她说：“对，师傅，请你给警察打电话，让接我。”“真打？”“真打。”“乱打110可是犯法的。”“警察知道这事，会想办法接我的。”售票员犹豫地看着司机，司机示意他将电话给欧阳砚。

夜行车

从欧阳砚被劫持到她打110，之间的十多个小时里，医院的领导、警察与为老柴主事的“家属”之间一直持续着轮番谈判。就在院方将要妥协，对方快要得逞的关键时刻，传来令医闹气急败坏的消息——人质逃了。

几乎同时，警察和院方也得到这个消息。“还不快找人！深更半夜的，一个女孩子心惊胆战，谁知道会出啥事。”警察冲那几个强硬的主事人吼。一时间，谈判中断，医闹带路，警车拉着医院办公室和保卫科的人，还有妇产科的窦姿和芋头一起向关押过欧阳砚的地方而去。

那处远离闹市的、正在建设的厂区近处没有高速路口，警车只能顺着坑坑洼洼的沙土路向里走。警车摇晃了一段时间，总算找到了地方。高个子沮丧着脸，指着窗子讲了欧阳砚逃跑的事，红脸膛沉着脸一言不发。问得紧了，他就指着高个子没好气地说：“谁知道他咋看的，我睡着了。”“给她吃的没有？”“给了，给了，吃了满满一碗。”警察又问：“这是谁的工地？”“我们也不知道，是主家指的路，你问他们去。”红脸膛说。

窦姿提议寻找的人分成三组，边喊边寻。就这样，他们喊着欧阳砚的名字，寻遍了层层空荡荡的房间，寻遍了工地上每一处角落和堆积材料的边缘，寻遍了每一个井口……随后，顺着高个子指的北面的一条路，向高速公路的方向寻找。

厂区距高速公路大约五公里。窦姿和芋头的嗓子都喊哑了，还是不见欧阳砚的影子。芋头焦急地说：“砚子不会想不开吧？”窦姿肯定地说：“不会，不会，砚子从小就坚强懂事，常替她妈扫街。现在她妈住院，她哪里会想不开。她要么就藏在近处，要么摸黑逃跑了。”“她不知道路，往哪儿逃呢？说不准越逃越远了，说不准饿晕在哪儿了。”“人家说吃了一碗饭。”“谁信那些鬼话。”“他们不敢对警察说假话。”芋头凑近说：“他们总不会对砚子使瞎心吧？”逗子迟疑了一阵，低声说：“不会吧。”胆小的芋头听向来乐观的逗子这样说，顿时出了一身冷汗。

警察和窦姿他们在厂区拉网式搜寻的时候，欧阳砚正在高速公路上疯走拦车。

听到警察说找到欧阳砚的消息，喊得嗓子冒烟、跑得双腿发颤的逗子和芋头倒在地上，芋头禁不住哭起来。警察拉起她说：“找到了还哭啥？”芋头哽咽着说：“现在是啥世道啊，过去，医生和护士救了人，家属感天谢地的，现在咋就变成这个样子了！”警察接过话说：“你们救活了人，人家自然感谢，可问题是你们没救活她呀。”

欧阳砚身心憔悴,体力透支,惊慌奔逃,她对警察讲明情况后就软成了稀泥,身子缓缓滑倒在夜行车上,连呼吸也很费劲。门口的一位旅客和售票员一起把她扶在铺位上。车在飞奔,欧阳砚觉得自己变成了秋天的树叶,在大风中起落摇摆。眩晕、震荡、疼痛纠缠着她,她对自己说,噢,这一切很快就会过去,我很快就能见到妈妈了。

夜行车上,有人打着响亮的鼾声。我不是逃出来了么?怎么那个红脸膛还在打鼾?欧阳砚迷迷糊糊地挣扎起来。不,我要逃出去,我要去看妈妈!幻觉控制了她,她以为自己又被很多人困在了哪儿了。她努力辨认着,那些人面目狰狞,吓得她紧闭上眼睛,可那些人手持棍棒,冲她喊着、骂着。“不是我的错,不是我的错,我妈得重病做手术,我要去看我妈。”欧阳砚后退着、哀求着,好像是看到高个子向她走来,她急忙说:“大叔,真不是我的错,求你放了我吧。”“到路口了,下车了。”路口?下车?欧阳砚想不起是怎么回事。“她可能是个精神病。”“唉,给折磨成了这样。”司机把车停在路口,走过来拍着她的肩膀说:“姑娘,快下车去,警察等着接你呢。”警察?人民警察,有事就打110,快,打110。她惊恐地寻找着电话。

“欧阳砚,欧阳砚,我是警察。”一个警察叫她。警察,警察来了,我们有救了。欧阳砚沉在噩梦般的往事中。唉,警察还是对付不了他们,他们太横行霸道了。“欧阳砚,快下车吧。”警察见她的脸痉挛地抽动着,又提醒道。不料她一把抱住站在旁边的女旅客的胳膊,浑身抖动着说:“护士长,我不走,我不走,我要去看我妈呀!”吓得那个女的挣脱着。警察示意她别动,又对欧阳砚说:“听话,我们这就带你去看你妈。”一车的旅客全醒了,有些不明白发生了什么事,低声议论着、打听着。渐渐的,欧阳砚结束了错乱的梦境,她的手松开了,软软地靠在女旅客身上。警察把她背下客车,背上警车。

强光照醒了欧阳砚,眼前怎么是警察?“我在哪里?”她问。“欧阳砚,这里是警务室。”一个警察给她端了一杯水。“我……我没犯法……”她失忆而惊慌地说。“你没犯法,你喝水,吃点东西,天亮送你回家。”记忆电流似的照亮了欧阳砚,她猛然站起来说:“我这就回医院,我妈做手术了。”“你们医院人说,你妈病情稳定,你现在要休息,等清醒了还要向你问些事。”“我要看我妈去。”她说着就要走。警察拦住说:“等等,你风风火火跑出去,人家挡住你咋办?”话音未落,欧阳砚触电似的“妈哟”一声缩回来，好像那些人已经冲她来了。警察见她反应如此过激，只好叹着气说：“你别急，我们送你去。”欧阳砚跟在警察身后，战战兢兢上了警车。街上的霓虹灯忽闪着，仿佛高速公路上的夜行车。“停车！停车！”欧阳砚突然摆起胳膊喊。“怎么了？”警察一个急刹车，停在路边。“师傅，我要回医院，我妈……”欧阳砚大声说。“哎呀，咱们现在就往医院走呢。”开车的警察气哼哼地说。“叔，请你放了我。”她精神恍惚，似梦非梦，以为自己仍被人控制着。

探视

闪烁的霓虹灯使城市的夜充斥着浮躁，街头到处堆积的雪在昏黄的路灯下闪着冷光。在一条背街上的快活林歌舞厅门口，吊着两串长长的大红灯笼，歌舞厅里传出低低嗡嗡的打鼾声或吟唱声……

警车快到医院门口的时候，一辆救护车突然呼啸而出，不知是谁家的老人心梗发作，还是谁家的孩子发烧，或是哪儿发生了不测。听到救护车声，欧阳砚条件反射一般开始寻找，警察说：“到医院了，到医院了。”欧阳砚一把提起后座上的包说：“急救箱咋在这里呢！快，出诊！”“这人精神出问题了。”一个警察说。

警车停在办公楼前，欧阳砚提着“急救箱”抢先下车，准备向楼内跑。警察拉住她低声说：“你们同事等你呢。”说着把她拉过走道，拉进拐角的一间屋子，轻轻地反锁上门。这时有人开了灯，站在欧阳砚面前的是坛子。

“姐——”“砚子，悄悄地，你妈病情稳定着呢，你不要急。”“姐……”欧阳砚腿子一软，倒在她怀里，无声地哭起来。等她抬起头，警察不知何时走了，她的身边又多了满脸尘土的逗子、芋头和疲倦难掩的护理部主任。

护理部主任低声说：“人家还在闹，你先休息几天再上班。”说完蹑手蹑脚出门走了。裤子和鞋上粘着野外干草的逗子和芋头把欧阳砚扶到一张白色的铁床上，帮她换上一套男式衣服，又用热毛巾给她拭了手和脸。坛子锁上门，打开墙角的电饭煲，从里面拿出温热的牛奶和吃的，把吸管插在牛奶瓶上，慢慢送进欧阳砚嘴里。欧阳砚几乎没缓气就喝光了一瓶热奶，坛子放下奶瓶，又把馒头送到她嘴边。欧阳砚本想狠狠咬一口，可她的嘴怎么也张不大。她吃力地抬起肿得肥厚的伤痛的手摸了摸自己的嘴脸，噢，嘴唇不知何时肿得又高又硬，鼻子也肿成了拳头。

“砚子，先喝点稀的吧。”芋头给她递过来了热粥。欧阳砚喝了粥，挣扎着坐起来说：“我这就去看我妈。”坛子说：“砚子，听姐的话，我们说你护送病人到外地去了，你现在这个样子去，你妈知道实情，会加重她的病情。明早，你给她打个电话，说你再过几天就回来了。”芋头也说：“我晚上隔着门看过，你妈精神好多了。你缓几天，我们换着照顾她就是了，等风声过去了，你的精神好些了再去吧。”“那咱们科室咋样了？”“人家一走，病人就涌进来了。疯了，全都疯了。”逗子说着打了个哈欠。坛子说：“你们两个找个地方睡一阵，天亮还要上班，我看着砚子。”逗子贴在欧阳砚耳边说：“砚子，听昙姐的话。你妈那儿，我们换着送饭，你不要操心。”欧阳砚点点头。坛子关了灯，两个人屏着气，悄无声息地走了。

坛子没有开灯，走到欧阳砚身边，轻轻地拍着她的胳膊说：“你睡着，我去外科拿些消毒剂和药，给你涂伤口。”欧阳砚没有吱声，坛子走到门口，欧阳砚突然说：“姐，我和你一起去。”“你不能出去。”“姐，你不要去了，我非常害怕。”欧阳砚说着光脚跳下床，追了过来。“砚子不怕，姐在呢，姐不去了。”坛子回头，像哄孩子一样搂着惊恐的欧阳砚。欧阳砚说：“姐，我想看我妈。”坛子说：“砚子，咱们现在必须冷静，你妈做了那么大的手术，我和科室人一直哄她，要是看到你伤成这样，必然要问，她知道了肯定会加重病情的。”“我隔着门看一眼吧。”“嗯，我先出去看一下。”坛子站在门口张望了一下，看见楼道没有人，就按开灯，从包里拿出厚厚的棉帽子戴在欧阳砚头上，又取出墨镜递过来说：“这么一弄，谁也认不出来了。”随后又帮欧阳砚穿好衣服和鞋，拉着她小心翼翼地走出楼道，向外科大楼走去。

天阴沉着，遮蔽了黎明的曙光。怕有人发现或跟踪，她俩俯着身，顺着黑暗处走到外科门口。坛子说：“你等着，我先上去，要是电梯里没有人，咱们再一起上。”欧阳砚就在黑暗处等着。过了一阵，坛子气喘吁吁跑下来说：“电梯门口有几个人，不知道是干啥的，我顺着楼梯下来，倒是没有可疑的人。”“那就顺着楼梯走吧。”

欧阳砚双腿浮肿，每上一个台阶都疼得直咬牙。坛子说：“我背你。”“我自己能走。""不能磨蹭,万一叫人发现了,又逃不脱。"坛子不由分说转身背起欧阳砚,爬了两层,坛子停在拐角处,扶住楼梯扶手大口喘气。欧阳砚说:"要不坐在轮椅上,他们还以为是病人。""哎呀……我咋就没想到……"坛子跑进科室,很快就借到了轮椅。

欧阳砚穿着一身旧男装坐在轮椅上,低着头,坛子把她推进了电梯。一阵眩晕,电梯就到了高层。门一开,欧阳砚早就忘了电梯口有人,她腾地站起来,疾步向病房走去。坛子紧张地扫了一眼,电梯口那些人走了。她把轮椅推到楼拐角,急忙追过去。

病床上怎么不是妈妈!天啊,妈妈哪儿去了?她是不是?"妈……"欧阳砚无声地喊着,眼前一片黑暗,差点栽倒。坛子跑上前扶住她说:"你妈转到另一间监护室了。""啊?抢救吗?""我给护士长说情,她暂且让你妈一个人住着,这样安静些。"

正在忙碌着给病人测体温的值班护士过来问:"你们找谁?"坛子摆摆手,护士认出了她,又忙碌去了。坛子和欧阳砚来到监护室门外,听见欧阳砚妈妈正在呻吟。欧阳砚靠着墙,泪水纷纷,身子软软地顺着墙滑在地上。坛子走进病房,半掩着门,帮欧阳砚妈妈翻身、倒水,还故意对她说:"砚子昨晚上给我打电话,说她再过三天可能就回来了,她说今天早上抽空给你打电话呢。""噢,那就好,那就好。今天想吃点啥?""唉,太麻烦你了。""不麻烦的。""喝点稀饭就好。""那你好好缓着,我这就做去。""啥时候了?""天快亮了。"坛子关上门,拉起欧阳砚,走到拐角低声说:"你妈精神好多了,你现在放宽心,先在我家养几天,等肿消些伤好点了,再看你妈。""姐,真不知道咋感谢你。""再不说啥谢不谢的话。人有难了嘛,我过去受过难,别人也帮过我。"说着又顿住脚,指着另一间遮住门框玻璃的病房悄声说:"缪院长在这间病房,唉!"

坛子先到电梯口看了一下没人,就向欧阳砚招了招手,她们很快下了楼,还了轮椅,出了外科楼。

天麻麻亮,已有家属给亲人送饭了。坛子拉着欧阳砚走出医院,拦了出租车,向家走去。

恶毒一推

泼辣的坛子做事飞快，只听她在灶房里噼里啪啦一阵，早餐就做进锅里了。她又旋进卫生间，调好热水，用防水布护住欧阳砚浮肿的、处处有伤的脸，扶她去洗澡间。欧阳砚的头皮叫人家踩得到处是肿块，头发上粘着血渍和污渍，一沾水刺心的痛。坛子拿过一个软椅，扶她坐好靠稳，像给婴儿洗澡那样，轻轻地洗干净她脏乱的头发。开始她还呻吟叫疼，洗着洗着，欧阳砚就睡着了。坛子从上到下，小心地洗着欧阳砚浮肿的全身。沐浴液堆在她腿上那一道道深深浅浅的伤口上，欧阳砚也毫无知觉。她太累了，睡得越来越沉了。

洗完澡，坛子把她抱在床上，在伤口处抹了药，盖好被子，留了纸条和消炎药，盛上早点，就匆匆跑出门拦了出租车向医院奔去。

坛子慌张地走进医院，看见大厅里挤满了披麻戴孝的人。有人正围着死人烧纸，有人向大厅的柱子上张贴着一条条杀人偿命、血债血还、抓住凶手、千刀万剐等字样的大纸。居然还是老柴，还是那些人，还是那个僵硬的哑巴。上班高峰期，医护人员与病人只能从侧边挤过去。坛子怕被人认出来，猛地转身从急诊室一侧绕到外科楼，给欧阳砚妈妈送饭。

一见坛子，欧阳砚妈妈就说："砚子说啥时候给我打电话？"坛子本来打算在她送饭的时候让欧阳砚打电话的，可她累得睡着了。于是，她就说："我们今天早晨要开会，让她中午给你打。""噢，要不然你让她打到护士站，我出去接。""护士站忙，一般不转家属的电话，还是手机方便，今天中午她就打电话了。""唉，就是，医生护士都忙啊。"来不及再说话，坛子把早点盛给欧阳砚妈妈，就飞一般向妇产科而去。

科室里拥满了人，是孕妇、病人和家属。坛子顾不得吃早点，就与几个同事锁紧门更衣。"那些人又在大厅里闹呢。""咱们都得小心，谁知道又咋闹呢。""大褂系一个扣子，急了脱掉就跑。"就在大家低声议论的时候，只听一阵脚步声，那些人果然又冲进了妇产科。他们用棒子敲打着护士站的桌子，大骂着要找"杀人"凶手，吓得大家缩在更衣室，个个屏住气不敢出声。

本来围着的还没下夜班的护士以及问这问那的孕妇、病人和家属哗啦一下散开，有的跑进病房，有的跑出科室，都躲在远处，只有护士夜莺一个人在护士站低头忙碌。那些人骂着，逼问她凶手在哪里，夜莺低垂着头不敢吱声。那伙人喊着问了她一阵，见她不搭理，不知是谁猛然冲上来狠狠推了她一把，夜莺"哎呀"一声，同凳子一起倒在地上，摔得她趴在地上半天才缓过气来。那伙人叫骂了一阵，又向办公楼跑去。

听见他们走了，坛子和逗子几个赶紧开门，把夜莺扶进更衣室看摔伤没有。夜莺慢慢挽起衣袖说："胳膊肘上的皮蹭烂了，别的没啥，你们快忙去。"坛子拿出钥匙说："你要没事，就去我家，锅里有鸡蛋糕，桌子上有吃的。砚子的状态很不好，你睡在我家，万一有事好照顾。她要是醒来，说啥也不能让她来医院。"夜莺接过钥匙，更了衣，绕着道走了。值了一夜班的助产士美妞和医生大心肠仍在产房和病房里忙碌，科室人员减少，孕妇和病人又太多，她们今天能不能下班还没个定数。"住院病人一览表"里，一夜间生了十五个新生儿！产房门口的孕妇又排起了长队。

医闹忽而到了办公楼，忽而到了妇产科。大厅里的焚着的香和哀乐，令人心悸。

火烧眉两口子仍在四处寻找儿子强强。

夜莺上楼的时候，感到腹部一阵隐隐作痛。她放慢脚步，轻轻开门，欧阳砚仍然沉睡着。疲惫的夜莺打着盹儿吃过早点，就在坛子家的沙发上睡着了。

坛子中午回家才将她们叫醒，夜莺迷迷糊糊答应着，侧身又睡着了。欧阳砚的脸又青又肿，头晕得不能睁眼。坛子给她输上药，就去做饭。她正在灶房里炒菜，夜莺面色憔悴，头发散乱地扶在门口说："昙姐，我咋流血了？""啥？啥流血了？"坛子一时没反应过来。"我怀孕快两个月了，这咋流血了？""哎呀，是不是要流产，快上医院保胎。你这个家伙，怎么不早说呀，要知道你怀孕了，说啥也不能让你连轴转嘛。"夜莺含着泪说："科室的人，病的病，伤的伤，我咋能开口说这事。"坛子用炒菜铲子翻着生烟的锅说："你快躺下别动，我这就叫救护车。"

坛子又搅了几下菜，关上火，旋出门，看见夜莺哭哭啼啼地对着电话说："老公，我可能要流产了，你快来看我。我肚子有点痛，今天在班上摔倒了。嗯……嗯……"夜莺合上电话，抬头对坛子说："姐，不打120了，我老公过一阵就来了。""他还在东区，来也得一个小时，不能耽误，你快到医院保胎吧。"坛子说完就叫了120，随后盛上饭说:“你快吃,吃饱还有个扛的劲儿。”夜莺拿起筷子,两行泪珠儿一滴一滴落进了碗里。坛子看着心疼,给她端来一杯水,坐在她身边轻声安慰说:“莺儿,不哭。我结婚后在工地上做饭,怀的第一个就累掉了。”夜莺扭头靠在坛子的胳膊上,哭着说:“昙姐,你不知道,我婆婆多盼着抱孙子呀! 这下可咋办……”“是啊,天下的父母心都是一样的。”说话间120到了,夜莺放下筷子,哽咽着站起来。坛子和接诊护士一起把夜莺扶上救护车,救护车就“快哇快哇”叫喊着跑了。唉! 坛子由不住地叹了一声。她随即转身回家,给自己和欧阳砚盛了饭。在欧阳砚艰难地一点点咀嚼饭菜的时候,坛子大口大口吃了饭,对欧阳砚说:“你别着急,慢慢儿吃,姐打个盹儿。”说完进屋靠在床头上呼呼睡着了。仅仅片刻,她就醒了,接着给欧阳砚换药,对了闹铃,准备给欧阳砚妈妈送饭。临出门时,她又叮嘱欧阳砚:“等会儿闹铃响了,你就给我打电话。记着,说话时一定要对着你妈笑。”欧阳砚吃力地点点头。

按照约定的时间,欧阳砚打通了坛子的手机。坛子对刚准备吃饭的欧阳砚妈妈说:“哟,是砚子,你快接。”欧阳砚妈妈的脸上掠过一丝惊喜,她双手颤抖着从坛子手中接过了电话。尽管欧阳砚强忍着嘴疼使劲冲妈妈笑,但妈妈还是听出了异样。“砚子,你嘴里含了啥东西,说话咋嘟嘟囔囔的。”“妈,我心急,嘴角上火了。”妈妈说:“砚子,不急,妈好着呢。许大夫、江大夫和医生护士都对我好,你们科室的同事顿顿给我送饭。你安心看护重病人,不要心急。”听着妈妈的话,欧阳砚差点哭出声来。

终于听到了女儿的声音,欧阳砚妈妈的精神格外好,饭也吃得很香。

坛子从外科出来,看到一个人发狠地踢着妇产科对面花园的丁香树。她走过去一看,不是别人,正是夜莺的丈夫。

坛子已经猜到了几分,但还是问他:“莺儿咋样了?”他瞪着坛子说:“医生说保不住了。你们咋连推她的人也没盯住! 你们咋搞的,非叫她加班! 你们这是咋搞的,下了夜班还不叫她回家休息……”坛子不知道该怎样化解他的愤怒与抱怨,只好难过地向科室走去。

科室的过道里,堆着几堆纸灰,看来,那些人中午又来烧纸了。

盯守

妇产科的医护人员给柴家丢弃的女婴使用了止血和安神的药物，她不再像之前那样惊闹了。为给她规律喂养，有人专门从家找来一个小闹钟放在护士站，两个半小时响一次。白天，大家相互提醒，对婴儿照顾得比较及时。晚上值班人员少，一时忙着接生或准备急诊手术等事情，就抽不出手准时照顾婴儿了。对于那些身体健康的婴儿，每天适当啼哭当然有利于成长，但对于颅内出血的婴儿，啼哭有可能会加重病情，值班人员一听到这个女婴哭，就禁不住心急火燎、手忙脚乱了。

晚上，“家属”们披麻戴孝驻扎在医院，有的在大厅假装守灵，有的鬼魂一样四处游逛，吓得来往的病人和家属只能绕着走。半夜，一群男人瞌睡得实在熬不住了，他们霸道地推开病房门，寻找空床。正巧有个女病人上厕所，有人就抢了她的床。另外一个孕妇和家属在待产室，床也叫人家占了。剩下的分别睡在妇产科的医生办公桌上或护士站的条椅上，谁也不敢对他们说什么。

那个病人从厕所出来，见有人躺在床上，只好扶着墙出门找值班医生和护士。先是护士芋头前去请人家起来，叫对方唬了出来。后来医生严厉去劝，还是叫人家骂了出来。严厉咬牙切齿了半天，对助产士美妞说：“你再去给他说说好话。”美妞说：“你们两个都败下阵来了，我怕更不行。”哪知向来惜话如金的芋头说：“要不然，你使个美人计，把他哄出来。”美妞不由得悄声笑着说：“这个木芋头，叫人家欺负得走投无路，还有心思说笑。”芋头说：“咱们总不能活活儿气死么。”见病人无奈地扶墙站着，美妞只好硬着头皮进了病房。那人的鼾声呼噜噜的，邻床的几个病人吓得大气也不敢出，见美妞进来，都用手比划着让她赶紧把他弄走。美妞壮着胆子凑近他，叫了半天，不知道他是真的闹事累成了这样，还是装睡着呢，反正美妞就是叫不醒他。于是请来保卫科的人，他不但不起来，还大闹大骂，谁也拿他没办法。万般无奈，严厉只能将医生值班室让给这个病人休息。另外两个病人也吓得不敢住，都来找医生护士。见没办法安置，其中一个病人就喊家人来接，另一个病人因家远无法联系，只好在走道里徘徊。这样一来，反而便宜了那些人,躺在条椅上的两个人竟然也去病房床上睡了。另一间病房的产妇和孕妇见突然来了陌生男人躺在自己的病床上,也是吓得缩在一边不敢吱声。

就在大家想办法向其他科室借加小床时,有个病人的家属赶来了。他身高约两米,光着脸盆大的脑袋,膀大腰圆,俨然是个彪形大汉。他见做过手术的妻子坐在护士站的条椅上,就一挽袖子说:“我倒要看看谁这么无理。”妻子捂着伤口说:“咱们赶紧回家,明早再来换药,别惹事了。”男人没听妻子的话,大步走进病房,一把抓起妻子病床上的那个男人,还没等他醒过来,他的脸上已经挨了几个响亮的巴掌,疼得他哇哇乱叫,另外两个见情势不妙,赶紧夹着尾巴溜了。彪形大汉拽着对方的领口出门,把他扔在地上骂道:“你要是还想吃拳头,就起来。”那家伙压着流血的鼻子,爬着走了。

“你们快进去睡觉。”汉子过来说。妻子低声说:“你呀,咱们回家就行了,又惹事。”“是我惹事还是他惹事!要还有惹事的,就尽管来找我。”男子大声说。这时,占了孕妇病床的和医生办公室的那几个家伙,也灰溜溜地走了。严厉松了一口气悄声说:“这位大侠可给我们出气了。”“哈哈,其实我也是好人,就是长得像流氓,流氓常把我当老大呢。”他妻子不放心地说:“说不定人家来报复咱们呢。”“你放心睡你的,这种人就欺软怕硬。理端不如拳头硬,有我在,量他们有一万个胆子也不敢骚情了。”“咱们还是回家,你在这人家不来,你走了说不定又来了。”妻子说。大汉扶着妻子说:“鬼还是怕人的,要不然世道都叫鬼占了,哪有人的活路。”赶走了那些霸道的人,三个病人又回到了各自的病床,其他病人也紧锁了病房的门,连医生护士去巡视也不敢开门了。

大汉安顿好妻子,提着板凳坐在病房门口。美妞和严厉看见了,就请他过来坐在护士站的暖气旁。美妞笑着说:“大侠,有你在,我们的心不那么悬了。”大汉说:“世上总有个公理么,咋就容着这些人胡整呢!神仙的仙丹灵得很,有时候也不能起死回生,何况你们当医生的和我们一样,都是肉眼凡胎。退一步说,人没救过来,家属心焦,哭一哭,怨一怨,也能理解,但拿死人讹诈人,这也太过火了,叫人厌恶。”美妞说:“死的诈人,活的累人,现在叫人头疼的还有这个娃娃。”严厉说:“谢谢你,知道真相的人能理解我们的苦处。不知道真相的人,还真叫他们蛊惑得义愤填膺的。我今天在公交车上,有人拿着报纸说这事,惹得车里的人都骂我们。我怕别人认出来,吓得戴了口罩,不到站就下车了。”

几个人正说着,待产室的呼叫灯亮了,助产士美妞和医生严厉急忙拿着一叠病历去了产房。转眼,产房的呼叫灯也闪起来。“哎呀,又要生了。”芋头放下手头的工作,开门去推更衣室的女婴。大汉说:“你还推她干吗?”芋头说:“这个尾巴,走哪儿都得夹上。”“不用,你忙去,我给你看着。”芋头犹豫着说:“万一人家偷去,又赖我们。”大汉说:“我坐在她跟前盯着,谁敢偷呢。”芋头松开手说:“请你千万千万操心,我过一阵就来。”“没事,我天亮才回去,你尽管忙你的。”

严厉正给美妞系接生服的衣带,见芋头进来,就问:“你咋自个儿跑来了?”芋头说:“我要推,那个梁山好汉要帮忙看一会儿。”美妞说:“看情况这几个人要连着生了,你快把她推来,放在眼前,咱们一门心思忙吧。”芋头说:“好汉叫咱们尽管忙,他明早才回去呢。”

护士长贾爱贞着一身男装,夜间悄悄地走出缪国庆的病房,小心谨慎地去妇产科看情况。护士站没人,产房里传来阵阵叫喊声,看来他们都在那里忙碌。贾爱贞前后看了一圈,病房里暂且安静,过道里加的小床上,孕产妇都睡了,家属们有的靠在条椅上打着呼,有的垫着书或棉衣坐在地上,靠着墙睡着了。似乎没有可疑的人,她轻声拉开抽屉,准备找钥匙开更衣室的门进去安排科室的工作,修改缪国庆的“状子”。

恰在这时,有人一把拽住她的肩膀问:“干啥的?”吓得贾爱贞的心像针扎般猛然抽动了几下。“我,我找个棉秆。”贾爱贞想扮个病人的家属。好汉听出她是个女的,就狠狠地盯着她的脸。贾爱贞之前不曾注意过这位家属,还以为他是柴家的人,一时不知如何是好。好汉见她低着头眉目躲闪,料定她不是贼就是柴家的人,就把她推到更衣室的凳子上,虎着脸说:“你且给我乖乖儿坐着。”贾爱贞心里打鼓,他是谁?怎么芋头她们没把婴儿随身推去,是不是他强挡下的?看来他是柴家的人无疑。这可怎么办呢?兜里还有他们两口子费了好大劲写的“状子”,万一落在他们手里……想到这里,她猛然站起来,向外跑着说:“我要几个棉秆给娃娃擦眼睛,你叫我坐这里干啥?”大汉听她这么说,也不拦挡,只随着她出门,看她并没有进病房,而是跑出了科室。出了门,贾爱贞就飞跑起来,大汉笑着,瞅她跑得没了影子,又回来坐在更衣室守那个婴儿。

过了一会儿,婴儿哭起来,大汉赶忙给她换上干尿布,又冲了奶粉抱着给婴儿喂。别看这汉子长得五大三粗,毕竟是当父亲的人,心还是蛮细的。他给婴儿喂了奶粉,拍着她,轻声念叨着:“可怜娃娃,吃饱了,睡觉觉喽。”

灯光

贾爱贞怕人跟踪,转弯抹角跑到一个黑暗的角落蹲了好长时间,才蹑手蹑脚走出医院。虽然李爷爷白天看望缪国庆时,开玩笑说缪悦只读圣贤书,没时间打听窗外的事,但贾爱贞还是非常牵念女儿。她绕道从远处一条无人的小巷子过去,又转了几个弯,进了住宅小区后门。她探头探脑,挪着小步向家靠近,好半天才到了自家对面的楼下。

女儿房间的灯还亮着。夜深了,别人都睡了,只有女儿仍在拼命用功。一股苦涩涌上贾爱贞的心头,她用肿疼的双手吃力地拂去眼角的泪花,就缩背屈膝躲在楼下的暗处,愣愣地望着那面亮灯的窗户,她想在这儿默默地陪伴女儿。

突然,两个黑影鬼鬼祟祟地来到贾爱贞家的楼下,一个说:“好像是亮灯的那家。”一个嘴里数了两遍说:“就是的。”“你去,我看人。”“还是你去。”“唉,要不然,咱们一搭儿去。”“一搭儿去就一搭儿去,黑灯瞎火的,怪阴森的。”

他们要做什么?贾爱贞的心猛然提到了嗓门上。她想喊住他们,又没敢出声。那两个家伙转过楼拐角,贾爱贞急忙跟上。他们寻着灯光的方向进了单元门。贾爱贞的心狂跳着,如果这时去敲邻居家的门,一时也说不清,还得耽误半天。找小区门卫吧,离得远不说,门卫只是一对年老的夫妇。唉,活见鬼,他们怎么能当门卫呢?她想,最好的办法就是打110。

就在贾爱贞心急如焚的时候,那两个黑影又溜出来了。贾爱贞忙退到墙后,听见他们悄声说:“咋办,老讨吃又挡路了。”“走吧,咱们就说已经吓了,只管哄着把钱拿到手就行了。”说话间,一个人不知把什么东西扔进了树后的空地。“就是,反正他们也不知道。”那两个家伙一溜烟不见了。

贾爱贞等他们走远了,才起身去寻东西。寻来寻去只有一条细麻绳似的软塑料管。这是做什么用的?贾爱贞想了半天也没想出名堂,就拿着东西走到对面楼下。她抬头间看见女儿的身影在窗帘后一闪,随之窗帘挂严了,灯也关了,女儿终于睡觉了。贾爱贞靠着墙松了口气,等心平静下来,就悄悄地向家走去。她想在门外看看,再听听女儿的呼吸。

走道里是声控灯,贾爱贞怕有人看见,就伸手拉着扶手,轻轻挪着步子在漆黑中摸索台阶。可是在接近自家的地方,她听见有人轻咳了一下,走道的灯无声地亮了,贾爱贞以为家门口有埋伏,吓得一身冷汗。她急转身向楼下跑去。跑了几步见没有人追,她又停下脚步回头看,走道里好像真睡着一个流浪者,可能就是那两个家伙说的“老讨吃”吧。贾爱贞不敢惊动他,就匆匆绕道回了医院。

贾爱贞出门的时候,缪国庆就醒了。之前抢救爆炸伤员,加上妇产科被砸等事端,医院从各科抽调了人员,所以各科室的人手都很紧缺。自从贾爱贞逃出来后,缪国庆就让特护护士倒班去了。妻子贾爱贞强忍着周身的伤痛照顾他,还要操心妇产科的工作。此刻,缪国庆因全身的踩伤与腹部的手术伤痛得挪一下指头也忍不住要呻吟。缪国庆挣扎着,打开床头的灯,扶着床慢慢下地。无论有多疼,他都得咬牙在地上转一转,要不然会引起术后并发症。

身材高大的缪国庆缩着腰,扶着床,如孩童学步一般在地上一点点挪步,脑子里演映着遭遇噩梦的一幕。呃,他痛苦地叹息着。从医这些年,他对病人尽心尽力,谁能料到竟遭下此难。满腹冤,无处诉,满身伤,咬牙扛。莫须有的罪,瘟疫般到处流传。作为医院的一名领导,在此事上他不妥协,医闹未能一次性得到全额赔款,他们更是把矛头指向了他,变着花样向他进攻。听说他转到上级医院治疗后,那些人就以各种名义到上级的几家医院打听,并扬言“要他的命”。

好在护士欧阳砚终于逃出来了。真是不幸,听妻子说她的母亲偏偏患了重病,就住在离他不远的病房。唉,算了,妥协吧。可全院医护人员昼夜辛苦,却让这些人坐享其成,把大家的血汗钱打了水漂,他真是太无能了。这些天,缪国庆除了医闹把他打昏迷时以及处于手术中的麻醉状态中时,他就连做梦也深陷在此事里,憋着满腔的气愤硬扛着。

不知是急躁?气愤?还是疼痛?缪国庆的额头堆满了汗珠。他挪到窗台下,拿毛巾拭了脸。口渴得厉害,他试了好几下,腹痛得实在够不到地上的水壶。他只好挪到床边,捂着伤口,身体缓缓躺在床上,闭上干涩而疲惫的眼睛。

贾爱贞七拐八拐，躲躲闪闪走近缪国庆病房的时候，隐约看到房里的灯亮着。噢，他怎么醒了？她来不及多想，就快步走到门前，深吸了一口气，双手颤抖着，轻轻地打开锁，锁上门，几乎是扑到了丈夫的身边。他微微睁开眼睛说："水……"贾爱贞的眼泪哗啦涌满了眼眶，她用袖子遮住眼睛，倒了一杯水，又拿起另一只杯子，倒来倒去把水晾温，捧到丈夫嘴边。

缪国庆一口气喝干一杯水，轻声问妻子："科室的事安排妥了？"妻子拉住他的手说："妥了。"缪国庆望着她说："也不知道悦儿睡了没有？要不然，明天咱们回家吧。"妻子说："现在这个情况，还是等事情平息了，你身体好一点再回。悦儿睡了，我刚在楼下看见她拉好窗帘，关了灯。""噢，只愿她能平静地生活吧。"半天，他又说："外面情况怎样？""还那样。看来他们不会罢休。对了，你看这是个啥东西，我刚才在路上拾的。"她说着从兜里掏出那条细管给缪国庆，缪国庆看了看说："是个塑料管子。""不知道是干啥的。""管它，扔了吧。"贾爱贞就把它扔到了门边。两个说了一阵话，贾爱贞过去反锁门，刚走到门边，突然不知从何处传出一声怪怪的猫的尖叫声，吓得贾爱贞"妈哟"一声倒退了两步，差点倒在地上，惊得缪国庆也一骨碌坐起来。

听了半天，外面没有动静，贾爱贞凑到门口探望，就在她慢慢挪脚的时候，脚下又出现了怪叫。此时，她才意识到，自己的脚踩上了刚才扔掉的管子。贾爱贞小心地拾起它，拿在灯光下看着。缪国庆叹着气说："真是鬼缠身了，连这么个东西也藏着鬼，快把它扔到垃圾箱去。"贾爱贞摆摆手，把它放进抽屉，扶缪国庆躺下，拉着他的手说："你安心睡觉吧。"缪国庆说："你也睡，咱们都睡吧。"

贾爱贞关了灯，躺在小床上，回想起那两个人说的话。听见缪国庆睡着了，她又拿着那条管子出了门。今晚是许大夫值班，值班室的灯还亮着，她过去敲了敲门。许大夫见到她，掂起桌上的一叠材料说："从这些可以看出来，闹事的幕后指挥还是咱们的同行，想钻法律的空子。"他又指着桌上七八本砖头一样厚的书说："我查资料写控告书。"

许大夫给贾爱贞倒了一杯水，坐在她对面的椅子上说："明天早上，上面来的专家组又要讨论，家属还是拒绝尸检。"贾爱贞背上好像压着石磨，半天说不出话来。坐了一会儿，她拿出那条奇怪的管子，对许大夫讲了事情的经过。许大夫仔细地看着，用手捋着，倒没听出有什么响声。贾爱贞哽咽着说："我们自己蒙难受罪还不过瘾,难道还不放过孩子,这些人的心也太歹毒了。唉,这事我也没敢对国庆说。”许大夫思索了半晌说:“还是让悦儿去我们家住几天。”贾爱贞想了一想说:“你儿子高二了,补课很紧张。我想明天晚上我回家去吧。这头上脸上的伤,就说是送病人的路上因雪滑出车祸了。我走了,你也快休息吧。”贾爱贞站起来。许大夫出门左右看了一下,没发现可疑情况,回头悄声说:“你和国庆要想开些,保重身体要紧,事情终归会解决的。”贾爱贞点点头,快步走出值班室。

病房里,缪国庆睡熟了。贾爱贞在门外侧耳听了一阵,向值班护士小声交代了几句,双脚就不由自主地向家跑去。

一串桃珠

晚饭后,坛子拿着消毒液处理了欧阳砚身上的伤,又守着给她输了两瓶消炎药,这才困地依在砚子身边呼呼大睡了。

怎么到处都是人,拥挤,嘈杂,叫人透不过气。欧阳砚拉着妈妈的手在人群里行走,走着走着,妈妈却不见了。欧阳砚拼命地喊着:妈,妈——坛子摇着她的胳膊说:“砚子,你魇住了。”“噢,嗯……”欧阳砚迷迷糊糊答应着。转眼,欧阳砚看见妈妈在人群里向她挥手,她拼命地喊着,挤着,可无论如何也挤不到妈妈跟前。她挤来挤去,突然眼前出现了一道又厚又高的墙,她在墙上找着门,此时,所有的人都不见了,她的身后又出现了一道墙。就在她惊慌之际,两堵墙就把她挤得呼吸困难,妈,妈,你在哪儿?她不停地哭喊着。

“砚子,又魇住了,侧个身睡吧。”坛子叫醒了她。

“呃,简直憋死我了。”砚子喘着气,挣扎着坐起来说:“不能睡,一合眼就魇住了。”“你的身体太虚弱了。”坛子下地,从药箱里取来一支安神口服液,劝砚子服了,两人才又躺下。

欧阳砚一合眼,仍是乌七八糟的梦。一会儿有人提着棒子追她,但她怎么也跑不动,让人家捆绑了,吓得哆嗦;一会儿又在抢救病人,她却找不到医生;一会儿梦见妈妈丢了,她又哭又喊……坛子见砚子惊得睡不踏实,实在没办法。她披上衣服，走进儿子的书房，打开灯站在窗前。

远处，医院大楼顶上那几个熟悉的红字非常醒目。她的目光漫无边际地游动着。城市少了白日的喧嚣，层层楼窗，万家灯火只剩星星点点，都睡了。这时，不知从何处传来几声婴儿的啼哭。她下意识回头向床上望去，好像自己的儿子正哭呢。随之，她笑了，儿子此时正做梦吧。她走到书架前，捧起儿子的照片，那张可爱的、青春的脸冲她笑着。噢，这家伙，简直同他爸年轻时一模一样。想起他，坛子的心里禁不住涌起一股酸楚。他，此时在哪儿？是不是正搂着他的蜜甜甜酣睡呢。那个娇滴滴的小女人，占满了他的心。

坛子眨巴着眼睛，冲儿子的照片笑笑，又打开儿子的抽屉。抽屉里全是儿子的小玩意儿，遥控车、飞机、挂链儿等。噢，还有一串儿桃珠。儿子小时候，他们带儿子回乡下的奶奶家过年。邻居们听说她在医院上班，这个叫她去给老人看病，那个前来咨询。那天，她去看一位老奶奶，儿子说什么也要跟着。就在她给那位老奶奶测血压的时候，儿子溜出门，老奶奶家的狗扑过来，虽然没咬着，可吓得儿子半天才哭出声。自那以后儿子夜里总是惊哭。包王有点迷信，非要回家给儿子叫魂。她偏就不信，换着喂药。一天，包王专门去寺庙请了这串用小桃核做的桃珠给儿子带，不知是药生效了还是桃珠儿真能压邪，儿子夜里果然睡安稳了。为此，她很感念这个护身符，后来一直把它放在儿子的枕头里。儿子出门后，她就把它放在儿子的书柜里。有时候想儿子了，就看看儿子的旧物。哪一件都散发着儿子亲切而温暖的气息。每当她孤独、寂寞，或者叫怨恨层层包裹时，她就逃进儿子的书房，儿子的一切如晨光，会慢慢抚去她心中的阴冷潮湿，给她的心温暖与透亮。

卧室里，又传来砚子梦魇的呻吟。坛子急忙过去，叫醒了砚子。砚子恍惚地说："姐，我梦见我妈掉进河里了，我扑进去拉她，结果是个又冷又黑的屋子，到处都找不到出口。我摸着，喊着，那屋子好像是个泥坑，把我陷得越来越深……"坛子说："这桃珠能辟邪，你带上。"砚子挣扎起身说："我得看我妈去，这梦很凶呀……"坛子把桃珠给砚子带上，抚开她眼前的头发说："我给值班护士说好的，有事会给我打电话。你不要担心，等天快亮的时候，咱们一起去。"砚子歉疚地点点头，两个人又躺下了。

贾爱贞再次绕着弯跑到自家楼下，又屏着气上楼梯，不料那个"老讨吃"又咳嗽了一声。这大冷天的，他睡在楼道里实在太冷了。贾爱贞不敢靠近，只好下楼去，蹲在楼外的一排树后面。还有一个多小时，女儿就该起床了。唉，哪儿的老讨吃？会不会吓着女儿？会不会挡住女儿上学的路？说不定他是那一帮人派来的。想到这里，贾爱贞急得双手捏来捏去。报警，无疑会惊动邻居，会引来不必要的麻烦。就这样一直蹲守，等天亮吧。就在贾爱贞打定主意的时候，听见好像有人喊她的名字。完了，有人跟踪了，她缩着腰，一动也不敢动。

“爱贞，是我。”那个声音就在她藏身的树外。“爱贞，别怕，是我。”贾爱贞慢慢站起来，借着昏暗的路灯，她认出了李爷爷。李爷爷走到墙根处，低声对走过来的贾爱贞说：“先前我就认出是你，怕吓着你，没叫你。你咋又来了？”“我没想到是你老人家。”想起之前那两个鬼鬼祟祟的身影，贾爱贞的眼睛一下模糊了。李爷爷小声说：“你们不要操心，悦儿有我看着。不要给国庆说，也不要给任何人说起。”贾爱贞说：“这么冷的天，你老人家……”“我身体硬朗，啥都不怕，你快去照顾国庆。”李爷爷说完回楼道了。贾爱贞目送他的背影进了楼门，才回了医院。

夜莺流产不能上班，其他科室也抽不出人员，妇产科现有的医生和护士一直在连轴转地工作。贾爱贞坐在外科护士更衣室，艰难地盘算着，给妇产科安排了三天的班。三天后，事情总该有眉目了吧？事情拖延一天，他们就得把巨大的压力背负一天。不赔，人家不罢休；赔偿太多，就要担责任。无疑，无论科室还是个人都要受牵连，大家挣钱糊口实在不容易啊。

纠缠

每一秒都在煎熬，每一分都在胆战心惊。滴水成冰的寒冬，夜如年一样漫长。妇产科连天连夜值班的人，筋骨疲劳，脚步沉重。看她们，只要坐到板凳上，就耷拉下眼皮，睡着了。如果突然传来跑步声或叫喊声，她们就惊恐地站起来，投入工作。

急诊病人一个接一个，孕妇腹痛、产妇头晕、婴儿哭闹等一串儿的事连绵不断，还有柴家丢下的女婴，时刻都要操心。

后半夜，几乎同时来了三个急诊，一个宫外孕大出血的年轻病人，眼看就要休克了。一个不足月的孕妇是前置胎盘，必须紧急剖腹产。一个个头不高，孕过期两周的孕妇，抱着一口巨大的“锅”，偏偏她的骨盆又扁，容不下胎头，急得胎儿心跳加快，如果不立即剖腹产，胎儿生命难保。

总值班立即传来了妇产科的两位医生，人手不够，只好又传了磨镰。要是往常，科主任老姜是必来的，但现在她躺在病床上，鼻孔里吸着氧气，咳嗽得口唇发紫干裂，一家人轮换照顾。人手还是不够，总值班只好急调腹外科的医生给妇产科帮忙。

磨镰接了电话，丈夫急忙帮她穿上自己的男式衣服和棉鞋，把她的头发收起塞进帽子，戴上大口罩，送她去医院。他们在路上一时拦不到出租车，急得丈夫只好拉着她跑，嘴里不停地催：“你这个人，狼追都跑不快。”磨镰说：“我胸腔里吃力，喘不过气来。”“宁叫驴挣死，也不能叫车翻。病人可等着你救命呢！”“我救别人的命，谁管我的死活。人常说好人有好报，我看未必，以后我也要学那些恶人。”“还是当好人，晚上睡得踏实。”“你们都是好人，天天都睡得踏实呢。我们是恶人，半辈子没睡过几个踏实觉。”“要这么说，我也是恶人，经常半夜三更给你当保镖。”“你保镖了个屁，我们叫人家踩成肉饼了，也没见你。”“唉……”两口子就这样你一句我一句，说着，跑着。半路上，好不容易拦了一辆出租车。一上车，磨镰就再不敢说话了。丈夫指引着司机绕到离手术室最近的地方，对下车的妻子说“完了打电话我接你”。磨镰没吱声，跑了。

返回时，司机问磨镰的丈夫：“你刚才送的是个病人？”他含糊地“嗯”了一声。司机说：“妇产科出了事，家属闹得一塌糊涂。吓得当班的大夫有的化妆成了病人，有的化妆成了男人。”磨镰的丈夫以为司机认出来了，心里一惊，故意说：“噢，真的吗？”“哎呀，满街道都传遍了。听说大夫嫌是个哑巴，家里没钱，大夫不管，死了。你说如今这当大夫的不救人，可不就是故意杀人吗？她们也太缺德了。”“啊……”“现在的医生，心黑了。那天有个人说他儿子在一家医院做手术，给大夫塞了这个数，大夫一点儿都没推辞。”司机伸出五个手指头说。“唉。”司机又说，“我天天拉人，啥样的人也能见到，啥样的事都能听到，嘿嘿，见识广着呢。”“你真是万事通。”司机笑着说：“那可不是，拉上人说说话，听来的事多，还能解困。”“困了就睡觉去吧。”司机笑着说：“谁不想睡觉，可挣不来钱，肚子饿得睡不着呢。""唉,人人都不容易啊。"磨镰的丈夫下了车,缓慢地向家走去。

这几天,他安慰妻子,劝她想开,但自个儿的心情怎能不沉重。医闹的折磨,路人的议论,亲戚朋友的眼光,简直如一把把尖刀。有时候,他只埋怨自个儿没本事,如果自己是个腰缠万贯的大款,妻子索性在家当全职太太,哪里要受这么大的罪,偏偏自己又是个老师。他胡思乱想着进了家门,上小学的女儿见爸爸回来,焦急地问:"我妈又出了啥事?""来病人了。""爸,那些人会不会劫持我妈呀?""等做完手术,爸就去接她。""好害怕,明天要学琴,我不敢去了。""下次再学吧,暂且在家好好待着,别出门。"父女俩全然没了睡意,靠在床头,等电话。

冷风不时掀起厚重的棉门帘。天蒙蒙亮,医院大厅医闹设的灵堂里哀乐与哭声同时响起,惊醒了住院病人,那些出进来往送饭的家属,只能绕道而行。

做完手术,等病人清醒送到病房后,磨镰又"化妆"了一番,顺着手术室的后门绕到拐角的侧门,丈夫雇了出租车已经等在门外。

严厉、调姐、大心肠几名医生先后走出手术室,她们一走到科室门口,就有几个披麻戴孝的女人扑上来,抱住她们的腿,又哭又闹,又吐又打,闹得她们散了头发,掉了衣扣。

临近上班的时候,一帮男人跑进科室,又喊又骂道:"杀人犯,有本事出来,你们躲了初一躲不了十五。"随之,他们又放炮、烧纸,吓得那些在走道里住的孕产妇和婴儿无处躲藏。

病人得救治,责骂得承受。打不还手,骂不还口,吐到脸上袖子拭掉。医闹们从妇产科到办公楼,从办公楼到门诊大厅。警察、保安跟来跟去,从中劝解,阻隔控制医闹的过激情绪。

请你们坐下,我们有话好说。

你说,我听你说,你把死人能说活我们就听你说。

事情有法律管着,不是你们说对就对,也不是我们说错就错的。就是医生真犯下了王法,真该杀头,那也得法律宣判!

是你们的医生把人治死了,我们就要叫医生偿命。

医生只能治病,神仙才能救命。医生是人,不是神仙。人的命到了无法可治的时候,医生也无能为力呀。

十个有理的,说不过一个无理的。医闹死缠活闹,他们不知从哪儿雇了一个老太太扑在院长怀里哭喊着:“狠心肠的,挨刀的,你们为啥要害死我可怜的娃呀!”院长退让着,对方像羊那样抵着,不料院长退到花盆上,侧翻倒地,老太太没防备,也随之倒在院长身上。几个保安急忙去扶,老太太却“晕过去了”。医闹们立马说院长打倒了老人,他们扑上来,坚硬的拳脚落在院长和医院工作人员身上。警察拼命拦住了他们,医院工作人员紧急把老太太抬到急诊科急救。经过一番抢救,做遍了所有的检查,她除了血压略有偏高,再无大碍,可她就是“晕厥不醒”。医闹们诅咒着、打闹着,警察像老母鸡那样张开膀子,尽力挡着。一个女人拉着老太太的手悲悲泣泣地哭道:“苦命的姨啊,我苦命的姨啊,你的命咋就这么苦啊……”

一事接一事,不知还要生多少事端。医闹们围着急诊科,逼迫医生护士救老太太,吓得急诊室留观和就诊的病人个个离去。那些内、外各科前来会诊的医生也全部被围,医闹们指着他们吼:“救不活我们的人,你们谁也别想活着出去。”

老太太虽然假死,医院却怕她真出事,又是心电监护,又是打针输液。正如医闹们私下里说的,这老东西一辈子儿女不管,眼下医生护士像孙子一样把她伺候着,也算借着死去的哑巴享福了。

扎针

尽管上级部门认定哑巴之死不属于医疗事故,但医闹步步威胁,医院最终变成了羊羔,挨了狠宰。悲愤的医护,偷笑的医闹。他们仍然不抱走那个可怜的女婴,并且丢下那个装死又活过来,叫嚷全身疼得连厕所也不能去的老太太故意折腾医院。别人端的饭,老太太怕有毒,非要院长亲自端。别人拿的药,老太太怕无效,非要院长亲自拿。别人说的话,老太太不听,非要院长亲自说。别人提的鞋,老太太不穿,非要院长亲自提……院长虽然是个耐心十足的医学专家,也经不住这般故意折腾。最后院长夫人出面,给老太太从里到外买了几身新衣服和鞋袜,买了各种各样的营养品,又给了一笔钱,老太太总算“病”好回家去了。

襁褓中的女婴,仍丢在妇产科。医生护士喂养她时,不免要骂她的家人黑心，女婴睁着黑溜溜的眼睛，一脸无辜与茫然。

听说医闹又得了一大笔钱走了，贾爱贞扶着气愤的缪国庆在病房里走着，轻拍着他的肩膀说：“事情到这个地步，咱们也没一点办法，还是把心放宽，养好身体再说吧。”缪国庆喘着气说：“我们成了挨白刀的，没人管了。”贾爱贞叹着气说：“世人总同情弱者，医院是‘强者’，自然没人同情。”两人走了几圈，缪国庆坐在床头休息，贾爱贞就去了科室，有太多的工作、太多的事情等着她处理。

贾爱贞走到妇产科门口，就看见前天夜里拉她的那个魁梧的大汉站在护士站。“这家伙要干什么？”贾爱贞心里嘀咕着，急转身躲到楼上的角落。他要抱柴家的女婴？还是要滋事？贾爱贞的心乱跳起来。就在她胡思乱想之际，那汉子一手提着包，一手扶着一个穿戴严实的女人走出妇产科，向门外走去。他是谁？怎么会扶着一个女人？他们怎么没有抱孩子？那女的是不是来看婴儿的亲属？他们为什么不抱孩子？黑了心肠的，你们还要怎么样？

等他们走远了，贾爱贞才躲闪着来到科室，关上门悄声问正给女婴换尿布的坛子：“那些人刚才还在科室转悠呢，他们没说抱孩子的话吗？”坛子“啊”了一声说：“人家走后，我和逗子扫走道、摆床，再没有看见可疑的人。”“刚才，一个非常壮实的男人和一个女的从科室出来，那家伙前天晚上差点把我抓住。”坛子疑惑地说：“壮实的男人？是不是那个梁山好汉，他是来接夫人出院的，刚走。”“啥梁山好汉？”“嗨，你还不知道，他可给咱出气了。”坛子就对她说了前天晚上医闹抢病床，那个好汉相助的事。贾爱贞松了一口气说：“我以为他是闹事的。”坛子说：“咱们的胆都吓破了，见个人就以为是闹事的。”“唉，那家伙差点没把我吓死。”贾爱贞说起前天晚上的奇遇，仍然心有余悸。

再说欧阳砚，昨天凌晨同坛子一起到妈妈住院的病房门口，就强止住脚步。妈妈见坛子来了，挣扎起身说：“我的砚子是不是快回来了？真是太麻烦你了。”坛子说：“她明天或后天就回来了。”听到这话，汹涌的泪漫过欧阳砚的脸，医闹踢打和逃跑时碰在她脸上、唇上的伤，立即像撒了盐粒，刺得她直打哆嗦。她捏紧拳头，屏住气，忍着疼，生怕别人看到，或叫医闹认出来。

妈妈在屋内，欧阳砚在门外，只要一迈步，她就能拉住妈妈的手。亲爱的妈妈，女儿是多么想你！可女儿怕身上的伤令妈妈心疼，更加伤害妈妈虚弱的身体，才不敢面对妈妈。欧阳砚默念着，好像附在妈妈耳边轻轻地诉说。

听说女儿快回来了，妈妈显得很高兴，说话的声音也比先前大了一些。坛子扶她洗漱罢，就给她盛饭。欧阳砚妈妈端起碗问坛子自己啥时候能出院。坛子说："你还是多住几天，把身体养好了再说。""唉，早些出院在家缓着，医院花费大。昨晚，我听走道里两个人说，他们交了七八千住院费还不够，我才交了一千块钱，怕早花光了。"坛子说："这个你不要担心，职工的亲属，医院会减免一些费用的。"听着坛子善意的谎话，欧阳砚心如刀割，她何尝不知道妈妈治疗的费用是热心肠的坛子帮忙交的。

怕医闹再闹事，坛子不让欧阳砚回宿舍。照料过欧阳砚妈妈，坛子把欧阳砚送回自家，又照顾欧阳砚吃早餐，叮嘱她吃饱了好好休息，等她下班回来给她输液。欧阳砚望着坛子，感动得热泪盈眶，坛子抚摸着她的头说："砚子，一定要想开，人活着啥事都能碰上，碰上了就得往长想，往远想，眼前的事最终都会过去。不管有啥事，姐都会尽力帮你。你放心！"欧阳砚哽咽着，说不出话来。

坛子上班去了，欧阳砚对着镜子，向各处的伤口敷了药，又打开茶几上坛子昨晚取回来的一包药，对着处方把几种药液配好，连接好输液器挂在衣架上。然后她摆好枕头和胶布等用物，将止血带扎在自己的左胳膊上，捏紧拳头，对仍然肿着的左手背上那条隐隐的血管消了毒，随后右手拿着针头，对准了左手的血管。欧阳砚的额头不由得渗出了一层汗，想起以前在学校练习时，同学之间吓得不敢相互扎针。老师虎着脸说："谁不练习，谁就不要出教室了。你们自己扎一针都害怕，将来工作了，给病人四五针地扎，难道病人是橡皮人，他们就不知道疼，不知道害怕吗？"听了老师的话，大家就鼓起勇气，向各自同学的手上扎了第一针。后来，他们相互又练习过好几次，总算克服了恐惧心理。工作后，扎针输液的技术对她而言再熟悉不过了，可自己对自己扎针却是第一次。

欧阳砚的手微微抖动着，锋利的针头一次次靠近血管，却好像有一股无形的力量排斥开了。扎吧，身上到处的伤，得让它们快点好。扎吧，比起所受的折磨，这小小的针又能扎多痛呢。扎吧，扎吧。欧阳砚说服了自己，将针扎进了自己的血管。

到底不顺手，加上她的手背仍然浮肿还有伤口，扎针的地方很快就鼓起了蚕豆大的包，她不得不拔掉重扎。左手手背上另一条比较明显的血管处有伤，也不能扎了，她只好在胳膊上捆紧止血带接着寻找。这次，她选了腕关节处的血管。经常听病人说腕关节处的血管扎针很疼,她没多在意,眼下给自己扎针,她才体验到了疼痛的滋味。扎好针,望着药液顺畅地滴答起来,她才松了一口气,解开衣领,晾着布满汗水的脖颈。

欧阳砚靠在沙发上,边输液边胡思乱想,从经历的事件到妈妈的疾病,无不令人难过揪心。噢,要是爸爸活着,他照顾妈妈,关心女儿,该是多好啊。爸爸,你为什么要早早离开我和妈妈呢?人家的爸爸都是家里的顶梁柱,都是女儿的一片天,爸爸,你怎么就丢下我和妈妈不管了呢?爸爸去得太早了,她努力搜寻,记忆深处也没有爸爸的样子。从她记事起,只有妈妈与她相依为命。为了抚养她成人,妈妈起早贪黑,受了多少苦。如今女儿有工作了,妈妈终于不用那么劳累了,谁料妈妈又患了这样可怕的病。唉,无论后果怎样,她都得打起精神,给妈妈鼓劲。疼痛的伤啊,你快点好吧,快点好吧。

假发

坛子下班进屋边换鞋边对沙发上靠着的欧阳砚说:“砚子,那些狗日的诈够了钱,走了。”欧阳砚坐起来问:“啥时候走的?”“大约十一点,那个没娘的娃还丢在咱们科里没人管,谁知道那些狗日的安的啥鬼心。”坛子换了鞋过来说:“砚子,谁给你输的液体?”欧阳砚说:“姐,你照顾我们,时间太紧,我自个儿扎上了。”坛子缅起袖子,准备做午饭。她洗着手回头对欧阳砚说:“砚子,你也是个心强的人,听老年人说,女人心太强了并不好。我年轻的时候同男人一样拼力量、拼酒量、拼胆量,别人认为我非常能干,几个磨盘也压不垮。有一次,我得了重感冒,头晕得不能睁眼。老王要送我去医院,我难受得实在不能走,就自个儿给自个儿打针,自个儿给自个儿输液。后来他说我这人咋这么狠心,敢向自个儿身上扎针。你说咱们这些人,不坚强能行吗?唉,那些小鸟依人的女人,经常有人疼着、护着,该哭就哭,该娇就娇,我还怪羡慕人家的。咱们表面上硬得像石头一样,没人怜惜。”欧阳砚听着她的话,心已飞到了妈妈身边。

江大夫说手术后若不活动,刀口就会粘连,他和护士抽空到病房扶欧阳砚妈妈转一转。欧阳砚妈妈不得不挣扎着起床,艰难下地,手捂着伤口,弓着腰在狭小的地上挪步。而自己,妈妈的亲女儿,在妈妈受此大难的时候,却躲在远处,不能侍奉左右,这是何等的罪孽。想到这些,欧阳砚心疼得蹲在地上。

"砚子,你咋了?"坛子放下手头的活,过来扶起她问。

"姐,我想现在就去看我妈。"欧阳砚含着泪说。

坛子瞅着她说:"肿是消了些,可你脸上和嘴上的伤还那么重。"

"这都是小伤,一时半会儿又好不了,见了我妈就说送病人的路上,救护车猛刹车碰的。"

"那……那行吧,等吃了饭,我们一起去给你妈送饭。药输完你去收拾一下,我赶紧做饭。卫生间的架子上有好几样假发,你选一样戴上吧。"欧阳砚答应着,拔掉针头,等针眼不渗血了,就怀着激动的心情去卫生间开始了"化妆",要尽量化得外人认不出,又不使妈妈感到意外而怀疑。

欧阳砚本想用脂粉遮盖一些小伤疤,谁想涂来抹去,脸上疙疙瘩瘩的伤疤似乎更大更显眼了。她平日很少抹粉,现在抹成这样,妈妈反倒会生疑。算了,还是不抹了。欧阳砚擦掉脂粉,就试着戴假发。大波浪的长卷发太张扬,小波纹的短发颜色偏黄。有一套发梢微微向内卷曲的披肩发,还算适合砚子的蘑菇发型。欧阳砚对着镜子把头发梳顺,走出卫生间。正向餐盒里盛菜的坛子笑着说:"这个刚好,像漫画上的美少女,你在脸上扑些粉,把嘴唇抹红些,就成明星了。"欧阳砚急忙换着衣服说:"姐,我怕妆化得太过,别人认不出来当然是好事,可我妈认不出来就适得其反了。姐,你多盛些饭,我到医院和老妈一起吃。"坛子说:"还是吃了饭一起走,你一个人出去我不放心。你想,柴家的娃娃还在医院,他们不定哪时就来寻事了。"

两个人急匆匆地吃了饭,把碗筷一搁,就提着饭盒出门去,叫了出租车。她们在医院门口下了车,坛子走在前面,警觉地东张西望,欧阳砚紧跟着她,快步向外科楼走去。

窄小的胸膛,拴了一匹乱撞的野马。离妈妈越近,欧阳砚的心越是按捺不住慌乱。在走道里,她深呼吸了一阵,好让自己平静下来。坛子先推开门,看见江大夫给欧阳砚妈妈的手术刀口上换药,就从床尾绕到一侧,对欧阳砚妈妈微笑着说:“你看谁来了?”欧阳砚妈妈与江大夫同时将目光投向了欧阳砚。妈妈有些惊讶地说:“砚子回来了?啥时候回来的?”她又对江大夫说:“这是我女儿。”江大夫“噢”了一声,对欧阳砚点点头。欧阳砚强忍着眼泪,一把拉住妈妈的手,妈妈也捏着女儿的手高兴地说:“多亏了江大夫、许大夫,还有你们妇产科的几个姐姐照顾我。哟,你的脸上嘴上咋这么多伤疤?脸咋也肿了?”欧阳砚舒了口气,镇定而自然地说:“那天晚上送病人,路非常滑,在转弯处,一个急刹车,我摔在了急救箱上。妈,不要紧,已经大好了。”

江大夫换完药,瞅了欧阳砚一眼,转身出去了。坛子这才与欧阳砚一起扶欧阳砚妈妈起身吃饭。妈妈端着碗说:“砚子,我早晨下床时把杯子打了,这阵子想喝水,你去买一个。”坛子说:“砚子,你服侍你妈吃饭,我去。”坛子说着迈步出门,欧阳砚妈妈摸着衣服说:“她姐,等,钱……”坛子边关门边说:“没事,没事。”砚子说:“妈,你别操心,回头我还就是了。”“唉,欠人家的情可难还了。”

妈妈身体实在虚弱,拿筷子的手不停地颤抖着,每吃一口饭,就得像爬山那样歇一阵。欧阳砚扶着妈妈,不时用毛巾拭着妈妈脸上的汗。前几天,妈妈怕麻烦别人,总是强打精神,以最快的速度吃饭。如今女儿在身边,她就由着自己,慢慢歇着吃。吃完饭,妈妈仿佛干了一场重活儿,累得闭着眼缓了好一阵。

走道里一阵急促的脚步声,不知来了急诊病人,还是发生了什么事。欧阳砚转身反锁了门,下意识地躲在了墙角。妈妈看着女儿惊慌的神情,轻声问:“砚子,外面啥事?”欧阳砚低声说:“不清楚,肯定不关咱们的事。”恰在此时,有人敲门,吓得欧阳砚脸色煞白,身子几乎要挤进墙去。妈妈说:“是你昙姐吧。我比她大不了多少,你该叫她姨才对。”欧阳砚这才猫着腰透过门缝,怯怯地问:“谁?”“我。”是坛子的声音。欧阳砚松了口气,打开门,坛子提着两大包东西,透着一身寒气进来,说:“我在超市给你们拿了一点吃的用的。免得砚子跑路。”妈妈含着泪说:“真不知道咋感谢你了。”坛子说:“人嘛,就得相互扶帮着活。我得赶着上班了,砚子,好好照顾你妈,有时候我们送饭迟了,你们将就着吃些糕点、饼干之类的垫垫肚子。”欧阳砚说:“昙姐,我去食堂打饭吧。你给咱们科的同事说,再别麻烦她们送了。”欧阳砚妈妈说:“就是的,有砚子给我端饭,说啥也不能再麻烦你们了。”坛子瞅着砚子说:“没事,我再送两天。回头你在护办室看能不能借个小躺椅放在暖气旁边,好休息。”

说穿

坛子走后，妈妈挪着身子对女儿说："来，和妈挤着缓一阵。这是咋弄的？脸和手都肿了。"欧阳砚说："妈，我不乏。"妈妈已经拉开了被子，坚持说："乏不乏的，在妈怀里睡一阵。"欧阳砚怕妈妈看出她头上的伤，急忙说："妈，你的伤口不敢挤，我坐在板凳上能成。"可妈妈仍然向一边挪着，欧阳砚只好拉住妈妈的胳膊说："妈，床窄，并排睡下会挤，我倒着睡吧。"妈妈说："我的脚又不是酱羊蹄，给你抱着啃。"欧阳砚没办法，硬着头皮侧身躺在妈妈身边。母女俩纵有千言万语在胸膛奔流，却都没有开口。过了好久，妈妈攥着女儿的手说："咱们睡一阵。"

妈妈身边是温暖的，安全的。欧阳砚酸痛的、紧张的躯体慢慢舒展了，呼吸渐渐均匀了，她睡着了。

不知过了多久，她睁开眼睛，才发现枕着妈妈的胳膊，睡在妈妈怀里。妈妈像小时候那样，一只手搂在她的腰间，面对她睡着。唉，怎么睡得这样沉。欧阳砚轻轻地挪开妈妈的手，刚起身下床时，妈妈就醒了。欧阳砚探头向走道里张望了一下，好像没有可疑的闲散人，就快步走进开水房，接了一暖瓶开水，掺了半盆热水，忍者手疼给妈妈洗了脚，然后给妈妈换上坛子买的一身新内衣，又扶妈妈下地活动了一阵，最后将枕头立在床头，让妈妈靠着休息。她拿过暖气边放着的橘子，坐在板凳上，跟妈妈边闲谈着边剥橘子。她生怕妈妈问她这几天在外医院护理病人的事，但妈妈一直没提及。当然，她心里早就编了一串儿谎，如果妈妈问，她会平静说的。可妈妈怎么没问呢？也许妈妈想，她护理的病人比妈妈的病还重，提起来令人心情沉重吧。

傍晚，坛子仍然送来了饭，走时悄悄地提走了欧阳砚妈妈换下来的衣服去洗。

晚饭后，送饭的家属陆续离开了。病人怕冷，关着病房的门，或躺或在地上走动，过道里出现了片刻平静。欧阳砚又探头张望，顺着墙快步去护士站借小躺椅，值班护士说这两天病人太多，小躺椅早就借没了。"要不然，我问问其他科室，看有没有多余的。"欧阳砚摆摆手说："不了，不了，你快忙。"这时，恰好江大夫提着换药包从对面的病房出来，欧阳砚就随他走进医生办公室问妈妈的病情。江大夫说："该切的都切掉了，这种病就怕复发。""复发的几率高吗？""不好说。""噢……"江大夫好像自言自语，又好像在安慰她："凡事只要尽了最大的努力，无论结果是好是坏，人就不后悔了。"突然，有脚步声，欧阳砚惊恐地扭过头，原来是许大夫穿着便服进来了。

"许大夫。"欧阳砚感激地望着他。许大夫打量着她说："是这个丫头，你进来。"欧阳砚跟他走进办公室的套间，许大夫温和地说："坐下，你们的事我都清楚。我之前和你妈闲谈过，知道你们家境不宽裕。你知道，你妈做手术的花费很大，加上你们科室赔了钱，具体分摊到每个人头上的比例是多少，还不确定。你工资低，还得赔一股子冤枉钱。我刚才和缪院长说起你的事，我们想，你写个困难申请，想办法请医院减免一些你妈的治疗费，减轻你的负担。"欧阳砚哽咽着说："谢谢！""你要勤给你妈翻身，常给她按摩下肢。""我知道。""那好，你去吧。"欧阳砚出了套间，看见江大夫正低头记病程，她不想打扰他，就轻手轻脚从他背后走出去。到妈妈病房跟前，她左右看了一下，竟发现江大夫不知什么时候站在办公室门口目送着她。热流涌过心间，她愣了片刻，赶紧走进病房。

欧阳砚用自己满是伤疤的手给妈妈按摩了脊背和腿脚后，坐在妈妈对面。妈妈拉着她的手说："砚子，有些事，你不说，妈也猜出了几分。"欧阳砚以为妈妈知道了病情，额头渗出了冷汗。她干咳了一声，低声说："医生说你的手术做得很成功。""砚子，我说的不是我的病。这几天，我隐隐约约听说你们科出了啥事，我也猜出来了，你肯定是受了牵连。今天看你身上到处有伤，凡事小心，就证实了我的猜测。唉，有啥事，你都不要瞒妈，咱娘俩儿，一个是一个的依靠，一个得给一个撑腰呀。"欧阳砚勉强挤出一丝微笑说："妈，你想到哪儿去了。我送病人的路上受了伤，生怕同事碰见，很不好意思。"妈妈说："你不说实话，是怕我知道了加病。我就这么个病么，好了，我以后享几天女儿的福，不好了，你还要好好活自个儿的人。"欧阳砚眼里闪着泪花说："妈，我去护士站要个胶布……"她挣开妈妈的手，疾步出门走进卫生间，关上门呜咽起来。

妈妈是个明白人，往常女儿越是想瞒的事偏就瞒不过妈妈。不行，必须隐瞒下去，妈妈虚弱的身体受不住这般打击。想到这里，欧阳砚止住了眼泪。为掩饰自己，她在护士办公室要了一截胶布，才慢慢地走进病房，粘在妈妈伤口松开的纱布上。

女儿躲闪的目光,让妈妈心里更确信了。既然女儿不便说,她就不能再提了。

半夜,欧阳砚去解手,刚一推门,见一男人站在女卫生间地上系裤子。她以为走错了,急退步,忽听有人喊她的名字。天呀,有人认出她了。欧阳砚的心缩成了一团,脚却像黏了胶,使她迈不开步。“砚子,快进来,是我。”这是熟悉的声音。这时,贾爱贞追出门轻声叫道:“砚子,进来。”欧阳砚认出是她,就拖着酸软的腿进了厕所,贾爱贞卡上门,转身说:“是不是吓着你了?”欧阳砚捂着胸口说:“把我的魂都吓飞了。”“我这装扮,上厕所都难。你妈情况怎么样?我也不敢去看,怕有人盯上连累了她。”“我妈身体虚得很,护士长,我能不能请几天假?”“医院叫咱们明天全部正常上班,姜主任病得住院,小霍疯子一样成天成夜地哭天喊地寻强强,你暂且照顾你妈吧,我明天再向医院要人。砚子,我们也是泥菩萨过江——自身不保,等事情平息了,我再去看望你妈。”“护士长,你别操心我妈,外科的医生护士都特别照顾。”“对了,有个事,不知道许大夫给你说过没有?”“说了。”“他是一个很好的人,这几天我心里乱糟糟的,倒是人家想得周到。你尽快写申请,我们想法子帮你。”欧阳砚刚要说感谢的话,忽然外面传来了脚步声,吓得两人屏住气,等脚步声渐远了,才相互递了个眼色,躲躲藏藏地进了病房。

回家

冬夜是这般寒冷,接连几个晚上,每当贾爱贞悄悄地走进楼道,看见那个“流浪汉”缩在离自家门口不远的走道里,她的眉间就飘起了凄凉的雪霜。

李爷爷是上了年纪的人,背着家人受这样大的罪,实在令人揪心。看来,他们只能尽快回家了。

缪国庆背着一身的伤,岩石般的愤怒积压在心头,等待他以一个医生特有的容忍一点点地化解。贾爱贞强打精神,对缪国庆说了无数贴心的话。缪国庆对妻子说:“这道坎,使我真正认识了人性的恶,也使我不得不重新思考许多社会问题。我没有怀疑医生这个职业的伟大,而是怀疑现代社会人的价值观。”“小时候学过‘农夫和蛇’的故事，如今才知道毒蛇之毒了。”“爱贞，我想女儿了。天天困在这样的恶事里，心里越来越悲观了。还是回家睡在自家的床上，看看女儿，调整一下心态的好。”贾爱贞点点头说：“回家只能对女儿说咱们送病人时出了意外。”“也只能这样说了。”两口子商量好，向医院请了假，在女儿去学校补课的时候，悄然回到了家。

一进门，贾爱贞先急急忙忙脱下身上的衣服，又找来干净衣服帮缪国庆换上，这才扶着他坐在沙发上。家是温暖的，电视旁边的两盆花，静静地开着，窗台上的吊兰、文竹等，几天不见，似乎又长茂盛了。缪国庆的目光轻轻地掠过家里的摆设以及墙上挂的几张山水画，他缓缓地站起身，走进女儿的卧室，手扶着书桌上摆放的那摞厚厚的复习资料，望着女儿床头的照片，以及女儿可爱的洋娃娃和几件心爱的小玩物，一丝笑意略过缪国庆的脸庞。他索性躺在女儿的床上，伸手拿起女儿花朵般的照片捧在眼前欣赏着。之前，他希望女儿将来学医，但这件事改变了他的想法，还是让女儿将来从事一份轻松的工作，再不要同他们一样承受太大的压力，还要面对这样的不幸。

贾爱贞收拾完东西，进门拉开女儿的被子，轻轻地盖在缪国庆身上。缪国庆摆摆手说：“不用，不用，还是把女儿的被子折起来吧，我身上有药的味道。”他说着欠起身，贾爱贞伸手扶他，缪国庆自己坐起来说：“得给咱们好好做顿饭了。”“你想吃啥，我这就准备。”“爆炒羊羔肉、三鲜菇、芥末笋……”正说着，突然听见有人敲门，贾爱贞刚刚放松的神经忽然像扎口袋的绳子一般抽紧了。

缪国庆急忙收住话，皱着眉头，过了片刻，又听见轻轻地敲门声。贾爱贞凑近猫眼一看，不是别人，是李爷爷，于是她开了门。李爷爷提着东西进来，转身关上门，低声对她说：“我弄了几只乌鸡，又买了一些菜，免得你们出门。”贾爱贞接过东西说：“太让你老人家费心了。”李爷爷说：“爱贞，你炖鸡，我和国庆说说话。”说完两人进了卧室。

缪国庆躺着，李爷爷坐在床边的沙发上，一起商谈控告医闹的事。缪国庆叹息道：“李老师，我知道你一辈子只想着给人治病，我这半辈子，也是一心一意想着对病人好，从没想过会碰上这样的事情。说实在的，我心里憋屈得慌……”李爷爷说：“你还记得《三国演义》里的故事吗？曹操患了头风病后，疼痛难忍，华佗诊断后告诉曹操：大王头脑疼痛，是因患风而起，枉服汤药。曹操问怎么办？华佗说，先饮麻沸汤，然后用利斧砍开脑袋，取出风涎，方可除根。曹操一听华佗要开自己的脑袋，就将华佗杀了。”缪国庆说：“这种恩将仇报的事，自古就有。”缪国庆长长叹了一口气，李爷爷又说：“人活一辈子，能碰上贵人，也能遇到小人和恶人。贵人能指引你走出迷途，小人和恶人则挡你的道。小人，只能绕着走，甚至从他们的胯下爬过去。如果你有足够大的力量，就要把他们打翻。他们不仅仅挡一个人的道，而是要挡许多人的道。”缪国庆说：“还有，报纸胡乱报道起了推波助澜的作用，我们还要找他们理论。总之，这事越想越怪，根本不合常理。”李爷爷说：“好人一家，歹人一族。一族歹人，做歹事就做出了套路。”师徒二人谈了一阵，缪国庆抬头看了一眼墙上的挂钟说：“悦儿快回来了。”李爷爷起身说：“我明天再来看你。”“就在这儿吃饭吧。”李爷爷摆摆手，自己开门走了。缪国庆下地，对着镜子，用手指轻轻地将一侧的头发盖在头顶的伤处，再用棉秆绕开伤口清洗了一下浮肿的脸，刮了胡子，这才一身轻松地坐在沙发上。

楼道里传来熟悉的脚步声，很快锁眼就在转动，随之传来一声：“哇，好香！妈，爸！”“悦儿。”缪国庆和贾爱贞同时叫着女儿。缪悦高兴地跑过来问：“你们啥时候回来的？”“今天早上。”缪悦眨巴着眼睛，伸手摸着爸爸的脸说：“这是咋了，我还以为刚进门眼睛花了。”缪国庆慈爱地拉过女儿的手说：“我和你妈下大雪那晚送病人的时候，都挂彩了。”“啊？车翻了？你们两个都伤得这么重。”缪国庆拉住女儿的手说：“都是些皮外伤，没事的，过几天就好了。你这几天咋凑合着吃饭的？”“馆子客呗，我也怕花钱，可实在没时间做饭。”女儿调皮地冲缪国庆说。“快去洗手，你妈今天炖乌鸡，给咱们大补呢。”“太好了，怪不得这么香。”

好几天没见父母，悦儿的话格外多。吃饭的时候，她讲起那天晚上婴儿哭的事，还咯咯笑着说：“要不是给李爷爷打电话，我真以为自己出现了某种幻觉。”缪国庆和贾爱贞两人也微笑着，一个劲儿劝女儿多吃菜。缪悦挑起一块不爱吃的鸡皮放在缪国庆碗里说：“爸，这个给你长皮肤。”缪国庆笑着问女儿：“吃鸡皮能长人皮？”“不是吃啥补啥吗？”“那可不见得。”“爸，去年你说要取一个人大腿上的皮植到胳膊上，是不是真的？”“当然是真的。”“天哪，疼死人了。将来，我一定要想办法研制合成一种人工皮肤，像药膜一样，不管哪儿的皮肤破了，一贴就好。”贾爱贞说：“你想好了要学医？”女儿眨巴着眼睛说：“你们不都希望我学医吗？老师给我们讲过，传承这个词最通俗的解释是：老子英雄儿好汉，他爸卖葱娃卖蒜。我可是你们的后备力量啊！”缪国庆对女儿笑了笑说：“医学是个苦差事，我的意思是，要是你有自己喜欢的专业就随你选择吧。”女儿说：“我觉得医学也蛮有趣的。”

吃过饭，女儿要去学校，贾爱贞给她拿过棉衣说：“出去路上小心点。”女儿笑着说：“妈，我幼儿园早毕业了。”缪国庆目送着女儿出门后，又站在窗台前，望着女儿的背影消失在大楼的转弯处。贾爱贞收拾着碗筷说：“你快躺下休息，我得去科室了。”缪国庆点点头，叮嘱道：“你路上多留意，出门就打车。”

呛奶

柴家扔下的女婴，在妇产科医护人员小心翼翼地轮换照料下，哭声渐渐正常了，抽搐的症状也减轻了许多。医生和护士喂养时，有意将奶瓶在她面前慢慢地画个圆圈，女婴的眼珠盯着奶瓶转动着，再不像以前那样反应迟钝了。种种迹象表明，女婴的脑出血减少了。虽然柴家把医院闹了个底朝天，可娃娃是无辜的。家人不抱走她，医生和护士还得精心喂养。

婴儿床床头的特别护理记录单已经两指厚了，每张单子都用红蓝笔详细记录着时间，婴儿的反应，用的止血药、营养脑细胞等药物，喂养的奶量，大小便的量、颜色、性状等情况。做父母的人都知道，抚养婴儿的吃喝拉撒就足够叫人辛苦的，还要给她按时喂药、打针、输液。这个女婴，给本就非常忙碌的妇产科加了一块重重的砝码。大家多么希望家属快点把她抱回去，可她是家属勒索医院的筹码，怎么肯轻易抱走呢。那么，她还要住多久？大家没有盼头，只好将重担一天天扛下去。

受柴家事件牵连的那几个人中，护士长贾爱贞和磨镰首先开始了“正常”上班。看，她们好像狼追着似的，三步并两步跑进医院，跑进科室，换上白大褂，再也不能同以前那样，自如行走、平静说话，而是提心吊胆、躲躲闪闪，生怕突然有图谋不轨的人冒出来。可妇产科人来人往，她们只能警惕地穿梭在人群中，强撑着伤痛治疗护理病人。

这天中午临下班的时候，科室仍然一片忙乱。贾爱贞正在护士站给一个新入院的孕妇测血压，听见更衣室的女婴醒了，她就放下血压计对孕妇说："请你稍等一阵，孩子醒了。"孕妇不解地问："你们上班咋还带孩子呢？"贾爱贞洗着手说："不是我们的，是别人丢下的。"说完擦了手，打开包给婴儿换尿布，又洗手冲奶粉给婴儿喂。小家伙食欲很好，三十毫升奶粉，很快就吮吸完了。贾爱贞拿开奶瓶，女婴又哭起来，这时坛子进来说："小家伙好像没吃饱。"贾爱贞说："还是欠一点好，喂得太多就不消化了。"坛子见女婴哭个不休，就说："昨天每次都吃四十毫升，你还是再给她喂十毫升，叫她吃饱，悄悄儿睡觉去。要不然中午这么忙，哪有时间照顾她。"贾爱贞听了坛子的话，又冲了十毫升奶粉喂女婴。这会儿，做完剖腹产的两个产妇齐齐回病房了，等把她们安置妥当，早就过了下班的时间。

就在大家洗手更衣准备回家之时，值班的严大夫走近婴儿车惊叫起来："哎哟，孩子呛奶了。"随之抱着拍起来。其他人听到叫声，急忙跑过来，女婴呛得口周发青，四肢瘫软。一时间，有人拿大针管吸引婴儿口鼻中的溢奶，有人供氧，有人刺激足底。弄了好半天，女婴才哭出声来。

最怕意外的事，往往就会出意外，在场的人无不吓得腿软。严大夫愁眉苦脸地说："护士长，你们当领导的得尽快想办法，万一出事，谁也担当不起啊。"贾爱贞说："医院没办法，我也没办法。要是个没主儿的，民政局不管，咱们哪怕抱回家暂养着也行。你说眼前这个情况，谁敢抱回家。唉，看来娃娃跟前不能离人，你们先回家吃饭，我看着。"

推迟下班本来是妇产科的家常便饭，但对缪国庆来说，一秒钟的等待都是难熬的。他用胳膊肘托着腹部的伤口，焦虑地望着墙上的表。他不能接送妻子，生怕妻子在路上遭遇不测。下班后，他给妻子打过两次电话，妻子都忙着。女儿回来后，缪国庆给女儿炒了一盘易熟的青菜，热了炖好的乌鸡汤，眼看快一点钟了，妻子还没回来，拨打妻子的电话，电话关机了，打科室的电话，提示电话有故障。缪国庆的心里忽地起了火，他急忙打通医院总值班的电话，请值班人员去妇产科看情况。

不久，贾爱贞来电话说班上很忙，不回家吃饭了，缪国庆不听她说完就吼："你咋不给我说一声！""刚才出了点情况，没顾上，你们赶紧吃饭。"女儿望着爸爸气呼呼的样子,停下筷子,轻声问:“爸,你怎么了? 干啥对妈妈那么凶呀。”缪国庆松了一口气,坐在椅子上说:“你妈妈是个工作狂。”女儿笑着说:“你经常做手术不按时回来,妈妈可从来没有吼过你哟! ”看来女儿误解了他,可女儿怎能知道他的担心呢。听女儿这样说,缪国庆就摸着自己额头上的虚汗笑着说:“爸爸凶吗? ”女儿一抿嘴,哼了一声说:“大失君子风度啦。”缪国庆冲女儿皱皱眉,这才坐下吃饭。

贾爱贞向医院餐厅要了盒饭,守在柴家女婴身边,边吃饭边望着这个可怜的孩子。饭后,她给女婴换上干净的衣服,戴上手套把她的小衣服和盆里换下来的尿布搓干净,晾在暖气边。这时,下午上班的人陆续来了。有人说大家凑钱,雇人暂且看管女婴,有人说就抱给公安局,看他们咋办,有人说,能咋办,哪儿来的哪儿去呗。逗子以向来玩笑的口吻说:“干脆送给榴莲吧,看她那么疼娃娃。”坛子说:“死逗子别打岔,这是最叫人头疼的事,你想想,万一一口奶呛没气了,咱们都得给人家抵命。”雪糕说:“我们小区车棚有老两口,老婆婆很勤快,经常拾破烂。我问一下,看人家来不来。”调姐说:“最好雇两个人轮换,一个人熬不住。”就这样,大家想办法联系了四五个人,对方一听是柴家的娃娃,都不敢接手。实在雇不到人,只能安排科室的人日夜轮班当专职保姆。医院派来两名支援妇产科的护士,一个有心脏病,不能紧张,更不能熬夜。一个是新上班的,凡事摸不着头尾,还闹了不少乱子。

一惊一乍

那个新上班的护士个头不高,一对杏核儿似的眼睛滴溜儿乱转,机灵得像只小鸟。她一来,大家就领教了她张口就喊“妈呀”的坏毛病。“妈呀,那个婴儿哭了。”“妈呀,那个孕妇肚子疼了。”“妈呀,这么小的婴儿,肉乎乎、软绵绵的,咋抱呀? ”她时时处处喊着“妈呀”,弄得同事们的心一阵连一阵儿地紧张。

贾爱贞对她说:“在咱们科工作,不管有啥事,也不能一惊一乍的,要不然人的心理可承受不住。”可这个小护士哪能改得掉,仍然张口就“妈呀”。“妈呀,我咋又说妈呀了?”她捂着嘴说。连不爱多说话的芋头都受不了,拍着她的肩膀说:“小妹妹,你妈呀妈呀的,好像发生了啥大事,揪得人心疼呢。”“妈呀,我改不了口啊。”逗子笑着说:“听,又一惊一乍的。咱们科的人都喊绰号,干脆给你起个惊乍算了。”“妈呀,我可不要绰号。”就这样,大家还没有记住她的名字,就记住了她的绰号。

惊乍来的第一天,逗子在病人身上找准位置,站在旁边教她给病人打针。她拿起针管,瞄准了一阵,闭住眼睛“啊”了一声刺下去,等她睁开眼睛,才发现病人吓得滚下了床,逗子道歉着赶紧去扶病人,病人惊恐地说:“天哪,你是要杀牛,还是给人打针啊?”“你不配合,我能打吗?”“你那个姿势,把我都吓死了。”“不打算了。”她虎着脸,有些生气地说。逗子接过针管,给病人打了针,走出病房对惊乍说:“这本来就是你的错,你不道歉,还敢顶嘴。要是碰到那些不讲理的人,可就投诉咱们了。”“噢,是吗?不会吧。”“怎么不会?你呀,刚上班,鼻子里还没呛过灰,还不知道有的病人有多难伺候。不管咋说,你快改改以往与同学说话的那种口气,病人可受不了你这一套。”

这天上午,出生了一个早产婴儿。守在产房门口的一个老太太问惊乍刚生下的婴儿的情况,她随口说:“放到冰箱里了。”老太太一听,顿时软在地上号哭起来。老姜过来说:“老人家,娃娃好着呢,你哭啥啊?”老人说:“都放到冰箱里了,还好啥呀?”老姜说:“是温箱,孩子小,让暖一暖就抱出来了。”“哎哟,吓死我了。”老太太这才抹着泪,站起来。

惊乍上班的第三天又闯了个乱子。经过全科人手把手地带教,惊乍学会了抱婴儿,也学会了打针。下午,她对教她的逗子说:“窦姐,我能不能一个人去给病人打针?”逗子说:“看来你的小胆儿越来越大了。”惊乍说:“要是你去了,病人又不让我给她们打针了。”逗子迟疑了片刻,把治疗盘给她说:“去了一定要核对病人的姓名、床号、药名……”惊乍端着治疗盘,迈着轻盈的脚步,边往病房走边嘀咕:“不就是三查七对嘛,在学校的护理课上不知道对着橡皮人念了多少遍了。”逗子不放心,站在门外等她。

前两个病人很配合,治疗比较顺利,惊乍从病房出来有些得意地对逗子说:

“窦姐，你忙你的，我会了。”逗子说：“不要急，每一个都要仔细核对。”惊乍点点头走了。惊乍走到三病室三床的一位五十岁的“更年期”跟前时，禁不住紧张起来。“更年期”的身材又矮又胖，每天输液，她非要等所有的药都输完才让护士换药或拔针。有时许多病人在呼叫，护士急得咬牙，她就是让等着。昨天恰好没病人呼叫，逗子就一直等到输液管里返出一丝儿血她才让拔针。转眼，她又嫌逗子拔针迟了，嘟嘟囔囔埋怨逗子。逗子无奈地说：“细管中存一两毫升药拔针刚好，你非要等。”不料她说：“一两毫升药也是药，拔了就浪费了。”逗子见她这样固执，再没搭言，转身走了。

更年期见惊乍走过来，立即瞪着眼睛，看了一下表说：“不是说四点钟打针吗？”惊乍也看了一下表毕恭毕敬地说：“已经三点五十七了，提早三分钟没事的。”“咋没事，三分钟的事可大着呢。”她不悦地说。“那我先给八床打针。”更年期说：“你打完不就迟了吗？你就站在这儿等着，等到四点准时打。”惊乍没办法，只好站在一旁耐心等着。

忙碌的脚步停下来，等待就特别漫长。惊乍不时地看着表，数着秒针转圈。更年期闭着眼睛躺着，她好像在心里数着时间，就在惊乍低头放盘子时，更年期睁开眼睛说：“四点了。”说完解开了裤腰带。惊乍看着她圆鼓鼓的臀部，一时拿不准位置，就伸手在她的臀部画“十”字定位。更年期回头问：“你到底会不会打针啊？”她一问，惊乍顿时紧张得手抖着说：“请稍等，马上就好了。”更年期皱着眉头说：“你轻点，你要是不会打，去叫护士长来给我打。”惊乍找准了位置，消毒后，在更年期“轻点，轻点”的叫喊声中，惊乍终于憋足了劲儿给她打了针，端起盘子低头走出病房。惊乍在走道中松了一口气，镇定了情绪，又转身进了四病室。

“胡——”惊乍刚要喊另一位病人，却傻眼了，这位病人的维生素呢？刚才那个更年期的止血药仍静静地摆在盘子里。天啊，惊乍猛然意识到打错了针，额头冒出一堆汗珠子。她退出病房，心怦怦乱跳，在门口一遍遍自问：“妈呀，妈呀，怎么办？怎么办？”她是如实告诉老师，还是谎称自己不慎洒了维生素？这种价格便宜的药洒了并无大碍，可对更年期怎么解释。如果不重新注射，就会误了她的病情。想到这里，惊乍决定向更年期道歉，重新给她打针。

于是，惊乍涨红着脸又来到更年期面前，支支吾吾地说：“阿姨，对不起……

我刚才没看清，给你打了维生素……”“啥？青霉素？怪不得我心里这么难受！”她打断惊乍的话，一猛子从床上跳起来大叫：“大夫，大夫，快来抢救我啊！”说话间，浑身颤抖起来。听到叫声，医生和护士都跑来了，惊乍吓得愣在那里脸色苍白，双手发抖。

“怎么了？快躺下，快躺下！”“不得了哇！给我打了青霉素！我不行了……”更年期瘫软在床上。顿时，搀扶更年期的、接氧气的、拉抢救柜的……

“妈呀，不是，是维生素！”惊乍终于回过神来。

“维生素！”大家停下忙乱的手，个个瞅着惊乍。

“妈呀，是，是维生素，我打错了……”

“哎呀，吓死人了。”

“唉，”逗子说：“今天没人打青霉素，盘子里压根就没有青霉素嘛。”

大家这才松了一口气，问惊乍到底是怎么回事，又当着更年期的面一一清点了盘里的药物，确定这个小护士给她打的药的确不是青霉素，更年期才渐渐平静下来。

一场虚惊，别的人各忙各地走了，护士长又在床边安慰了一阵更年期，才返回治疗室低声问：“逗子，你咋敢放手叫她一个人去打针？”逗子无奈地说：“她要一个人去的。”“你给她带教，出了差错，你可是要负全责的。”逗子皱皱眉头，嘟囔道：“幸亏打的不是青霉素，要不然，我这后半辈子就栽到她手里了。”

更年期一闹，别的病人连输液瓶也不让惊乍换了。更糟的是更年期埋怨说自从惊乍打错了药，她的病情又加重了，还动不动指着主管大夫调姐和护士长的鼻子骂：“你们不是治病的，你们是害命的。依我看，人家拿棒捶你们，拿刀砍你们，真是替我报仇了。”见此，她们只能对她好言相劝。

惊乍简直乱了阵脚，听坛子说十八床新入院的孕妇马上要剖腹产，她竟然独自跑去给置尿管，床上那个正准备回家的产妇问：“我这就要出院呢，让我带回家去吗？”惊乍一听不对，扭头跑回来说：“妈呀，昙姐，十八床要出院，咋还要剖腹产呢？”气得坛子虎着脸，没吱声。护士长说：“新入院的做B超去了，还没回来呢，你要对姓名呀。”

科室的同事有的叹气，有的对护士长说：“快把这娃娃交给医院算了，我们再经不起折腾了。”贾爱贞说：“咱们科本来就留不住人，好不容易来了个年轻的，咱们还是手把手教吧。万事开头难，等她慢慢学会了，自然就好了。”有人说：“等她学会了，咱们的脑袋也叫人一个个摘掉了。这娃娃咋咋呼呼的，根本就不适合当护士。”

更年期不肯罢休，主管大夫调姐和贾爱贞又拉着惊乍给她道歉。惊乍一到更年期面前，顿时腿脚哆嗦，泪珠乱溅，垂着头好半天才抽抽泣泣地说：“阿……姨……对不……起……”更年期说：“谁叫你眉毛胡子一把抓的，你要是像说话这么慢，盯得稳稳的，会出错吗？你且去，我只管和医生护士长理论，和你们院长去理论。”惊乍见她还要找院长，吓得退出病房，一个人在治疗室的角落悄悄地哭起来。

逗子过去劝了惊乍几句，又转身小声对调姐说：“你倒是找一把长长的铁锹，再往深挖一挖你那调解员的潜能，她是你的病人，你多给开导开导，要这样不停地吓唬，这个娃娃就疯了。”调姐说：“偏偏碰上这种神神道道的人，虽说首先是咱们的错，可她也不能得理不饶人么。唉，别说铁锹，就是开个挖掘机，也从我身上挖不出对付这号人的法子来了。”

等更年期安静下来，护士长和调姐又去劝她，几个人正说话，她的女儿来了。见到女儿，更年期当即说自己的病好了，嚷嚷着要出院。

临走，她对护士长说：“其实，我是故意吓那个小护士的，我就是想叫她多长个记性，万一真给我打了青霉素，我可就见不到我女儿了。”贾爱贞连连说着道歉的话把她送出门，又拉着惊乍走进更衣室，一边给柴家的女婴换尿布，一边对这个年轻人说了许多意味深长的话。惊乍委屈地说：“又没给她打青霉素，她就不依不饶，没完了。”“她对青霉素过敏，你要给她打了就是严重的事故。你一定要记住，干咱们这一行是人命关天的事，千万不能出差错。”惊乍说：“唉，我看在街上摆地摊都比当护士强。”“家里供你上学，学校培养你都很不容易，你可不能因为这件事灰心丧气。只要你有耐心，仔细学，慢慢就好了。”“科室这么忙，你喊他叫的，谁能慢呢。”“你只管紧跟着带教老师，一项一项慢慢学，其他人叫你，你不要理。”

每个人都是从年轻过来的，对于刚走上工作岗位的年轻护士，这种特殊的职业简直就像一把锋利的剪刀，会剪去她们身上的桀骜不驯、幻想和很多不合职业的东西。这种切肤之痛，贾爱贞深深地感受过。尤其是现在的年轻人，他们大多是独生子女，从小养尊处优，责任意识、关心别人的意识比较浅，而护士职业本身又逼迫他们必须具备这样的素养。对刚参加工作的年轻护士进行规范的行为指导和必要的心理辅导，减轻她们从业的压力，化解她们从业的困惑，教会她们处事的方法和态度就显得尤为重要。

自当护士长后，贾爱贞无数次与科室的老职工和新职工推心置腹谈过心。人常说妇产科是个女人窝，护士长最不好当，可贾爱贞不但与她们相处得形同姐妹，有两次医院要轮转护士长，妇产科说什么也不让贾爱贞轮转。就这样，贾爱贞也是个老“妇产科”了。

出租房

虽然有坛子帮衬，虽然费了一番周折医院减免了多半的医疗费，但欧阳砚和妈妈实在太拮据了。妈妈非要出院回家养病，可欧阳砚哪里放心身体这么虚弱的妈妈一个人回家去。为此，她同妈妈商量在医院周围租一间房，那样她就能天天见到妈妈，得空照顾她了。妈妈拗不过女儿，思前想后也只好同意了。

欧阳砚找遍了几条街，终于在医院附近的一处角落，找到两间墙体上写着“拆”字的租金最便宜的破砖房。随着城市扩建，这排平房拆得只剩下了两间，其中一间墙体上连着残存的半边砖墙，墙内堆积着瓦砾。欧阳砚选了最边上的那间。房东打开隔壁的房门，让欧阳砚自己搬了旧床、板凳、铁炉之类，还把一麻袋炭送给了她。欧阳砚从房东手里接过钥匙，回宿舍叫了两个朋友，她们拿了扫帚、簸箕一起来打扫。

看来，这房子空置的时间很久了，到处盖着厚厚的灰尘，屋顶上挂着一串串长长短短的灰絮。三个人忙了半个下午才打扫干净，她们生了炉火，找来报纸和旧挂历把黑乎乎的墙面裱糊了。这间不足十平方米的旧房子，就成了欧阳砚和妈妈临时的家。

快过年了，大街小巷挂起了各式各样的灯笼，摆上了花花绿绿的礼品和爆竹等年货。欧阳砚似乎忘记了过年的事，一边是紧张如打仗的工作，一边要轮流小心地给柴家女当保姆，一边还要照料病中的妈妈。有时她轮班不能回家了，就提早给妈妈做了饭，让妈妈饿了放在火炉子上热一热。科室的同事，也不像往年那样，叽叽喳喳谈说过年的事。她们除了忙碌、疲劳，就是害怕、压抑。科主任老姜重病一场，儿子和儿媳劝她在家多休息几天，可老姜心里放不下科室的事，不等病愈就上班去了。只有霍绍梅仍然天南海北到处打听儿子强强的下落。

这天上午，熬了一晚夜班又轮上照顾柴家女的欧阳砚，瞌睡得眼皮直打架。她正靠在婴儿床边打盹，老姜查完房来了，惊得欧阳砚猛然站起来。老姜看欧阳砚疲惫的样子，心疼地问："砚子吃东西了没有？""昙姐买了早点，我吃了。""外面租的房你妈住得习惯吧，冷吗？""还好，我老家也是用火炉子取暖的小平房。"正说着，柴家女醒了，欧阳砚说："喂了还不到半小时，咋又哭了。"坐在门口处理医嘱的芋头说："她都快把咱们折腾垮了，还哇哇哭。"老姜抱起孩子，用手抚摸着她的后背说："小乖乖想让人抱呢，是不是？"柴家女不哭了，眨巴着眼睛望着老姜。老姜拨动着床头的几个彩色气球说："乖，你看，红气球，绿气球，蓝气球。"婴儿的眼珠跟着老姜的手指移动。老姜拨过气球，又拿起一个小玩意儿，在婴儿眼前转动着说："砚子，你看她，还是蛮机灵的，这孩子，只要天天给她做做抚触，应该不会有啥后遗症的。"

"你说没后遗症她就没后遗症了？要是有后遗症咋办？"老姜和欧阳砚齐齐抬头，才发现老柴不知何时站在门口，芋头和逗子立在护士站，惊恐地瞅着他。

欧阳砚禁不住"啊"了一声，老姜的脸上掠过一丝恐慌，她打量着比之前更加苍老、落魄的老柴，看他手中并没拿什么东西，就平静地说："老柴，来看看你的孙女，真的很机灵。你快把她抱回家去，以后跟在你身后，爷爷、爷爷地叫着，多心疼。"老柴凑到前面望了片刻孙女，啥话也没说，又走了。

"哎，老柴，老柴——"老姜追着喊他，可老柴一直没回头。

老姜对大家说："说不准过两天他就来抱娃娃了，快过年了嘛，也该把自家的娃娃抱回去过年了。"坛子说："谁知道那个老坏怂安的啥心。"

欧阳砚是第一天晚上九点半出门，第二天傍晚六点半才进门的。为给妈妈解闷，欧阳砚给自己的小收音机换上新电池，又给妈妈借了几本杂志。妈妈没多少文化，平日最爱听评书和戏曲。多少年来，妈妈每天凌晨出门清扫，兜里总是装着一个小收音机。哪个时段、哪个台有她喜欢的节目，妈妈非常熟悉。女儿不在，妈妈听收音机累了，再看一会儿杂志，饿了挪着脚步在火炉上热饭。这里到底不如自家方便，要在家里，她可以换着花样熬各种稀饭，用平底锅烙摊饼。眼下没有多余的锅灶，加上自己行动不便，多数时间只能吃剩饭。当然，最令她难受的还是一个人待着心慌。外面太冷，她在屋子里挪来挪去，盼着女儿早点回来。

大半个下午，妈妈缓缓歇歇，和了一团面，把拣好的菜慢慢洗干净，切碎。天色渐渐暗了，女儿终于要下班了。妈妈想同从前女儿上学时那样，让她一进门就能吃上热饭。可不知是天冷，还是药物的副作用，她感到双手颤动，浑身越来越无力。后来，她不得不闭着眼睛靠在被子上，听着炉台上滚开的水碰得壶壁“砰砰”乱响而无力下地。唉，水烧成废水了，女儿是不是换班了，不会又碰上啥难缠的事吧。

妈妈侧耳听着，门外不时传来隐约的汽车声。她的眼皮很沉重，好像刚做了手术那样迷糊。

下班后，欧阳砚一路小跑。她远远地看到出租屋内没有灯光，不知道妈妈睡着了，还是为了省电没有开灯？欧阳砚跑到门口，边开门边喊着“妈”，屋内没人答应。欧阳砚进门一把拉亮灯，看见妈妈斜靠在被子上，好像睡得非常沉。

“妈，妈。”欧阳砚拉起妈妈的手，喊声由轻到重，妈妈没有睁眼。“妈，你醒醒。”欧阳砚急得摇妈妈的头。“你，回来了。”妈妈微微睁开眼睛，转瞬又合上了。“妈，你哪儿不舒服？”“我给你做饭……”妈妈含含糊糊地说。

一丝不祥的预感掠过欧阳砚的脑际，噢，老天一定会怜悯妈妈的。

欧阳砚给妈妈盖好被子，挪开火炉上快要熬干的水壶，望着妈妈准备的一切，她悄悄地抹掉眼角的泪水，向炉中添上炭，就开始洗手做饭。饭很快熟了，妈妈却难叫醒。欧阳砚把妈妈挪到床内，把被子和枕头移到床外拦着妈妈，拉上门，向医院跑去。

妈妈之前住院的外科值班医生正忙着接诊病人，欧阳砚只得向许大夫打电话咨询。许大夫说：“我恰好不在家，我这就给江大夫打电话，你在医院门口等着，请他去看看。”欧阳砚放下电话，就向医院门口跑去。很快，江泓就赶到了。他迈着大步紧跟着欧阳砚一路小跑，询问欧阳砚妈妈白天吃的啥饭，还有什么异常表现。欧阳砚在前面指路，气喘吁吁地给江大夫说着妈妈的情况。

听到江大夫叫她，欧阳砚妈妈慢慢睁开眼睛，吃力地问："江大夫，我啥时候能出院？""妈，咱们已经出院了。""砚子，咱们回家吧。"欧阳砚扶着妈妈，江大夫仔细检查着说："有扑翼样震颤。"接着，轻声说出了欧阳砚最害怕听到的话："可能并发了肝昏迷。"

随着救护车的呼啸，欧阳砚把妈妈紧急送进了医院的肝病科。

过年

腊月末，一些病轻的人，纷纷向医生请假回家过年了。到了大年三十中午，医院各科室就只有那些病重得实在难以回家的病人了。下午，除了妇产科的人忙乱得没心思外，别的科室的医生和护士已经抽空儿在走道、护士站各处挂起了灯笼和红红的中国结，给医院增添了几分温馨和年味。

经过治疗，欧阳砚妈妈的病情暂且稳定下来。见别人收拾回家过年，她也心急要出院。欧阳砚怕妈妈病情反复，加上她春节要上班，无法照顾妈妈，只能劝妈妈在医院的病房过年。

大年三十的傍晚，欧阳砚下班后，先到病房看望妈妈，又到出租房赶着做了妈妈想吃的长面装好，提来陪妈妈一起吃。吃过饭，她又拿出糖果，先剥了一颗糖喂到妈妈嘴里，又给自己剥了一颗，吃着糖坐在床尾按摩着妈妈的腿脚。

外面的大街小巷，噼噼啪啪的爆竹声一阵高过一阵。母女俩时而倾听，时而闲谈。期间，医生来查房，护士来打针，相送着新年的祝福。妈妈不无感慨地说："砚子，世上还是好人多，你看许大夫、江大夫，还有你昙姐、窦姐这些人，对咱们多照顾。住到这儿，大夫和护士也时时来看我，问寒问暖，拿药端水的。"

欧阳砚刚要接妈妈的话茬，却听到一阵轻轻的敲门声。一般情况下，医生护士敲过门就进来了。这是谁呢？是不是探望病人的家属找错门了？欧阳砚拉开门一看，是薛鸽，就是大家常叫她雪糕的那个同事，欧阳砚问："薛姐，你咋来了，有事儿？""砚子，你出来咱们到那边去说。"欧阳砚不知道有什么事，心里不由得乱猜起来。

两人走到楼梯口，雪糕很难为情地说："砚子，本来你妈有病，我不该打扰你的，可我眼下真有个难事，我家那口子今晚两点路过咱们火车站，停五分钟，我原来没打算去看他，可女儿一个多月没见爸爸，非哭闹着要去看他，还得拉上我……""薛姐，这大过年的，豺狗子肯定不来，我把娃娃抱到我妈的病房，一起照顾着，你放心去。"雪糕说："谢谢你，砚子，我叫了朋友的车，一点钟送我们一家去火车站，两点多就赶回来了。你就在科室去看着吧，不敢抱到你妈这边，万一出个事，可就了不得了。"欧阳砚说："那行，我十二点半过去。""你十二点五十五来，朋友接上我女儿和我公公、婆婆，一点整在医院门口等我。真是麻烦你了。"欧阳砚拍拍她的肩膀说："薛姐，不必客气。"雪糕说："那我就不进去看你妈了，这会儿科室忙，娃娃一个人。""好的，你快去。"

欧阳砚目送雪糕走了，回到病房，妈妈问谁来了，砚子笑着说科室的一个同事，她家人是火车上的列车员，今晚夜里两点他正好经过火车站，他女儿非闹着要见爸爸，同事一家人要在火车站团聚几分钟，想请她帮忙顶一阵班。妈妈听了，叹着气说："真是太辛苦了，你爸爸那时候出车……"妈妈话说到半截，停住了。砚子听到妈妈提起"爸爸"二字，心中暗暗一惊！关于爸爸，她多么期待妈妈说下去啊。她怕妈妈想起爸爸会伤心而加重病情，可她又是多么想知道关于爸爸的事情啊！

欧阳砚小时候经常傻兮兮地问妈妈：别人的爸爸都在家，我爸爸咋不回来呢？起初妈妈说爸爸出差了。有一天学校有活动，很多小朋友的爸爸去了。有个小朋友问她："你爸咋没来？"她说："我爸出差了。"不料那个小朋友的爸爸笑着说："她呀，没爸爸。"欧阳砚生气地说："我爸爸出差了还没有回来。"那个人就冲她怪怪地笑了笑，摇摇头说："真是个小傻瓜！"

后来，爸爸还是没有回来。欧阳砚就想，别人的爸爸出差几天或几月就会回来，而且带回来很多好吃的，可打记事，她就从来没有见过爸爸，爸爸到底为什么不回来。有一年腊月，她非要买一身新衣服，不管妈妈怎么哄，她就站在那里哭闹。妈妈最后咬牙给她买了衣服，等到过年的时候，妈妈就没钱办年货了。大年三十的傍晚，别人都回家了，她去找妈妈，才看见妈妈在市场里拾丢弃的菜叶。她嫌脏，把妈妈拾到的菜叶扔了。妈妈又拾起来说："砚子，妈实在没钱给咱们买菜……"她就问:"我爸为啥不给咱们寄钱来?"妈妈难为情地说:"爸爸没挣下钱,等他以后挣钱了,就给咱们寄来了。"

再后来,有一个男人曾帮过妈妈。有同学问她:"你爸和你妈是不是离婚了?"欧阳砚回家就冲妈妈发脾气,把妈妈逼得没办法了,就无奈地说:"砚子,不管有啥事,妈妈都会把你拉扯成人的。""那个男人来咱家干啥?""他帮我推了一车煤。"她就追问:"我爸爸到底去哪儿了,我要给他打电话,他为什么不给家里写信?他是不是不要我们了?妈妈,你说呀,从小到大,我从来没有见过爸爸。妈妈,这到底是怎么回事?我要爸爸!"妈妈捂着脸哭了很长时间,才对她说:"砚子,你爸爸在好多年前,出车祸了……"从此,欧阳砚期盼爸爸回家的念想就断了。

这些年,她和妈妈一样,总是小心翼翼地绕开"爸爸"这个字眼,偏偏妈妈在今天不小心说出了口。如果妈妈身体健康,欧阳砚非要缠着妈妈给她说说爸爸生前的事情,可眼下,她不但不能问这件事,还得快速绕开。欧阳砚见妈妈愣愣地望着她,赶忙分开了话茬。

母女俩控制了各自的情绪,重新开始轻松闲谈。这时,只听走道里一阵脚步声,接着,东边的抢救室里传出了哭声。欧阳砚把门关严,从抽屉里取了两团药棉对妈妈说:"还是把耳朵塞上,睡觉吧。"妈妈说:"医院是救人的地方,只要医生护士尽力了,人没有救活,就不是医院的错。要是我得了啥不治的绝症,就是再好的医生,再好的药也救不了。人常说生死在天,人的寿路尽了,观音菩萨也没办法。"听着妈妈的话,欧阳砚一时不知如何说,看来,妈妈不但知道了女儿隐瞒的事情,还可能猜出了自己的病情。长大后,欧阳砚有什么心事,还是经常向妈妈说的,但眼下,欧阳砚不得不躲闪着妈妈的目光。当然,等妈妈的病好了,她迟早会告诉妈妈这一切的。

午夜,爆竹如雷。欧阳砚扶起妈妈站到窗前,簇簇腾空闪耀的烟花,映亮了母女俩的脸庞。

直到与雪糕约定的时间,欧阳砚才匆匆穿上外衣,离开妈妈去照顾柴家丢弃的那个女孩。

饺子

说来就是奇怪，宝宝们总爱在过年的时候挣脱妈妈的肚子，扎堆儿出生赶着凑节日的热闹。你看，妇产科简直成了一辆超载又超速的春运客车，时时惊险，处处惊心，却要保证所有的孕妇、产妇和婴儿平安无事。

大年初一上午十点，五六个人抬着一个孕妇跑进了科室。

“大夫，快，快，我媳妇要生了。”话音未落，直听那孕妇撕心裂肺地大喊了一声。磨镰正在查房，听到喊声跑出来问：“第几胎？疼了多长时间了？”“第一胎，疼了快一小时了。”“快抬到产房去。”“快，一个东西出来了。”磨镰跑到跟前一摸，边喊雪糕边说：“快，快快，抬到抢救室。”

婴儿已经急产在母亲的裤腿里了。磨镰抱起一看，发现婴儿窒息了，急忙把他放在床上，来不及取防护纱布，低头就对婴儿进行口对口人工呼吸和胸外按压。随后跑来的雪糕和欧阳砚，给婴儿供氧气，并通过脐带注药。抢救了几分钟，磨镰见婴儿还没有好转迹象，就对雪糕说：“快拿气管包，进行插管。”

家属看婴儿不哭不动，急得团团转。婴儿的父亲掏出一叠钱塞进磨镰的衣兜说：“大夫，你一定要救活我的娃娃。”磨镰的嘴角沾着羊水和胎便，她顾不得多说话，只有奋力抢救着婴儿。

五分钟过去了，婴儿终于有了哭声。这时，孩子的父亲又把一叠钱塞进磨镰的衣兜，连连说谢谢。

磨镰缓了一口气，把钱全部掏出来说：“小伙子，你把钱交到住院处，你儿子急产窒息，要转到儿科治疗。”“大夫，这是我们的心意，你一定拿着。我这就去办住院手续。”小伙子说完跑了。磨镰就把钱塞进产妇的衣兜说：“咱们不兴这个，你快收着，多吃点营养品，早点下奶喂娃娃。”“大夫，你拿着……”磨镰说：“我们干的就是救人的事。我要是收病人的钱，医院就把我开除了。”产妇含着泪说：“大夫，你看你的嘴上沾着脏东西……”磨镰从兜里摸出卫生纸拭着说：“妇产科就这个样儿，碰到紧急抢救婴儿，哪里还顾得别的。”

这对母子刚转危为安，又接连来了六个孕妇，一个胎位异常的要急诊剖腹产，一个孕妇怕疼非闹着要剖腹产，另外几个孕妇也快生了。磨镰边处理病人边对砚子和芋头她们说："看来咱们今天都不能回去吃饭了，我叫家里的给咱们送饺子。你说说，别人都忙着过节，这些姊妹非要忙着生孩子。"磨镰说完拨通了家里的电话，丈夫以为又有事，很紧张地"喂"了一声，"送五六个人的饺子，我们忙得回不了家。"丈夫这才笑着说："我干脆把锅灶背到妇产科，去给你们下饺子得了。"磨镰说："那最好了。"

磨镰安排了急诊手术，就叫老姜一起进了手术室。刚刚做完这台手术，又急诊来了一位宫外孕破裂的病人，磨镰和老姜还得接着做手术。等下了这台手术，已经是下午三点，那个非闹着要做剖腹产的孕妇已经等得不耐烦了。

护士长安慰她说："你疼得不紧，请略忍一会儿，让我们的医生先吃口饭，要不然，她们也撑不住了。"家属气呼呼地说："我们生孩子重要？还是医生吃饭重要？约好的三点做手术，这都三点二十了，还不见你们的医生。你们再推，我非投诉不可。"护士长说："节日期间值班人员少，请你们体谅一下。""人少就是理由吗？为啥不多安排些人上班？医院本来就是伺候人的地方，上班人少还有理了？我看别人拿棒赶着，你们跑得比兔子还快。给你们一个好脸，你们就觉不着了。"正说着，主任和磨镰回科室了，本来她们想吃几口饭再工作，可听到家属恶声恶气的，她们只好转身，又投入了工作。

中午，磨镰家人送来了一大包酱牛肉和一大瓷盆饺子，护士长和芋头几个抽空吃了，留给磨镰和老姜的饺子表皮渐渐干了。欧阳砚给妈妈送了饭，在饭馆要了干净塑料袋盖在饺子盆上，无奈地说："主任和磨镰的嘴皮，可能比这饺子皮儿还干。"

等完成这台剖腹产手术，已经是下午五点多了。老姜扶着磨镰摇摇晃晃回到科室，进了更衣室。磨镰拾起桌上的筷子，把干了皮的凉饺子接连送进嘴里，转眼，就噎得她伸着脖子直喊："呃，水——水——"老姜累得靠着桌子，挣扎了几下也没站起来。芋头赶紧给她倒了一杯开水，端到眼前说："小心烫着。"恰好护士长从病房回来，听见磨镰噎得青蛙一样"咕咕"叫，就伸手拍着她的后背说："饺子凉了，你略等，我放在微波炉给你俩热一热。"老姜有气无力地说："我们都饿得头昏眼花了，还管它凉的热的。"

护士长随手插上微波炉，把饺子盆放在里面。磨镰喝了几口水，接着吃饺子。在手术台上站得时间太长了,老姜的关节炎疼得挪不动腿,护士长用塑料袋盛了几个放在老姜面前。老姜抬起僵硬的手苦笑着说:“这手,见了手术刀服软,见了好吃的就和我较劲。”说话间,婴儿车里柴家的女婴哭起来了。老姜说:“小家伙闻到饭香了。”芋头说:“她也学会挑食了,今天换了一种奶粉,不好好吃呢。”磨镰嘴里含着饺子说:“小豺狼,白吃枣还嫌核大。”话音未落,就见欧阳砚一把推开门进来说:“豺……来了!”噎得磨镰又“咕咕”叫起来。护士长惊慌地问:“是谁?”欧阳砚使了个眼色,转身时,豺狗子已经在门口了。

护士长侧身出去,在走道和门外看了一圈,见只有豺狗子一个人,就回到值班室,对一脸凶煞的豺狗子说:“小柴,这大过年的,家家都团聚呢。你快把你女儿抱回去,娃娃很心疼的。”豺狗子把头一歪,斜着眼睛说:“心疼你养着。”“你是孩子的亲爹……”不料豺狗子暴跳着大喊:“我娃娃的亲娘呢?啊?你说,我娃娃的亲娘哪儿去了?”怕他又闹事,谁也不敢搭腔,只有女婴大声哭着。

豺狗子发了一通火,在地上踩了些泥脚印,扬起头走了。

上中班的同事来接班了,老姜捏着手,嘴里和泥似的咀嚼着午饭的饺子。这时,有人喊老姜去看病。“大夫,我牙痛。”累得筋疲力尽的老姜误以为是二床的病人,就走到她跟前说:“你张嘴。”老姜看了半天又说:“你给我指指哪个牙疼。”病人笑着,指着一床说:“是她喊着牙疼,不是我。”惹得病房的人都笑起来了。老姜也笑着说:“我听见是你喊我呢,我的耳朵真有些不灵了。”

这晚又该欧阳砚看柴家的女婴。在老姜慢慢吃饺子的空儿,她赶忙打了饭送给妈妈,妈妈心疼地说:“你连轴转加班能扛得住吗?”欧阳砚说:“妈,不要紧的,我们已经习惯了。”欧阳砚把妈妈一个人留在病房,拖着沉重的双腿向科室走着。路上,涌动的泪花不时遮住了她的眼睛。她伸手拭泪,不小心碰掉了眼皮下面一处快脱落的伤疤,伤处又痒又疼,难受得她咬紧了牙。

欧阳砚赶到科室,老姜叮嘱了几句,就与前来接她的儿子和孙子回家了。护士长则忙到很晚才回去。

责任分摊

春节过后，医院的控告毫无结果，令妇产科人特别揪心的另一桩事却摆上了案头。对于年前发生的柴家事件，最后定性为“无责任补偿”。现在，医院召集科室和事件当事人商议责任分摊。

办公楼的那间会议室，此时与妇产科人相对而坐的不是柴家五花八门的所谓“亲属”，不是调解和执法部门，而是医院的领导和院委会成员。之前，他们是自家人，是她们的依靠，也同她们一样遭人打来骂去，被威胁、恐吓。眼下，当他们又面对时，妇产科的人再也掩饰不住苦楚。老姜还没开口，就抹起了眼泪。那几个当班的人，除火烧眉因仍然在借钱、雇人到处寻找失踪的儿子没有到场外，磨镰、护士长几个人见老姜哭了，个个难以控制，哭泣起来。

哭泣。

沉默。

商议“无责任补偿”的赔偿责任划分。以往常规处理此类事件，通常采取医院、科室和当事人三方责任分摊的原则，首先叫大伤未愈的缪副院长予以否定，他说抛开自己的妻子是妇产科护士长这份私心，此次事件妇产科人经受了前所未有的身体和心灵创伤，怎么还能叫她们勒着裤腰过日子？经过三个多小时的商议，医院最终承担了赔偿金的百分之八十，妇产科承担赔偿金的百分之二十。

接着，他们又对妇产科百分之二十的责任进行分摊。这个过程是极其艰难的，在一次次的争辩和一股股的眼泪中，责任最后分摊如下：妇产科科室承担百分之十，另外的百分之十，由当时当班的医护人员和科室负责人共五人各承担百分之二，她们个人所担责任，就从她们每月的工资中逐渐扣除。这样一来，科室的其他人虽然不扣工资，但她们几年也不会有奖金了。

干了一辈子妇产科的老姜，工资也不高，更别说火烧眉、欧阳砚这些年轻人，分摊的责任如巨石般压在了她们的肩头。火烧眉已经两个月没有上班，她只顾寻找杳无音信的儿子。

欧阳砚则陷入了极度的困窘，给妈妈治病需要钱，自己的工资扣得仅剩下一点点生活费。这全然不能让妈妈知道！更让她难过的是，妈妈的身体时好时坏，总不见起色。妈妈在医院住得心慌，天天嚷着要出院。令欧阳砚肝胆俱裂的是，这天复查显示，妈妈腹腔多处又出现了肿块！这意味着癌魔已经发展到了无法控制的地步！也就是说，妈妈在世的时日不多了。

欧阳砚拿到可怕的结果，顿感心被掏空，眼睛失明。疼痛！茫然！她不知道自己怎样走出了放射科，也不知怎样走进了妇产科！

“砚子，砚子，你怎么了？”是坛子在叫她。

“砚子，砚子……”好像是逗子和芋头在叫她。

她微微睁开眼睛，看见科室的姐妹们，有的扶她，有的叫她，有的用手指压着她的嘴唇。

这时，护士长打开欧阳砚手中的检查结果，难过地说：“唉，砚子妈的病转移了……”“啊？”

欧阳砚仿佛陷入漆黑的深井，跌落着，跌落着！

妈妈拉我，妈妈拉我！欧阳砚叫着，猛然站起来。有人按住了她的肩膀，有人拉住了她颤抖的双手，有人抚开她散乱的头发轻声说：“砚子，事情已经到了这个地步，谁也没办法了。你要想开些，给你妈长精神。”欧阳砚泪如雨下，惹得大家也抹起了眼泪。

是的，不能哭泣，不能悲伤，不能倒下，只能扛起。

“护士长，现在这个情况，我妈还要出院……”贾爱贞说：“砚子，依我看，就听你妈的，要是一直把她禁在病房，她的心情也不好。”老姜说：“砚子，在必要的时间，你就告诉你妈实情，让她走得明白些。以前，我妈也是这种病，我们一直瞒着她，到死也没叫她知道，我一直都非常后悔。”“说了病情，她的精神怕就倒了。”坛子担忧地说。“我觉得，人要活得坦然，也要走得坦然，还是告诉真相的好。”贾爱贞想了想又说：“砚子，你先休息两天，送你妈回家转转。回去要是能请上可靠的亲戚，让他们帮着照顾，如果请不上，你们还是住在出租房，这样也好给她输液治疗。”老姜叹着气说：“唉，要得个猛症，一猛子过去了，还少受些罪，得上这可恶的病，疼痛会越来越严重，非把人疼得耗成一把干柴不可……”欧阳砚呆愣愣的，大脑一片空白。

“砚子，洗洗脸，我和你去病房收拾。”坛子说着把她拉到水池边。护士长说：

"砚子,有啥事及时给我们打电话。"欧阳砚点点头,洗完脸,同坛子更换上棉衣,一起走出科室。

"难哪!"望着她俩离去的背影,老姜揉了揉酸涩的眼睛,站起来,掀起白大褂,从衣兜里取出钱包说:"帮帮咱们的砚子吧。"贾爱贞点点头,接过大家凑的钱。

"砚子,有些事,不知道你想到了没有?"走在前面的坛子并没有直接向肝病科走,而是拉着砚子走进了妇产科对面的树林。虽已入春,树枝仍然黑漆漆的,仿佛枯死了。她们站在几棵丁香树下,坛子轻声说:"我想,你妈眼下这个情况,你得早些准备后事……"欧阳砚的眼泪又流成了河。"唉,人啊,不管有多么舍不得,不管你有多么心疼,父母迟早都要离开我们的。我的意思是,你就多陪陪你妈,我拿一件你妈的衣服,量着给她买寿衣。别的事,你也不要操心,我得空跑着就办了。""姐……"坛子伸手拭着欧阳砚的眼泪说:"不能再哭了,问问你妈想吃啥,就让她吃啥,病到这个地步了,再不要忌口了。对了,明早你们只管出院,回头我去结账。""已经欠下好多了……""你只管照顾你妈,别的事你不要管,有我呢。"

坛子和欧阳砚在食堂打了饭,她们走进肝病科时,欧阳砚已经控制住悲伤。妈妈见坛子也来了,急忙站起来让座。坛子同她一起坐在床边,望着她的脸说:"听砚子说你复查了,明天要出院,我过来看看你。""我这病,丝丝悠悠的,可把你们连累大了。""手术伤了元气,你也不要急,得慢慢休养。""我盼着这病快好了,去上班,好把欠你们的账早点还了。砚子工资低,一时半会还不清。"坛子说:"你只管安心养病,那都是些小事,不要总记在心里。"欧阳砚妈妈还要说什么,坛子站起来说:"那你们快吃饭,我回家了。"说着提上欧阳砚放在她身后的包,欧阳砚妈妈扶着墙,一直将她送到楼梯边,又对下楼的坛子喊着说:"等病好了,我再上门去感谢你们!"坛子强挤出一丝微笑,向她挥挥手。

没娘的孩子

进行责任分摊后,妇产科有的人对柴家女的态度就变了。有时大家忙得不可开交,女婴却哭闹不停,她们难免气得要骂,还忍不住摔着奶瓶和勺子喊:“停住,哭啥哭,豺狗子不管你,你还哇哇哭,是不是见我们的头还没被豺狗子摘去当尿盆子呀。”然后硬将奶嘴塞进孩子嘴里,气呼呼地说:“吃,吃饱了悄住。”女婴似乎听懂了骂声,就用舌头顶着奶嘴,哭个不停。气得她们扔下奶瓶又骂:“哭啥? 是不是想吃人的肉呢? 豺狗子诈了我们的血汗钱混吃大喝,你还不满足,还要吃我们的肉是不是? ”这一骂,女婴哭得更厉害了。她们索性扔下奶瓶,关上门,任凭孩子哭去了。护士长从病房回来,听见她大哭,就问是不是该给她喂奶了。刚才那个医生没好气地说:“让哭,哭死扔到沟里去。”护士长说:“可别吓着娃娃,那么大点人,懂个啥。咱们心里气归气,可别拿这个小东西撒气,她也够可怜了。”

这仅是个开端,随着科室和磨镰等人的工资扣得越来越多,大家加班的日子越来越长,她们的情绪也就越来越坏。再说,随着孩子的成长,生活所需也必然增加。原本大家凑钱给孩子买奶粉衣服等并不是多么大的事,可大家心里憋着气,没有几个人乐意管她了。

一天,又排到磨镰照顾女婴了。她之前忙碌了一夜,早晨吃了同事带来的花卷,就累得靠在婴儿车边的桌子前打起鼾来。上午十点大家特别忙碌的时候,豺狗子不知何时溜进了更衣室。他看见女儿蹬开了被子,顿时火冒三丈,一把揪住磨镰的衣领,磨镰还未醒,脸上就挨了狠狠一巴掌。豺狗子的巴掌又甩过来,磨镰拾起病历挡住了。

“你要干吗?”“这么冷的天,为啥不给娃娃盖被子?”清醒过来的磨镰当即向豺狗子脸上打了一拳,打得豺狗子“哎哟”一声,倒退了两步。磨镰一把扯过婴儿车,边往门外推边喊:“快把这狗日的东西扔出去,养大还是咬咱们的……”

惊醒的女婴光着小腿,在婴儿车里大哭,豺狗子鼻淌鲜血,随手抱起护士站台上的一叠病历朝磨镰砸去。有的砸在磨镰身上,有的砸在婴儿车上,病历内的纸张飞了一地。豺狗子又扑过去要打磨镰,被走道里的家属和赶来的医护人员拦住了。

还在细心查房的老姜听到响动，从病房跑出来，对鼻血滴答的豺狗子说：“小柴,你快把娃娃抱回去,你这样,像个当爹的人吗？”豺狗子向老姜身上吐了一口血:“呸,抱回去,你想得美！”这时,保卫科的人赶来,把豺狗子拉走了。

磨镰把婴儿车一把搡开,转身骂道:“有穿的,有吃的,给狗穿给狗吃,狗还给人摆尾巴呢。为啥要养这白眼狼？”老姜弯腰抱起哭叫的女婴,护士长拉上婴儿车,进到更衣室,磨镰气愤地摔打着换衣服。

见老姜把女婴抱进来,磨镰又骂:“扔出去,把这狗日的扔出去！”老姜说:“唉,你这样骂她,无非给世上添个恶人。”“那么,你还要我为她去死吗?狗日的还不是见咱们骨头太软,想当柿子一样捏呢。”护士长把婴儿车放好,搂住磨镰的肩膀,摸了摸她青肿的脸颊说:“回家拿个冰袋敷一敷,你也别太生气,一场接一场的气，人哪能受得了。”说完又对芋头说:“你陪磨镰到医院门口打车去。”磨镰一脚踢开眼前的椅子说:“芋头,你忙你的,我豁出命了,看谁再敢碰我一指头。”

老姜哄乖孩子,捋开额前的花发,对护士长说:“再找医院走,这样下去可要出大事。”护士长放下手头的活,同老姜一起又去了院长办公室。

之前,医院已经无数次向公安局报告过此事了,现在,院长再次把事情报告到公安局,公安局无可奈何说这事他们也没啥好办法。院长再次将事情反映到民政局,民政局说婴儿有父亲,不是孤儿,不能送福利院。院长苦笑着对妇产科的人说:“实在没办法,就再雇上两个人轮换着看。”同以前一样,经过大家四处打听,仍然没有人来照料这样一个是非缠身的孩子。医院只好调配了一名保洁员暂且帮着照顾。

豺狗子没完没了地闹,大家更加心灰意冷,从心底讨厌起了柴家的孩子,也没几个人愿意理她了。孩子缺失爱的抚触,听不到“阿姨抱”“宝宝乖”“丑妞妞”这样亲昵的呼唤,越加烦躁、哭闹。有时候,别人一抱她,她立即就不哭了。可只要放下,她又哭起来。

工作是这样匆忙,谁又能抽出太多时间抱她呢？只要给她吃饱,她想哭多久就哭多久,爱怎么哭就怎么哭吧。当然,这个小家伙好像越来越会听别人的话了,只要有人说话的口气不对,她也哭个不停。那天,磨镰和同事在值班室骂豺狗子。小家伙哭得很伤心,磨镰拍了一下桌子说:"嫌我骂你那黑心的豺狗爹了。他好,你快滚回去呀。"这一骂,惊得孩子哆嗦起来。老姜抱起孩子,绷着脸对磨镰说:"以后,谁也不许在孩子面前这么说话,让她好好长着。我要是再听到谁对她恶声恶语的,我首先就不容。"磨镰说:"你那么疼她,干脆把她抱去给你当孙子。""我也不是疼她,可这么大点人儿,能知道啥,大人的恩怨和这个小人儿有啥关系。"磨镰眼里闪着泪花哽咽着说:"我挨了打,赔了钱,叫人说三道四,还要给人家拉扯娃娃,你还要我对她咋好?""你的苦,我咋能不知道,只是孩子是无辜的。""别人无辜,难道我罪该万死?我现在名气可大了,一些病人听说我治死过人,都不让我看病了……"磨镰委屈地哭起来。

就在这时,缪国庆带着两个医生来给病人会诊。会诊结束后,缪国庆坐在磨镰身边,语气沉重地说:"廉大夫,咱们碰到这样无奈的事,谁心里不是窝着一团火呢?我们叫那些狗日的整得没了人样,我甚至悔恨自己当初为什么选择当医生。我恨不得扛个大刀,把那些没有天良的东西剁了。但是细细想想,我们毕竟是知识分子,就是有多少人对我们无理,我们不能蛮干,我们还要本着良心,做一个对生命负责的好医生……"缪国庆劝导了一番,磨镰心中的积怨才化解了一点。

缪院长劝罢磨镰,又对在场的其他人说:"咱们都是当父母的人,不管柴家大人怎样对待我们,我们都要明白,这个刚到世上的小生命并没有错。只要这个孩子在科室一天,我们就要把她当作自己的孩子。不管谁当班,谁都要负起一个当妈的责任。爱可以换来爱,而恨只能得到仇恨。"

胆小的惊乍

妇产科的床位周转极快,每天迎来送往着孕妇、产妇、婴儿和病人。总有那么多做不完的工作,人人忙得巴不得有分身术。只是新来的那个绰号叫惊乍的小护士,从那次打错针之后,谁也不敢放手叫她单独工作了。于是,不管别人忙得将五只指头当作五个巴掌，她则跟着带教的老师，一项一项慢慢学习。

好在，她从害怕到摸索，再在老师的指导下反复练习，一步步学会了抱婴儿、打针等。眼下，她又着手学习做皮试这种最常用的技术。

这天，惊乍跟着雪糕去给病人做皮试。雪糕的手“套”着惊乍的手，边操作边讲解：“把前臂的皮肤绷紧，针头平行刺进皮肤，推 0.1 毫升皮试液。你看，皮肤上就像蚊子叮了个小包，这就好了。”雪糕手把手一连教她做了五个皮试，就问她：“找到感觉了吗？下一个，你自己试。”惊乍点点头。

她们来到一位刚生下宝宝的产妇床边，做完必要的解释工作，惊乍拉起她的手刚准备做皮试，不料那位年轻的妈妈看见针管，吓得“哎哟”一声，惊乍手一软，针管跌落在病床上。雪糕拾起针管，又换了新针头，递在惊乍手里，轻声说：“别紧张，没事的。”又笑着对产妇说：“看你多勇敢，生了这么漂亮的宝宝。”那个产妇捏紧拳头，把胳膊伸给了惊乍。

惊乍由于紧张，加上手中没有分寸感，竟然将针头刺出了产妇的皮肤。她向后一退，针头就滑脱了。惊乍难为情地说：“薛姐，还是你来吧。”雪糕接过针管，只见她轻轻一下，就在产妇的手臂点出了一个漂亮的小圆包。

回到治疗室，惊乍说：“过去在学校学习皮试，老师让我们同学之间相互练习，我在同学胳膊上练了。轮到我时，我说啥也吓得不敢让她练，气得同学没办法，就在自个儿的左胳膊上练习，我还说她心硬如铁，现在看来不练习根本不行。”雪糕说：“就是的，熟能生巧，我开始学皮试，一毫升药打进去，也没出皮球，老师气得问我是不是在肌肉注射，当时就给我零分。后来，我在自己胳膊上练习了几个晚上，直到胳膊上针眼多得没处下针了，才去找老师补考。老师先是沉着脸，看我准备用物。等我解开袖子，老师把我的胳膊反反复复看了好一阵，就按下针管，拍拍我的肩膀说，好了，满分。”惊乍伸伸舌头说：“妈呀，看来不出血不行呀。”“那可不是，万事开头难。不过，只要你用心，细心，就没有做不好的事。”说完，就抬起自己的胳膊，指导惊乍练习。惊乍在雪糕的胳膊上练习了好几次，仍然没有成功。坛子看见了，笑着说：“这小家伙看着是个机灵鬼，其实是个大笨蛋，没一点悟性。砚子刚上班的时候，我给她教了两遍，她就会了。有些操作，她一看就会，哪里像你这样费吃奶的劲。”说得惊乍满脸通红。雪糕向坛子递了个眼色，鼓励惊乍：“一点儿也不疼，你就把我当成橡皮人，扎扎实实地学。”惊乍摆摆手说:“还是在我身上练吧。”她说完,咬咬牙在自己的胳膊上反复练习起来,直到前臂伤痕累累,才罢休。

的确,当护士的十八般武艺样样得精通。惊乍胆小,凡事都要同事手把手给她教。常规护理技术自不必细说,单就妇产科的婴儿抢救脐静脉注药、打卡介苗、婴儿洗澡等,看起来并不复杂的操作,实则学问很大。当然,护士仅掌握操作技术远远不够,还要有良好的与患者沟通的技巧。

惊乍处处惊慌,冷不丁就做错了事,说错了话。那天,她去给一位老婆婆发药,老婆婆问:“丫头,这是啥药?”惊乍随口说:“抗癌症的。”老婆婆惊讶地问:“丫头,我得的是癌症吗?”惊乍发现自己说漏了嘴,连忙摆手说:“不是,不是,我不知道。”老婆婆疑惑地说:“不是癌症,咋给抗癌症的药呢?”惊乍愣了愣说:“我去问一下。”

惊乍慌忙跑回护士站,悄悄地对护士长说:“二床的病人问她得了啥病?”护士长说:“你咋回答的?”“我说不知道。”“你就说她得了肌瘤,明天做手术呢。”“可这药咋办?我说是抗癌的。”护士长拍了一把惊乍的脖子说:“再用纸包了发给病人。你记住,干咱们这一行,时时事事都得长心眼。一句话不谨慎,病人就会疑心,一疑心,手术做了都可能复发。”

惊乍走进治疗室,把药盒里的药片挤在纸包里。就在她不知道怎么对那个病人说的时候,正巧欧阳砚推着治疗车进来了。惊乍就悄声说:“砚子,你过来。”欧阳砚走近问:“啥事?”惊乍神秘地说:“交给你一个重要的任务。”护士长说:“这个丫头,自己捅了窟窿,又叫别人去补。”惊乍一吐舌头说:“砚子,还是你去把这药发了。”“咋了?”惊乍低声对欧阳砚说了事情的缘由。欧阳砚叹了一口气说:“我每天都对我妈说谎,哄她吃止痛药,吃抗癌药。可这些东西能有啥用,无非是安慰剂。”她边向外走,边自言自语:“也许人认清生命的本质,就不必刻意编织谎言了。”

护士长回头对惊乍说:“你们俩年龄相近,你从小娇生惯养,砚子是穷人家孩子早当家。现在,她妈病得那么重,她心里够苦了,你还不体谅她。”惊乍稚气地说:“妈呀,想都不敢想,我要是碰上这么大的事,肯定就不活了。”护士长说:“听这丫头的话,人活着,啥事碰不上,难道个个不活了。”

不得“安乐”

欧阳砚陪妈妈在家住了一天，原打算让妈妈散散心，再同她一起回出租房的，可妈妈说还是家里住着舒心。欧阳砚见妈妈回家后精神有点好转，只好请来姑妈照顾妈妈。不过，欧阳砚刚回单位上了一天班，姑妈就打来电话说妈妈的伤口疼得受不了，叫她快快回去。欧阳砚心急如焚地赶回家，接了妈妈就到医院外科，请许大夫检查。

手术之后，妈妈的身体越发瘦了，许大夫检查完，妈妈有气无力地说：“许大夫，真是太麻烦你们了。我这病百药不效的，看来是瞎病。”许大夫说：“人有病了，就爱胡思乱想。你把心放宽，安心休养。”许大夫的话语经常是那么和蔼，他的面庞总是平平静静。

姑妈陪在妈妈身边，欧阳砚随许大夫去了医生办公室。办公室里，有两位医生低头写病历，年轻的江大夫和几个实习医生正围在一起看 X 光片。许大夫把欧阳砚妈妈的 CT 检查片递过去说：“这个复查结果，你们看看。”江大夫接过看了片刻，就指着片子对实习生说：“噢，你们看，这儿，这儿，还有这儿，肿瘤结成了地瓜……”

许大夫指着对面的椅子说：“欧阳，你坐下。”欧阳砚默默地坐在椅子上，愣愣地望着许大夫。许大夫收起听诊器，坐在桌前，瞅着欧阳砚说：“手术时，我们把能清扫的都清扫了，没想到病情复发得这样快。现在，只能姑息了。”欧阳砚点点头。“你想让你妈住院，还是……”“如果有床位的话，还是住院吧。”“病床住得满满的，要不然，你同你妈商量一下，住院的话，只能加床。”“加床实在太窄太挤，休息不好。”“要不然，你看这样行不行？我开几天的药，你根据你妈每天饮食的多少，把握输液的剂量。有啥情况，你随时来找我，或找江大夫，行吧？”欧阳砚点点头，许大夫开了处方，递给欧阳砚。欧阳砚哆嗦着接过处方，轻声说：“谢谢。”

犹如万担压肩，欧阳砚摇摆着走到门口，停顿了片刻，努力挺了挺腰背，才向妈妈走去。

不待妈妈张口，欧阳砚就勉强微笑着说：“妈，许大夫说你吃得太少，瘦得扛不住病，叫我给你输几天营养药，补一补。”“噢……”妈妈牵住女儿的手，再没言语。

姑妈家中有年幼的孙子，不能多陪欧阳砚妈妈。欧阳砚送姑妈去车站的时候，姑妈含着泪说："砚子，看样子，你妈撑不过几天了。你给管你的领导说说好话，看能不能多请几天假陪你妈。世上的人都有父母，我想，他们会答应的……"欧阳砚流着泪说："我知道了，你老人家不要太牵挂，我会想办法的。"

医护人员正是看到过太多太多的酸楚，他们才更体谅、更理解人在苦难面前的无助。他们搀扶陌生的病人，也分担身边人的愁苦。是啊，欧阳砚的处境，同事们怎能不看在眼里。她们做了欧阳砚妈妈想吃的饭菜，亲自送来。她们与护士长商量，尽量想办法让欧阳砚照顾妈妈。

欧阳砚妈妈的病情越来越严重了，反反复复的剧烈疼痛折磨得她萎靡不振。止疼的药从口服改为注射，从四小时注射一次到一两个小时就得注射一次，频繁的注射，使妈妈臀部的肌肉变得越来越僵硬了。

这天下午，妈妈枯瘦的手握紧女儿的手说："砚子，妈得的这是瞎病，看来，妈要丢下你了……你也长大了，凡事只能自己操心……妈对不起你，从小到大，没有叫你过上啥好日子。别人家的娃娃，天塌下来，也有爹妈挡着，可你早早地帮妈妈扛日子……本来，妈盼着你工作了，能过几天宽敞日子。其实，有些事情，你不说我也知道。妈恨自己没本事，帮不了女儿……""妈……""砚子，妈现在是熬时间了，多一时，就多受一份罪，还不如少一时，早些解脱了……我听收音机上说，有些国家实行安乐死，你听妈的话，去开一瓶安眠药，让妈睡着再不醒来就好了……""妈……我不能……""你把笔和纸拿来，我写个字据，你拿到公安局去，让警察签个字……妈多想陪着女儿，但妈疼得实在受不住了……""妈，不能……谁也不会同意这事，这不合法……""这是我自己的愿望，人管不了生，还不能管死吗？砚子，我的好女儿，不是妈不坚强，妈已经疼了几个月了，妈的心血熬尽了，连妈肋条上的肉，也疼没了……"欧阳砚抚摸着妈妈一条条分明的肋骨，泪流满面。

"砚子，快拿笔和纸来，趁我这阵子手还能动，我立下个字据……""妈，不能呀……""砚子，听妈的话！"欧阳砚双手抖动着，把笔和纸送到妈妈手中，捂住脸，倒退着，酥软的身子斜斜地靠在门旁。

妈妈的手哆哆嗦嗦，花了好大一阵工夫，总算吃力地写下一行歪歪扭扭的字：警察，我得了瞎病，我要安乐死，请你们一定同意我的请求。她睁大眼睛，看了好几遍，终于像完成了平生最后一桩大事，鼻翼忽闪着说："女儿，去，找公安局盖个章。再找许大夫，给我开满满一瓶安眠药……"欧阳砚接过纸，摇摇晃晃向公安局走去。

公安局的两位警察听了欧阳砚的简要说明，又看了那行歪歪扭扭的字，表情严肃地说："什么安乐死，这样做是故意杀人，你明白吗？"欧阳砚点点头。"明白还来？世上哪有女儿给亲妈实行安乐死的，你是不是精神错乱了？"欧阳砚无言地退出门，精神恍惚地走在街上。她不知道怎么办？

后来，她不知道怎么走进了医院，走进了科室。同事一见她都围过来，担心地问她妈的病情。欧阳砚哽咽着说了情况，并给大家看了妈妈写的纸条。逗子出主意："砚子，实在不行，你就开一瓶安慰剂。"老姜说："你妈是个开明的人，还是告诉她实话好。唉，最后的路，不管有多么痛苦，都得走到头。"别的同事，默默地陪了欧阳砚片刻，就怀着沉重的心情各自忙碌去了。

欧阳砚再也不想骗妈妈了。听女儿泣不成声地道出了实情，妈妈也泪流满面地说："女儿，那你多开些止疼药，多陪陪妈妈……从今往后，咱娘儿俩就阴阳相隔了……""妈，请原谅……我一直没给你说实话。""我的瓜女子，我得的瞎病，我心里早就清楚了。女儿，你把心放宽，人只有心宽了，才能活得自然……老人和儿女之间，不管谁舍不下谁，最后都得硬生生地舍下……妈已经想通了，已经能舍下你了……你也要想开，学着快些把妈从你的心里舍下才好……""妈……你要挺住！""女儿，妈真的挺不住了，你要挺住！妈的一辈子活罢了，你才开始活人，可要好好儿给妈活着……"

绰号

农历二月二之前，就有孕妇早早来预约剖腹产，想生"龙抬头"的吉祥宝宝。仅二月二的白天，妇产科自然出生的，加上剖腹产的婴儿就已经十七个了。在许多人悠闲自在，或理发，或做着好饭，或吃着豆子的时候，妇产科的人紧绷神经，奔跑，流汗，流汗，奔跑。

大家一直忙到傍晚下班，同事们聚在一起洗手更衣。坛子先洗了手走进更衣室，从包里拿出一袋蚕豆说："快来，快来，咱们也过二月二了。"洗过手的同事纷纷围过去，伸手抢蚕豆吃。

逗子见老姜仍然慢慢腾腾洗手，就喊她："主任，你快点，再磨蹭我们把豆子吃光了。"老姜咧了咧嘴说："我嘴干，舌头都转不动了，最渴望一大杯温开水。"护士长说："主任站了一天手术台，太累了。"说着拿起老姜那个又粗又高的水杯问："这半杯水是啥时候倒的？"老姜说："是下午上班倒的，烫得只抿了一口。"护士长提起水壶，把杯子加满。老姜洗过手，一屁股坐在椅子上，端起水杯，一口气把一大杯水痛饮了个一干二净，闭上眼睛，侧身靠在桌子上休息。严厉打趣说："主任简直像刚卸下犁的老牛，饮足水，卧下不想睁眼睛了。"惹得大家笑起来。老姜耸了耸肩，笑着说："我老了，不中用了，你得快点接我的班。"严厉说："你老人家是老骥伏枥，志在千里。""我呀，现在只盼着早点卸下肩上的担子，回家哄孙子。唉，我的体力真是越来越不行了，前几天送孙子去车站的时候，我都抱不动他了。"逗子伸手给老姜拍打着肩膀，故意乐呵呵地说："别装，不是你劲少，那是你孙子长大了。你手术衣一换，雄赳赳地站在手术台上，指挥我们拔萝卜啊拔萝卜，拔来拔去，拔了一大堆娃娃。"逗子的话，又惹得大家笑起来。平日少言少语的芋头也笑着说："这个死逗子，把哭的人都能惹笑。"

也不知道从何时起，妇产科的同事之间就喊着绰号，弄得病人经常分不清。

护士中有最爱唠叨、最操心的护士长贾爱贞，大家喜欢叫她家长。有家庭背景复杂，热心帮助别人的昙芸，绰号坛子。有只埋头做事，不喜欢说话的于珏，绰号芋头。有大嗓门又特别幽默的窦姿，绰号逗子。有善良温顺，说话轻声细语又心太软的薛鸽，绰号雪糕。有那个眼睛大，身材娇小，又机灵又胆小的惊乍，大家几乎忘了她的名字。还有爱写诗的砚子，有身材细高而柔软，总把太阳镜架在额头上，经常哼着歌儿的夜莺等。说起夜莺，还有个小故事。有一次，医院领导碰见她在工作时哼唱，责令她写检查，还要处罚她。你猜她的检查是怎样写的？音乐是水，能养人，能培育人高贵的灵魂。生活有音乐的滋润，人的心灵会变得清澈、亮丽、透明。音乐还馈赠人广阔的思维空间。音乐如诗似画，它让人更真切更诚实。它是人诗意的一部分，也是人灵魂的一部分、情感的一部分、天性的一部分。音乐是我生命里的另一位神灵，教我更深刻地理解生命和生活，而不沉溺于凡尘琐碎。音乐是你的，也是我的，永远指引着我们的生命前行。夜莺拿着检查让老姜和家长签字，老姜念了一遍说，这哪里是检查，完全是“死不悔改”书嘛，惹得科室的人大笑了一场。她的检查交上去后，不知是因哪个领导觉得她说得有理，还是领导已经不生气了，总之并没有追究。

言归正传，助产士中有引领时尚潮流的美妞。有性子急，找了一个酒蛇男人的火烧眉等。

医生中有经常不紧不慢的磨镰。有很善于沟通的调姐，科里不论是病人还是同事有啥事，她总爱将心比心地说：“咱们都是当母亲的，咱们都是受疼过来的，咱们都是有老人的，咱们都是有家的，咱们都是不富的……”她的丈夫是一位调解员，科室人当然不吝赐他绰号调哥。有凡事都想得开的大心肠，可她偏偏找了一个把钱看得很重，一分一厘都不放过的银行职员，大家叫他小心眼。有戴着眼镜，办事果断，对事业非常严谨的研究生彦丽，大家叫她严厉。有关心病人胜过关心自己的科主任老姜等。

经过一天紧张的工作，大家就在下班洗手更衣的时候，说说笑笑，驱赶疲劳。

大家正在更衣室吃着蚕豆谈笑，一个小伙子怀里抱着一个婴儿，身后跟着一个老奶奶来了。“大夫，给我们看看，娃娃的脐带咋红红的？”值班医生问：“在哪儿生的？”老奶奶说：“在卫生所生的。”医生打开包被说：“娃娃的脐带发炎了。”

这时，走道有人喊：“医生，我媳妇要生了。”值班的大心肠说：“我得忙去了，等逗子来处理吧。”逗子拉开更衣室说：“我已经下班了，请你们到儿科看吧。”老奶奶说：“我们摸不着地方，求你们给娃娃看一下嘛。”逗子有些不情愿，护士长拍拍她的肩膀说：“给消个毒，换个脐卷，我们等你一起回家。”逗子没吱声，重新换上白大褂，去婴儿室拿东西。走到婴儿室，摸了半天，找不到钥匙，她又返回更衣室找。

这空儿，老奶奶附在儿子耳边嘀咕了两句，儿子就把婴儿转到老奶奶怀里，转身跑了。没过多久，他手中提着一包爆得开花的豆子跑进来说：“医生，豆子买来了，请你们给娃娃看看吧。”严厉不解地问：“你买豆子干啥？”他说：“那个医生不是说等豆子来了才处理吗？”大家一听，大笑起来。护士长见对方莫明其妙地瞅着她们，赶忙解释道："你误会了，逗子是我们的护士，是让她给你们的娃娃看肚脐的。那不，她拿着东西来了。"听了这话，老奶奶也笑着说："噢，我以为今天是二月二，只有送了豆子，医生才给看病呢。"

还有更令人啼笑皆非的事，就在第二天早上，大家发现医院门口的布告栏里，有一封用铅笔写得很不整齐的感谢信。有同事看见老姜上班路过，就喊她："老姜，过来看，有人给你们写'大字报'了。"老姜一听，心中不由得紧张，急忙走过去。

信是这样写的：夜里，我妻子上厕所不小心滑倒，当时就腹痛难忍。我赶紧把她送到了妇产科，大心肠医生一检查说要生了。夜莺和美妞两个护士就把我妻子扶进了产房。孩子生出来怎么也不哭，大心肠医生给孩子吹了几口气，孩子才哭了。后来，她们一直守着我妻子和孩子平安了，才让我们离开。我们是外地人，因急着赶火车，只能在此感谢你们的救命之恩……

同事笑着对老姜说："这信写得水平真够高，什么大心肠、美妞的，简直是《红楼梦》里的甄士隐嘛。"老姜说："我们科室的人爱叫绰号，病人误以为那是真名字。"同事边和老姜往科室走边说："患者写感谢信的，医院文明办不是给奖励吗？这信上写的大心肠、夜莺、美妞，谁知道是何许人也？"老姜笑着说："要不然，我回去给她们开个绰号证明，让她们去文明办领奖吧。"同事也笑着说："姜还是老的辣呀。"

寻短见

火烧眉在外地寻找儿子强强无望，又打算坐火车去下一个地方。她去银行取钱，取款机提示余额不足。早就过了发工资的日期，怎么卡上会没钱呢？她打电话到科室询问，护士长这才告诉火烧眉医院对那件事进行了处理。

"老天哪……"火烧眉一声悲叹。

"小霍，世上天大地大的，你这样寻找也是大海捞针。要不然，你暂且回来？"

“就是讨饭，我也要找，事没出到你头上，你当然不知道……”“咱们都是有儿女的人，我咋能不理解你的心情，只是，也许孩子在东你在西，也许孩子在近处，你越走越远，这样瞎摸下去，也不是个办法啊。”“你的意思是，我蹲在家里等着，强强就回来了？”火烧眉似乎把心中的火气迁怒在了护士长身上，贾爱贞知道她向来冲动，沉默了片刻又说：“小霍，你说一下卡号，我给你寄点钱去。”火烧眉没有犹豫，就给贾爱贞说了。

虽然之前火烧眉外出寻找强强时，大家已经解囊相助了。眼下，听了火烧眉的难处，科室的同事们又凑了一些钱赶着寄给她。

火烧眉跑到了另一个地方，从城市到乡村，一路打听着，呼唤着儿子的名字。有时候，碰巧有名字叫强强的孩子随口答应了她，火烧眉就疯狂地追过去，才看清不是自己的儿子。

“大灰狼变的老太婆来了……”那些孩子叫嚷着跑远了。火烧眉失望地连连叹气，接着寻找。一个刚过三十岁的女人，竟然在短短几月间，满头花发。分头寻找的酒蛇、家人、亲戚，还有雇的人同样一无所获。目前，他们面临的最大问题就是没钱了。在这种情况下，火烧眉能一路讨饭寻找，酒蛇和家人可以一路讨饭寻找，但不能强求亲戚也同他们一样受苦。当然，雇的人见火烧眉家拿不出工钱了，他们又无偿帮忙寻找了三天，就回家了。

讨饭的冷眼，露宿的饥寒，使火烧眉心力交瘁。就在他们走投无路时，警方通知说在离家不远的另一座城市，解救了两名被拐卖的儿童。其中一个与强强的照片相似，让家属去认。火烧眉激动得浑身颤动着问：“我儿子叫强强，他们叫啥名字？”警察说：“孩子被拐后，拐子就逼迫他们换了别的名字，有的孩子就忘了自己的真名字。”

虽然警方提供的身高，脸型等信息与强强相似，但也仅仅相似，火烧眉连夜飞奔赶去，怎么辨认，也不是强强。那孩子见到她，吓得一个劲儿后退。火烧眉问什么也不答应，她买来强强平日最爱吃的零食，终于哄那孩子开口说话，但口音并不是强强的口音。是的，名字变了，口音变了，身上的痣等记号，拐子都可能给取掉了，唯一能判定的，就是亲子鉴定。经检验，孩子果然不是强强。

失望之余，火烧眉觉得这个孩子很可怜，想把他带回家抚养。警方说解救的孩子，要寻找其亲生父母来认领。

火烧眉的心被掏空了，她像一个无心的人，恍恍惚惚回到了家。

“强强，强强。”她在家寻找着，儿子的玩具静静地摆在床头、墙角，好像儿子就在屋里。她喊着，连抽屉也不放过地寻找。不知为何，她看不见儿子，却好像听见儿子在什么地方答应着。

在邻居家？在小区？在街上？在科室……

“强强，强强。”火烧眉跑进科室，同事们惊呆了。如果不是那熟悉的声音和走姿，谁又能认出她呢？

火烧眉不管同事劝告，推开病房呼喊着。病人和家属还以为来了疯子，个个吓得关紧了门。

火烧眉找遍了科室，又跑到医院各个角落去找，找了一大圈，又到了科室。这时，她看见更衣室的婴儿床上睡的那个孩子。

“这是谁家的娃娃？”护士长说：“就是柴家的。”“啊？我要捏死她，我要捏死她给我的强强报仇……”火烧眉说着扑了过去。护士长一把抱住她说：“小霍，不能胡来。”这时，同事们跑了过来，有的抱孩子，有的阻拦火烧眉，好半天才把她拉出更衣室。火烧眉情绪非常激动，随手拿起护士站台上的一把剪刀，喊着“我不活了，我不活了”的话，就要向自己的胸膛捅。坛子死死拉住她的手，同事、病人和家属都围过来，把剪刀夺下。大家劝解着，火烧眉哭喊着、挣扎着，要掐死柴家的孩子，要自杀。情急之下，严厉给芋头说：“给一针安定。”芋头拿着针管过来，火烧眉又踢又闹，大家压着给她打了针。过了一会儿，她的情绪低落了，同事把她扶到医生值班室，她睡着了。

她再次睁开眼时，看见医生调姐和护士长坐在椅子上。时已晚上，台灯靠床一侧的光用报纸挡得很暗。

“我咋在这儿，这是哪儿？”她一时想不起，仿佛做梦。

护士长见火烧眉醒了，就把房顶的白炽灯打开，过来拉住她的手说：“这是咱们科的医生值班室。”调姐也把桌子上的保温饭盒端过来说：“我今晚值班，来时给你带了几个羊肉胡萝卜菜角，你快吃。”火烧眉说：“你们知道吗？我的强强丢了。”“知道，我们都知道你很着急。”“强强丢了，我也没活头了……”“小霍，强强肯定在别人家好好成长着，你要好好活着，等强强回来。如果你想不开，有个三长两短，强强以后回来，可就没妈了。”“我的强强会回来吗？”“我相信他会回来？”“哼，那他怎么还没回来？”火烧眉皱着眉头说。调姐说：“世上的母子都有心灵感应，你只要静静地等待，他就能感知到。”“我不信，那是骗人的。”火烧眉固执地说。护士长轻声说：“小霍，吃饭吧，回头我送你回家。”

火烧眉没吱声，默默地吃着，默默地哭着。此时连平日巧舌如簧的调姐，只能静静地陪在她身边。

贾爱贞出门，在拐角处给缪国庆打电话说晚上得陪火烧眉，让他和女儿不要等了。缪国庆说：“看样子，小霍的心理出了问题，要不然，请心理科的医生看一下，万一到半夜，她控制不住自己，伤人伤己怎么办？”“不会吧，你说得这么害怕。”“还是小心些为好，你与心理科联系一下。”贾爱贞放下电话，又拨通了心理科的电话。

火烧眉吃了菜角，贾爱贞就陪她去了心理科。之后，火烧眉接受了一个月的心理治疗，才来上班了。

压心石

农历二月的一个清晨，欧阳砚头上的那重天塌了！

某一时刻，深度昏迷的妈妈悄然停止呼吸，停止心跳，离她而去。万箭穿心！欧阳砚倒下去，又不得不挣扎起来！

遵照妈妈遗愿，把她的骨灰撒在自家后面山上的那片树林中。

早春二月，天气寒冷，远山苍凉。

欧阳砚家后的那片树林，枝条干瘦，树皮灰青，还没有从冷冬的萧瑟中回过神来。以前，每到夏天，妈妈总要和欧阳砚来这里纳凉，她们捉迷藏、捉蝴蝶、讲故事、唱儿歌，再到母女俩谈心、静思……如今，欧阳砚亲手把妈妈的骨灰撒在这片静谧的树林中，撒在她们曾停靠的大树下。妈妈，安息吧。等暖春到来、树叶满枝、小草铺地、百花盛开的时候，女儿再来拥抱你，亲吻你！

亲戚中至亲的姑妈，一直悲悲泣泣，哭诉弟弟早逝的不幸，哭念病逝弟媳的可怜。

过去的事情,在这里全涌上心头。弟弟年轻时,和欧阳砚妈妈在这里谈恋爱,诉衷肠。结婚后,小两口徜徉在这里憧憬生活,谋划未来。谁知,一场意外的变故,毁了一切!噢,弟弟走时,他的女儿还不到一岁,还不知道爸爸为什么走了。弟弟走时,这片树林中的树,只有碗口大,他的女儿也不知道妈妈为什么经常带她来这里。是的,弟弟走了,走进了这里,融进了大地,长成了树影。如今,弟媳也走进了这里,他们能团聚吗?

苦命的兄弟啊,你走了,揪走了一家人的心啊……

他姑,不哭了,咱们回吧,事情过去这么多年了,再不提它了。亲戚们劝着悲伤的姑妈。

“姑……我妈说过,她走后,叫你别哭,你身体不好……”“世上的人,有谁像你妈那样,苦一辈子。砚子,你妈可怜啊……”

欧阳砚和亲戚们的劝慰,姑妈终于停止了哭泣,在大家的搀扶下回到了欧阳砚家。一进门,看到桌子上摆放着欧阳砚爸爸的遗像,姑妈又抱在怀里痛哭不止。

欧阳砚把姑妈扶在床上,轻声说:“姑妈,你身体不好,不能哭了。如果我妈的灵魂听到你的哭声,也舍不下咱们了。”“嗯,姑妈听砚子的话,不哭了,不哭了。咱们家就剩下咱两个最亲的人了……”

就在这天晚上,姑妈一五一十给欧阳砚讲了妈妈从来没有告诉过她的往事。

那时候,你刚生下几个月。冬天,下了很厚很厚的一场雪。你爸那天不出车,就和你妈推着架车上街去铲雪。天亮的时候,路上的雪才扫了一半。你妈和你爸,一人扫,一人推着架车往路边的沟里倒雪。他们扫的那段路,刚好是个坡,你爸推车上坡的时候非常吃力,下坡的时候车子又滑得拉不住。早晨大家上班的时间,你爸正拼命向坡上推车子,推到陡处,脚下一滑跪倒了,车子猛然碾在他身上。他用力一推,车子斜了一下,正巧有个女的骑自行车经过,车子把她挡倒了。冻得硬邦邦的冰地,那女的头先着地,鬓角摔了个大口子,送到医院缝了五针。

其实要说来,摔的伤口也不要紧,可人家说伤到了脑子里,在医院一住就是好几个月。你爸是帮你妈干活,出了事,单位不管。你妈是雇用打扫卫生的临时工,出了事单位也不管。你爸和你妈只能求亲戚朋友四处借钱,借来借去,借了一大堆的账,可咋填也填不住这样的无底洞。人家天天追着要钱,一时凑不上,人家就来家里闹腾。

本来你爸开车很稳,那时候,精神叫人家整乱了。一天,你爸不明不白就把车开进了河里……出事后,你爸单位补的钱,全给了人家。有人说,你爸可能是一时想不开,才出了事。我知道,你爸是个很顾家的男人,他咋会丢下老人、丢下你和你妈去寻短见呢?唉,到如今,我也想不通这事。

她长叹了一口气,又问姑妈,他们在哪儿?

出事的第二年,听说他们调走了,不知道调到了哪里。听说那女的还专门跑去外国整容了。你妈当时一月只有百十块钱的工资,你爸出事后,你爷爷和奶奶心理上受不了,没活几年就早早过世了。你妈一个人拉扯着你,还了二十多年的账,到如今,有些账也没有还清。

你妈一再叮嘱,叫我不要在你面前提这些,怕你心上受不了。可我气恨了一辈子,一想就气。你妈虽说是个开朗的人,可你想想,这事摊在谁头上谁能不气。你妈就把气闷在自个儿心里,最终把自个儿气完了。唉,想一想,还是你妈说得对,都二十多年的事了,对你说了,无非给你心上放个大石头,叫你也跟着受这没名堂的罪,也没一点办法。只是我想,你也长大了,也该知道一些事了,至少你要知道你爸是咋没的,你妈是咋样艰难了一辈子。唉,好不容易把你拉扯大了,你妈也没有享上你的福,就……

那女的姓啥?叫啥名字?

我……我想不起来了。

那他们是干什么工作的?

侄女的追问,使姑妈很后悔对她说了实情。是的,应该让这个可怜的姑娘去过她该有的平静生活,而不是叫她背负那石器般沉重的包袱呀。

姑妈的话,无疑像一根针,深深地扎在了欧阳砚的心里。

噢,可怜的爸爸,可怜的妈妈,事情为什么会这样?

欧阳砚痛苦地用指甲抠着脚踝,柴家事件落在她脚上的干疤抠掉了,出现了一道道深深的、渗着鲜血的新伤。

包王回来

妇产科雇来照顾柴家女的两个女人，生怕给自个儿招惹事端，先后找借口不干了。事情照旧落在了妇产科医护人员的头上。

豺狗子自从上次与磨镰发生冲突之后，再没有露面。老柴似乎忘记了这个孙女，也不见他前来探视。

事情仍然原模原样，柴家女却在妇产科一天天成长着。过了满月以后，大家给她剃了光头，每天下午，护理新生儿的护士给别的婴儿洗完澡，就把柴家女抱到洗澡间，在她专用的大盆里放好温水，边洗澡边给她按摩，进行康复锻炼，生怕她出现什么不良的后遗症。每到这时，小家伙就很兴奋，与洗澡的护士“啊噢啊噢”地说个不停。

孩子毕竟是最惹人的、最叫人扯心的。随着时间的推移，妇产科的人就成了柴家女的姜奶奶、坛妈妈、芋妈妈、逗妈妈等，这些奶奶和妈妈们的疼爱，像阳光一样温暖着柴家女。

在漫长的寒冬里，妇产科的医护人员，白班连夜班，夜班加辅班，实在苦不堪言。立春后，天气开始渐渐转暖。为解决科室的排班之事，老姜和护士长召集大家商量，怎样更好地安排照料柴家女的辅班。大家七嘴八舌，各抒己见。有的说还是想办法请人来照顾，这当然是最好的方法，可问题的关键是请不来人。有的人提出维持目前的轮班，克服困难，等柴家想通了把孩子抱走，问题的关键是大家已经拖得非常疲惫，而柴家并不抱走孩子。后来，老姜提出每天下夜班的同志，可把孩子抱回家。虽说更衣室支了一张小床，但走道中的病人和家属，住院的、查账的、找东西的、咨询的，经常乱哄哄的，上辅班的人根本休息不好。碰到紧急抢救病人的时候，她们更没法合眼了。如果把柴家的孩子抱回各自的家，在孩子睡着时，照顾的人就能安静的休息。要是家里还有人，也能帮着照顾孩子。

老姜话音未落，有人立即拍手叫好：“这个办法好，全当我们又生了一个。”有人却忧心忡忡地说：“在科里，万一有个啥事，总好处理。抱回家去，柴家人跟踪来闹，又纠缠不清。科室砸稀烂了，医院会想办法修补，要是咱们家叫人家砸了，咋办？”“依我看，柴家把这孩子当累赘，丢弃了。”“他在寻找机会讹诈人呢。”商量到最后，老姜说她已经和医院打过招呼了，下夜班的同志，在保证安全的情况下，有愿意把柴家女抱回家的就抱回家，胆小不敢抱的人，仍就同以前一样，接着在更衣室上辅班。就这样，柴家女今天在东家，明天在西家，后天又回到科室，大家戏称科室有个“常驻客”榴莲，如今又多了柴家女这个“流动客”。

这天又该坛子上辅班了，她人高马大，更衣室那张窄小的床早就叫她吃尽了苦头。既然科室同意把柴家女抱回家，她更了衣，就包裹好孩子回家了。

长长一夜的忙碌，坛子非常疲劳。坛子进门把柴家女放在床上，一手给柴家女喂奶粉，一手向自己嘴里送早餐，一对眼皮好像自带胶，简直沉重得难以睁开。好不容易等到柴家女吃饱睡了，坛子把她移在床的一边，自己没了筋骨，倒在另一边睡着了。

谁在揪她的耳朵，是不是死逗子，手闲的。她迷迷糊糊说：“别闹，我瞌睡……”说完侧过身去睡。谁又弹她的脑门，坛子睁了睁眼睛说：“好妹子，别闹，姐瞌睡呀。”“我回头给你们领导打电话，叫他们给你换个轻松的岗位。”“爸爸，你看，黑溜溜的小眼睛，这是谁啊？”“得问大妈。”

什么领导？轻松的岗位？梦吗？这是谁在说话？坛子慢慢睁大眼睛。

视线由朦胧变得清晰，只见穿着合体，满脸红光的包王站在床边。坛子一时想不起是怎么回事，他下班回来了？不对，她好像好久没见他了，他出差去了？

“爸爸，看，她做梦笑呢？”坛子移动着目光，看到床边站着一个可爱的小姑娘，她正瞅着柴家女，很专注的样子。

包王望着坛子失忆的神情，坐在床边说：“我们才回来，给你带了些南方的特产。这是谁家的娃娃？”坛子冲他笑笑，靠在床头说：“我生的。”

包王笑着说：“你是蚯蚓，还能自个儿生娃娃？”

坛子欠起身说：“你能，我咋就不能。”说完下地，过去搂住地上的小姑娘说：“这个宝贝又长高了，去哪儿过年了？”小姑娘说：“去海南椰岛，在香港迪士尼，在上海外滩，在……大妈，这是哪儿的小娃娃呀？”坛子抚摸着小姑娘的头说：“是大妈生的。”小姑娘立即高兴地说：“噢，又多了一个小妹妹，爸爸，我们带她去迪士尼玩吧。”“嗯，行呢。”

坛子在卫生间洗了脸,坐在客厅的沙发上。包王从包里取出一袋椰子糖,剥了一颗递给坛子。坛子的鼻子猛然一酸,她捏了捏拳头,咬牙控制住想扑进他怀里的冲动。她没有接包王递的糖,而是站起来走进卧室,镇了镇神,拿了一件外衣披在身上,这才平静地坐在沙发上。

包王又打开另一袋特产,放在她面前说:“在外面转转很好的,你啥时候想出去,就去。过去咱们没条件,凡事抠抠巴巴的,现在也不指望你挣的那点工资过活,你就别像套在磨道拉磨的老牛一样,成天成月累死累活了。”坛子说:“我一个人也没心情,没啥意思。”包王笑着说:“把娃娃他爹带上呀。”“娃娃他爹,哼。”“说正经的,这是哪个同事家的娃娃?”“我拾的。”“真的?”“真的。”“在哪儿拾的?”“在医院门口。”“依我看,还是托个好人家,给他们一些钱,让他们拉扯吧。你也该过几天轻松日子了。”“老人常说,有人栽树,有人乘凉。我么,就是个栽树的命。”包王笑着刚要与她斗嘴,柴家女哭起来。小姑娘跑过来喊:“大妈,小妹妹哭了,你快给她喂奶。”

坛子给柴家女换了尿布,抱起她说:“宝宝,妈妈先给你喂点水。”望着孩子在坛子怀里很乖的样子,小姑娘又凑过来,好奇地瞅瞅这儿,看看那儿。坛子问:“小妹妹可爱不可爱?”“可爱。”“那把你的玩具给她一些好不好?”“我的小狗、布娃娃,还有电子琴都给她。”“对了,你小时候睡过的那张床呢?”“在我的卧室里。”“你愿不愿意送给小妹妹?”“愿意!”坛子亲了亲小姑娘的脸颊,对包王眨眨眼,笑着说:“这小妮子咋跟你爸一样大方,啥都愿意送人!”

包王说:“我哪有别人大方,连自个儿的娃娃都不要了。”“你是皇帝,一百皇子不嫌少,一千也不嫌多嘛。”坛子仍同以前一样,见到包王就和他没完没了地斗嘴。

坛子给柴家女喂了水,就把她放在床上,那个小姑娘又趴在她身边,同她咿咿呀呀说话。

坛子坐在沙发上,拿起包王给的特产吃着。包王坐在她对面,皱着眉头说:“没啥大事吧?没病着吧?你的脸色怎么不好?”“我人老珠黄了,没啥看的了。”“真的,年前我走的时候,你脸色好着呢。”“那是南方的美女把你眼睛看花了。”“说正经的,这是谁家的娃娃,要真是拾的,咱们还是早点托个好人家,送出去。”坛子嘴里嚼着椰子糖,叹着气说:“唉,实话对你说,这可是个难缠人的娃娃。”“咋个难缠?”“哪天闲了再给你说,话长得很,你还是回去抱你的蜜甜甜,要不然她又等不及了。”包王说:“她去公司安排事情了,马上要开工了。我和女儿回来吃饭,我想吃你炒的菜。”“哼,你想得美。”坛子说完,看了看表,起身给柴家女喂了奶粉,把她递给包王说:“你和娃娃说说话,这娃娃其实也很可怜的,我收拾做饭。”包王抱着柴家女,与女儿一起哄她说了一会儿话,就把孩子放在床上,走进厨房,边给坛子打下手,边听坛子说事情的经过。

听着听着,包王停下手,愣愣地说:“这咋听着像故事一样,你是不是看的电视剧太多了。”坛子苦笑着说:“你看,我们演的电视剧能评选奥斯卡奖了吧。”“这事儿,听起来真的很怪。你想想,是不是你们科的人与谁结啥仇了吧?”“结仇?就算谁和谁有仇,也摊不到我们所有人的头上。再说,谁与谁的仇再大,也大不过我们两个的仇么。”“哎呀,你这坛子醋啥时候才不酸呢。”“三四十年的陈酿,只能越来越烈了。”

绿藻

下午,包王把女儿的小花床送到妇产科。这可解了大家的燃眉之急,柴家女一天天长大,那张窄小的婴儿床已经有点屈着她了。这张漂亮的可变式小花床,能高能低,能宽能窄,能长能短,四边围着可移动的弹力栏,带着可活动的花轿顶棚,四角挂着布娃娃、小熊猫等玩具。

护士长和芋头把小床抬到更衣室,笑着对包王说:“谢谢你了,有这么好的花床,柴家女也变成小公主了。”包王说:“这床结实,能变动,柴家抱娃娃时就送给他们,小公主睡到出阁都没问题。”逗子打趣道:“包王,看你买的床这么结实,说不定盖的房也结实呢,今年有没有好一点的楼盘,给我便宜卖一套。”“有啊,只是好货不便宜,便宜没好货,我的楼盘都是高标准的,你看了再说。”“真是老王卖瓜。”“自夸不算夸,你要是真买房,先到三家工地比一比,心里就明白了。”“唉,我也就过个嘴瘾,挣这点吃不饱饿不死的工资,这辈子怕也换不上个大房子了。”“今年楼盘要涨价,要买就早点儿。”调姐笑着说:“王老板,每次见到你,你都要说涨价,你还要不要我们这些穷人活了。”包王哈哈笑着说:“降价了,降价了，酸菜贱卖了，三分钱一斤了。”逗得在场的人都笑起来。

临出门时，他又说：“过几天我请你们吃大餐。”逗子说：“我们要去仙阁。”“那得等到六七月份，天热了，树绿了，坐在全市最高的地方，边吃边赏景。不过，那儿得早几个月预定，人家不接待贵客了，咱们才能定上。当然，如果临时来了贵客，就算咱预定了也得取消。”护士长说：“王总，还是不要破费了。要不然，你给这个娃娃赞助点钱，把她欠医院的药费清了。”“这个好说，回头把账单给我。另外，我再给她一些抚养费。”“谢谢你啊。”

包王从医院出来，驱车经过街道时，看见街道一侧有家装潢别致的店铺前围着许多人，有走路颤颤巍巍的老人，有穿着时髦的妇女，还有许多抱着、拉着小孩的人。包王把车停在路边，望着不远处的这家店铺，心想这葫芦里又装的啥药呢？

出于生意人的好奇，包王索性下车走上前去。这是一家新开的保健品店，里面有高级婴儿奶粉、老人保健按摩磁疗床、夫妻保健品、儿童微量元素检测仪和各种营养补充剂等。

包王环视了一周热闹的场面，目光不由得停在了一台电视机上。那里正在播放着一个“赵教授的访谈”节目。赵教授是谁，包王不认识，采访者却是老熟人棒棒糖。

包王坐在角落里，同许多人一起看起了访谈。

赵教授，请您给我们谈谈什么是碱性体质。

科学家发现癌症是典型的酸性体质，要想攻克它，就要多吃碱性食物。天然的绿藻是最佳的碱性食物。

赵教授，哪些人最需要食用绿藻？

绿藻适用于各年龄段人群，尤其是中考、高考的学生，压力大的精英人士……

在访谈播放的同时，穿着白大褂的工作人员，正在各个区域忙碌地给孩子测微量元素，推荐补充剂，给老人检查身体，试用磁疗床……

包王半信半疑地走近侧墙看挂在墙上的经营许可证，注册的法人原来是杨大夫的夫人邬燕。

包王摇摇头，出门向车边走去。在发动车的时候，包王禁不住自言自语：“这两口子，尽搞些鬼把戏哄骗别人的钱。”

包王过了两个红灯路口,向左拐去。在报社不远处,包王拨了棒棒糖的电话。棒棒糖一听是王总,很快就跑出来了。

“王总,您好!”棒棒糖还是那么瘦高,可能是职业的原因,她显得比以前成熟了许多。

包王拉开车门说:“你好,咱们在车上说话。”

棒棒糖上了车,微笑着问:“王总,您这个大忙人,今天怎么有空了?”

“刚才在电视上看到你,采访得不错嘛。”

“在电视上?采访?”棒棒糖疑惑地说。

“就是你采访赵教授的那个节目,他是哪里的教授?”

“噢,是邬姨请来的。刚开始,她说要联系在电视台播出,等录制完后,邬姨说没通过,不播了。王总,您是怎么看到的?”

“我刚才路过一个保健品店,我看里面人特别多,进去看到的。”

“这就怪了。”

“这一点儿也不怪,那是你邬姨注册的店,店面很大。”

“这可怎么办呢?”

“啥怎么办?”

“那个采访。”

“只要不违法,不害人,就不用管了。”

“邬姨说电视台没通过,她怎么能播呢?”

“嘿嘿,她就是想宣传她的保健品,忽悠人嘛。给你,这是一点特产,给你拜个晚年。你好好工作吧,我走了。”

棒棒糖接过东西,脸上的笑容不知何时消失了。她下车向包王挥挥手,心情沉重地回了单位。前段时间,因为柴家事件,她在邬燕指导下和一个同事齐心协力,对医院妇产科进行了“狂轰滥炸”。最近,有关部门找报社调查过几次,主编几乎把责任全推到了她的头上,叫她后悔莫及。眼下,令她担心的是,邬燕怎么能在保健品店播放那个没有通过的访谈呢?

影子

一天夜里，欧阳砚给病人做完治疗，端着治疗盘从病房出来，看见一个穿白大褂的背影忽闪进了厕所。那背影既不像调姐，也不像美妞。是谁呢？她站在楼道中等了好一阵儿，也不见那人出来。于是，欧阳砚把盘子放回治疗室，去了厕所。厕所内的两道门都关着，欧阳砚轻声喊“调姐”，没人吱声，又喊“美妞”，仍没人答应。“谁在里面啊？”没人答应。欧阳砚拉开一扇门，没人，又拉开另一扇门，还是没人。“这就怪了，我明明看见一个人进来了。”欧阳砚自言自语着走出厕所。

她出了厕所，轻轻地走到医生值班室门口，里面传来调姐的鼾声。她又蹑手蹑脚走近待产室，美妞听到脚步声喊着问：“几床的？”欧阳砚故意说：“二十床的。”“疼得紧不紧？”“紧得很。”美妞打着哈欠开门一看是欧阳砚，气呼呼地说：“死丫头，我刚有点睡意，你捣啥乱么。”“你刚才去厕所没有？”“没有，咋了？”“我看见一个穿白大褂的人进厕所了，不知道是谁？”“大概是调姐。”“我听了，她睡得正香呢。”“你眼花了吧。”“我确实看见一个穿工作服的人进厕所了，可看了一圈，也没个人影子。”“可怜的娃娃，年轻轻的，眼也花了。我一值夜班就眼花。”“不是眼花，真是个人影子。”“算了，管他是谁，趁这阵安静，你也打个盹儿。平常忙得跳蹦子，你也没见个啥影子，今晚好不容易安静一阵，哪来的啥影子呢？看来不跑着干，你的眼睛也痒痒。”美妞唠叨着关上了门。

欧阳砚不放心，再次走进厕所，把角角落落都找了，还是没个人影。她回到护士站，总觉得哪儿不对劲，仿佛黑暗处有一双眼睛窥视着她，令她坐立不安。欧阳砚又来到安全通道的拐角处，看见科室的常客榴莲抱着一堆布娃娃，睡得很踏实。

欧阳砚从这间病房走到那间病房，低声对每一个产妇或家属说：“请把手机和钱放好，把孩子看好，除了自家人，谁也不能抱你们的孩子。”十床的产妇睡得迷迷糊糊，欧阳砚对她说了几遍，产妇仍问：“谁抱我们的孩子？”欧阳砚说：“如果有不认识的人，千万不能让他们抱。”不料那个产妇腾地坐起来，紧张地说：“那天电视上说有人在医院偷娃娃呢，咱们这里不会吧？”她这一嚷，全病房的人都醒了，引得大家七嘴八舌地议论起来。欧阳砚拍拍产妇的肩膀说：“不会的，我只是提醒你们留心，大家快睡觉吧。”“护士，要真有人偷娃娃咋办？”一个男人问。欧阳砚笑了笑说：“你当爸爸呢，难道连自个儿的娃娃也看不住。”听护士这么说，那男人急忙弯腰抱起睡在妻子身边的宝宝，亲昵地说：“来，爸爸抱。”产妇说：“还是放在我怀里，你一打盹，自个儿都睡在地上了，还抱娃娃呢。”“干脆，把宝宝的一只脚用红头绳拴在你胳膊上，另一只拴在我胳膊上。”“别折腾了，睡觉吧。我瞌睡轻，不要说小偷来，就是来只蚊子我都知道呢。”孩子的奶奶说。

不过，还真有睡着了难叫醒的人。欧阳砚走进另一间病室，看见婴儿床地当中，两边的床上，产妇和家属鼾声如雷。欧阳砚正准备叫醒家属，婴儿哭了，她解开包被，检查了婴儿的脐带，又给他换上干尿布，拍着婴儿睡着了，才走过去摇了摇产妇的胳膊。摇了几下也没有摇醒，她又叫婴儿的父亲，喊了几声，他纹丝不动。欧阳砚把婴儿床推到产妇的床边，拿起床头的毛巾抚去产妇额头的汗珠，产妇皱皱眉，翻身睡着了。欧阳砚咳嗽了几声，他们还是没有反应，她只好锁上门去了另一间病房。

也许真是幻觉，不该这么紧张。欧阳砚走出最后一间病房，阵阵困意如浮云飘过眼际。她咀嚼着牙齿，扭动着双肩，准备做夜间的治疗。就在她走近护士站的时候，一个穿白大褂的身影又在大门口一闪。她追出科室的大门，追出大厅，外面昏暗的路灯之外，到处黑沉沉的。

科室斜对面那栋高大的外科楼的窗户，灯光像摆乱的积木。噢，妈妈曾经住过的那间病房也亮着灯，不知又有谁患了什么病住院了。啊，妈妈……欧阳砚转身，拭着滑过脸庞的泪水，回到护士站。

此刻，她睡意全无。猜想是不是柴家的人来看孩子了？正好孩子被护士抱回家了，柴家人是不是在寻找呢？仔细想，不可能，柴家来看孩子，向来都气势汹汹，怎么会偷偷摸摸呢？

难道是自己眼花？不，那影子真真切切。难道是鬼？想到这里，欧阳砚的头皮一阵发麻。不，鬼只是人们想着吓唬自己的！她喝了一口热水，从抽屉里拿出手电筒，又来到厕所。这时，她看到窗台上隐约有脚印。看来，有人翻窗子走了。

欧阳砚疾步回到护士站，打电话向保卫科汇报。

保卫科的同志看了现场，又转到窗外，在窗台底下，果然发现了刚刚踩踏的痕迹。

保卫科的同志对欧阳砚说："看来有小偷，你们一定要叮嘱病人把贵重物品随身携带好。"欧阳砚紧张地说："我们妇产科是不夜城，急诊的病人随时来，不像其他科室，锁上大门还安全些，你们可要多巡视我们科几回啊。""那些惯犯，滑得像泥鳅，再说，咱们在明处，人家在暗处，我们加强巡视是一方面，只有人人防范，他们才不会得手。"

手机

由于科室人少，加上要轮番照顾柴家女，欧阳砚四天就得上一次夜班。前个夜班的疲惫还没歇过神，下个夜班又接上了。

这天半夜，欧阳砚把两个产妇从产房推出来送进病房，回到护士站准备关治疗室的紫外线消毒灯时，听见窗外传来沙沙的雨声。她打开窗户，凉爽的空气中夹着潮潮的春雨扑面而来，把她疲惫困倦的眼睛吹醒了。

夜很黑，她站在窗前，听见雨落在外面的长廊上、树上。她伸手去接雨，温柔的雨落在了她的手上。她将满手的春雨扑打在额头上，昏昏的大脑清凉了许多。

她又伸手去接春雨，一阵急促的脚步声进了科室。欧阳砚顾不得关窗户，转身迎上前，几个人扶着一个孕妇来了。他们边走边喊："大夫，大夫……"欧阳砚急忙问："疼得紧不紧？""紧，紧。""快向产房扶。"她说完，就跑去敲医生值班室的门。

刚刚忙完躺下的医生磨镰听说又来了孕妇，打着哈欠，有气无力地说："这夜班啊！"等助产士美妞检查了孕妇，磨镰才揉着眼睛走出值班室。美妞说："第一胎，开了一指，远着呢。"磨镰给孕妇做了全身检查，又摇摇晃晃地走进了值班室。美妞给他们叮嘱完，拿着胎心检测仪去了病房。

欧阳砚带着孕妇和家属来到护士工作站，在给孕妇测体重、身高、体温和血压等的过程中,孕妇问:“大夫说的一指是啥意思?”“一指就是指宫口才开了一厘米,等开到十指,宫口开全就能生了。”家属问:“护士,有单间病房没有?我们想包一间。”欧阳砚说:“没单间,我们的病区扩大了,病房暂时加床少。”

安排好病床,家属扶着孕妇去做彩超。欧阳砚抬头看了一眼墙上的挂钟,凌晨四点半。她拿出几个做过手术的病人的病历,开始写护理记录。美妞检查完胎心从病房出来,捋了捋修剪成柳叶的美眉,站在工作台前写着记录边低声说:“又有两个快生了。哟,咋这么凉呀?”“窗子开着。”“快关了。”欧阳砚起身关上窗户说:“谁叫你臭美,穿那么单呢?”美妞一撇嘴说:“什么呀,我前天刚买的新毛衫,叫十六床的羊水喷了,我扔了。你说干这活儿,羊水经常洗脸不说,连个好衣服都穿不成。”欧阳砚冲她一笑,接着工作。美妞记录完,在水池边洗着手,对着镜子说:“熬了一夜,也没熬出个双眼皮,人家磨镰值个夜班就成四眼皮了。”欧阳砚说:“别羡慕了,四眼皮是老的表现。”“不行,我今年一定要整对双眼皮不可。”“你不怕疼就折腾。”“要美就不能惜疼。对了,砚子,有心上人了没有?”“还没有。”“我给你说,你可一定得找个有钱的老公。你看芋头,老公下岗了,天天吃饭都要算计,哪还有钱买衣服。你找对象,一定要先问有钱没有,没钱免谈。”

美妞是个引领时尚的人物,她中等个儿,身材苗条皮肤细嫩,唯有美中不足的是长着单眼皮。但她的口头禅是天天喊着减肥,每天上班进门的第一件事就是测体重。“呀,又胖了半斤!”或者说:“太好了,又少了几两。”她爱人是电力系统的小领导,特别支持她穿时髦的衣服。其实她选的一般都是便宜货,穿不了几天就压箱底了。有时刚买的新衣服粘了羊水或脐血,她随手就扔了。在大家眼里,她是个幸福的浸在蜜缸中的女人,一换下工作服,就成了尽情享受生活的时髦女郎,开小车、遛狗、养花,过着小资情调的生活。

两人正说着,有家属来说自家的婴儿哭了。欧阳砚放下病历跑去,教产妇给婴儿喂奶。她又给手术的病人测体温、测血压、做各项护理。转眼,产房的呼叫器响了,欧阳砚又跑进了产房。

后半夜,过道中出现了片刻难得的安静。欧阳砚同往常一样做定时的治疗,轻手轻脚巡视病房,为产妇拉上被子,观察婴儿,将一支支干体温表慢慢地夹在出生前三天的婴儿的腋窝下,十分钟后再一一取出,借着地灯读了数,做好记录。这一切,有的家属知道,有的家属睡得很熟,并不知道。

欧阳砚走到一病室的门口停下脚步，侧耳倾听。这是一间妇科病房，有三张床位，恰好另外两个患者晚上回家了，现在只有一个五十多岁的患者在病房。她患了子宫肌瘤，天亮要做手术。欧阳砚之前巡视时，见她一个人还在病房里走来走去，就轻声说："姨，明天做手术，你别吃别喝，要早点休息。""丫头，我睡不着，一躺下更难受。"女人愁眉不展地说。"你觉得哪儿不舒服？""唉，心烦得很，我老头子去新疆了，我叫他赶快回来，他说生意不顺利，还得半个月。依我看，他肯定又找相好去了。"女人说着抹起了眼泪。"你的儿女呢？""两个儿子，我叫他们回去了。""姨，你别想那么多，只要儿子看着你就很好的。""不好也没办法嘛，你不知道，我家老头子，做生意的人，走哪儿都沾骚，气得我心疼。""你要想一些轻松的事，早点睡觉吧。""我睡不着，你给我打一针睡觉的药。""我去请示医生。"医生查看了患者，给她开了安眠针，欧阳砚给她打了针，安慰说："这下好好睡到大天亮吧。"女人点点头。

过了一阵，欧阳砚在门口停了片刻，听见她睡着了。这次，欧阳砚又站在门口，虽然按规定一小时要巡视一次病房，但她怕打扰患者，就在门口倾听。病房里怎么听不到打鼾声，而是窸窸窣窣的。欧阳砚轻轻地推开了病房的门。

"谁？"女人问。

"姨，是我。"

"三更半夜的，你不睡觉，跑来干啥，吓得我的心怦怦乱跳。"女人埋怨道。

"姨，我们有规定，一小时要巡视一次病房。我本来不打算进来，但听见你没睡着，就进来了。"

"我正在吃喝呢。"

"天亮做手术，你咋还吃喝呢？"

"昨天下午大夫说的，术前要进食水。我定了闹钟，挣扎起来吃喝。"

"姨，不是进食水，而是禁食水，就是不能吃东西也不能喝水的意思。"

"我吃了一个油饼，两个苹果，一大杯水。我想，如果做手术死了，也要当个饱死鬼。"

"这样的话，手术就得推迟了。"

"越迟越好，我害怕得很。"

"各科需要做手术的病人很多，手术室都是安排好的。姨，你一定要听大夫的话,配合大夫,从现在开始,再不能吃喝一口东西了。”

这时有人呼叫,欧阳砚处理完回到护士站,那个女人怒气冲冲地跑来质问:“你是不是拿我手机了?”“没有啊。”“没有,没有怎么不见了?”“你放哪儿了?”“我刚才还看时间了,你进去就没了,看你鬼鬼祟祟的,原来没安好心。”“姨,我真的没拿。你别急,我帮你找一找。”欧阳砚跟着她来到病房。女人一掀被子,手机从被子上“啪”地一下滑到了地面。

欧阳砚把手机拾起放在患者枕边说:“姨,你好好休息吧。有事请呼叫。”女人背过身,没有吱声。

欧阳砚把又一个新生儿送到病房返回工作站,看见昨天新入院的几个病人把尿和便的标本全部摆在护士站的工作台上。有一个人手里正端着标本,不知往何处放。欧阳砚说:“大门后面有专门放标本的台子。”那个病人笑着对另一个病人说:“我昨天听护士说要放在门后的台子上,你非说放这里。这是护士工作站,摆一排大小便,让人家咋工作呢。”另一个病人又端起标本说:“对不起,是我没听清。”欧阳砚就同他们一起将标本放进门后的标本盒里,收拾干净工作台,接着工作。

一个漫长的夜班终于过去了。细密的、轻烟般的春雨笼罩着大地。交完班,美妞开车去夜莺家接柴家女回家了。磨镰仍在查房。今天上主班的雪糕看见欧阳砚穿着单衣,拍着她的肩膀说:“砚子,顶我的伞去吃早点,吃罢了回去好好睡一天。”“薛姐,这毛毛雨,不要紧的。”雪糕拾起伞硬递给她说:“你顶上,春天很容易感冒。”上治疗班的逗子戴着口罩在治疗室配液体,扭头说:“咱们的砚子气质浪漫,就让她在雨中漫步去吧。”雪糕说:“咱们经常上夜班,身体免疫力都下降了,还是不要受凉为好。”

丁香

医院的门诊楼前,片片绒毯似的草坪,一棵棵松树四季常青。门诊楼与住院部的通道两旁,一边是掩映在树丛中的运动场,一边是弯弯的长廊。长廊两边是修剪别致的树木，长廊内有棋盘、椅子。几条五颜六色的彩石铺成的小路边立着母亲亲吻婴儿、护士搀扶老人的雕塑。住院部的后面原来是个很大的花园。由于这几年病人越来越多，医院就在西侧的半边花园上建起了十层高的外科住院楼。

妇产科从几十年前住院部建起时就在一楼，如今外科全搬上了新楼。对门的科室搬上新楼后，病区就归了妇产科。这样一来，妇产科的病区从原来的十八间病房一下增加到了四十间，病床达到了八十多张，极大地缓解了妇产科常年拥挤的状况。然而，病区大了，工作人员并没有增加几个，大家变得更加忙碌，别说随之增加的工作量，就是在同一或近距离的病区间更换输液瓶，护士也要拿出百米冲刺的姿势。当然，跑得再快，脚步也要轻，要稳，要像微风那样，不惊扰病人和他人。白班人员集中，有紧急的事可以分头处理。到了中班和夜班，碰到病区两头的病人同时呼叫，一个值班的护士真是顾了西头，顾不了东头。科室一次次向医院要人，可不管是医生还是护士，没有几个愿意来妇产科。有时候病人太多，实在忙不过来了，医院临时派人来，不过几天她们就以各种借口离开了。有些来医院应聘的年轻医护大学生，听说要去妇产科工作，更是摇头而走。

有一次，不知是谁，在产房门上贴了一副对联：东边呼叫，西边呼叫，无人答应；医生忙碌，护士忙碌，产房哭闹。横批：孕妇难产。这正是妇产科的真实写照。

又是一年春天，小草从开始隐隐的绿，不经意间，茂密的绿色就铺满了草坪。妇产科对面的半边花园里，有一个青砖围成的大花盆，周身缠着喇叭花，月季抽出了一枝枝嫩绿的枝叶。围着花盆的那些干枯了一个冬天的各种树枝上，一夜间奇迹般结满了红的粉的白的花儿。棵棵丁香树上，一嘟嘟紫色的花溢着浓浓的香气。围着丁香树的是一簇簇金黄金黄的迎春花和结着一颗颗指头大花蕾的玫瑰花。当那些花儿谢去，玫瑰花就要大放光彩了。偶尔驻足放眼望去，远处近处，高处低处，五彩缤纷的花使人眼花缭乱。宁静的清晨，偶尔有赏花的女子徜徉其中，恍如仙女。午后，病人三三两两而来，在树下赏花，谈天。望着蝴蝶和蜜蜂嗡嗡飞舞，把甜蜜的花粉带去酿蜜。他们就盼着自己的病快点好起来。

欧阳砚脱下工作的衣帽，洗了脸，梳理蓬松的让燕尾帽压得有点变形的蘑菇头，对着镜子揉揉夜班熬出的两道隐隐的黑眼圈，换上自己最喜欢的那件浅紫色短风衣，拿上雪糕的伞出了忙碌的科室。

春雨，朦胧，悠然，缠绵，如梦。

欧阳砚没有同往常一样赶回出租屋倒头睡去，而是走向科室对面的花园。雨天的花园里没有人影。雨露含在花蕊里，垂在花瓣间，偶尔飞落在欧阳砚的脸上。她观赏着那些艳丽的花儿。不经意间，到了丁香树下，一树树醉人的丁香花怒放着。

噢，不久前，丁香树还形同枯萎，她与昙姐站在这里，商量着妈妈的后事。如今，丁香树繁花朵朵。可是妈妈，你去了哪里？妈妈，我是多么想你。妈妈，你知道吗？这些日子，我的心如同火烤。妈妈，你为什么不陪伴我，就那样去了？妈妈，你为什么不告诉我一切，就那样默默地走了？妈妈，亲爱的妈妈，我是多么想你……

欧阳砚喃喃着靠在丁香树上，盛满雨水的丁香树顿时一阵疾雨，淋湿了欧阳砚的头发和衣服。

欧阳砚拭去脸上的雨水，靠着丁香树，眼前浮现出那件可怕的事情。是啊，在妈妈最需要她的时候，她却天天被人家纠缠、恐吓着。在妈妈病危没钱治疗时，她的工资又被扣了。在妈妈离世后，她才从姑妈口中，得知了更多的、更大的不幸……

妈妈，爸爸，你们都走了，怎舍得把女儿一个人丢在世上！啊，妈妈，我想你……

正如护士长经常对她们说的，作为医生和护士，无论你在上班之前笑过还是哭过，只要走到科室门口，就必须要放下。换上白大褂，你心里只能装着病人，反之，就会出大事。

上班的忙碌紧张，病人的期待呼叫，使欧阳砚一直全神贯注地工作着。

此刻，春雨如烟，丝丝冰凉。花蕊含露，静静开放。欧阳砚靠着丁香树，仿佛融进了树干，变成了花朵。

“你好，丁香姑娘。”

这是谁在说话？声音这么清澈，这么亲切，难道是树神吗？难道我真的变成了丁香花。欧阳砚抬头，在丁香树上寻找自己，寻找树神。

“多美丽的丁香啊。”欧阳砚用袖子拭着脸上的雨露，侧目望去，只见一个顶着雨伞，戴着眼镜，穿着蓝格子衬衫和蓝色牛仔裤的小伙子，低头绕进树林，向欧阳砚走来。

他在离欧阳砚不远的一棵丁香树旁站住，收起雨伞，冲欧阳砚微笑着点头说：“你好。”欧阳砚这才认出是江大夫，就微笑着向他点点头说：“你好。”

江泓伸手捧住垂在眼前的一簇丁香花，吟道：

撑着油纸伞，独自
彷徨在悠长、悠长
又寂寥的雨巷
我希望逢着
一个丁香一样的
结着愁怨的姑娘

“叫你丁香吧。砚，石也，太坚硬了。”欧阳砚望着这个给妈妈治过病，又无微不至地关心过妈妈的医生，百感交集。她一时不知对他说什么感激的话，只是愣愣地站着。他高个子，国字脸，举手投足，气度不凡。

他对她微笑着说：“我上周在医院的院报上读到你写的诗，透着忧郁之美。我现在才明白，诗人为什么‘希望逢着，一个丁香一样’的姑娘了。”欧阳砚有些不好意思地笑了笑，侧过脸去。

“丁香，你今天休息吗？”“我刚下夜班。”“噢，我也下夜班，才处理完病人。走，咱俩吃碗面，再回去休息。”“谢谢，我不去了。”“你的头发湿了，吃碗热面心里舒服些。”

雨似乎大起来。他们撑着伞，走出医院，去了离医院较远的一家面馆。这是一家很干净的小餐馆，他们边喝茶边谈天。他问她看的什么书。她说：“我比较喜欢古典文学。”“你真是个有个性的人。瑞士著名哲学家，分析心理学的创始人荣格说过，个性化在一定程度上几乎总是与集体标准相冲突，因为个性化即意味着从一般性中分离和分化出来，建立起自己的特殊性。在我们为考研而拼命的时候，你却走进了古典。”“我只不过是喜欢。”“这很了不起。你最喜欢谁的诗？”“都喜欢，偏爱李清照。”江泓笑着说：“三杯两盏淡酒，怎敌他，晚来风急？雁过也，最伤心，却是旧时相识。你这样青春的女孩，最好读读《西厢记》之类的，学一学古典美女怎样恋爱的吧。”她低头笑了。

他谈吐优雅，博学多才，欧阳砚很佩服他。饭来了，他像一位体贴的大哥给她拿筷子，递纸巾。“谢谢，我自己来。”江泓说：“妇产科的夜班特别累，我以前实习的时候，一夜接过八个孩子。有一个女的，见我是男的，怎么都生不出来，老师只好让我回避了。”欧阳砚笑着说：“医生经常要淡化人的性别。”江泓凝望着欧阳砚的眼睛说：“好在，一走出医院，我就还原为正常人，而且能以正常人的眼光欣赏悦目的美人。”欧阳砚的脸颊飘过一阵红晕，她不由得垂下了头。

吃过饭，他们要在一个十字路口分别了。他停下脚步对她说：“生命的确是最宝贵的，可当生命走到尽头，就要坦然离去。丁香，希望你放下悲伤，活得快乐些吧。”知心的话，使她的眼中闪动着感激的泪水，她点点头，微笑着向他挥挥手。

他们撑开伞，向各自的方向而去。彼此的背影，很快就隐在了茫茫的春雨里。

名字

好些日子，柴家不来抱孩子，也没来闹事。包王给了柴家女的生活费，柴家女今天在芋妈妈家，明天在逗妈妈家，后天在坛妈妈家。如果不出什么意外，妇产科相对固定的医生、护士和助产士轮着照顾柴家女一圈，就是大半个月。磨镰和另外三个同事怕出什么不测，从来不把柴家女抱到自家，轮上她们当班，她们就把孩子放在更衣室的小花床上，她们自己仍同以前一样挤在一张小窄床上，虚虚实实地休息。从其他科室临时调来帮忙的同志，她们说什么也不担当这份苦差。

火烧眉经过一段时间的心理治疗，精神好转后上班了。也许是太想自己的儿子强强，只要轮上她的辅助班，她就会有点过分疼爱柴家女。看她，鸡啄食那样“啪啪”亲着孩子的小脸，不停地叫着“我的强强”，生怕丢了似的用胳膊紧紧捆绑住孩子，弄得孩子很急躁，哭闹得满头大汗，她这才停下“啄食”，松开捆绑。同事们见状，悄悄建议护士长别给火烧眉安排辅助班。没想到，护士长同火烧眉一商量，火烧眉顿时跳起来说：“你说我有精神病吗？”贾爱贞搂着她的胳膊说：

“你呀，就是个暴脾气。你身体不好，我想让你下夜班回去好好休息。”火烧眉绷着脸说：“我又咬了吕洞宾。”

火烧眉的情况令同事们很担心。经历了那件事，又丢了儿子的火烧眉变得脆弱、敏感、暴躁，和了解她的同事发生冲突，大家自然能原谅，也能理解。可如果是病人，怎么能接受她呢。她上班这段时间，已经有好几位患者和家属向老姜和护士长反映她态度恶劣，老姜和护士长只好向他们道歉，他们听说她丢了儿子，也非常同情。有家属说：“像这种精神受到刺激的医生，就该换个岗位。这样对病人有利，对医生本人也有好处。”其实，这事科室同事早就想到了，老姜为此专门找过医院领导商议。最后的结论是火烧眉学的就是助产专业，接生的技术非常熟练。再说，妇产科的助产士本来就缺，如果把她从一个熟悉的岗位调到陌生的岗位，科室缺人不说，调岗本身又会增加她的心理压力。再退一百步讲，她这些年与妇产科的同事相处习惯了，有时急了、火了，大家都能谅解。如果换个新环境，别人一时也难适应她，她也难融入别人，她也会有心理压力。当然，火烧眉这么年轻，一旦将她调出产房，就意味着放弃专业特长，荒废技术，这也是很可惜的事。鉴于上述原因，火烧眉上班后仍然重操旧业，尽管老姜叮嘱同火烧眉值班的医生多分担工作，但火烧眉是急性子，与病人争吵的事也在所难免。

再说火烧眉对柴家女的态度，大家应该对她前些日子从外面回来，与柴家女的狭路相逢记忆犹新吧。如今，她却把柴家女当成了儿子强强。这般移情虽然缓解了她对儿子的刻骨铭心的想念，可谁知道会出什么意外。就在护士长和火烧眉说话的时候，老姜进来抱起柴家女说：“这娃娃生下几个月了，还没名字，咱们想想，给她起个好名字。”

护士站忙主班的雪糕随口说：“流动。”正在治疗室配药的逗子说：“非云非水的女儿，叫个流动，好是不难听哪，雪糕融化了，才流动呢。”美妞对正在开处方的严厉笑着说：“严严，我们都没文化，起的名字太俗，还是你给起个雅致的。”严厉歪了美妞一眼，放下处方去手术室了。美妞一脸坏笑地说：“依我看，咱们科最严厉有修养，有知识。干脆给柴家女起个‘学丽’的名字，让她向咱们的严厉学习。”老姜笑着说：“这冲了严厉的名字，非得她同意才行。学丽，学丽，这名字叫着倒也顺口。”逗子说：“这咋听着像雪梨，又冲着她雪糕妈妈的名字了。”雪糕说：“这个死逗子，尽想着词儿编排我。”

火烧眉听主任让大家给柴家女起名，就寻找东西般低头在地上走来走去，走了几个来回，只听她“啊”了一声，跑到柴家女跟前说：“叫‘强妹’，‘强妹’好听吗？就是强强妹妹的意思。”逗子一听，就笑着说：“烧眉、强妹，听起来像你的姊妹了。”老姜也笑着说：“这个死逗子，脑瓜儿转得就是快。现在忙工作，等有空了你们都想着，想个好名字再说。”

大家各忙各的，火烧眉坐在小窄床边，背靠着墙，似睡非睡。两鬓变白的头发散乱地垂在她黑瘦的没有光泽的脸上。以前游手好闲的酒蛇令她烦恼，每当她对婚姻失望之时，看到儿子强强，她就忍住了。如今，儿子丢了，酒蛇请长假外出寻找。她像丢了魂的人，一阵儿呆若木鸡，一阵儿急得遍地乱跑。有时候别人喊几声她都听不见，有时别人悄声说话，她就怀疑。她的阴晴瞬变，不可捉摸，同事们非常同情，又不得不处处防着她。

临近中午，欧阳砚来接早班，给火烧眉提了一盒自己做的米饭和素菜。她走进更衣室，柴家女正在哭闹，火烧眉抱着她，嘴里宝宝贝贝不停地哄着，胳膊像筛东西那样上下左右快速晃动着。欧阳砚放下饭盒说：“霍姐，你趁热吃饭，我来哄。”火烧眉说：“她倔了，不吃不喝，只管闹人。”欧阳砚接过孩子，轻拍着柴家女的背说：“柴妞妞乖，柴妞妞喝水水，柴妞妞渴了……”说来也怪，柴家女一到欧阳砚怀里就不哭了。火烧眉拿过毛巾拭了拭脸上的汗，气呼呼地说：“这个坏东西，好像和我有仇呢，我咋哄她都闹，闹得我浑身出汗。”欧阳砚说：“霍姐，她还没听习惯你的话，等熟悉就好了。”火烧眉说：“她是咋生出来的？还不是我费了九牛二虎之力把她挤出来的。但愿她早早滚蛋，别等着习惯我，熟悉我。”

欧阳砚拿起水瓶准备给柴家女喂水，只觉得一股热乎乎的水流从她的腹部向大腿而去。刚才出门时换的干净衣服，叫这个小家伙尿湿了一大片。欧阳砚皱皱眉说：“柴妞妞没羞羞，尿湿我的花裤裤。”她把孩子放在小床上，扭头问：“霍姐，你没给孩子把尿吗？”火烧眉说：“她一睁眼就闹腾，我没想起来。”欧阳砚凑近护理单一看，急忙说：“霍姐，这小家伙昨天这个时候大便的，你先去医生值班室吃饭，我看她一会儿。”火烧眉端着饭盒走了，欧阳砚给柴家女端罢尿便，就换上工作服，把小家伙尿湿的衣服晾在椅子上。

这时，走道里传来车轮声，刚做完手术的病人回来了。欧阳砚喊了一声火烧眉，就拿着血压计去看病人。

安顿好手术病人之后，严厉、老姜等几位医生解开口罩，坐在椅子上商量着，快笔如飞下医嘱、做记录，雪糕、逗子和欧阳砚她们脚下生风地跑着换药液、接监护仪等。

快下班了，严厉合上病历，对在治疗室配药液的欧阳砚说："砚子，二十八床术中出血比较多，你早班要勤看宫缩情况。""好的。"严厉站起来，伸了个懒腰，侧目看见火烧眉给柴家女喂奶粉，就笑着说："老姜，我想出柴家女的名字了。唐诗《逢雪宿芙蓉山主人》写道：日暮苍山远，天寒白屋贫。柴门闻犬吠，风雪夜归人。叫'柴归人'如何？此诗与柴家情况相近，又可寓意她快点回家。"老姜停下笔，思索着，没有吱声。欧阳砚说："不如取其谐音叫'贵人'。古人讲究命中缺啥补啥，刘姥姥给王熙凤的女儿起名巧姐，鲁迅写过闰土五行缺土，故取名闰土。柴家女命中最缺贵，恰好用名字来补。"严厉笑着说："还是咱砚子肚子里墨水多，改得巧，改得好，我看就叫柴贵人吧。"

大家凑在水池边洗手，纷纷琢磨着这个名字。逗子念叨了一阵"柴贵人"，禁不住笑着说："不知道皇上是谁，她就已经当贵人了，弄不好将来当皇后呢。"家长说："这个死逗子，宫廷剧看多了。我看这个名字可以。"美妞向严厉眨眨眼说："咱们科的两位才女取的大名，能不好吗。就叫柴贵人，贵人总比贱人好。"

金项圈

下午一上班，逗子、雪糕和欧阳砚就抓紧时间核对医嘱。刚对了两本，有孕妇来住院了。逗子见孕妇腹痛不紧，就让家属陪着坐在条椅上等待，逗子接着噼里啪啦念医嘱。

逗子念着念着猛然停住了，雪糕和欧阳砚抬头一看，也愣住了。一个膀大腰圆穿着红裤子的男人，扛着一台摄像机枪口似的对准她们走来。另一个染着蓝头发，发型奇怪的矮胖子，右手撑着一个类似录像机的东西，正转动着西瓜般的身子，缓缓地走进科室大门。

"请问，你们……"逗子以为他们是哪儿的记者，心里很是紧张。上次那些失实的报道,简直把妇产科的脸抹得比乌鸦还黑。现在,这些人又要干什么呢。

红裤子和西瓜快走到护士站了,又有几个穿着时髦的女人和两个男人护送着一个腹部超大的孕妇进来。那两个男人,一个脸似面盆,脖颈上戴着手指粗的一个明晃晃的金项圈。旁边的一个年轻人,左耳上单坠着一个鸡蛋大的金耳环。

“这地方怎么住呀?条件太差了嘛。我们还是找个五星级酒店,叫医生去。”后面走来的金项圈操着外地口音说。逗子她们这才明白,他们与所有来这儿的人目的相同。只是他们太过炫富,土豪十足。

逗子问:“请问,你们要住院生孩子吗?”金项圈皱着眉头说:“这太差了嘛,我儿子怎么能生在这么差的地方,还是找酒店吧。”雪糕说:“先生,酒店虽然高档,里面可没设产床。就算我们的医生能去,产床可搬不去的。”金耳环说:“大哥,可不能住这鬼地方,要是亲戚听说嫂子在这地方生孩子,非笑话不可。”逗子见他们财大气粗,再没说话。

那孕妇双手抱着腹部吃力地说:“老公,等孩子生了,咱立马去酒店。哎哟——我现在不想折腾了。”

“我要两个雅间。”金项圈对逗子说。

“先生,我们没有雅间。”

“那我们包两间病房,打扫干净。”

“实在对不起,我们的病房都有人。现在只有七床和十六床空着。”

“几人间的?”

“三人间。”

“把他们挪开,我们要一间。”

“先生,这两间的病人都是做过手术的……”

“怎么搞的,这也不行,那也不行,去去去,把管事的给我找来。”

逗子向欧阳砚使了个眼色,欧阳砚赶紧跑到产房去喊护士长。

“家长,快,来了款爷,找你。”

“包王来了?”

“不是,不知哪儿的款爷,奇形怪状的。”

家长放下手里的活,赶紧同欧阳砚一起去了护士站。

美妞穿着接生衣正在给刚出生的婴儿断脐,听砚子叫家长,笑着说:“哈,啥款爷，怎么还奇形怪状的？我们见的最大款的款爷就是包王，也没见他款出个啥奇形怪状来。”

严厉给产妇按摩着腹部，扭头说：“包王在咱们这儿算个款爷，可比起那些大款来，他不过是个小游虾。”“哎呀，我没见过世面，还以为包王最款。严严，你见过大款爷，咋没傍一个呀。”严厉“哼”了一声，没好气地说：“我没你有姿色。”又低头对产妇说：“你子宫收缩很好，出血也不多，早点给孩子喂奶。”说完走出产房，旁边一个护士从美妞手里接过婴儿，贴在产妇的胸脯上，笑着说：“你们两个，只要有空就斗嘴。”美妞说：“不过是给平淡的生活找乐子呗。要不然，我们天天上班就是生呀，生呀，一个接一个生呀，从早到晚，从晚到早，没完没了地生呀。长年累月，别人生出了娃娃，我们急得干使劲儿，自己的子宫也脱垂了。”“没那么悬吧？”“咋不悬，子宫脱垂是助产士的职业病。”

护士长回到护士站，微笑着对那些人说：“你们好，是要住院生孩子吗？

“不生孩子我们跑这儿干吗？要两个单间，卫生要好。”

“实在对不起，现在病人多，腾不出单间来。”

“看来你也管不了事，去，把你们院长给我找来。”

“先生，你看，还有两张空床，请你太太先住下，等明天或后天有出院的，我们再想办法挪。当然，如果入院的病人多，也就没办法了。”

“你解决不了是吧？叫你们院长来！”

他们自进妇产科，扛摄像机的，拿录像机的就一直对着“现场”拍摄。

恰在此时，老姜从急诊科会诊回来说：“有个宫外孕休克的，我和大心肠上手术，家长，你们准备好接病人。”

“主任，这位先生非要单间。”

老姜望了一眼金项圈，抬头看着“住院病人一览表”说：“宫外孕很严重，安排在七床，好观察。另外一张床，住不住请他们自己决定。”老姜说完疾步走了。逗子她们也停止核对医嘱，各自忙碌了。

先前等待的那个孕妇凑过来说：“护士长，我们还没安排床位。”

“这，只剩一张床了。”

金项圈猛然挤过来说：“我们先来。”

那一对夫妻向后退了退，没说什么。

雪糕从治疗室出来说:“先生,人家的确先来。”

“你们是咋回事? 我要找你们领导,你们这是推诿病人。”金耳环说。

护士长见金项圈非常难缠,就说:“我知道,你们外地人各方面都很讲究。你看这样行不行,如果你们实心想在我们这儿住,这张床就优先你们住。

“那,我们住哪儿? ”缩在一边的那个孕妇怯怯地问。

护士长歉意地说:“你别急,回头我们想办法加床,明天有出院的再给你调病房。”

那对夫妻没吱声。金项圈也不再喊着找院长。护士长让护工收拾床位,她则带着他们到待产室检查。

在摄像机的全程跟踪拍摄下,严厉检查了金项圈的太太,对金项圈说:“目前胎心胎位都正常,但生孩子是一个动态的过程,只能现走现看,如果产程出现什么异常,我们会随时处理。”金项圈说:“你说都正常是吧?你确定吗?”“是的,目前正常。”“目前是什么意思?你是想推卸责任是不是?”严厉微笑着说:“先生,你是不是纠察局的,咋动不动就给人盖高帽子呀。”金项圈说:“你可看好了,我们要全程取证。你别想糊弄我们。”“欢迎,欢迎,我们一直想请人跟踪拍摄的,可孕妇不愿意配合。这下好,你们拍摄的,我们可以拷贝。”“你还想侵犯我们隐私啊? ”“不会吧,照你说,你全程拍摄我们,不也侵犯了我们的肖像权吗? ”“取证,你懂吗? 为了取证。”严厉笑着说:“好吧,我不拦挡你拍摄取得证据。现在我要检查下一位孕妇,请你们先回病房。我们的助产士会根据情况,半小时到一小时听一次胎心。”“到底是半小时还是一小时? ”“这得根据产程的进展情况决定。”

红鸡蛋

金项圈他们出了检查室,美妞把刚才那位产妇从产房送到观察室,脱掉接生衣帽,一拉门看见有人对着产房门摄像,就转身从侧门走到检查室悄声问严厉:“哎,你看见了吗? 不知是谁在门口摄像。”严厉低声说:“是上帝。”这时,躺在床上接受严厉检查的那个孕妇噘着嘴说:“大夫,我们来得早,你们护士长欺软怕硬，把最后一张床给了人家，叫我住加床。”严厉抚摸着孕妇的大肚皮，凑在她耳边说：“不要紧，护士长肯定会想办法给你安排妥当，你别担心，你看，来了这样的恶神，谁都害怕啊。”孕妇说：“就是的，我刚才说我先来，人家就把我挤开了，吓得我直往后退。”严厉说：“你骨盆各方面都挺好的，好好生吧。”

护士长带金项圈他们到病房门口，金项圈刚要进门，就见他捂紧鼻子“哎呀”一声向后退，退了几步才说：“妈呀，满屋子血腥尿腥奶腥，不是个味儿，这哪是人住的？”护士长对病房的两位病人和家属说：“又来了新病人，请你们把东西放在各自的柜子里吧。”又回头对金项圈他们说：“我们北方人，坐月子怕风，通风时间太短。”“那好好通通风，我们再住。”病房的一个女人说：“快关门，坐月子的人身子虚，哪里敢见风。”护士长说：“通点新鲜空气，对产妇和婴儿都好。”女人见护士长不关门，忙把被子盖在产妇汗淋淋的头上。

过了一阵，病房的气味淡了，金项圈他们才进去。

这间病房的两张床上，住的都是剖腹产的产妇。金项圈问那个农村妇女为啥做了手术，她说：“医生说胎位不正。”金项圈又问另一位产妇：“你们为啥要剖腹产啊？”产妇说：“我怕疼。”金项圈说：“哎呀，是你们无知，还是医生太黑心啊。我上网查了，剖腹产比正常生产的风险要大几百倍，再说剖腹产的婴儿没有正常生的婴儿聪明。网上说没有产道挤压的婴儿，以后特别爱生病，长大了也扛不住压力。现在社会的压力多大啊，你们剖腹产就是让孩子输在了起跑线上……人家欧美国家早就用水中分娩、椎管镇痛这种先进的方法无痛分娩了，难道这儿的医生没有告诉你们吗？”产妇说：“没有。”“差劲啊，太差劲，医生肯定想给你们多用药，开单提成，你们找他们去。”旁边的一位戴眼镜的中年妇女说：“当时医生也说能生下来，也说能无痛分娩，可我儿媳妇怕疼，非要剖腹产的。这事不能怪人家医生。”“怎么不怪医生，他们为什么不给你们讲剖腹产的坏处，为什么不给你们推荐安全的无痛分娩？”产妇说：“讲是讲了，我听邻居说剖腹产不疼，就坚决要剖腹产。”“剖腹产要疼几个月，有的会落下一辈子的病根，正常生孩子生完就能下地活动了。”金项圈说完就出门去找严厉。

严厉正巧向护士站走，金项圈站在门口喊：“大夫，你为啥不向我们推荐无痛分娩。”严厉停下脚步说：“可以啊，你们想试哪一种？”“网上说目前世界公认最有效、安全的无痛分娩是椎管内麻醉。”“看来你与世界接轨了，好的，我们就用这个方法。”“你会吗？”“当然会。”“你会，你为什么不给别人推荐，不给别人用？”“这个不用你操心，我们经常推荐，也经常使用。”“那你现在就给我们进行无痛分娩。”“没到产程，还得等一等。”“今天就是预产期，怎么不到产程。”严厉笑了笑说：“预产期和产程是两码事，你不要急，我们会根据情况用药的。”

回到护士站，严厉对雪糕低声说：“以后见到这样的主，就说没床，请他们去别的医院。你还记得前年来的那个吗？没把咱们折腾死，今天这个‘扛炮持枪’的，你们可都小心加小心。”雪糕说：“人家气势汹汹的，张口要雅间，要包间，又要找院长，我们也不敢多说话。”严厉说：“向护士长学着点，看她，不管面对啥人，都不卑不亢，落落大方。”

逗子换了输液回来，苦着脸对低头绘体温单的欧阳砚说：“砚子，咱俩给人家重换被褥走，人家嫌不干净。”欧阳砚说：“那是挑的最干净的。”“人家嫌有印记，要新的。”

欧阳砚和逗子给金项圈太太换上全新的被褥。宫外孕手术回来了，大家就忙着接病人。这一头还没忙完，就听金项圈在走道大喊：“大夫，快！快！”严厉快步到病房一看，金项圈太太出现了胎膜早破，羊水把刚换的新被褥弄湿了。金项圈虎着脸问严厉：“你不是说正常吗？”严厉检查了孕妇，平静地说：“别担心，这也是常见的。”说完同护士一起推着孕妇向待产室走，红裤子和蓝头发紧跟左右。到待产室门口，严厉对金项圈说：“我们的待产室还有其他孕妇，还是等到你太太生孩子时，你们再拍可以吗？”金项圈反问：“怎么，扛不住了？”严厉一笑说：“我们X光、紫外线都扛得住，别说小小的摄像机了。我的意思是，你们扛着那玩意儿，会吓得别人生不出娃娃。”金耳环说：“我们只拍我们的，关别人何事？”“在马路上跳舞，要影响交通。在待产室摄像，会妨碍他人。”金项圈说：“那就给我们安排个单间。”严厉说：“我们只有两间待产室，调不开的。”“那就不能怪我们。”严厉劝不住金项圈，只好由他们一起进了待产室。

待产一室此时有两个孕妇，看到有人扛着摄像机进来，她们抱着圆鼓鼓的肚子，立即挣扎起身，说什么也要到待产二室去。待产二室没有空床，她们就非要回病房去。严厉和美妞怎么也劝不住，就无奈地将她们送回病房。如此一来，正合了金项圈的意，待产一室就成了他们的专用间，别的孕妇一看他们，说什么也不进来了。

瓜熟自落，非把瓜蔓子扯断。待产的过程，就是瓜儿挣脱蔓子的过程，其中撕扯、扭转、拼命的痛苦滋味，哪个当妈妈的没尝过。到傍晚换班的时候，金项圈非要接诊的大夫、助产士和护士全程陪产。就这样，严厉、美妞和欧阳砚三个人不能下班，只得守在这个“特殊”的孕妇身边。金项圈一家轮换着去吃饭，严厉她们硬扛着饥饿，围在孕妇左右，想出各种办法给她减轻疼痛。从下午一直陪到夜里近十二点，金项圈的太太总算顺利产下一个胖小子。

金项圈他们高兴得合不拢嘴，金耳环和红裤子几个更是不顾其他病人休息，分散在走道中，拿着手机叽叽呱呱、嘻嘻哈哈像说笑话一样，妖声怪气地给亲朋好友报告着好消息。

严厉她们疲惫地走出产房。欧阳砚从上午十一点接班到此时，饿得饥肠辘辘。她们回到护士站，金项圈家的两个时髦女人嬉笑着跑进来，把一包红鸡蛋放在台子上说：“我们有乡俗，生了男娃要送红鸡蛋哟。”严厉说：“谢谢，快拿去你们吃吧，我们不能吃病人的东西。”她们说：“你们是产婆，这可一定得吃啦。”她们放下鸡蛋向病房走去，严厉喊不住她们，就追着把鸡蛋送回去。严厉前脚出病房，金项圈后脚就跟出来，又把鸡蛋放在护士站上说：“你们是产婆啦，吃了红鸡蛋才能保我儿子安安康康，长命百岁！”

美妞洗了手，低声对严厉说：“你听听，红鸡蛋也不是白送的，咱们保了这一时，还得保人家一世！饿死人了，咱吃吧。”严厉说：“小心人家诱惑你，给你摄像，投诉你。”美妞把红鸡蛋提进更衣室，给洗手进来的欧阳砚塞了一颗，自己又拿起一颗，啪啪磕着，学着金项圈的口吻说：“咱们是产婆啦，管他呢，吃，吃饱回家睡觉。”欧阳砚还在迟疑，美妞就剥了皮咬了一半鸡蛋，盯着手里的鸡蛋含含糊糊地说：“哎呀，这是谁下的蛋？怎么没蛋黄，全是蛋清。”欧阳砚看着白煞煞的蛋黄说：“说不准是得白化病的母鸡下的，遗传给了鸡蛋，你别吃了。”严厉好奇地凑过来说：“不会吧，砚子，快把你手里的剥开看看。”欧阳砚剥开一看，这颗的蛋黄略比美妞吃的黄一点。严厉说：“现在饲养的鸡，连个好蛋也没有。”美妞悄声说：“这鸡蛋就像这家人，外表光鲜，内心冷酷。”

已接了夜班的芋头巡视病房回来，把更衣室的门推开一条缝儿悄声说：“你们赶紧拿回去吃。我刚才进病房，人家还要找你们晚上守人家的婴儿呢。”严厉咬着牙说：“这些家伙真是得寸进尺，故意挑战人的耐心。”说完脱下工作服，穿上衣服就走，美妞嘴里含着鸡蛋“哎哎”喊地说：“等，我开车送你。”严厉摆摆手，快步走出病区。

春天的夜晚溢着淡淡的花香，严厉伸手逗着头顶的树叶，摇摇头，笑了。今晚妈妈恰好张罗她与一小伙子见面，不料碰上这事，回家免不了妈妈又一顿唠叨。以前，妈妈不知张罗过多少次，可妈妈觉得好的，她不感兴趣，常借口推脱。这次张罗的，她本打算见面呢。没事，如果对方理解，自然不介意。如果不理解，那也没有见的必要了。作为一名医生，尤其是妇产科医生，加班都是家常便饭。别人不说，老姜一辈子就是例子，而科室已推荐她接老姜的班了，这个担子可不轻呀。

严厉从手提包中摸出两块奶糖，边嚼边往家走。到小区门口，她看见三号楼上只有自家的灯亮着。看来，妈妈和爸爸还在等她，她似乎闻到了妈妈做的饭香。哦，真的饿了，她不由得加快了脚步。

人常说乐极生悲，也许是金项圈高兴昏了头，他居然把自己的金项圈戴在了婴儿的脖子上。芋头进病房看见了，叫他们快拿掉，金项圈说：“为了我儿子长大后能戴比这粗的项圈，从现在起就得锻炼。”后来医生调姐叫他们把那玩意从婴儿脖子上拿下来，他们就是不听。晚上，婴儿哭闹不止。调姐一检查，发现婴儿的脖子上出现了一圈红印。她又对他们说：“快拿下来，孩子过敏了。”家属这才把金项圈取掉了。“那怎么办？”调姐说：“先用点抗过敏药看看吧。”调姐回到办公室，低声对同事们说，包王也算是个有钱人，也没见像他们这样烧包。婴儿嫩嫩的脖颈，能扛得住那么粗的项圈子吗？他们是不是以后还给娃娃穿金鞋，戴金帽呢。有钱也不是这么个烧包法。

婴儿的脖子红肿越来越严重，有些地方还出现了水疱，往外溢着淡淡的黄水。家属个个急得口干舌燥，当初的兴奋一扫而尽。调姐请了皮肤科、儿科的医生会诊，要打针输液。由于婴儿超重，芋头第一针没扎好，金项圈一家哭得泪水如溪，说什么也不让她动婴儿了。家长只好出面，给婴儿扎液体。过了两天，婴儿的病情才控制住了。

会诊

这天上午，火烧眉接生了一个肚皮圆圆的婴儿，忙叫严厉看。严厉戴着手套把婴儿翻来覆去检查了几遍，低声说："这个小家伙好像没肛门。"严厉怕影响产妇的情绪，就向等候在门外的家属交代。家属一脸的喜悦顿时一扫而光。婴儿的奶奶禁不住抹着眼泪说："大夫，这可咋办呢？""得做检查，请会诊，看情况治疗。"

婴儿的爸爸用拳头打着墙说："我们做了好多次彩超，都说好着呢，咋会没肛门？他们为什么没看出来，要是早点看出来，我们也就不要了。我得找他们去。"严厉说："还真不能怪做彩超的，我捧在手里仔仔细细看了好几遍才发现的，彩超隔着肚皮，很难发现这样的问题。"听了严厉的话，家属只好拿上检查单，抱着刚断脐的婴儿去做必要的检查。严厉又开了两张会诊单，叫护士立即送到外科去。

说来有趣，严厉刚把婴儿的病历放在护士站，惊乍从病房回来，就拿病历夹夹好，顺手在体温单下方的"大小便次数"记录栏里写了两个"1"。严厉是个非常谨慎的人，她要求护士不但要亲眼查看每一个新生儿的大便，而且还要嗅一嗅有无肠道出血或消化不良等其他异味。像坛子、芋头这些老妇产科一看便知。而那些经验不足的护士虽然对严厉的要求很为难，也没办法。尤其是惊乍，她看到婴儿的大便就捂着鼻子想吐，更别说观其色、闻其味了。眼下，她实在不想跑到病房去看婴儿的大小便，随手就填写了。

严厉从病房回来，翻开婴儿的病历，皱着眉头问："这是谁处理的？"惊乍说："我。""你见婴儿大便了？"惊乍心虚，红着脸点了点头。严厉又问："大便啥性状？"惊乍见她穷追不舍，就如实说："我没看见。""没看见你还记录了次数。"惊乍说："一般情况下，刚出生的婴儿不是都有大小便嘛。"严厉一把拽掉体温单说："我的姑奶奶，你怎么不想想二般情况，这个婴儿先天性肛门闭锁，检查还没回来，你竟然给人家记录了大便。我给你说，干咱们这一行，一定要严谨。一就是一，二就是二，不能好像、大概、想当然。那个家属本来有怨气，要是看到咱们不负责地胡乱记录，不和你对簿公堂，也得大闹天宫。”说完低头下医嘱。

惊乍一脸通红地走进治疗室，逗子看见她，大笑起来。严厉说：“我都气死了，你还笑得出来。护士长哪儿去了？给这死妮子记差错。”惊乍吓得吐着舌头，跑到严厉身边说：“我的严姐姐，我下次一定仔细，你可千万别让护士长给我记差错。”“不给你记差错，你不长记性。”“我长，我长，我一定长，”惊乍信誓旦旦地拍着胸膛说，“这个死妮子，真拿你没办法。”严厉伸手拍了她一巴掌。一直埋头处理医嘱的坛子笑着说：“惊乍，对谁说谎，也千万别对严厉说谎，谁的谎她都能揭穿。”严厉说：“咱们的工作就容不得说谎。惊乍，如不实事求是，你是不是还叫先天性无尿道的孩子尿它几壶呢？”说得惊乍躲在她的身后无地自容。

经检查与会诊，那个婴儿的肛门外面让一层皮肤遮盖住了。外科医生在肛门外用手术刀轻轻地划开一个小十字，婴儿的胎便就涌出来，圆圆的小腹也平坦了。家属紧张的脸舒展了，几个医生也轻松地走了。

同许大夫一起来会诊的江泓最后走出病房，他看见欧阳砚端着治疗盘向病房走，就喊了两声“丁香”。忙碌的欧阳砚根本没有听见，径直向病房而去。逗子问：“江大夫，你喊住院病人吗？”江泓笑着说：“不是，是你们科的护士。”“我们科没有姓丁的护士。”“我看见她进病房了。”“你认错了吧？”江泓故意卖关子：“没有，就是她，我一眼就认出来了。”说话间，欧阳砚从病房出来了。

“丁香。”江泓笑着向她挥挥手。逗子这才明白过来，咧嘴坏笑着说：“哎呀，我说嘛，是昵称呀，怪不得我们蒙在鼓里。砚子，可要老实交代呀！”欧阳砚红了脸，微笑着。江泓说：“丁香是我给她起的名字。那天，我碰见她在丁香树下，独自忧伤。”“丁香，丁香，很甜美的名字。”逗子又冲治疗室说：“家长、雪糕、坛子，你们听着，有人给咱们的砚子改名叫丁香了。”护士长探出头说：“我看谁给我们砚子改名字了？”江泓摆摆手说：“怎么，改名儿还得请家长同意吗？”逗子说：“那是自然，你还不拜过家长大人。”欧阳砚不好意思地伸手拍了一下逗子说：“别胡说。”逗子说：“哟，看来我们的砚子，噢，我们的丁香，要给我们招乘龙快婿喽。”

江泓笑着走了。逗子拉住欧阳砚说：“老实交代！”欧阳砚说：“交代啥啊？”逗子说：“别装了，人家都给你改名字了，你还哄我们。”护士长说：“咱砚子眼光不错，那天开会，我听人说，医院有好几个姑娘追江泓。砚子，你一定要跑到她们前头。”雪糕说：“家长，人家现在改名叫丁香了，咱们也随着改口吧。”逗子张大鼻孔吸吸呼呼地说:“丁香,丁香,芬芳沁人心脾啊!”家长说:“好,咱们改口,叫丁香。”

坛子笑眯眯地瞅着欧阳砚说:“这是喜事嘛,前天碰见中医科的老李,请我帮她给儿子访个好姑娘,我还约她今天下班的时候在路上等着偷偷看一看咱砚子呢,没想到咱砚子已经有主儿了,我这就给她打电话,叫她另瞅人去。”逗子指着低头看医嘱的惊乍说:“叫老李来,咱们科还有大姑娘呢。”坛子皱着眉头说:“老李斯斯文文的,要找个惊惊乍乍的儿媳妇,那还不闹出心脏病。”护士长说:“咱惊乍比以前稳当多了。”惊乍说:“妈呀,你们不是说砚子吗?咋又对着我了。”雪糕说:“你成天妈呀爹呀的,小心嫁不出去。”逗子说:“就是,你向砚子学学,人家从笔墨纸砚变成似锦繁花了。”欧阳砚羞得跑进了治疗间。坛子随进来,笑着说:“看你,耳根都红了,这有啥羞的。给姐说,发展到哪一步了,姐好帮着给你们撮合。”欧阳砚低着头说:“前几天下雨,我碰见他,结伴吃了一顿早点而已。今天他看见我,不过是逗乐的。”“呵呵,这两个娃娃还没啥故事。不过,我看这小伙子人不错。他看你的眼神也不一般,大胆交往去吧。”逗子说:“就是啊,那眼神真的二般呀,世上的事都有二般情况啊,嘿嘿……”惊乍知道她打双关语,生怕有人再提起先前记录大便的事,就红着脸去病房了。

蓝眼睛

每逢假期,护士长就早早开始犯愁。一面要保证大家轮换休假,一面要打乱平日的班次重新优化组合。年少的对年老的,技术好的搭技术次的,会说话的配嘴笨的,性子急的与沉稳的合作,手快的带手慢的……总之,为防意外,各个方面的因素都要考虑到。同时,她还要翻开几年的排班表,查看哪一年的节日谁休息了,这次又该轮上谁了。况且今年要照顾柴家女,排班更是困难。

逗子喊着心情压抑,想要休假外出。护士长问她:“你哪一年休的?”逗子说:“记不得了。”护士长坐在更衣室一一翻过以前的排班表说:“你是前年春节休的。看,后面还有坛子、芋头、我和丁香。你实在想出去,就和坛子商量去。我看,今年十一是芋头的，春节是我的，明年五一是丁香的。”逗子说：“唉，还是别的单位好，享受国家法定假期。我们轮来换去，凑十年，也凑不了一年完整的假期。算了，还是让坛子休吧，她好不容易才轮上，我就不缠她了。”

坛子知道今年情况特殊，从没在同事面前提包王“怂恿”她旅游的事。这天接早班，护士长对她说：“坛子，五一该你休了。”坛子说：“今年能休吗？”“还是休吧。”“我看，还是等人家把贵人抱走了，咱们再想办法休吧。科室人本来就紧，再排几个休假，咋能轮过来呢。再说，缪悦快考大学了，你要是抱贵人回去，太打扰悦儿了。”护士长说：“几年才轮一次，还是放下担子休吧。娃娃天天生，事情时时有，要等平顺日子，只能到退休了。你放心休你的，班上的事，我们想办法克服。”坛子笑着说：“那我可看儿子去了，听说他找了个江南大美女，在电话里向我猛吹。我问长得多高，他说一米六。嘻，一米八几的男人，找那么小的媳妇，还美得不行了。”在更衣室门口写标本盒的逗子说：“一胖搭一瘦，一高搭一矮，这样才长久。你和王总不分高低，怎么着？王总找小蜜了吧。如果你比他低两头，他肯定把你捧在手心呵护呢。”“乱扯，又乱扯。”护士长说：“这个死逗子，尽揭别人的短，不顾别人心里难受。”逗子大笑着拍拍坛子的肩膀说：“谁不知道坛子肚里能撑船啊，我上星期看见她和蜜甜甜肩并肩抱着女儿去儿科了。还是王总好啊，今晚这房点灯，明晚那房点灯。”坛子说：“那天孩子发烧，顽怂急得非叫我。”磨镰收起病历说：“逗子，你实在羡慕，也隔三差五偷偷地给包王点个灯嘛。”逗子笑着说：“我才不稀罕他个和尚头。”

“大夫，我媳妇嗓子疼，敢不敢吃药？”二十七床的家属过来问。“是早上生娃娃喊的，在门口药店买些‘胖得生’泡水喝。”磨镰停下写病历的手顺口说。过了一阵，家属拿着几小袋“胖得生”来问：“大夫，这不是治婴儿消化不良的吗？咋能泡水呢？”磨镰瞅着家属说：“我说胖大海，你咋买的‘胖得生’？”“你明明说的胖得生。”家属生气地说。“我说的胖大海，反正不值几个钱，你再买一趟吧。”家属变了脸说：“砒霜也不值钱，我是不是要买呢？你怎么这样不负责任。”磨镰说：“小伙子，对不起，别生气，也可能是我的口误。”家长忙放下手头的活儿，从更衣室走出来对家属说：“实在对不起，廉大夫可能一时口误，把两个最常用的药说反了。”家属转身走了，磨镰瞥了一眼逗子说：“母鸡下蛋呱呱叫，把我脑子吵乱了。”家长说：“咱们忙里偷闲开个玩笑，可别让病人误解了。逗子，把你的话分给芋头一些,她惜话如金,你废话连篇。”逗子做了个鬼脸,忙工作去了。

实在安排不开班次,妇产科只有坛子和美妞休了假,其他人不得不加班。五一假期结束了,坛子从南方回来给大家带了许多小礼物,有长的、方的小丝巾,还有各式各样的小饰物,总之妇产科的同事人人有份。坛子还特意给柴贵人买了一身漂亮的小衣服。这天,她早早来到班上,在更衣室打开包,叫先后而来的同事们各自挑选称心的东西。美妞急着抢礼物,一把将墨镜推向额头,这样,她新做的双眼皮就完全暴露了。

先抢到礼物的严厉说:“你们快看，妞子做双眼皮了。” 逗子回头看着说:“哟,真的,怪不得这家伙悄无声息的,连个芝麻也没给咱们拿,原来割肉去了,准备请我们吃条子肉嘛。”美妞说:“吃你个头。”坛子问:“眼皮还这么肿,疼不疼?”美妞说:“哪能不疼呢,这几天疼得我头昏眼花,真是自找受罪。”严厉笑着说:“为了美,还管它受罪不受罪的。不过,谁越想在脸上动刀,就越想掩饰自己的丑陋。”“丑陋就丑陋,我是个大俗人,哪像你那么深奥。”

同事们有的围着丝巾,有的别上胸针,有的戴了发卡在衣柜的镜子前照来照去。美妞选了一条米黄色的长丝巾,在大家面前摆了个美姿说:“看,我的最漂亮。”家长说:“谁叫你是美妞呢,人美了顶块抹布都好看,何况这是来自南国的真丝。”正说着,突然听见芋头在外面怪声咳嗽,大家急忙放下东西跑出更衣室,看见医院的领导也提早上班巡查,首站就到了妇产科。家长端正了燕尾帽迎上去向领导问好,院长说:“娘子军们辛苦了,现在住多少病人?”“七十六个。”“等到夏天孕妇少了,你们要注意轮休。”“谢谢院长关心。”领导又问了一些情况后,去了其他科室。大家快速换衣服,开始工作。

美妞戴着墨镜不方便,家长让她别戴了。拿掉墨镜,孕产妇和同事们都爱瞅她那不怎么自然的双眼皮。她还沾沾自喜地问:“我的双眼皮好看吗?”有的人说好看,有的人说不好看。对那些向她泼冷水的人,她总要辩解:“你们啥眼神啊,真不会审美,我这么双这么好看的眼皮非说不好看。”

过了几天,美妞的双眼皮慢慢长好了,但看起来总有那么一点儿不如意。有一天下班,她在更衣室对着镜子照来照去说:“右边的好像比左边的宽一点儿。”雪糕看着说:“很好的,不要凡事都追求完美了。”严厉接过话茬说:“有些人就这样,拼命想得到的东西,并不是真正需要的。”美妞白了她一眼说:“就爱打击人,从来不鼓励鼓励，给我增加点自信，什么人嘛。”“在我看来，你那些小玩意儿，就是卖弄浅薄，难道还叫我鼓励你更加浅薄吗？”“这个嫁不出去的老丫头，越来越欺负人了，看我不撕了你的嘴。”美妞转身去打她，严厉说：“我和你说着玩呢。”“说啥我也不饶你。”美妞牵住她的衣襟说。“哎哟，快放手，我以后再不说了。”“要说了咋办？”“说了你是小狗。”

美妞有了双眼皮，又想黄头发，染了黄头发，又配了一对湖蓝色的隐形眼镜，弄得同事们有些认不出她了。有天晚上，她巡视病房时头发从蓝帽子中溢出来，一个伺候女儿的老妇人睡得正迷糊，睁眼看见身边站着一个长着黄头发蓝眼睛的医生，吓得猛然喊起来，病房的人都惊醒了。老妇人疑惑地说：“我这是在哪儿？怎么还有外国人呢。”“姨，你在病房。”“噢，你咋会说中国话。”“我本来就是中国人嘛。”“中国人咋长着蓝眼睛？”“我这是隐形眼镜。”“丫头，咱们中国人的黑头发黑眼睛多好，你打扮成个洋娃娃，把人搞迷糊了。”说得病人都笑起来。

谁知美妞改天上班，又把黄头发折腾成了紫头发，护士长从美妞丈夫手中接过柴贵人，笑着说：“领导，你不要太宠爱媳妇了。她天天变，我们都不认识了，小心哪一天你也不认识她了。再说医院有规定，不让医护人员搞怪。”美妞丈夫边向水池边走，边笑着说：“她闲了就爱个新鲜。再说，你们天天守着女人，很闷的，只要她开心就好。至于医院的规定嘛，反正你们一上班，口罩帽子捂得严严的，我看啥也不影响。”逗子说：“听听，一个标准的好男人啊。”美妞丈夫说：“何止一个好字了得，抱大了自家的闺女，又抱别人的闺女。刚才下车，贵人把奶吐在我袖子上了。你说说，我大小也是个领导，却给人当奶爸。”家长把柴贵人交给下夜班的芋头说：“这个吃百家饭的小家伙，奶妈、奶爸、奶爷、奶奶多呀。”

列车进站

当列车员的丈夫经常行走在铁路上，雪糕很是牵挂。只要他轮班休息回家，雪糕就会缠着同事们说：“我家列车进站了，换几个班可以吗？”同事坏笑着说：“当然不可以啦，我们想让列车好好休息，你越黏，他越累。”雪糕说：“我不对他进行维修、清洗、补充能量，他哪能出站嘛。”“好吧，同意你的换班请求了，不过，你可别融化在列车上哟。”在同事们的玩笑声中，雪糕满脸堆笑地回家与丈夫团聚去了。

列车员工作忙，“进站”的次数有限，他不能同别的男人那样天天在家关心妻子女儿，也难得照顾父母。公公婆婆对雪糕这个温柔的儿媳那就一个心——疼爱。对此，同事们简直羡慕得有些忌妒了。雪糕每天下班回家，婆婆就把饭端上桌了。吃过饭，雪糕准备洗碗，婆婆就拦住她说：“你去睡一阵，放下我慢慢收拾。”遇到雪糕值夜班，公公和婆婆就带着孙女到公园玩，让儿媳睡个踏实觉。儿子一回来，婆婆就让儿子陪着儿媳买衣服、逛街。公婆对儿媳简直比对儿子还关心。当然，雪糕和公婆也相处得犹如亲生父母。去年秋天婆婆滑倒摔伤了，雪糕请假日夜守在婆婆身边，端吃端喝，翻身拍背，捏肌按摩，累得雪糕汗流满面。婆婆看到儿媳熬得面容憔悴，心疼得一个劲儿唠叨。雪糕说：“妈，只要你的伤早点好了，我没事的。”同病室的两个老婆婆见她们婆媳关系这般亲密，连连念叨：“看人家的儿媳，真是上天赐来的。”

言归正传，这天下午，女儿一听门响，首先跑了出去，高兴地扑进了爸爸怀抱。列车弯腰抱起女儿，竟然打着趔趄，雪糕忙迎上前扶他。列车耷拉着脑袋，眼皮皱巴巴的，好像几天几夜没睡觉的样子。雪糕问他是不是病了，他笑笑说：“没事。”

列车进门还没落座，单位领导就打电话关切地问他的病情，家人这才知道他腹泻几天了。雪糕心疼地说：“看你，有病还硬撑着。走，到医院看看去。”列车说：“我就是有点累，只想在咱们家的大床上舒展胳膊，美美地睡个大觉。”父母见儿子无精打采，也催他去医院。列车撑不住父母和妻子的催促，就去了医院。医生检查完，建议他采血化验。拿到结果，雪糕才知道列车腹泻引起血液电解质紊乱了。医生说：“钾低得厉害，得输液。”列车无奈地说：“我只是疲乏，还是回家缓缓就过来了。”雪糕扶着他说：“快输液吧，万一发生低钾性麻痹，连话都说不成了。”列车说：“哪有那么悬，你别吓唬我了。”医生说：“这可一点儿不吓唬你，低钾真的很危险。”

雪糕取了药，扶着列车回到家已是傍晚。进了家门，列车看到餐桌上摆着丰盛的晚饭，就皱了皱眉头说：“妈，我觉得喝稀饭还比较舒服。”“妈这就给你熬。”

雪糕说:“这人没口福,经常风餐露宿,好不容易回家,也没福吃妈做的好饭。”列车坐在沙发上,累得没劲说话,女儿又依在他怀里,不停地问这问那。吃过饭,雪糕把列车扶进他们的小窝,伺候他躺下输液。等药液顺利点滴的时候,她就趴在他面前,捧着他的手问:“你走南闯北的,啥时候也带我出去转转?”列车说:“这还不简单,只要你能请上假,我巴不得天天和你在一起呢。”“那好,等过些日子班上不忙了,我跟你去。”“你经常这么说,可从来就没闲的时候。依我看,要让女人不生孩子,就像叫列车停止运行一样,根本不可能嘛。”雪糕听了,拍打着他的腿笑起来。

雪糕偎依在列车身旁闲叙,护士长突然打来电话说:“快来科室抢救病人。”“嗯。”雪糕答应着一骨碌翻起来。“咋了?”列车问。“班上抢救病人,我得马上去,等药输完了,让妈给你拔掉。”“那你早点回来,我等你。”雪糕吻了一下他的脸颊说:“别等我,谁知道抢救到什么时候。”

雪糕出门叫了出租车,疾驶向医院。到科室门口,她看见过道里站了很多人。有一个男人抱着头,蹲在地上哭泣。身边的一个中年妇女,不停地抹着眼泪。产妇出事了?婴儿出事了?抢救室门口,有一些好奇的家属向里张望。科室的同事,有的向抢救室跑,有的向病房跑,有的同雪糕一样,慌慌张张地向科室跑。

伸展胳膊一条命

自从那天江泓来妇产科会诊把欧阳砚叫丁香以后,妇产科的同事也就随着改口把砚子叫丁香了。这天,丁香眼看快下中班了,突然有一个妇女跑出病房大喊:“大夫,快,快,我家娃娃不动弹了。”在护士站记录体温的丁香听见喊声急忙扔下病历,起身向家属所喊的病房跑去。围在床边的病人和家属看见护士进来,都紧张地喊:“快呀,这个娃娃没气儿了。”一个汗流满面的男人对着妻子怀里的婴儿惊恐地喊:“女儿,女儿,醒醒,快醒醒啊……”怀抱婴儿的产妇脸色煞白,哭得几乎喊不出声了。

丁香跑到产妇床前,看见婴儿口唇青紫,脸色发灰,急忙说:“快放下,快去喊大夫，是不是呛奶了？”说着一把揭开床尾的被子，抢过婴儿放在床上，快速解开包被，婴儿像面条儿一样瘫软。有人跑去喊医生，有人向自己的病床退去。婴儿的父母吓得屏住了呼吸。

“是不是呛奶了？”丁香又问。“不……不是，我睡着了，醒来时胳膊在娃娃身上。”婴儿的父亲哆嗦着说。此时，婴儿已经没有了呼吸和心跳，丁香立即对婴儿进行人工呼吸和胸外按压。接着大心肠也跑来了，她同丁香抢救了两分钟，见婴儿没有反应，就抱着婴儿向抢救室跑去。

美妞顾不得脱接生服，赶紧打电话请儿科会诊，又给老姜和护士长打了电话。

儿科医生来了，老姜来了，护士长来了。

强心剂，呼吸兴奋剂，气管插管……二十分钟过去了，婴儿的身体越来越凉。

“向家属交代吧。”儿科医生和老姜缓缓地松开了手。大心肠心情沉重地拉开门，婴儿的父亲就挤进来问：“有气了没有？”大心肠低声说：“你一定要撑住。婴儿就像一束嫩草，一不小心就折……”话没说完，那个男人猛然转身向墙上撞去。老姜和家长忙拉住他，他瘫软在地，狠狠地向自己脸上扇巴掌。

“小伙子，你一定要给你媳妇长精神，她身体虚，经不住这事。”老姜拉住年轻人的手，心疼地劝着。

“都怪我，我是个开水烫不醒的死猪……”他撕着自己的头发，捶打着胸脯，痛哭流涕，絮絮叨叨咒骂自己。

过道里拥满了人，他们悄声打听。“出啥事了？”“听说这小伙子展开胳膊把自个儿的娃娃压没气了。”“啊？救过来了没有？”“可能没有。”“唉，怀胎十月不容易哪，说没就没了。”“太可惜了。”“真是头蠢猪，还能把自个儿的娃娃压死。”……

大家低声议论着，又有人大喊：“赶紧，那个女的晕过去了。”

又是紧急的抢救，产妇好半天才睁开眼睛。她烦躁地摘掉鼻孔上的氧气管，上气不接下气地说：“大夫，我女儿……咋样了？”老姜把氧气管接在她的鼻孔上，扶住她的肩膀说：“孩子转儿科了。”“没……没有，我听见外面的人说娃娃没了。”大心肠说：“转儿科了。”就在这时，婴儿的父亲大哭起来。护士长跑出去蹲在小伙子身边悄声说：“我们说孩子送到儿科了，你一定要撑住，等过几天你媳妇平静了，再告诉她实情。”“都怪我！都怪我！我昨晚夜班，今天又加班，我媳妇让我靠着娃娃睡一阵，谁知道一闭眼的工夫就成了这样……”小伙子痛苦地自责着。“你确实太累了，现在已经这样了，你是男人，要强打起精神，要不然你媳妇谁照顾呢。”产妇听见丈夫大哭，又晕了过去。这次，医生抢救了好一阵，她仍然不清醒。一时间，心内科、呼吸科的医生都来会诊，坛子、雪糕等接到护士长的电话，都向医院飞奔而来。

母子连心，孩子的夭折差点要了母亲的命。抢救一直持续到凌晨，产妇的病情才渐趋平稳，各科的医生各自回科室了。妇产科除了特护和值班的医护人员，其他人有的趴在条椅上，有的躺在办公桌上，有的坐在凳子上，转眼就呼呼沉睡了。

贾爱贞和丁香补写完抢救记录，就相跟着悄悄地走出科室，来到花园的丁香树影里，蹲着耳贴耳地低语。“你中班巡视病房时，没看见那个男的睡在婴儿身边吗？”“我进去测体温时，产妇给孩子喂奶，那男的正收拾东西。”“当时几点？”“我九点发的体温表，九点一刻收的，没想到刚过了一阵，就出事了。”“发生了这种不幸的事，真叫人难过。我经常说，婴儿喂完奶一定要放在婴儿床上。以前，有个产妇晚上抱着给娃娃喂奶，睡着了，把娃娃活活捂死在怀里了。何况男人累乏了，哪里能想着防娃娃呢。”“我每次进病房都给他们说的，这家人偏不听。”“你当时发了多少体温表？”“术后三天的12个病人和出生不满三天的19个婴儿。”“发体温表时，你注意看那个婴儿了吗？都有谁在场？”“我拉开被角看了，婴儿在吮奶，病房的人都在，当时大家还说吃啥饭能让奶多的事。”“明早医院调查，你几点几分巡视了病房，几点几分观察的婴儿，有什么情况，都不能有丝毫含糊。”丁香的心情无比沉重，轻声说：“我明白。”贾爱贞拉着她的手站起来说：“咱们回科室，找个地方迷糊一阵儿。”“护士长，我心里很难受……”“这样的事，谁心里都不好受。我刚参加工作的时候，在急诊科碰见一个被车撞死的姑娘，她和我同龄，她爸妈哭得撕心裂肺的。我也忍不住，给另一位病人扎针时，眼泪恰好落在针头处，虽然我立即用棉秆蘸掉了，但还是发生了严重的输液反应差点要了那个病人的命。从医的人不管心里有多难过，都不能表现出来。病人有时候觉得我们冷漠，可我们只能以冷漠对抗悲伤。干咱们这一行的，这样的事经常碰到，只要你尽力了，良心就安了。真正成熟的医生和护士，不管你有多么悲伤或同情，都不能轻易在病人面前落泪。否则，病人和家属会认为你不可靠。”

柴贵人今晚让逗妈妈抱回家了。贾爱贞回到科室，拉开柴贵人的小花床，与丁香挤在上面。贾爱贞慢慢睡着了，丁香根本无法入睡，这事自己虽没什么责任，可发生在她的班上，她不知道怎样去安慰那对年轻的夫妻。也许，任何安慰都无济于事。剧烈的悲痛，皮绳般抽打着那个失去孩子的家，也抽打着丁香的心。是的，作为医护人员，没有谁愿意看到病人从自己的眼中逝去。可是作为医护人员，却逃不过这样的事情，有时是素不相识的病人，有时是关系密切的朋友，有时还是至亲至爱的亲人……

清晨，那位母亲醒了，又开始找孩子。守在身边的护士握着她的手说："孩子转到大医院了，你安心休养，等身体养好了，再去看。"产妇有气无力地说："你叫我的家人来。"护士只好出门去叫她的家人。

过度的伤心、恐惧、自责，使那个小伙子一夜间变了形。他无法面对妻子，漫长的夜里，只能无数次隔着门缝远远地张望妻子。此时，听妻子醒来叫他，他顿时慌张得头发竖立，步步后退。

"我不敢面对她，无法面对呀。""那我对她说你送孩子去大医院了。""不，不能这样说，这样说了，过后她问起，我没法回答。""那……我怎样对她说呢？""你就说，就说我回家拿钱去了吧。"小伙子说着，一脸惊恐地向门外退去。这时，小伙子的母亲追过来，扶着儿子的胳膊低声说："你去提一点饭，我去看你媳妇。不管怎样说，咱们都得活呀……"这个刚当了一天奶奶的女人，夜里看罢儿媳安慰儿子，安慰了儿子又看病重的儿媳。此时，她疲惫不堪，脚步蹒跚地随着护士走进病房。

"妈，娃娃哪儿去了？""转院了。""他呢？""给咱们提饭去了。""噢，妈，我昨晚上听走道里人说，娃娃没了……""转到……大医院去了。"婆婆强装镇定给儿媳说好话，那个小伙子靠在妇产科大门口，目光呆滞地望着楼顶。

"哎，出事了？"有人拍了小伙子一把。小伙子扭头一看，一个个头不高，留着平头的男人诡异地看着他。小伙子瞅了半天，也想不起是谁。那男人凑上前，低声说："兄弟，你的娃娃这样白白地没了，你就不想要个说法，这可是在医院里没有的。""这事不怪医院，怪我。""娃娃在医院里生的，又在医院里没的，不怪医院，怪谁？只要你说怪医院，我们就帮你。""咋个帮法？""帮你闹，闹着要医院赔钱啊。"小伙子摇摇头。"我说兄弟，如今这年月，只要闹就能闹来钱。你想想，你苦死苦活干一年才能挣多少钱，只要闹医院，赔它几十万，够你半辈子的。""算了，这事不怪医院。""只要你说怪，就怪。怎能不怪。""我不想这样做。""只要你点个头，我们有人帮你闹。""不闹，你走。""为啥不闹呢？"小伙子摆摆手，那男子又凑近说："这可是发财的机会？""啥？""这是绝好的发财机会。""滚。""啥？""你给我滚开。"小伙子睁大布满红丝的眼睛喊道。"真不识抬举。"那男人见小伙子眼睛里"喷火"，只好离开了。

牙疼

江泓工作忙碌，加上复习考研，平常实在难得回家。周末妈妈做了好吃的打电话叫他，他要么值班回不去，要么忙得抽不出身。妈妈问："你经常不回家，是不是谈女朋友了？要谈了就带到咱家来，好让妈和你爸也看看呀。"对于妈妈这种经常的唠叨，江泓总是一笑了之。"别给你老妈嬉皮笑脸，我给你说，你可抓紧点。你不急，我还急着早点当奶奶呢。"

一个周末的下午，江泓妈牙疼得厉害，她没去社区诊所，而是直接到医院找儿子。儿子正挨个儿给几家的家属耐心地交代做手术的事，她就坐在椅子上等着。江泓把手头的工作处理完，才陪妈妈去看牙。

看完牙，母子俩边走边聊天。妈妈说："医生的工作确实辛苦，别人都过休闲的周末，你们还埋头苦干。唉，都怪你爸，当初非要叫你学医，说我们老了有人照顾。依我看，你们忙得连自个儿也不知道照顾，还管得了我们。"江泓笑着说："孩儿忙工作，怠慢了老娘大人，请多多包涵。"妈妈扑哧一笑说："你到底有没有相中的姑娘啊？"江泓伸手拍着妈妈的肩膀说："妈，你别催我，我忙得顾不过来啊。""儿子，你要学会生活，考研和谈女朋友两不误嘛。再说，你研究生毕业了是要回来的，我和你爸还指望你养老，你可不能飞得没影子了。""你老人家的意思是先找个女朋友，把我的心拴住？""基本就是这意思，你要是自个儿不找，我们就张罗着给你找。""妈，不急，不急。""你不急我急。"

出了医院门，妈妈要去儿子住的公寓看看。江泓说："我们三个人一起住，有一个昨晚上值夜班的，这会儿睡觉，还是不要打扰他了。""一天了，还睡呀？""他上了夜班,今天一直忙到中午才回去。""那真够累的。""我们都是这样。上个月,我值了夜班,第二天又忙着抢救病人到天黑,整整24小时,困得头差点够不着枕头了。""别人都忙还是就你一个人忙?""全科人都忙,我们白发苍苍的老主任也忙了个通宵,我们这些菜鸟咋好意思喊累。""唉,当初别选这专业就好了。想吃啥?妈犒劳你。""妈,你刚补了牙,两个小时以后才能吃饭。""儿子吃,妈不吃,妈看着你吃得香就行。""不用,外面的饭油腻,我早就吃够了,等哪天回家吃老娘做的。""麻药劲儿好像过了,唉,牙补了咋还疼?""可能还要疼几小时,我陪你走一走,说说话,慢慢就不疼了。"江泓本想送走妈妈后,赶回宿舍看书的,可看到妈妈用手捂着腮帮子,很难受的样子,就放弃了自己的打算。

他们转过街口,江泓看见了出租屋,就说:"妈,和我去看一个人。""什么人?""我的同事。""男的女的?""女的。""干什么的?""是个护士。""护士?多大了?""可能比我小一点吧。""哎呀,你的眼光还没那么浅吧,像你这样有学历、有文化,家庭各方面条件都比较好的人,至少也得处个相当的人吧?""妈,我说看同事,没说看女朋友。""这样的人,我才懒得看。""老妈好世俗,她借了我的书,我正好顺路取回。""儿子,你可要把持住,别傻兮兮的,叫那些小护士拖后腿,毁了前程。""哈哈,如果我说,我们已经有了孩子呢?""啊?怎么可能……要真有此事,我就不认你了!""如果孩子已经生下几个月大了呢?""你可别吓人,这怎么可能呢?""怎么就不可能,你不是想早点当奶奶吗?你听,她正在哭呢?"江泓妈听到小孩的哭声,脸顿时变得铁青,她张着嘴说:"天哪,你这个没出息的,我说经常不回家,原来干这么没出息的事呢。这女的也太不要脸了,不明不白的,咋就生孩子了?""我二十四五的成人了,我该按照自己的意愿生活了。儿大不由娘呀。""这么大的事,你咋就不和家里商量?你的胆子也太大了。好了,既然你这么有本事过你意愿的生活,那我从此不管你了。"江泓妈气得扭头要走。江泓见妈妈信以为真,就大笑着搂过妈妈的肩膀,瞅着妈妈的脸说:"精明的老妈也有上当的时候。""那,你听,这是谁家的孩子哭呢?""不是所有的孩子都是你孙子。""你这个鬼小子,竟然敢骗你妈。""不过,还真说不准是你孙子呢?""到底是真是假?""真假,你进去一看就知道了。要是长得像我,当然就是;要是不像,就不是呗。""你得给我说清楚。""这事一时半会儿说不清楚。""咋说不清,有啥说不清的?""嘘,别吓着孩子。""你,总不会找了有孩子的寡妇吧?"江泓冲妈妈一笑,伸手轻轻地敲了敲出租屋的门。

丁香给柴贵人换了尿布,哄着喂水,听见有人敲门,吓得立即屏住了气。柴贵人见她变了脸,又哇哇哭起来。江泓知道她防备,就自报姓名:“丁香,我是小江,开门。”欧阳砚一听是他,就抱着贵人去开门。贵人身上有一股淡淡的奶腥味,江泓妈没有进屋,而是退到了门外侧。

江泓故意大声说:“咱们的小贵人哭啥呢?”丁香说:“我今早下夜班从火烧眉手里接了她。火烧眉心烦,昨晚上我听她骂了好几次贵人。今天她特别爱哭。”江泓说:“那给我带啊,我对小孩最有耐心了。”丁香说:“还真要麻烦你帮我带一会儿,我出去买点挂面。”“多买些,还有两个人呢?”“哪来的两个人?”江泓笑着说:“我和小贵人不是两个人。”丁香笑着说:“那就麻烦你帮我看一阵,我快去快回。”丁香把贵人递给江泓,跑出来正巧与门旁站着的江泓妈碰了个满怀,吓得她差点叫出声来。江泓抱着孩子,笑眯眯地站在门口。江泓妈一把拉住丁香说:“这,这是咋回事?”丁香不知道她是谁,转身紧张地望着江泓,江泓笑着说:“妈,这事你就不要问了。”“你得给我说清楚这个孩子的事!”丁香一听是江泓妈,急忙让进屋里,三言两语就说了柴贵人的事。江泓妈听了,松了一口气说:“是这么个事啊,吓死我了。”丁香莫明其妙地问:“姨,你吓啥呢?”江泓说:“我妈最害怕小孩子哭了,我小时候一哭,我妈就哭得比我还厉害,直到把我吓得不哭了。”“这小子,又胡扯。”“姨,我出去买点菜,你和江大夫就在我这儿吃饭吧。”“不了,不了,我牙疼,你快去买菜,回头我们就走,江泓还忙着呢。”

丁香出门后,江泓抱着柴贵人,笑着说:“妈,你看这姑娘咋样?”“什么咋样啊!一个伺候人的小护士,能咋样啊!”“医生护士都一样的。”“差得远了。当医生的,病人塞的红包花也花不完,小护士谁理呢。”“噢,可没人给我送红包。”“病人只悄悄地给主刀医生送,咋可能叫你知道。你太不成熟了,和小护士厮混,病人还以为你也是个没出息的小护士。”“小护士怎么了?你看小护士多好,会抱孩子,会哄孩子,将来你当奶奶少操多少心呢。”“慢慢慢,我可不稀罕。你给我听好了,绝不能找小护士。”“万一找了呢?”“就没有万一。”“哈哈,老娘太专权了。”“你从小心软,可不能上小护士的当。”“好好好,不找,不找。”“这姑娘家在哪儿?咋在这么破的地方住呢?”“她父母都不在了,这是她租的。”“哎呀,没有父母的人,心理都不健康,你再不要和这样的人来往了。”“我觉得,你心理好像不健康。”“我可是为你好,我生怕你谈个不称心的女朋友,愁得我夜里也睡不好。”“太夸张了,从本质上讲,我谈的女朋友只要我喜欢就行。不过,为了让你放心,以后我会把她带到家里去,给你磕头行礼的。”“你别给我贫嘴,不管你谈的谁,我必须要把关。通不过我的关口,你再喜欢也是白搭。”“那如果我说,我已经喜欢上了这个小护士,你想怎么样?”“你绕了一圈,又说回来了。那我也告诉你,不行,绝不行!”江泓望着阴沉着脸的妈妈,他脸上的表情渐渐严肃了。他停止与妈妈斗嘴,抱着柴贵人去了门外,江泓妈妈也随着出来。这时,丁香提着菜,跑步回来了。

“姨,就在我这儿吃饭吧。”江泓妈“牙疼”得摇了摇头,起身就走。江泓把柴贵人捧给丁香说:“我上次借给你的那本书,我得拿去查个资料,回头再借你。”丁香说:“你用,我不看了。”“这可是古往今来最伟大的哲学大师的智慧,你不看可惜了。”江泓说完拿起书随着妈妈走了。丁香目送他们走远了,低头把脸贴在柴贵人的脸上,心里涌出一阵难言的滋味。尽管她的心里偷偷地喜欢着江泓,但她从事着卑微的工作,又是一个无爹无娘的孤儿,她怎么能配得上他呢。噢,可怜的贵人,你也是孤儿。不,贵人,你还有爸爸、爷爷、奶奶。虽然他们不要你,但你是有家的,有亲人的,而我,在世上还有几个亲人呢?想到这儿,股股泪水涌出了丁香的眼眶。柴贵人转动着乌黑的眼睛瞅着她,她还没完全学会叫妈妈和阿姨,只“妈——阿——阿——妈——”地叫着。

也许,江泓同所有同事一样,只是自己的普通同事,都怪她自己的心里那么喜欢他,那么崇拜他。刚才,她见到他的妈妈,就好像丑媳妇见到了婆婆那样,欣喜、局促。买菜时,她还后悔出门时紧张得没想起来问“婆婆”爱吃啥菜呢。当她提着菜跑回来,“婆婆”眼皮也懒于眨的神情,给她火盆般的心上扬了一锹冰雪。此时,她把那难耐的潮湿挤出眼睛,轻轻地哼唱起摇篮曲。等柴贵人睡了,她得赶紧做饭,给贵人洗尿布和衣服,还要定时给贵人进行全身按摩理疗。

丢失的婴儿

星期四下午，家长拿着排班表，笑着对惊乍说："你的护士执业证也考上了，主班、护理班、治疗班、早班、中班、夜班都跟着老师上了无数遍，现在是个准准儿的准护士了，有没有信心参加倒班？"惊乍挠挠头说："妈呀，让我独自倒班呀？""还不敢吗？"惊乍皱着眉说："晚上上班实在太害怕了。""其实也没啥可怕的，谁不是从那时候过来的，刚开始真的害怕，慢慢习惯就好了。""那我试试吧。""看你的小样，还是跟着逗子和雪糕再上几个夜班，咱们科室人员紧张，你要做好心理准备。""哇噻，谢谢家长啦。"惊乍抱住了家长的脖子，家长拉开她的手说："死丫头，还是一惊一乍的。去去去，看你的袖子，到处黄坨坨、脏兮兮的，还抱人的脖子。"惊乍说："上午配维生素C，喷了。""喷上得立即洗，时间长了很难洗掉，难看的。""早上忙得脚炒菜，没顾上嘛。"逗子走过来说："惊乍，贴着家长的肩膀干吗？是不是想叫家长给你介绍婆家？"惊乍笑着说："家长让我跟着你和薛姐再上几个夜班呢。"逗子在她额头上点了一指头说："我的小笨笨，我都给你说了多少遍，你还不会上夜班吗？"惊乍做了个鬼脸说："我好怕怕。"雪糕听见了，笑着说："我觉得你还是很勇敢的，刚开始看着啥都害怕，现在婴儿也敢抱了，针也学会打了，妇产科常规的操作你都掌握了。"惊乍立即跑去搂住雪糕的脖子说："可爱的雪糕姐姐，我想吃你一口了。"逗子说："听，甜心的雪糕把惊乍说陶醉了。"

就这样，惊乍又跟着别人上了几个夜班。每次轮到夜班，逗子、雪糕她们就不厌其烦地、一遍一遍地教她。是啊，科室轮夜班的人少，谁不希望惊乍早点出徒，多一个轮夜班的人呢。

过了些日子，家长又拿着排班表问惊乍："现在敢上夜班了吧？"惊乍苦着脸说："唉，不敢上也得上了。""怎么还很勉强？"惊乍说："家长，一想到让我一个人上夜班，我就非常害怕。"惊乍还是那么不自信。"你知道咱们科室的情况，人手本来就特别紧张，又要照顾柴贵人，如果你一直不上夜班的话，大家实在太疲劳了。"惊乍沉思了半晌，终于鼓起勇气说："那我上吧，不就是夜班嘛，别人能上，我也能上。”逗子听到这话，拍着手说：“好好好，看来你的胆子变大了嘛。”

同事们看到家长给惊乍排了夜班，既高兴又担心，高兴的是科里终于多了一个轮夜班的护士，担心的是她真的敢独立上夜班吗。其实，大家的担心并非多余。上夜班的头天晚上，惊乍坐卧不安，凌晨三点惊醒，一直在宿舍地上转来转去。搞得一宿舍的人都起来问她怎么回事。惊乍说：“我要上夜班了，愁得睡不着。”大家听后笑了一阵，安慰她说：“咱们宿舍人都轮夜班，有啥可愁的嘛，快睡觉，快睡觉。”惊乍说：“我实在睡不着。”舍友说：“你要是睡不好，晚上咋上班呢。要是上夜班打盹被护理部抓住，不但扣你的工资，还要扣科主任和护士长的。”惊乍说：“上夜班紧张得要命，哪可能打盹呢？”“等你适应了夜班，困的实在挺不住了，还是会打盹的。哈——困啊，快睡吧。”听见舍友们个个睡了，惊乍无奈地躺在床上，满脑子都是上夜班的事儿。

早晨，舍友们上班了，惊乍无心思吃饭，也无心思看书，为了打发时间，她索性跑去逛街。走在街上她也心烦意乱。好不容易熬到中午，吃过饭，舍友们午休了，她躺在床上翻来覆去，还是睡不着。下午，她跑到科室悄悄地对丁香说：“你晚上能不能来陪我？”丁香说：“害怕啊？没事的，你就大胆上吧。”惊乍说：“我心里实在害怕，越想越害怕。”“那行吧，我原打算晚上睡个踏实觉呢，又要为你牺牲我的瞌睡了。”磨镰看见她俩站在拐角私语，就笑着说：“惊乍，听说今晚你要独自上夜班，大姑娘上轿头一回，是不是心蹦蹦跳个不停呢？没关系，有我和美妞呢。”惊乍说：“要是晚上没生孩子的，你们就睡觉了，哪能陪着我呢。”“是啊，小可爱，我们是二十四小时值班，哪能陪住你呢。”“那你还说有你们呢。”老姜说：“白天入院了七个大肚子，看产程，四个要在晚上生。晚上不知道还要来几个，还怕没人陪你。”惊乍说：“丁香，不管咋说，柴贵人今晚不在，你晚上来睡在更衣室柴贵人的小床上，我就不害怕了。”“行。”“说定了。”“说定了。”惊乍见丁香答应了，紧锁的眉头终于展开了。

谁也没有想到，就在这天凌晨，常驻客榴莲在安全过道的拐角猛然大喊大叫起来，惊乍跑过去，只见榴莲抱着她的几个“娃娃”乱嚷嚷。惊乍害怕不敢走近，就掉头来喊丁香。丁香起身随惊乍跑到安全通道门口，一阵风，外面的那道门“吱”地吹开了。

“你……你怎么没锁……不对，咱俩晚上不是锁了门的吗？”丁香跑到门跟前，看见粗壮的锁子断开掉在地上。“啊，锁子断了，有贼！快，我给保卫科打电话，你从后面的病房挨着问，看谁丢了东西没有，看婴儿都在没在？不要慌张，小心吓着病人。”惊乍说：“咱们俩一起走。”“哎呀，你一个大活人，谁就把你抢跑呢。你快去，我打了电话，从一号病房开始问。”“哪儿的贼呀，我没见个人影儿……”“没有贼给你打招呼要偷东西的。咱们在明处，人家在暗处。”惊乍吓得浑身抖动着说：“我去叫磨镰和美妞……”丁香没有理她，快步跑到护士站打电话叫了保卫科。

其实，榴莲的大叫已经惊醒了刚刚躺下的磨镰和坐在待产妇身边打盹的美妞。如果是别的护士值班，她们得空就闭一会儿疲惫的眼睛，可今天是惊乍，她们谁也不敢怠慢，立即起身准备接诊急诊病人了。

“廉大夫……”惊乍话音未落，磨镰就说：“快把病人扶过来。”美妞也站在门口说：“要来了大肚子，先过来检查。”“不，不是病人。”惊乍语无伦次。丁香已经穿上白大褂，进了一号病房，接着是二号、三号……惊乍和磨镰也从相反的方向，一一检查病房。她们出出进进，与丁香打着照面。还有三间病房了，还有两间了，但愿没事，看来是虚惊……丁香紧抽的心慢慢放松了。她们相遇，一起走进一间病房，三张病床上响着沉睡的鼾声，地当中的婴儿床是空的。她们三人分别跑到三张床边，拉开打呼者的被单，也没有婴儿的影子。这间病房的另外两个产妇昨天下午出院了。此时，产妇、她的丈夫，还有产妇的娘家妈三人比赛着打呼。伺候月子的确非常疲劳，看他们，睡得叫了好半天才叫醒。

“你家孩子呢？”“在呢，在我媳妇怀里呢。”男的迷迷糊糊说。“你家孩子在哪儿？”“我妈，我妈抱着呢。”产妇睁开眼睛说。“在呢，先前还吃奶了。”产妇的娘家妈说。人常说出事的时候，鬼迷心。此时，这家人还迷糊的天昏地暗，你说孩子在这儿，他说在那儿，可到底在哪儿呢。

“快起来，孩子到底在哪儿？”磨镰气得推了那男人一把。他慢慢腾腾坐起来说：“在，在呢。”“哎呀，快找，你们三个人也看不住个孩子。”听医生这么说，三个人才清醒过来，面面相觑。“是不是你们医生抱去了？”“我们早就给你们说过，谁也不能抱孩子。”“这三更半夜的，你们一阵儿进来，一阵儿进来的。不是你们，还有谁呢？”“我们没抱，快找。”

那男的竟然蹲在地上，在床下寻找。磨镰说：“你快出去在院里找，又不是个老鼠,怎可能在床下呢。”丁香跑到查看现场的保卫科同志跟前说:“快报警,婴儿丢了。”“天哪,这还得了。”

也许是纯属巧合,也许是早有预谋。

不一会儿,110 赶到了。婴儿丢了,这家人开始相互指责,接着哭哭喊喊闹医院,风浪中的妇产科再次到了浪尖上。胆小的惊乍吓得脸色惨白,无论是病人、同事、领导,还是警察问起,她总是语无伦次,不是胡乱向人道歉,就是说:“我不知道,我没看见小偷。”一个年轻的警察看她吓得不成样子,就轻声说:“这种事也不能全怪你,你细细想想,那天晚上碰到的每一个人,能想起多少想多少,这样才能破案。”惊乍想了几天,还是没想出可疑的人,却因为这件事,惊乍认识了一位帅气的警察哥,两人相恋了。警察哥的坚定、果断,给受了重大打击的惊乍生活的勇气,这是后话。

犯罪分子特别狡猾,既没留下指纹,也没留下蛛丝马迹,破案有难度。于是,这对夫妻的血样就同火烧眉和酒蛇的血样一样, 存入了丢失孩子父母的信息库。医院为安全考虑,不得不在各科安装监控摄像头。又把病房的门锁全部换成了电子锁。

盟约

按理说科室丢婴儿的事丁香并无责任,她只是陪惊乍的,可对于那天晚上的事情,丁香是特别熟悉的。接班后,她陪惊乍巡视了病房,同她一起锁了安全通道的门。惊乍几次去产房接新婴儿,她就在护士站接收了几个急诊孕妇和病人,期间,她帮忙换输液瓶或进病房给手术病人翻身等。自从之前她的夜班上闪过一个背影后,护士长就提醒大家夜班要格外小心。惊乍第一次单独上夜班,自然非常警惕。那么,贼是从哪儿进来的?是不是随着急诊病人来的?是不是哪个家属偷的?他们是不是盯的时间长了?怎么偏偏就偷了那家人的婴儿?唉,这家人睡得太沉了。

丢了婴儿,这可是从没有发生过的事情。病人议论纷纷,社会上到处传说。

最重要的是，婴儿丢了，产妇以泪洗面，婆家与娘家一会儿相互指责，一会儿又闹科室。压力，巨大的压力，再次压得妇产科人喘不过气来，压得当晚值班的几个人更是抬不起头来。

傍晚，丁香下班回出租房随意吃了一点东西，就向不远处的一条小河走去。她的心，怀揣着不能释然的担忧、压抑，她想出去走一走。一路遇见那些单纯的、快乐的或结同伴，或挽男友胳膊的女孩，真令她羡慕。如果说她的成长中，并没有像别的女孩儿那样尽情地享受过快乐的话，那么工作后，职业的巨大压力就像无情的剪刀一样，修剪着她的幻想，修剪着她的稚气，使花季的青春变得负重、沉闷。尤其是经历了身体与精神的重创之后，她的心仿佛被绳索捆绑，而她，多么想放下所有，轻轻快快地行走，平平静静地呼吸，同所有青春的女子一样，穿漂亮的衣服，谈深情的恋爱，撒假意的娇气……她摇摇头，太过繁忙的工作，接连的培训、考试，困窘的生活，隔三差五照料柴贵人的担心，科室丢失婴儿的焦虑，还有压在心头那挥之不去的思念父母的悲伤！

长长的河岸边，生长着两排高大的树。树枝挽着树枝，树叶贴着树叶，密密的树叶下面是一条悠长的小路。小路黄色的盲道两侧是深绿的格子瓷砖，干净，幽静。一对对情侣，或散步，或玩笑，或靠着树私语。

丁香顺着小路靠近河边，双手扶在栏杆上，目光顺着涛涛的河水移动着。一朵一朵的浪花，起了落了，落了起了，周而复始，你来我往。无形有形，有形无形。绵长的河水，就这样从远处而来，又向远处而去。河水，你为什么要不停地奔流？你难道不疲倦吗？你难道没有烦恼吗？而且，越有石头的阻拦，你越要飞扬出多姿的浪花……

在丁香久久凝视着河水的时候，江泓轻手轻脚向她走来。自去年冬天相识，他几乎见证了这个姑娘所有的悲伤和无奈。作为医生，他为无力挽救她的妈妈而愧疚；作为同事，他为自己无力为她抗争而难过。春天丁香花下的相遇，江泓萌生了用自己的肩膀为这个姑娘撑起生活晴空的愿望。于是，他约她一起听讲座，一起吃晚饭。虽然匆忙的生活使他们不能同别的恋人那样天天约会，但他们之间已经有过几次关于理想、追求、价值观等人生课题的深入探讨。

爱情的萌动，对青年男女而言，是多么自然、多么甜蜜的事啊，但妈妈上次看牙时所说的话，无疑给江泓的热情泼了冷水。他原想，妈妈见到可爱的丁香，一定会同他一样喜欢这个气质优雅的女子。没想到妈妈一听她是护士，就立即让世俗遮蔽了目光。

这些天，他陷入了沉思。妈妈的话太过世俗，而世俗只会抹杀纯真的爱情。人的一生，如果不以爱情投入世俗生活，而是以世俗之念步入婚姻，那样的生活是多么无聊乏味啊。妈妈，请尊重儿子的心。虽然我是您手心心里捧大的宝贝，但我愿意爱我爱的人，而不是接受有条件的、被绑架的爱情……

妈妈泼在江泓背上的冷水慢慢散去，内心的热情恢复如初。心从谷底走出，豁然，明朗，畅快……这天晚饭后，他似乎不假思索，脚步就引着心向丁香的出租房走去。

丁香不在。她难道又加班吗？医生和护士的工作实在不同于别人，这是常人难以理解的辛苦。不是业内人，根本就无法设身处地地想象医护人员。他们心里任何时候都装着那些病人，就是晚上的梦里，也常常是抢救病人的紧张情景。只有医护人员自身才能真正体谅这份职业的酸甜苦辣。丁香是勤奋的、上进的。她从护校毕业后，就在妈妈的全力支持下，参加了自学考试。工作中，她的勤快、勤思、懂事叫同事所爱。一个单亲家庭长大的女孩，承受了折磨，承受了失去亲人的悲伤，她隐忍而顽强。她是那么喜爱读书，专业书籍、古今名著，正是"腹有诗书气自华"。

江泓边想边东张西望，在远处街口的人群中闪过一个熟悉的背影。江泓定睛看了片刻，没错，就是丁香。江泓顺着背影的方向而走，目光在人群中闪闪烁烁、点点滴滴落在丁香整齐的头发上、淡黄的连衣裙上。她去哪儿呢？信步前行，悠闲自在的样子。她没在商场驻足，也没在小吃街停脚，而是一直向前走。噢，她要去河边。

行人少了，丁香的背影越来越清晰。江泓如一阵轻风，任温情的目光自由跳跃在那朵飘移的彩云上。

丁香走到河边，江泓立在不远处的一棵树下。在她思索河水的时候，他也思索着眼前的姑娘。确切地说，他的心深情地思念着她。在芸芸之中，是这个女子打动了他那颗高傲的心。爱情，神秘的爱情，竟然在不经意中，悄然降临心间！这难道，真的是，爱情吗？不知何时，江泓情不自禁地向丁香走来。

“嗨，丁香，丁香……”他原想过去悄悄地蒙上她的眼睛，可又怕吓着她，在靠近她的时候，他轻声喊道。她的心随河水流向了远方。

他走到她身边，笑着说：“嗨，怎么不理我？看来世界上除了我，没有比你更高傲的人了。”她缓缓侧过头，好像早就看见他来了，一点也不为这种意外碰见而感到惊讶，她对他微笑着说：“假如你说的高傲是指傲慢的话，我可没有你高傲。”江泓一手贴胸，弯腰向丁香行了个鞠躬礼，伸出手说：“嗨，美丽的丁香姑娘，握握手行吗？”丁香笑着伸出手握了握他的手说：“谢谢。”江泓说：“彬彬有礼，真是个好姑娘，我的虚荣心有一点满足了。让我们，让我们从头再来吧。”她向后退了一步说：“从刚出生时算起吗？”“职业病，人生就是不断的重复，昨天和今天不同，又和明天有别，其实我们的经历不但古人经历过，我们的后人也会经历的，就像这河水一样，让我们重复过去再重复未来吧。”“你一开口就讲哲学。”“那，听你说说心里话。”“我昨天听科室人说，你被很多崇拜者包围了，你还是听听人家的心里话比较好。”“既然有人骚扰，你不伸出援手解救我，竟然在一边看笑话，真不够哥们。”“说明你充满了魅力，一鸟入林，百鸟无声，自然有人追逐了。”“可在我眼里，你就是那巫山之云。”“是吗？看来你是圣人。”丁香禁不住笑了。“据说圣人可以超脱一切人间感情，你把我看成一团泥好了。对了，丁香，你怎么认识自我、本我和超我？”“以前哲学课上老师讲过的，我没记住呀。”“说说你自己对此的理解，我喜欢听你说。”“我想，自己的灵魂由自己做主，不被别人所左右，这就是自我。躯体是灵魂的载体，如果它运行良好，灵魂的土壤有生机，灵魂会更好的存在。要是土壤贫病交加，灵魂无法得到很好的滋养，这样就是自由的灵魂也会枯萎，这就是本我。另外，我认为经过修身养性，灵魂得以升华就是超我，反之，生命会沦入可怕俗流。”“这是你的思考，弗洛伊德的自我，本我，超我，你看过吗？我和他的观点接近，但我更注重普遍意识的作用。对了，我明天再借给你几本哲学书，都是我很喜欢的。以后我们就可以大谈特谈哲学了。”

一对情侣亲昵地从河边走过，男的打扮怪异，女的粉香扑鼻。丁香望着他们说：“有时候，我真羡慕那些单纯而快乐的女子。”江泓说：“只有平庸的男人才喜欢那些单纯的女子。所谓单纯的女子，在我眼里其实也就是俗气的只顾画眉纹唇了。这样的女子处处皆是，多得令人生厌。而有思想、有个性的女子却是那么少。少得穿过历史也找不到几个。在这个世界上，有人将有限的生命拼成无比巨大的花环，而有人却把它撕成了碎片。上苍给每个人一张巨大的白纸，有的人不停地绘画，最后收获了五彩缤纷的画卷。而有的人不在意，使白纸落入尘泥。”

闲谈中，两人不知不觉肩并肩顺着河边走了很远。此刻，他们走到了一片树林边。荡漾在河水中的夕阳躲起来了，悄然亮起的路灯映在河中，不停地散落着一波一波梦幻般的彩粼。

丁香轻声说：“很美的夜色。”江泓扶着栏杆，目光如腾空的火焰，耀得丁香的心狂跳着，后退着。河水仿佛静止，没有风，没有蛙鸣，世界似乎静的只有他们在呼吸。丁香的脸燃起了炭火，她用渗着汗水的手抚开脸上的头发说：“咱们，回吧。”江泓轻轻走过来，张开宽大的双臂拥住了她……

很久，江泓才附在丁香耳边说：“亲爱的人，我愿跋涉在你的庭院，深深迷失所有的尘俗。你听，在深院中，两棵丁香树手牵着手，花香一年年……”“愿爱，永不分离，永不褪色。”“我的丁香姑娘，这可是我们向苍天的起誓！”

寻女儿的老人

大暑天，产房的空调只能叫刚出生的婴儿凉快那么一会儿，很快他们就被送进闷热的病房，睡在紧挨母亲床边的小婴儿床上，额头布满汗珠。有些家长硬是不听医护人员劝说，十层八层地包裹婴儿，非得给婴儿捂一身痱子，害得他们难受啼哭。

学会爬的柴贵人在人生的第一个大暑天，身上也长了痱子。起初，她不停地用双手蹭额头，转眼她就在床上打滚哭闹开了。照顾她的妈妈们一天给她洗几次澡，抹几次痱子粉。可她只要身上不痒，就爬个不停，爬一阵，出汗了，又痒得闹起来。

这天中午，柴贵人闹得丁香不能午休，她只好抱着她，手里摆弄着玩具，无精打采地在树荫下漫步。午后，街上行人和车辆稀疏，阳光晒得空气闪着波纹。不经意间，丁香和柴贵人到了医院的路口。正好，去科室给贵人洗个澡，好使丁香和她都睡个安稳觉。

丁香抱着柴贵人走进科室，值早班的坛子刚从病房给病人换输液瓶出来。

柴贵人看到她，立即侧着身，伸着手，闹着要坛子抱。坛子把空瓶放下，笑着说："大中午的，不好好睡觉，又整人了？"丁香说："痱子闹得不睡，我来给她洗个澡。"柴贵人仍要向坛子怀里扑，坛子用额头顶着她的额头说："丑女女，妈妈没洗手，刚才接生了一个小弟弟，他还向我衣襟浇喜了，看，湿了一片。"坛子给柴贵人说完，又抬头对丁香说："等一阵下了早班，你和贵人一起到我家去。你那屋里又闷又热，晚上也睡不好。我家有空调，让贵人一觉睡个大天亮。"丁香说："嗯，这小家伙可能嫌屋子热，闹得我上午没合眼。"又有病人呼叫，坛子忙去了。丁香就抱柴贵人去婴儿室洗澡。

柴贵人舒展在水盆里，就昏昏欲睡。丁香轻柔地给她洗了澡，裹了一条单棉巾，她就贴着丁香的肩膀睡着了。丁香抱着她走近护士站，突然看见科室门口有一个黑瘦的老头向内张望。

难道是老柴？丁香的头嗡嗡响起来。情急之下，她转身推开最近的一间病房躲了进去，惊得房里的人都回过头来看她。丁香摆摆手小声说："我站一会儿。""看你紧张的，咋了？"一个家属凑过来问。丁香说："麻烦你出去看大门口有个又黑又瘦的老头还在吗？"家属出去了，一个产妇问怎么回事。丁香皱着眉头想了想说，有个远房亲戚，以前找我借过钱，我怕又是他。过了片刻，家属回来说，那老头是个外地人，拿着一张旧报纸，叽里咕噜说了半天，听不懂说的啥，现在又问护士呢。丁香探出头，看见坛子手里拿着报纸，那老头对她说着什么。在确定不是老柴后，丁香才走出病房，向护士站走去。

坛子神色凝重地看着报纸，老头从破旧的袋子里拿出一个磨得毛糙的矿泉水瓶，走到水池接着喝水，又把水瓶接满放进袋子。又有病人呼叫，坛子转身把报纸给丁香。老头又对丁香说开了。丁香摆了摆手，示意他小声点，别吵醒柴贵人。老头压低了嗓音，仍说着令人难懂的外地话。

丁香把柴贵人放在她的小花床上，轻手轻脚关了门，拿起那张早已磨得毛边的旧报纸。这是外省某个小城市二月的报纸，全文转载着本市报纸上关于柴家事件的文章。丁香看到它，额头上顿时渗出了汗珠，她愣愣地站在地上，听不懂老头说什么。

坛子回来，问老头会不会写字，老头点点头。坛子拿出笔和纸递给他。过了好一阵，老头才歪歪扭扭写了一行字：我女儿是哑巴，走失三年了，我一直在寻她。上个月，我在路上碰到这张报纸，就来打听生娃死了的哑巴是不是我女儿。

坛子把老柴家的详细地址写在纸条上给老头，让他去打听。老头走后，坛子望着天空涌起的一团黑云叹着气说，是不是暴风雨又要来了？说完摸出自家的钥匙对丁香说，你先抱着贵人回去，小心雨来了。丁香接过钥匙，抱起睡得舒坦的柴贵人，大步走了。

下午一上班，坛子就把这事告诉了大家，大家热得额头不由得下起雨来。

两天后的上午，那个老头又来了妇产科。乡亲们告诉他，那哑巴女子是柴家买来的媳妇。老柴的老伴已经死了，老柴埋了老伴，出门拾荒再没回来。豺狗子在何处逍遥，谁也不知道。老头寻找无果，又来妇产科打听。大家只能凭记忆给老头说哑巴的长相，说来说去，也没说出个所以然。老头急得比比划划，有人给他笔和纸，他竟然写道：我想把她的坟挖开认一下，看是不是我女儿。老姜拿着纸条说，老人家，挖别人的坟可是犯法的事，再说，埋了这么长时间，你想认也认不得了。美妞突然想起来说："哎，警察不是照过相吗？你去公安……"话没说完，逗子猛然拍她的肩膀说："快，三十床要生了。"美妞愣了一下说："早上就生了。"逗子说："那就是十三床，你快去看。"美妞说："十三床昨天就生了。"逗子瞪了美妞一眼说："反正也不知几床进产房了。"

美妞半信半疑地走了，逗子怕她跑回来，就紧跟了去。刚到产房门口，逗子就说："你是不是脑子进水了！""死逗子，咋凭白骂人呢？""你是不是还嫌柴家人闹得不够，还想招个闹腾的？""我看那老头很可怜的。""老柴难道不可怜吗？他照样往死路上逼人？你看他可怜兮兮的，如果那个哑巴真是他女子，谁知道他又把天闹破呢！""你们不都帮着想哑巴的长相么？""我们是帮着想了，但谁希望那个哑巴就是他的女子呢。但愿不是！""那要真是呢？""要真是，真是，唉，我也不知道，一看火烧眉，一想那个丢了婴儿的产妇，我就同情这个老头，想帮他弄清实情，可万一那哑巴真是他女子，说不准天又塌到咱们头上了……"

不知是美妞提醒的，还是老头想到了，总之他真去了公安局。大家的心又提到了嗓子眼上，为防出事，妇产科请保卫科的同志守在办公室。

过了一阵，那个老头来了。在大家的惊恐的目光中，老头老泪纵横，说那哑巴很可能就是他丢失了三年的女儿，并坚持要把女儿丢下的女孩抱走，这下可把大家难住了。经过几次商量，尽管妇产科特别渴望柴贵人回到亲人身边，可她们说什么也不敢没经柴家人的同意，就这样把贵人交给这个老人。有人提议做鉴定，有人还怀疑他是人贩子冒充贵人的外公。

老头临走，非要看一眼贵人，老姜只好叫芋头把贵人抱到科室。老头见到贵人，一把抱进怀里痛哭起来。贵人顿时吓得拼命挣脱、大哭，芋头抱过贵人，看见她额头的痱子蹭破了一片。

教学

七月初，新一批医护实习学生走出校门，进入医院。他们好奇而沉着地来到各科室，胆怯而笨拙地面对老师和病人，想尽最大的努力把学习了几年的书本知识与病人的病情“对号入座”。

有些学生在学校成绩优异，但面对患者，他们往往不知所措。老师们只能耐心地言传身教，让他们快点成熟起来。转眼，三个女实习医生结束了妇产科的实习，轮转到别的科了，又有三个男生轮到了妇产科。周一早上交班时间，这三个男学生来了。一个个头中等，戴着金丝眼镜，斯斯文文像女生；一个满脸坑坑洼洼的青春痘，不由得让人想起实验箱里的蟾蜍背；另一个特大号，进门几乎弯了九十度的腰。老姜接过他们递交的盖有医院医务科红章的派遣单，笑呵呵地说，我看，除了这个金丝镜，青春痘和特大号可要吓得那些过期的孕妇肚子疼了，她的话惹得满屋子的同事笑起来。金丝镜叫一帮女老师笑的低下头，红着脸。青春痘站在地上，似笑非笑。特大号对着老姜鞠了一躬，笑嘻嘻地说，别看我很丑，其实我很温柔。这下，大家可笑翻天了。老姜笑着说，好吧，这个温柔大男孩跟我，青春痘跟严厉，金丝镜跟调姐吧。三个男生认了老师，就跟着她们查房去了。

其实，男生到妇产科实习，很多孕产妇都不配合，带教老师只能给她们做思想工作。有些人想通了，就同意男学生在她们高隆的腹部学习产前“四步触诊法”，以及如何检查产程进展等。有些保守的，别说男学生给她们做检查，就是他们站到老师身后，她们仍然扭扭捏捏，说什么也不让他们在场，在花了很长时间白费了一番口舌之后，老师只好让男生去门外。当然，手术室是个例外，无论怎样的病人,推进手术室,吓得哪里还管站在旁边的是男医生还是女医生。

这天下午,科室新入住了一个胎位异常的孕妇。为让几个实习生都有机会接触这个特殊病例,老姜征得孕妇和她的母亲同意后,扶孕妇进了一间凉爽的观察室,开始闭门教学。

老姜先手把手地教特大号在孕妇肚皮外触摸横在腹内的胎儿,“你摸,这边圆圆的,是头,这边是脚丫儿。正常情况下,胎头入盆,胎儿与妈妈的姿势相反。现在胎儿横在宫内,我们要想办法通过专业的复位手法,让横位的胎儿旋转。等你们几个触摸了,我再教你们复位的手法。从B超看,婴儿没有脐带绕颈,也没有别的禁忌症,如果手法复位成功,可以免去剖腹产。”特大号胖乎乎的手随着老姜的手在孕妇腹部触摸罢,老姜又教青春痘触摸。就在他低声说好像摸到了婴儿的耳朵时,只听有人大声嚷嚷着由远而近,接着观察室的门猛然打开,“砰”地一声碰在墙壁上。所有人的目光同时撞上了一个满脸通红、眼冒怒光的矮胖男人。

狗日的,拿我媳妇做实验!没见过女人吗?都回家摸你妈去,看你妈从哪儿生你的。瞬时,那男人冲过来,拳头向青春痘脸上飞去。青春痘“哎哟”一声,双手慌忙从孕妇腹部捧到脸上,鲜红的鼻血立即顺着手缝流下来。就在男人把拳头又对准老姜的刹那,特大号一把抱住了他。他浑圆的头撞着特大号的肚皮,手舞足蹈。

孕妇吓得变了脸问,你,你这是干吗呀?接着跑来的孕妇的母亲尴尬地说,我只说医生教学,他就火了。

同志,你听我说……

谁让这些臭男人摸我媳妇的?

是我,我是科主任,姓姜,之前……

好,很好,你给我脱了,让这些男人摸!

同志,我们这是教学。

教呀,谁不让你教,你脱,脱了教他们!

你消消气,听我说……

你让我听啥?他妈的,看看,看看你们这些不要脸的熊样,滚,给我滚!

老姜无奈地说:“你们先出去吧。”青春痘和金丝镜转身走了,特大号仍弯腰抱着男人。

你也出去吧。

老师,特大号犹豫着。

看你,要吓死人呀,这是干吗呀?孕妇吃力地起来,抱住了男人的胳膊。岳母也拉住他的另一只胳膊说,多大人了,还不改你这火爆脾气,都当爹的人了。见家人拉住了他,特大号才松手,站在老姜身边。

你出去吧。

几个学生走后,老姜劝了很长时间,男人才气呼呼地立在一边。老姜当然不敢再教学生复位异常胎位的手法,只是轻轻地、慢慢地,把那个倔强的、自己不愿入母体骨盆的婴儿送入骨盆。检测显示,一切正常。

事不凑巧,婴儿出生第二天,产妇感冒发烧。她对阿司匹林类药物过敏,医生就让其母买了冰袋,用毛巾包好放在她的颈、腋处降温。不料火爆男送饭来,把冰袋砸在医生办公桌上,大声喊道,我奶奶说坐月子连风都不能见,你们竟敢在我媳妇的身上放冰块。严厉站起来说,你媳妇病情特殊,不能用退热药,冰袋是物理降温。男人涨红着脸骂她,他妈的,没那个尿本事给人治病算了,拿冰块哄人呢,冰块要是能治病,人都不进医院,直接抬到冰滩上去嘛!我媳妇为啥感冒的?还不是你们教学给教感冒的!那两个不要脸的臭男人给我出来,我要算账!听到这话,吓得金丝镜手中的笔“啪”地掉在桌子上。

特大号和青春痘听见男人在办公室闹,忙推开护士更衣室躲进去说,老师,火爆男又来了。丁香给柴贵人换衣服,扭头对特大号说,去,把他擒拿了。特大号悄声说,我不敢引火烧身。青春痘摸了摸肿着的鼻子说,女人碰上这号男人,也是倒霉透了。丁香说,他对媳妇好着呢,又学着特大号的口吻说,他很火爆,但很温柔。特大号笑了笑说,看金丝镜多“女人”,到现在火爆男也没认出来他。又对青春痘说,你戴了帽子口罩,也勉强能混得过去,只有我,藏也藏不住,掖也没处掖,简直没办法在妇产科实习了,我给姜主任说想换科室,她说还是好好学,以后至少可以迎接自己的儿子。丁香说,你们进病房,进产房时,把脸捂得严严实实,别出声,有问题回到办公室再请教老师。青春痘说,那还不是,今天早上在产房,一声咳嗽让我硬硬憋回去了,那个难受,简直像难产。特大号说,要不然,请主任买些假发,给轮转的男生戴。丁香笑着说,想当人妖啊,再说,那不侵犯了患者的知情权吗？青春痘说，反正咱们以后从事妇产科的可能性不大，将就将就，学多少算多少吧。

提成

最近一个月，大家发现了奇怪的现象：磨镰接诊的孕妇，总被动员做剖腹产。有那么三五次，她给家属说孕妇有种种原因很难生产，可就在她们等待手术时或推往手术室的路上，她们就自然生产了。次数多了，手术室也有意见，有的家属私下找老姜埋怨。他们本来不想剖腹产，可主治大夫非说生不了，所幸没进手术室就顺顺儿生下来了，要是到了手术室，还不白白挨一刀。

老姜一一查阅了磨镰主管的病人，发现她近来不但做的剖腹产比较多，还使用比较贵的药物。同样的手术，磨镰主管的病人远比别的病人要花费得多。

这天的晨会上，老姜让严厉给大家读了报纸上的一篇文章，大意是某些药品企业召开目的不纯的各种“学术”会议，其实是医药代表请医生参加的药品推销会。文章中提到了医药代表的一段话：只有不努力的销售，没有搞不定的医生。得人钱财，为人办事，天经地义。严厉读罢报纸，老姜又老生常谈地教育大家做个好医生，没说几句，磨镰就打断她说，羊毛出在羊身上，病人害得我没米下锅，我还不想饿死。老姜说，是恶人害了咱们，但不能叫其他人为恶人买单。要不然，咱们不就同恶人没啥两样了吗？磨镰说，为了生存，我也豁出去了，只要哪种药有提成，我就要给病人开。老姜说，我虽然快退休了，但在职一天，就要操一天的心，你还是别太出格。磨镰笑着说，老姜，你也别老固执了，清廉了一辈子，趁退休之前给自己弄一点好处行不行，也让大家跟着你得一点实惠。你把咱们科室管得那么紧，你能管得了别人吗？我有个同学在县医院，人家每个月的提成快赶上工资了……老姜打断她说，别人是别人，我是我。磨镰说，老姜，我们和气共事了这么多年，但现在，你就别怪我在你快退休的时候和你顶着干，我也是被逼无奈的。

晨会刚散，就见两个女人扶着一位很瘦的老人走进办公室找磨镰。磨镰接过住院证一看，是位癌症晚期的老人，就对家属说，这病太重了，我们这儿没法治，你们还是转到上海或北京去治。家属递来以前的门诊病历说："廉大夫，你不认得了，是你几个月前给我妈做的手术。"磨镰翻了翻病历，还真是她治过的病人，只是当时病人的体重是六十四公斤，现在仅剩四十公斤了。磨镰想了想说，你们还是到大医院去看吧。家属抹着泪哀求道，求求你，我们根本没能力去了，我们写保证书，你只管治病，有啥事我们都不怪你。磨镰知道，接收这样的病人，最后都是人财两空，倒不如开些镇痛药再劝回家去，熬过一天算一天。

这时，老人低声说，我很难受，我不想来医院，可又怕别人骂我的儿女不孝顺。我想用剪子挑断手腕上的血管，长痛不如短痛，又想着，那就把家毁了，儿女们害怕，世人骂我糊涂，也损了儿女的名声……没办法，人活一辈子，到死也难死下。大夫，你想办法给我打一针睡着了永世都不醒的药，让我少受些疼，我在阴世间也感谢你的大恩德……

老人絮絮叨叨的，磨镰无奈，只好叫护士接收病人。丁香拿着病历，带病人到护士站。惊乍禁不住"妈啊"叫了一声，自知失态，忙伸手捂住了嘴。这不是别人，正是几个月前，她发药时直截了当地对她说出"抗癌药"的那个老人。老人也认出了惊乍，苦笑着说，丫头，要是你当时明说我得的是癌症，我就不做手术了。你这个小丫头，也不给我说实话。惊乍红着脸，我，我了半天，没说出话，转身去病房了。

丁香给老人安排好床位，等她打开医嘱，看到磨镰给老人开了一种特别昂贵的新型抗癌药。丁香把病历给逗子，逗子看了看说，这是灵丹妙药呀，能起死回生呀，无非是支持安慰的，开这么贵的药干吗！

逗子拿着病历去找磨镰。磨镰说家属同意用这种先进药，说不定能治好病。逗子拍着她的肩膀说，你就别哄着家属倾家荡产了。磨镰说，这是家属愿意的。逗子坐在她对面平静地说，要是我不懂医，要是我不在医院，要是我碰到这样的情况，要是大夫说世上有一种灵丹妙药能治癌症，那么我也会同这个老人的女儿一样，无论花多大代价，都不顾惜。可惜，已经晚期了，全身转移了，病人和家属心里糊涂，难道咱们还要装糊涂吗？磨镰说，家属同意试用两个疗程，万一治好了，那不好吗？逗子见磨镰坚持要用，再没说什么，只是叫家属想办法交款。

两个女儿站在门外商量过，一个留下照顾老人，一个回家了。下午，那个女儿拿钱来,含泪对逗子说她把家里唯一的一头牛卖了。遗憾的是,老人治了不到两个疗程,还是叫病魔夺走了生命。停止抢救的时候,老人的两个女儿泪流满面。丁香突然想起了妈妈,想起妈妈同这个老人一样所受的罪,心疼地压住了胸口。癌症啊,什么时候才不祸害人!

逗子有些挖苦地问磨镰,哎,两个疗程,两头牛,你赶了一头还是半头?磨镰瞪了她一眼,叫她闭嘴。逗子半笑不笑地说,吃了人家耕地的牛,胃安了,良心不安,睡不踏实。磨镰说,我要是睡不踏实,不知有多少睡不着的鬼在闹夜呢。放心吧,我肚子吃饱了,睡得越来越踏实了。逗子说,可别撑着。磨镰说要是我撑着了,早不知撑死多少了。逗子说,听你这话,还有撑死的啊?磨镰低声说,你以为世人都像老姜和严厉那样,一根死脑筋。不过,咱们医院管得严,我听说,有些医院医生的提成都超过工资了!逗子听得吐了吐舌头。磨镰说,逗子,安个把门的,别把个嘴不当个嘴,拿到各处乱说。胡吃胡喝,可别胡说哟!

落水的婴儿

这天半夜来了一个用头巾包着头脸的孕妇,随行的父母长吁短叹,不停地垂泪。

严厉检查完说:“胎心慢,现在就得做剖腹产。你丈夫呢?”孕妇吞吞吐吐地说:“我,我还没有成家。医生,请你们想办法快点把他弄出来,我实在受不了了。”门外的母亲听到了,不顾父亲的阻挡,扑进来在女儿脸上狠狠一巴掌,哭着骂道:“不知羞耻的东西,我以为你有男人,有家了!他死到哪儿去了?”孕妇捂着发烫的脸,紧紧地闭上眼睛,只有一股股清泪顺着眼角流下来。

严厉让火烧眉给孕妇吸氧、用药,并注意观察产程。她回到办公室去看书,明早有一台复杂的大手术,她想多准备几套手术方案,确保万无一失。她刚坐下,那一对父母就跟随而来,进门双双跪在地上说:“大夫,不是我们心歹,你无论如何也要想办法,弄死这个不知哪儿来的野种……她以后还要活人,要是别人知道她生过娃,谁还要她啊?这个不要脸的,把一家人的脸都丢尽了。我们还以为她在学校读书呢，谁能想到她成这个样子了……”“不想要就早点想办法，现在要生了，活活的娃娃，你们还是要好好养着。”“求你了，我们庄稼人，最是讲究，你说一个大女子，不明不白地抱着个娃娃回去，人的吐沫星子就把我们淹死了。”那个父亲说着站起来将一百块钱塞到了严厉手中。“求你了，我们下不了手，求你了。”“婴儿一出生，就有了独立的人权，和咱们每一个人一样，受到法律的保护，这样做是犯法的。你们可以找孩子的亲生父亲抚养。实在不行，哪怕你们想办法打听个好人家送出去也好，咱们谁都不能干这种伤天害理的事。”“医生，这三更半夜的，哪有个好人家收养，还是求你早点处理了干净。”“你们的心情我理解，但你们的请求我可做不到。”严厉见他们仍唠叨，就把钱推给他们，又来到了待产室。

“胎心还是没有好转，宫口全了。”火烧眉说。“看来得上胎吸。请家属签个字，让孩子快点出来吧。”“不签，叫赶紧死，越快越好。”“产程长了，大人也非常危险。”听说大人有危险，孕妇的父母只好按了手印。

经过一番折腾，婴儿终于出生了。就在医生护士清理婴儿的呼吸道时，产妇的母亲跑进来边抢夺婴儿边说：“快想办法，求求你们了！”火烧眉拦住她说：“你出去，我们这是救命的地方，不是害命的地方。”丁香与严厉一起挡着她，她跪在地上哭着说：“我给你们钱，你们不要救了，我求你们了，这是造孽啊！”她裤腿上的泥巴落了产房一地，沾满泪水的双手在地上印满了指印。产妇的父亲跑进来，追着往她们几个人口袋里塞钱，边作揖边说：“求你们，行行好，行行好，这娃娃要不得哇……”

产妇泪流满面地说：“妈，求你们留他一条活路，我去找他的爸爸。我求你了，留下他吧……”“你个不要脸的，谁是他爸爸，你一个姑娘家，哪来的娃娃！”“妈，我错了，求你们千万不要害他的命……”

在严厉和丁香的拦护下，火烧眉给婴儿扎好脐带。丁香接过婴儿放在辐射台上，给他戴上手圈。这时，家属再也不听她们的劝阻，男的一把脱下衫子卷起婴儿，女的拽着虚弱的产妇就走。他们一出门，丁香担心地对严厉说：“他们不会把孩子怎么样吧？”严厉无奈地瞅着她说：“唉，还真不好说。以前我见过一家人，和这个情况一模一样，他们硬硬把活活的娃娃放进水桶里溺死了。”“啊？不会那么残忍吧？太恐怖了。”丁香惊得用手捂住了嘴。严厉扶了扶鼻梁上的眼镜，叹着气说：“世上就有这样的老固执，脑筋转不过弯儿。故意杀人，还想瞒过去，你说，能瞒得过么？”“噢！太可怕了。”严厉说：“但凡怀上孩子的女人，如果不能确定孩子的准父亲，简直就是一场无法收场的悲剧。”丁香顺口说：“相爱有风险，怀孕需谨慎。”严厉冲她笑了笑说：“你没玩过股票，咋想到这话了。”丁香说：“我那天无意间看到银行的窗口上写着‘股票有风险，入市须谨慎’的提示。”

三天后，妇产科来了两个警察。果然不出所料，有人在水渠里发现了一个死婴，他的手腕上有出生时所系的手圈。所有手写的母亲姓名以及主治医生、助产士和护士的姓名都让水泡得荡然无存，只有印制的医院名称很显眼。警察把手圈放在办公桌上，严厉就明白是怎么回事了。警察分别对严厉、火烧眉和丁香三个人进行了详细调查。

警察走了，火烧眉呆呆地说：“唉，看我木头木脑的，那么好的一个娃娃，要知道人家糟蹋不要，我就收养来。”严厉和丁香怀着复杂的心情相互瞅着，不知该说什么，因为强强还没有消息，科室丢失的那个婴儿也没消息……那个婴儿的父母，仍在苦苦寻找着，等待着……

雨打方阵

接到上级通知，要求医院派出一百人组建白衣方队，参加一家中外合资企业的奠基仪式。医院虽有千号职工，但一下抽调如此多人组建方队也并不容易。接到任务后，各科只能派今早下夜班的和当晚上夜班的同志参加方队。

丁香接夜班时看到家长留下的纸条：丁香，明早七点，你准时在医院门口集合去参加方队，穿新白大褂。我安排了逗子提前接你的班，别误。

第二天清早，丁香走出医院，才发现天气阴着。江泓看见她，迎过来说：“晚上忙不忙？”“我们科向来是不夜城，哪有打盹儿的工夫。”江泓跺着脚说：“累得睁不开眼睛也得去，不知道搞这些形式主义有何意义。”说话间，参加方队的人身着新工作服陆续到了。很快，几辆公交车停在了医院门口。大家上了车，江泓叫丁香和他坐在左侧的双人座位上。队长拿着单子清点人数，大家一边答应着，一边纷纷拿出早点相互敬让着吃起来。江泓也拿出早点请周围的同事们吃，有个同事笑着说:“我们都带了,还是你们两个年轻人甜甜蜜蜜地吃吧。”江泓笑着把早点递给丁香说:“快吃点,鸡蛋还热着呢。”“你怎么买了这么多？”“上了夜班,又累又饿的,吃吧,吃饱了才能站军姿。”“谢谢。”

大家吃着早点,闲叙着,八点钟车准时到达地点。这是市郊一片非常开阔的田园,田园中央挖着一个大坑。坑边的土堆上,立着几十把系着红绸子的新铁锹。田园各处彩旗飘动,半空,一个个硕大的气球上飘下条条写满祝贺之词的彩带,无数道造型各异的大红充气门将现场装扮得无比华丽,两边的乐队吹打着欢快的音乐。来自各行各业的几千号职工和中小学校的学生也先后赶到了,大家举着牌子,按照次序排着各自的方阵。

白衣方队的队长手中摆着红旗喊:“大家快排队了, 小个的同志请向前面站。”江泓低声对丁香说:“别理他,你就站在我跟前。”“这种集体活动,我们还是听人家统一指挥。”江泓撇着嘴说:“那你还不快点往高蹿半截。”丁香向他做了个鬼脸说:“我又不是个气球,说变就变的。”“欧阳砚,快排队了,悄悄话儿放着回去再说”,队长笑着说。“领导,你一点也不懂年轻人的心思。欧阳砚,我站前面去,你们就站在一块吧”,有个高个的女同事说。丁香见同事们都回头看她,不由得红着脸向前面跑去。

到处熙熙攘攘,穿着各式各样服装的方队站在相应的区域,大家闲谈着,耐心等待着。丁香牵着同事的衣襟,瞌睡得直打盹儿。有个同事附在她耳边悄声说:“可怜的妹妹,你去江泓那儿,让他搂着你睡吧。”“你这个坏家伙。”丁香拍了她一下,接着打盹。天公偏不作美,阴云越集越厚,九点的时候,零零星星的小雨落下来了。

“怎么还不开始啊？雨越来越大了。”“十点才开始呢。”“十点开始,为啥让人来这么早呢？”“要排队呢。”“又不是国旗护卫队,简直是折腾人呀。”大家有的掀起衣服顶在头上,有的躲在同事的胳膊下不停地念叨着,期盼着仪式早点举行。

九点半的时候,沙沙的雨罩在天空。现场几千号人渐渐安静了,大人们顶着衣服或雨伞,蹲着,站着。学生方队个个戴着红领巾,穿着半袖,缩着脖子,雨水顺着他们的脸颊滴淋着。有些女生不时从脚下的平底开口凉鞋中抖落着泥水,他们个个冷得缩着身子,实在令人心酸。

雨越来越大,人们的衣服全都淋透了。忽而一阵风,彩球飘摇,红门晃荡。“回吧,回吧,受不住了。”“就是下刀子也要等着!”

十点二十分,领导们终于在众多雨伞的护送下来了。接着,是各方代表的“热烈”致辞。可惜,不管他们说多少个“热烈”,掌声却寥寥无几。好不容易熬到领导把话讲完,雨水淋成落汤鸡的人们这才回家了。

赶回住处,丁香打开电热毯,用被子把自己紧紧裹起来。过了好久,她觉得浑身酸痛,头又重又痛。可能感冒了,她挣扎着服了一粒药,睡着了。一觉醒来,她才感到自己全身像着火了一样,用体温表一测,高热。接着服药、喝水,火烧眉还让她晚上帮忙去看柴贵人呢。

母乳喂养

自惊乍上夜班丢了婴儿后,每次有人来调查,惊乍都要把丁香拽上,因为她紧张哆嗦不能说话了,丁香就帮她说。那家人隔两三天就来妇产科寻一遭,骂一回。惊乍变得更加胆小怕事,只要听见走道里声音大,她就吓得躲藏起来。每天上下班,她身后有狼追似的跑回宿舍,再也不敢出门。妈妈来看她,她说什么也要跟妈妈回家,妈妈没办法,只好去找家长。家长拉住惊乍的手说:“事情出在咱们科,咱们谁也躲不开责任。咱们都是凡人凡眼,每天进进出出这么多人,谁能看出哪个人是好人,哪个人是贼。银行保险柜的钱,贼想偷也能偷到。你要想开些,你越是害怕,就越没自信,越没自信,就越害怕。”家长好说歹说,总算挽留住要弃职不干的惊乍。

为锻炼惊乍的胆量,这天下午,家长叫惊乍独自挨个病房给孕产妇做母乳喂养宣教,这是每个在妇产科工作的同志都必须掌握的本领。惊乍说:“行,母乳喂养的知识我都背会了。”说完她就去了病房。

家长怕惊乍胆怯,就悄悄地躲在门外偷听。只听她进病房干咳了两声说:“大家注意听着,我要讲母乳喂养的好处了。”病房的人回头望着这个走路如风的小护士,她又干咳了两声说:“我首先向大家讲讲母乳的营养成分。第一,人乳蛋白可促进糖的合成，在胃中遇酸后形成的凝块小，利于消化。牛奶中大部分是酪蛋白，在婴儿胃中容易结成硬块，不易消化……”“护士，给娃娃喂奶这么个小事，你咋说得那么复杂呢？”一个中年妇女打断了她的话。另一个小伙子笑着说：“这个护士给咱们背课文来了。”

惊乍受了挫折，尴尬地站在地上，心里生气，又不知道怎么说。就在这时，靠窗户边的那个产妇说：“护士，我家娃娃吃不上奶，你来看看。”惊乍走过去一看，这是个营养极度过剩的产妇，胸部硕大的像驼峰，乳头却像火山口一样深深的凹陷着。“你怀孕后医生没教你往出揪吗？”惊乍问。“哎哟，疼死了，我不知揪了多少遍，根本不管用，现在奶涨得硬硬的，娃娃吃不上。”惊乍按照教科书上的方法揪了半天，还是揪不起来，她就回办公室请教同事。

家长看见她故意问：“宣教的怎样了？病房的人都掌握了没有？”“我说了半天，他们好像没听懂。”“你是咋说的，还能听不懂？”“那些没文化的人，就不知道啥是乳蛋白，啥是牛磺酸。”家长说：“我们宣教的目的是让产妇给婴儿喂母乳，并不是生硬说教，还是让逗子带你去宣教吧。”逗子放下手头的工作说：“阿妹，走吧。”“姐，还有事呢。”“啥事？”“十五床那个产妇乳头凹陷，我揪了半天也揪不起来。”“这好办，拿个50毫升空针管来，做个吸奶器。”惊乍拿来空针管，逗子洗了手，把空针的外包装撕开放在治疗台上，抽出针芯，用新刀片将空针管的底部截掉，再把针芯反过来按上去说：“看，咱们自己制作的吸奶器比外面卖的好用。”

她们到了病房，逗子边给那个产妇吸奶边向她讲母乳喂养的好处，刚才那个说惊乍的中年妇女说：“你说的，人一听就明白，刚才这个小护士说了半天，听得人稀里糊涂的。”逗子说：“我是中专毕业，人家是大专毕业，学问可比我深了。”惊乍听到这么幽默的话，低头笑了。

那个孕妇的乳头真不听话，逗子用吸奶器吸了半天，它仍然藏在乳房里。产妇又疼又急，用袖子拭着额头的汗说：“这可咋办呢？”“别急，这个不管用，还有个好办法呢？”产妇的丈夫说：“还有啥好办法？”逗子凑在他耳边悄声说了几句。“啊？那……”“为了自家的娃娃，你就委屈一下吧。再说，两口子嘛，顾忌啥。”那个男的顿时红了脸悄声说：“我以为是啥好办法，原来是这么个馊主意。”“你试试就知道了。”逗子笑着说。

走出病房，惊乍说："姐，你给他说的啥主意？还这么神秘。"逗子拍着惊乍的肩膀说："这主意少儿不宜。""咳，有那么玄吗？""好，姐告诉你这个绝招吧，我让她丈夫给往出吸。""哈，姐，你可真够坏的。""我给你说，这真是最好的方法。我从前同那个孕妇一样，女儿吸不上奶，简直没办法了，还是磨镰给我说的呢。""哈哈。""鬼丫头，别笑，这可是秘方哟。"丁香看见成天愁眉不展的惊乍笑得这么开心，心想是不是丢了的那个婴儿有了下落，赶忙过去问，但惊乍却捂着嘴笑着说："这事，这事，你也不宜听。"家长说："小毛丫头，咋还玩起神秘来了。"

思绪

"我好像有一个世纪没有见你了，你复习得咋样了？""是你不愿意理我呢。""我啥时候没理你了？""丁香，我发现了一个小秘密，想知道吗？""当然想知道。""你可能有男朋友，我最好知趣地退出吧，据说不打搅自己心爱的人的自由是绅士的风度。""什么男朋友？""我那天去你们科室，发现你和一个小伙子耳贴耳，交谈得很亲密哪。""噢，你说他呀，那是我的前男友。""我就知道。""你就知道什么？""这还用得着说，旧情再续呗。""是我的同学，媳妇生孩子，他凑在我耳边问我是不是得给医生送红包，我说根本不必要。他不信，非要送，我说什么也不让他送，他又说啥都不放心。直到抱上儿子，他才说，原来不送红包也能生娃娃，你听这话气不气人。他还说，听别人说不给医生送红包，医生硬是堵着不让婴儿出来，气得我说了他一顿。咋，这还吃醋吗？""我心胸狭窄，目光短浅，容易嫉妒，你最好永远别理我，不然你会后悔一辈子。""为何如此伤痕累累，在果实挂满枝头的秋天，难道你在春天忘记了耕种吗？""对不起，是我太冲动了，不是个好人，你别见怪。""我见怪，就见怪。""我的姑娘，我们不需要废话。""昨天值班忙吗？""现在拉住你的手，我一点也不累。你是个好人儿，我比你都清楚。我喜欢你，你心里比我清楚。假如还有来生，我还是喜欢你。""谢谢你的偏爱。""这是一种很自私很蛮横的爱，两个最美的心必然会跨越时空，然后相会、碰撞、湮灭……让我们相守终生。"

“你是个有能力的人，要好好走下去，我怕无力陪你。”“你在逗我，想逃避责任，我可把你看成我的至爱。我终归是血肉之躯，对你的魅力难以抵挡。靠近你，一切就美好 。”“我在旷野中呼唤，渴望能听到回音。但每一次听到的只是自己的回声。这回声重叠回荡，随风传响，有时低柔轻缓，若有若无；有时哀怨悲怆，如泣如诉；有时高亢激烈，似要穿透胸膛……我不知道现在是不是真有人听到了……”“我亲爱的姑娘，我被你感动了。真的，很少有这样的感动，很少，就像我聚集了全部的荒漠，也挡不住春天的脚步，挡不住心灵的绿色覆盖大地，挡不住你绽放的气息，并听到天空的星星为我们从天而坠。”“我还不能确定，真的，我觉得你是这么优秀，而我太卑微了。”“过去古希腊只有七名智者，现在想找个自认平庸的人，连七名也找不出来，只好麻烦你以后给咱们生几个吧。”

“我最近很想妈妈。前天大家聚在昙姐家吃饭，兴致勃勃。大家喝酒、打麻将、谈天说地，而我却无比寂寞、孤独。每次聚会，我本想和大家一样放松心情，但听见吵闹，我就如上了刑具，就后悔还不如自己一个人待着好。”“逝去的人永远不再回来了，就让我的心倾听你孤独的心吧。”

秋天的黄昏，一对恋人肩并肩，顺着河边漫步。傍晚，他们又来到了那片终生难忘的树林边。

河里涨潮的秋水涌动着，涌动着。

小时候我就想，我是从哪里来的？为什么要来？来干什么？渐渐的，我知道我从爸爸妈妈那里来，爸爸妈妈从爷爷奶奶那儿来，爷爷奶奶又从他们的爸爸妈妈那里来，周而复始。再后来，我们才知道人类的起源，人类的始祖，人类从古到今进化发展的历程。丁香，你想想，是什么推动人类的历史，对，是爱情，是爱情的巨大力量！

你是多么幸福啊，有个美满的家，知道自己从哪里来。我啊，自小没了爸爸，也不记得爷爷和奶奶的样子……

他们怎么会早早离世呢？

丁香想了片刻说，还是姑妈给我说过一些关于他们的旧事。唉，不提也罢。

无论是旧事，还是你的心事，你不给我说，又能给谁说呢？有谁比我更愿意靠近你的心灵呢？

往事沉重，提起心酸。

一袋米，一个人扛着很重，要是分给两个人扛，自然就轻多了。

他的一片苦心，她怎么能不懂。对着他鼓励和期待的目光，她给他简短地讲了姑妈说过的旧事。

江泓听罢，轻轻地拥着丁香说："往事太沉重，但已成往事。从今以后，你有我，我有你，我们就有了一辈子。"

良久，丁香说："对了，你想过老吗？我想，老了以后，我们一起走进树林，变成树；或者汇入小溪，变成水；要么，坐在花园，变成花；也可以一起拥抱大地，变成土；再或者，凝望蓝天，变成云。那该是多么美好的归宿啊。""亲爱的，我们暂且不用想老的时光，我们现在就是树、是花、是蓝天白云，是世上美好的一切。""我们牵手的地方，水流向天际，月深情凝视。多年后，我们还能否忆起年轻的足迹曾伫立在这里？"

甘甜的亲吻。两颗年轻的心怦怦欢跳，爱情的火焰在胸膛燃烧。

天色越来越晚，他们手挽手，依着树。丁香说姑妈明年要凑钱给二儿子买楼房，她得把自家的老房子卖了给姑妈还账。江泓说等他考完研究生，同她一起回去。丁香望着他感激地说，谢谢你。江泓轻轻地拍着她说，我的傻姑娘，要不是复习考试，我恨不得天天见你。好好复习吧，考完就有时间了。一想到要在外地上几年学，那样我们要分开好几年，我就不想考了。既然下了决心，就不要犹豫。好吧，到时候，你可要常去看我。嗯，我可以连着给同事上班，倒休息。看我，好像已经考上了似的，其实我心里也没有太大的把握。不管结果如何，现在只有努力。对了，我上次给你的哲学书看得怎么样了。还没顾上，这几天护理部又培训考试，特别紧张。那不急，我们可以用一生来学习。丁香挽着他的胳膊说，是啊，一生，我们的一生，一生的我们……

逗子的笑话

一个孕妇，由于过分紧张导致宫缩太强，在产床上痛得哇哇乱叫，急得门口的家属满头大汗。火烧眉一遍又一遍地对孕妇说："放松，放松，深呼吸，深呼吸……"

大嗓门儿的逗子拉住孕妇的手,以她那特有的幽默说:“来,我给你讲个笑话,你好好听着。逗子正讲着,孕妇只停顿了片刻,又痛得大喊起来。逗子又说:“你张大嘴一点儿一点儿往出呼气,我再给你讲一个笑话,凡在产床上听我讲笑话的人,生下的孩子都非常聪明,你也想生个聪明宝宝对不对?”孕妇点点头。“很好,你不要管肚子疼,只管听我讲笑话。从前有个……”逗子正讲着,孕妇的丈夫推开门大骂起来:“我媳妇疼得要命,你他妈还有心思说笑,老子要告你。”话音未落,只听孕妇大喊一声,生下一个胖乎乎的孩子。那个男人仍然不依不饶,骂骂咧咧。逗子倒不生气,把孩子抱给他说:“小伙子,要不是我故意说笑话,叫你媳妇放松,说不准她这会儿还紧张得生不下呢。你这人,咋把我的好心当驴肝肺呢!”男人听了,“啊”了几声,抱着孩子走了。

逗子是个活宝,是科室的调味剂,没有她的笑话,大家好像吃饭少了盐或醋。只要她冷不防冒出一句笑话,班上立即就有了笑声。有一天傍晚已经下班了,大家仍忙得埋头工作,逗子边洗手边说:“嗨,问大家一个问题,一个男人一月给你一万,是他月收入的百分之一。另一个男人给你两千,是他月收入的全部,你会选择谁?”大家停下忙碌,议论起来。坛子说:“我要两千的,只要有真爱情。”“哈哈,你现在有个给你一万的,所以才这么大度。”夜莺笑着说:“丁香正在恋爱,你给咱们说说啥是真爱情。”丁香正在读江泓借给她的哲学书,就笑着说:“柏拉图曾经问苏格拉底什么是爱情?苏格拉底说请你穿越一片稻田,去摘一株最大、最金黄的麦穗回来,但是有个规则,你不能走回头路,而且你只能摘一次。于是柏拉图去做了。过了很久,他却空着双手回来了。苏格拉底问他怎么空手回来了?柏拉图说,当我走在田间的时候,曾看到过几株特别大特别灿烂的麦穗,可是我总想着前面也许会有更大更好的,就没有摘,所以我最后什么都没有摘到。”苏格拉底意味深长地说:“这就是爱情。”

逗子一摆手,拿出手机说:“丁香说得太深奥了,听着,我给大家念个短信。你今天和一个男人睡了,明天不打算睡,就是一夜情。你今天睡了,明天还想睡,就是爱情。等你们每天睡在一起了,就是婚姻。”她的话引得大伙笑起来。严厉一拍桌子说:“逗子,你快住嘴,听你的破笑话,我的字都写错了。再敢乱讲,我非缝了你的嘴不可。”磨镰慢腾腾地说:“咱们一天又忙又累的,没了逗子逗乐,天天埋头干活,那还不把人闷死。你要缝她的嘴,我第一个就给她拆开。”

这时，柴贵人睡醒了喊妈妈。值班的护士正好不在，丁香赶紧过去抱起她。一个病人家属问丁香："你的孩子都这么大了呀，我还以为你是个小姑娘呢。"逗子说："她是代理的。"对方没听清，好奇地说："代……代孕的？咱们这儿也有代孕的？""世上凡有的事，我们这儿就少不了。"那人咧嘴笑了笑，凑过来问："这个漂亮的小护士是不是给大款代孕的？得的钱几辈子够使的吧。"逗子反问："你看我怎么样，给我几辈子够使的，我给你代孕。"说的那人脸一灰，走了。逗子努了努嘴，低声说："还记得去年的那个吗？一个好白净的女子，生了男孩，有个戴墨镜的光头老男人给女子的家人给了钱，就把孩子抱走了。咱们还为那女的是二奶还是代孕争过一番。"夜莺说："咋不记得，我填写新生儿病历，问母亲姓名，那女子让我随便写一个，我说必须要真名，要不然开不了出生证。那个老男人想了一下说，叫胡非。我的脑际就闪过一个词——胡作非为。"严厉一笑说："逗子刚才想胡作非为，那个男的不敢，吓跑了。"逗子说："我半老徐娘，没人要了。你，丁香，惊乍啊，还有机会给哪个大款代孕，挣它一辈子够用的，就不用守在妇产科操心了。"

生了女婴

这天，丁香看见一个女人躲在楼道的角落低声哭泣，问了半天，她抽泣着说："我听见引下来的娃娃会哭了，真是作孽呢。""几个月了？""七个月了。""那你为啥要引掉呢？""第一个是女儿，这个偏偏又是个女的。""你咋知道是女的？""做 B 超了。""在哪儿做的？这可是违法的事。"丁香这样一说，那个女人收住声，站起来低着头走进了病房。

丁香回到护士站找出病历一看，女人的引产证明是齐全的。丁香不由得叹气。正在埋头写护理记录的坛子伸了伸脖颈问："咱们的丁香为何叹息？"丁香就把刚才的事对她说了。坛子说："你没听说吗？几个月前把一个鉴别胎儿性别的黑诊所查封了，机器没收了，可没几天，人家在自家的厨房里偷着做。过了些日子，有群众举报说人家又在地窖里做呢。这样的人，捉进班房也不死心。风险大利益也大，有钱人为鉴别胎儿性别，不惜几千几万的掏腰包。""依我看，买卖双方都应当以故意杀人罪判刑。""最根本的问题还是思想,思想没解放,这种事就没办法杜绝。""我前几天看到一份调查,中国的男女比例已严重失调,等那些老思想以后找不到儿媳妇,他们的思想自然就解放了。"

两人正议论着,有个小伙子跑来说:"我媳妇这阵子肚子疼得很紧。"坛子说:"快,去待产室,叫大夫检查。"小伙问:"哪个大夫呀?可一定要给我们生个男的。""你媳妇怀的啥就生个啥,谁有天大的本事也改变不了。"小伙子愣头愣脑地说:"你们尽量吧。"坛子瞅着他,摇了摇头。

半小时后,婴儿出生了。产妇忙问:"男的女的?"医生说:"是个漂亮的千金。"话音刚落,产妇就"哇"的一声哭起来。产妇一哭,外面的家属推开产房门问:"大夫,生了个啥?""千金。""还万金呢,真是不争气的货。"一个头发烫得卷毛狗似的胖女人说着"嗵"的一声关上门。过了一阵,另一个瘦女人推开门向里张望着说:"闺女,生啥是啥,你要想开……""不哭了,不哭了,看你的女儿多心疼。"坛子从美妞手里接过婴儿给产妇看,可她闭着眼睛哭个不停。美妞说:"你生了这么可爱的女儿,还哭啥,哭得子宫不收缩,出血多了对身体可不好。"又对坛子说:"快搭手揉揉。"坛子将婴儿交给丁香,一边劝产妇,一边给她按摩子宫。

好一阵,产妇的子宫还是收缩不良。大家你一句我一句地劝着产妇,她就是收不住,一个劲儿哭。医生把能想的办法都想了,产妇的出血仍然止不住。

"丁香,去叫家属进来劝劝。"老姜说。丁香拉开产房的门,那个瘦女人推开丁香递过去的口罩和脚套跑向产妇,拉住她的手说:"闺女,别哭了。"这时,那个小伙子也沉着脸进来说:"我家是单传,全家人盼你给咱们生儿子呢,你偏偏生了个女的。"听丈夫这样说,产妇竟然放声哭起来,鲜血随着她的哭声从体内一股股涌出来。"小伙子,现在社会,生儿生女一个样,你媳妇心情不好,出血越来越多了。"大心肠着急地说。老姜把小伙子拉出门,低声说:"你快给你媳妇鼓鼓劲,要不然出血不止就得送到手术室切子宫了。"小伙子这才跑进产房,抱住妻子的头说:"不哭了,不哭了,生女儿很好的,真的。你看她胖乎乎的,多心疼。""就是,多可爱的女儿。丁香,快抱来让她妈妈亲一亲",坛子说。丁香把婴儿抱过来交给小伙子,示意他心疼女儿,小伙子抱着婴儿对妻子说:"你看,像你一样,很漂亮的。"产妇这才停止了哭泣,子宫出血也慢慢减少了。而那个卷毛的胖婆婆见儿媳妇生下了女孩,气得摔门走了,再没露面。

先天性缺发

雪糕给一个婴儿洗澡的时候，发现他的头顶上有指甲盖大的一片没长头发，就对婴儿的父亲说："你家宝宝头上有一处没头发，你们看着了没有？"那个光着上身，皮肤黑红的男子立即跳起来说："咋可能！你抱进去时明明好好的，是不是你刚才洗澡给烫掉了？"雪糕说："孩子头上有血迹和胎脂，洗干净才看得见。洗澡水是恒温的，要是把婴儿的头发烫掉，那还得了。""不可能！不可能！我们的娃娃明明好好的，你洗个澡就少了头发，肯定是你洗澡烫掉的。"婴儿的父亲说着一脚踏开新生儿洗澡间的门，跑进去一把拧开水龙头的水伸手试水温，并不烫手。雪糕说："可能是先天性缺发，不要紧的，也许过些天就长出来了。""先天，先天，你把孩子的头发弄坏了，没处怪就怪到先天了。我媳妇怀孕时，天天吃核桃、黑芝麻、乌梅、黑米，你竟然说我家孩子是先天性缺发。笑话，真是笑话，一定是你们用了劣质的洗发液，或者用了劣质的毛巾弄掉了。"他瞅瞅婴儿沐浴露，又抓起一大把消毒毛巾说："哎呀，你看这毛巾，不知道用过多少次了，还给我们的娃娃用啊？""我们这是经过消毒的，你放心。"可他却拿着毛巾对排队等待的家属说："放心个屁，大家看啊，人家就拿这样的抹布给我们的孩子洗头啊。""经过高温消毒的棉毛巾看着旧，但是非常卫生，请大家放心。""放心，放心，把孩子的头发都洗掉了还叫放心。"他大骂着将毛巾扔在地上，狠狠踩了几脚，气呼呼地去找科主任和护士长。

抱着婴儿等待洗澡的家属，有的转身走了，有的在低声议论，有的说："护士，你快点给我们的娃娃洗吧，我们等了很长时间。"说话间，只听那人又在办公室大闹起来。他拍着大心肠的办公桌问："是不是你接生时把我家娃娃的头发拽掉了一撮？""小伙子，我们接生可从不拽婴儿的头发。""那你说，我家娃娃的头发哪儿去了？""我去看看。"

大心肠走进病房，婴儿的妈妈和奶奶一脸紧张，大心肠凑近才看清婴儿的头顶果然有一片没长头发。她仔细看了看，那片皮肤上长着细细的绒毛，就对家属说："不要紧的，过些天就长头发了。"婴儿的父亲说："你说，娃娃的头发哪儿去了？”大心肠说：“还没生长，以后就长出来了。”他用手拍打得自己的大肚皮啪啪乱响着说：“那我等着，过些天要是长不出来，我再和你算账！”

大心肠走后，那小伙子就在病房一会儿骂护士把孩子的头发洗掉了，一会儿骂医生把孩子的头发拽掉了，一会儿骂妇产科气味难闻、卫生条件差。同病房的人见他恶声恶语，出言不逊，也不敢吱声。

第二天，那小伙子见婴儿的头发还没长出来，就光着膀子在过道中骂来骂去。大心肠请皮肤科会诊，确诊为先天性缺发。可小伙子仍然不信，老姜和家长好说歹说，总算把他劝回了病房。

第三天，婴儿的头发自然没那么快长出来。小伙子怒气冲冲，扬言要打雪糕和大心肠，闹得保卫科的同志一直守在妇产科。

第四天，产妇该出院了，小伙子以婴儿少了一撮头发为由，拒绝交住院费用。科室也没办法，眼睁睁地看着他们大摇大摆走了。他们刚走，同病房的一个家属就悄悄地对大心肠说：“你们晓不得，那家伙是个小混混。我昨晚上听他妈说，那小子刚生下时头顶也少了一片头发，这是遗传。他不想掏住院费，就找借口。”大心肠说：“唉，这是啥人呀。这回生的娃娃少一撮头发赖医院，要是下回生一个脸上长麻子的，是不是还要赖我们医院呢。”

桃子

有一天，一个个头矮小，约四十来岁，面色黑瘦的男人扶着一个穿着很破旧的女人来了妇产科。他们是外地人，来这里打工时间不长，还没有领到工资，偏偏女人得了急腹症。听医生说要做手术，那个男人的脸痉挛似的抽动着，好半天才从身上摸出了仅有的 30 块钱。

见此，老姜立即向医院领导汇报，吩咐科室的人快速准备手术，又让家属尽快想办法凑钱。可是，他们的家很远，一时半会联系不到家人。那男人急得蹲在地上哭起来。老姜拍拍他的肩膀说：“兄弟，别哭了，遇到这样的事，咱们一起想办法，哭不管用的。”说完从裤兜里掏出 50 块钱说：“你跑快些在门口商店里买一套干净内衣给你媳妇换上，她穿着那么黑的衣服不能进手术室，容易引起感染。”男人接过钱，飞也似的跑了。

几分钟后，他买来了新内衣给女人换上，女人就叫手术车接走了。那个男人用粗糙的手抱着头蹲在门口，六神无主。直到女人做完手术回来，他才扶着墙站起来。

调姐安顿下病人，回到护士站说：“这个女人真可怜，打开肚皮，瘦得想找一点儿脂肪都没有。”逗子说：“唉，有啥别有病，没啥别没钱！这家人有病又没钱，真是雪上加霜。”雪糕说：“要不然咱们给他们凑点钱。”夜莺说：“我知道你的心早就软了。凑，咱们不能眼睁睁看着这家人挨饿呀。”夜莺说着从衣兜里掏出了30块钱，接着在班的几个同事你40、她50共凑了200多块钱交给了那个男人。回到家，她们又给这对夫妻找了几件能穿的衣服拿来。

几个病人家属听说了，也向他们伸出了援手，有的人还把自家的营养品送给那个女人。

这个瘦弱的女人转危为安，那个闹腾得人心惶惶的男人好不容易走了。这天下班后，雪糕、大心肠和丁香三个人相约去郊外好好散散心。她们骑着电动车来到郊区，把车子放在路边，走在田埂上寻着野菜。无意间，她们听见路边有人说：“好像是她。”“嗯，还真是她。”雪糕转眼一看，是两个骑着自行车的庄稼人指着她们说。

“他们说谁呢？咋好像指着咱们说话呢。”雪糕疑惑地说。大心肠蹲在地上说：“管他说谁呢，咱们转咱们的。”

三个人正在田埂上摘野菜，突然听见路上传来三轮车的响声。大心肠一抬头，看见三轮车上坐着几个人，其中一个就是刚才经过她们身旁的那个穿紫衬衫的男子。大心肠忧心地说：“他们咋拉着人来了，是不是那个无赖要找我们的麻烦。”雪糕顾不得细看，喊了声“快跑”，就扔掉手里的野菜跑起来。

“站下，站下”，三轮车上的一个女人喊。丁香的眼前，猛然浮现出可怕的情景，她无力地说：“天啊，这下可咋办啊？”大心肠边跑边拨打110。

“警察，我们在东郊，三轮车上的一伙人正在追我们。”

“他们为啥要追你们？”

“我们是医生，碰见了找我们麻烦的。请你们快点，一定快点。”

她们没跑多远,三轮车就在前面停下了。

“咱们快向庄稼地里跑,三轮车就开不进来了。”

“不行,咱们不熟悉路,一旦跑进去叫人家挡住,警察来也找不见。”

“那咋办?”三个人无路可逃,急得原地打转。

紫衬衫男人和一个年轻的女人跳下了三轮车,另一个女人站在车厢上大声喊:“大夫,大夫,你们过来。”

那个穿紫衬衫的男子快步向她们走着说:“哎呀,今天可碰到你们了。”

“你可别乱来,警察马上就到了。”雪糕惊恐地说。

“哈哈,警察还管这样的小事啊。”

“你们要干啥?”她们后退着问。

“在医院里有人管你们,这儿可没人管得了你们了。”

“你们到底要干啥?”

“大夫,你不认得我了?前年腊月的晚上,我媳妇产后要输血,当时我带的钱不够,你二话没说就给我借了钱。后来感谢你,你这也不行,那也不行。”那个年轻的女人也走过来说:“你是我的救命恩人。他刚才回家说路边的人像你,我们一家人就赶着摘了些桃子给你们送来。”

“天哪,你们差点吓死我们了。”大心肠一手扶着雪糕,一手拉着吓得汗毛竖立的丁香,稳住脚说。

这时,三轮车上的女人和另一个人提着篮子向他们走来。阵阵警笛声也随之呼啸而来。

治病

缪悦考上大学后,她一心想读医科大学,但爸爸和妈妈对此却踌躇不决。以前他们不是盼望女儿长大了学医吗?再说,缪悦本来就喜爱医学,书柜里爸爸和妈妈的那些砖头块厚的医学书她自小就津津有味地读着。眼下,在女儿人生的重大选择面前,他们为什么会犹豫呢?这让缪悦心里很郁闷。

正在一家人拿不定主意的时候，李爷爷来了。缪悦一开门就问："爷爷，你说我报啥志愿好呢？"李爷爷笑着说："医科大学嘛，这还用说。"听到这话，缪悦高兴地跳起来。李爷爷望着缪国庆两口子神色凝重的脸，顿时明白了。他过去握住缪国庆的手说："国庆，爱贞，治病救人的事，一定要后继有人。无论如何，我们必须担当！"

缪国庆握了握老师的手说："好，我们听你老人家的。"贾爱贞对李爷爷点点头，回头笑着对女儿说："悦儿，爷爷说得对，咱们就报医科大学。"

在送悦儿去外地一所著名的医科大学上学的火车上，悦儿又提起那天选志愿的事，缪国庆就对女儿讲了当前医患关系的严峻。整个夏天，缪国庆都穿着长袖的衬衫。眼下，火车上太热，他无意间缅起袖子露出了胳膊上的旧伤被女儿看见了，在女儿的追问下，他才把柴家事件的前前后后讲给女儿听。传奇故事一样的现实把缪悦惊呆了，她根本不相信这是真的，可当她掀起爸爸的衣服，看到落在爸爸身上的那些伤疤和伤口，她抱着爸爸的胳膊哭了。爸爸拍拍她的头说："悦儿，事情已经过去了，希望你好好学医，正如李爷爷期望的，我们必须要有担当。医闹是个畸形的产物，我相信国家很快就会出台相关的法律，保护医院的正常秩序，保护医患双方的权利。等你毕业后，医疗的环境肯定会好起来。"

缪国庆把女儿送到学校返回来，医院内科又出现了一起纠纷，医闹的方式酷似柴家事件。

这天早上上班，坛子路过大厅摆设的"灵堂"时，无意间看见一个颇面熟的丧乐手。坛子驻足仔细看了一阵，没错，是他。有一次她去公司找包王，碰见过他。

碰见认识的人，坛子就想把他叫过来，劝几句。就在坛子走近时，他又吹起了呜呜哀哀的唢呐。坛子不知道这人什么时候改行了，也怕是自己认错了，于是她来到安静的地方给包王打电话。

包王接过电话就吼："咋回事？咋回事？你们今天都咋回事了？工期这么紧，还想不想混了？""咋回事？我也不知道咋回事，这大早上的，给谁发火呢？""原来是你，我都给气糊涂了。你打电话啥事？""这会儿上班高峰，你找个方便处停下车，我再说。""到公司门口了，你说。""以前跟你的那个小王，就是叫你干爹的那个，现在还在你那儿吗？""早就不干了，听说与骗子合伙开了啥狗屁调解公司，你说他干啥？""有人在医院闹事，一个吹唢呐的，很像他，我以为还在你手下。”“那号认钱当祖宗的骗子,别再提他。”“好大的火气,没啥大事吧？”“也就怪了,没中毒没雷击的,今天早上接连有队长说,好几个工人请病假了。工期这么紧！”坛子心里咯噔了一下说:“他们得了啥病？要不,你到医院看一下。”“啥病,还能有啥病,花柳病！”

包王前些日子和几个队长闲谈,听他们说工程队有好几个外地工人是快活林的“上门女婿”,他们将挣下的血汗钱全花在了那些临时老婆身上。钱花光了,她们就嫌他们脏,不理他们了。那些工人没钱,又怕人知道,不敢去大医院,只得找那些电线杆上贴的包治百病的“医生”治病。

包王知道工人们在外打工一年半载才能回家真的很不容易,就邀请健康教育方面的专家在工地为工人宣教防病知识,让他们别乱相信电线杆医生。这之后,工人们不找电线杆医生,而去杨大夫所开的“正规”男女专科医院了。可是杨大夫天价的特效药简直榨干了他们的油,这是题外话。

包王处理过一些紧急的事情,刚准备去工地,好久没联系的棒棒糖给他打来了电话。一番问候后,棒棒糖压低声音说,王总,有件事,我拿不准,想请教您呢。你说你说。包王知道这姑娘肯定碰到了难处,要不然轻易不会给他打电话的。棒棒糖说,医院又出了事,邬姨让我去现场偷拍。你们领导怎么说的？领导不知道。上次的事,我写了检查,还扣了我的工资。上次的啥事？就是,就是发生在妇产科的事。那文章是你写的？嗯。我说你呀,你知道么,你把人家妇产科害苦了,到现在,柴家的娃娃还在妇产科呢。噢,这次我实在不想去,又怕惹了邬姨,她毕竟是我的恩人。包王禁不住笑着说:“恩人?恩个屁!报社又不是她家的,她想咋就咋,你别理她。可她已经打发我出来了。正好,你在第二个路口等我,我接你去男女专科医院。去哪儿？见了面再细说。

几个月没见,棒棒糖好像胖了一点。职业的原因,她的近视越来越厉害,包王摇下车窗叫了几声,她才认出他来。王总好,她谦恭地同他握手。走,路上说。

棒棒糖上车后，包王简短地对她说了他的工人在男女专科医院治病的事。此去,一是向杨大夫讨账,二是顺便看望一下工人。包王叮嘱棒棒糖,我只说你是我的秘书,你把能拍的尽量拍下来。听说男女专科医院是邬姨家的,敢拍吗?你只管拍,又不给她看。

杨大夫热情地同包王握手。包王还没提要账的事,杨大夫就笑着说,你也不给工人搞点什么活动?包王说,搞啥呢,为挣几个钱,一个个累得头吊着。杨大夫说,有个朋友新开了歌厅,你带他们去玩玩,里面清一色十八九的妹子,嘻,那个水灵,嫩得像刚出壳的鸡娃儿。包王说,你也别昧良心,他们个个老实巴交的,挣几个血汗钱养家糊口不容易。杨大夫说,兄弟,啥世道了,只许你老牛啃嫩草,就不许大家享福了。包王说,世间的福,我看不是人人享得,我有几个兄弟,福享大了,都享到你手里了。王总真会赖人。没赖你,今天有好几个就来敬你个财神爷了。杨大夫哈哈笑着,指着输液室说,就这么三五个病人,我亏得厉害,王总,你要体谅兄弟的难处呀。

杨大夫哭穷,包王自然没法开口要账,输液室也不见他的工人,包王就凑近杨大夫说,我最近也有些不舒服,你给检查一下。杨大夫说,王总美人太多,是不是雄起不佳?我这儿有外国进口的,用上两盒,包你满意。包王笑着说,老了,不想了,就是尿有些不顺。那得检查尿。那就检查一下。包王接过杨大夫手中的尿杯往外走,棒棒糖站起来,也跟着他走。杨大夫又喊住包王笑着说,最好两个人都检查一下。包王回头笑着拿过另一只尿杯递给满脸通红的棒棒糖。

走进洗手间,包王示意棒棒糖和他一样,接了半杯自来水,一起送到了化验室。化验结果很快就出来了,两杯自来水同时患了特殊的"尿道炎",杨大夫说只有使用国际最先进的药,才能治得好。包王毫不犹豫,买了一个疗程的药物。

出了医院,包王开车直奔省里。他知道,自来水得"尿道炎"和所谓的国际先进药这样的事情,这里根本没办法管。此时,棒棒糖才明白了包王的意思,也更深刻地认识到,他不只是个唯利是图的包工头。

在返回的路上包王突然接到蜜甜甜打来的电话,说公司的两名工人在医院闹事打伤了医生,警察要他立即去医院,惊得包王差点把车开上了路边的护栏。

杨大夫在这里的人脉很庞大,各个地方几乎都有他的关系户。他的产业链也是利益链,牵一发而动全身。有庇护者,自然没人敢拿他怎样。省里的严惩到了这里,无非轻描淡写。

杨家开的保健公司,大张旗鼓地卖着海带磨成粉的天价"抗癌药",卖着菠菜加工成的特效"碱性食物",还挂着科学的幌子给人们测钙、锌等,更是胀破了某些人的腰包。

严厉的医嘱

那天下午，严厉问美妞："二十四床的孕妇，你到底查了几遍？""两三遍。""到底是两遍还是三遍？""哎呀，我忘了。""忘了就算了？"美妞笑呵呵地说："不算你还想咋样？你这样的能人，逮个虱子也要看是单眼皮还是双眼皮。你三分钟说的话，我三年也学不会，像你这样精明得不数也知道自己有多少根头发的人，我再过十辈子也赶不上。"气得严厉瞪着眼走了。

逗子努努嘴说，严厉马上当主任了，小心到时候给你穿小鞋。美妞说，我故意气她呢，其实，她就那毛病，心肠不坏。再说，咱们科这一摊臭事，老姜一退，就全落到她肩膀上了，别看她工作上斤斤计较的，其实还嫩着，可没有老姜辣。

严厉本名叫彦丽，硕士研究生毕业，三十了还是单身，愁得她妈经常来科室对同事们唠叨："你们都帮着操个心，给我家彦丽找个合适的对象，大姑娘了，越耽搁越难找了。"彦丽说："妈，你快回去，别到处乱说。我有个同学读博士，已经三十三了，也没成家。""唉，你要是像她那样，我就活活给愁死了。"

于是大家到处帮她打听，介绍了几个，彦丽都不满意。磨镰、调姐就劝她，女人的眼光不能太高了，挑来挑去眼花了，就挑不出好的了。彦丽说："没有志同道合的，凑合在一起很难受。还是随缘吧，我不想委屈自己。"她对待感情就像对待工作那样严谨，所以护士之间经常相互提醒：这可是严厉的医嘱，钉是钉，卯是卯，千万不能马虎，她叫一分钟测一次血压，千万不能拖延一秒。她要求护士准确记录每位产妇产后三天的出血量，护士们愁得龇牙咧嘴。科室别的医生只要求估量，而她非要护士秤产妇用过的卫生纸，做到准确计量。

这年中秋，严厉随医院医疗队去山区义诊。当地的老百姓听说来了大医院的专家，纷纷前来看病。有一个老人背着半袋刚挖的新土豆蹲在离医疗队不远的街道上卖了，捏着钱排在等候的队伍中。轮到他了，他很不好意思地对男医生说出了自己的难言之隐。男医生带他检查完说："你的痔疮很严重，得做手术治疗。""做手术？不行不行，我儿子出门打工去了。""那就先开些外用的药吧。""我只够看六块钱的病。"老人摊开手道出了实情。男医生为难地说："六块钱能开个啥药呢?”坐在一旁的严厉说:“开两包PP粉,让大爷坐浴去。很多孕妇都得这个病,坐浴效果不错的。”老人一听急忙摆着手说:“大夫,我没有怀孕。”严厉说:“大爷,这种病男女都得呢。”“我从没听说女人得这种病。”男医生笑着说:“大爷,你得了病都羞得不敢给人说,女人得了这种病能让你知道吗?”老人咧嘴一笑说:“我还真不知道女人也得这种病。”

返回的路上,那个男医生说起这事,有人就笑着说:“彦大夫,你怎么不检查一下那个老头是不是怀孕了,完了告诉他得了月经不调,给他开盒乌鸡白凤丸。”惹得大家都哈哈大笑起来。

花仙子

“妈妈……疼死我了,疼死我了……爸爸,救救我呀……”

午夜时分,一声接一声的哀叫冷风般挤进病房。那些产妇,睁开疲惫的眼睛听着,不无同情地说:“谁又疼成了这样?唉,太受罪了。”男人们竖起耳朵听一阵,实在撑不住,就趴在妻儿的床头,打起了鼾声。那些婆婆和妈妈们睡不着,她们自己曾这样哀叫过,她们的女儿或儿媳也这样哀叫过,这叫声实在太揪心了。她们蹑手蹑脚走出病房,三三两两坐在走廊的条椅上,低声说起了她们当年生孩子时经受的痛苦。

“咱们女人,哪个不是受了断肠子的疼才生下娃娃的。”“就是,我那时候疼得把头撞在墙上,晕得不知道了,过一阵醒了,疼得受不住又撞,等娃娃生下了,我的头上落下了几道伤疤。”

丁香把治疗室的桌子和盘子一一擦干净,用消毒液拖干净地面,打开紫外线灯,关上治疗室的门,接着打扫护士站。中午给同事代班,此时她打了一个哈欠,有些疲劳。为了提神,她喝了一杯茶,大脑渐渐恢复了清醒。

丁香不知道已经安慰过多少次了,可那个花仙子根本不听,一会儿撕着被子,一会儿咬着毛巾,一会儿打着地面……不停地喊:“妈妈,妈妈,你快用刀子把我的肚子割开,疼死我了,爸爸,疼死我了……”她的父母在两边扶着她,陪着她流眼泪。火烧眉和调姐轮番跑进病房检查。“大夫,你们再想想办法,给她减轻些痛苦吧,疼得实在受不了了。这娃娃平常手上扎个刺也疼得哭鼻子,现在她咋能受得了呀。”“已经用了几次药,再咬咬牙,忍一忍,引下来就好了。”调姐抚摸着她汗水弄湿的头发,怜惜地说。

这是个年仅十四五岁的小姑娘,稚气未脱,留着短发,修长的手指,涂着彩色指甲,难以忍受的疼痛使她不停地哭喊着。她的双亲都是知识分子,他们神情沮丧,守在跟前不停地哄着女儿。

她的喊声扰得很多病人无法休息。有的说:“护士,你让她小声点,我媳妇做了手术要休息呢。”有的说:“护士,实在不行给她打麻药麻住。”“药用了,劝了她不听,给你们拿些棉花把耳朵塞住吧。”丁香只好给他们分发棉团。

又生了两个婴儿,火烧眉把产妇送进病房,就同家属一起把大喊大叫的花仙子抬进产房。花仙子浑身大汗,乱撕乱抓,丁香抱着她的胳膊,贴在她耳边说:“小妹妹,我知道你疼,我们都陪着你……”“走开,走开!啊,妈妈……”不一会儿,丁香的两只手背就叫她抓出了一道道血口子。她父母的手更是叫她又咬又抓没有一点好处,但他们仍然紧紧拉着女儿的手,泪水纷纷地说:“乖,听话,忍忍,快好了,快好了……”

一阵剧烈的腹痛袭来,花仙子猛然扭头,一口咬住丁香的手指,不出声了!

“啊——快放开——”丁香疼得大叫着、挣扎着。

“啊……放开……啊……”两股鲜血向她的肘腕赛跑,丁香疼得浑身酥软。

花仙子死死咬着她的手指,谁也拉不开,直到胎体引出。转眼,花仙子晕过去了。丁香疼得脸色煞白,瘫软在地上,手指上的肉快掉了。她猛吸了一口气,挣扎着站起来,用血淋淋的手去抢救花仙子。花仙子的双亲泪流满面地哭着:“可怜的女儿,你咋就这么傻呀……”

花仙子清醒了。在妈妈的怀里安静了,合上眼睛睡着了。

火烧眉和调姐忙着穿针引线,洒麻药给丁香清创缝手。十指连心,每缝一针,丁香都疼得头晕目眩。缝了三针,丁香就疼得喘不过气来,火烧眉只好给她吸上氧气,调姐接着缝。

花仙子被父母抱回了病房。丁香缝完手去给她测血压,看见她枕着妈妈的腿睡着了。妈妈正用手纸擦拭自己的眼镜,眼睛红肿得厉害。爸爸望着女儿折的一瓶五色星,握着她的手,双眼布满殷红的血丝。唉,可怜的花季少女。近些年,这样的事屡见不鲜。青春的无知让她们过早偷吃了禁果,遭受着承受不起的伤痛。

窗前的鸟儿

何时下过小雨,晨光轻吻缠绵的雾。茵茵草坪,结着晶莹的露珠。丝丝杨柳,挂着闪烁的珍珠。簇簇花朵,镶着耀眼的宝珠。原以为,昨夜,只有我眼含泪珠。清晨,才知道,天和地也这般相思。

我相信你真的爱我,如我一样,静静地守望明月。想你的时候,倚着丁香树,就像靠在你的肩头。绿叶,认得我,年轮斑斑的树干,容我靠着。风儿阵阵,树叶呢呢喃喃,我们的悄悄话,藏在树轮深处。

有一只鸟儿落在窗前,扭动着脖子,好奇地打量着屋内,打量着丁香,不时啾啾叫两声。丁香静静地望着,它如鸽子大,灰色的羽毛,一对黄色的眼睛,像燕隼。说实话,除了常见的喜鹊、乌鸦之类,丁香真不认得几种鸟儿。它在窗台上停了几分钟,又展翅飞向天空。丁香在窗前等了良久,盼望它能再来。可它,也许永远不会来了。不过是偶尔邂逅,竟然让她深深牵挂。

噢,亲爱的人,我不知道你心里有没有我,而你已把我的心占得满满的。

丁香躺在床上,看了一下午江泓借给她的哲学书。尽管屋里光线昏暗,而且屋顶上还有老鼠打架的声响,但她却忘情地读着书。亲爱的人,捧起书,每一字都含着你的眼神,每一页都留着你的指温,你的呼吸、轻咳、沉思,还有那幽幽的茶香,全被书收藏。

胳膊有点发酸,书不慎掉在了地上。她用手轻轻地抚摸着粘上灰尘的地方,发现那儿有半片隐隐约约的旧指印。难道他看到这儿胳膊也发酸,不慎把书掉了?他是个爱书之人。当时,他一定心疼地用手一遍遍抚摸过这里。她的手指落在那半片指印上,好像触摸到了他的手,那是一双多么温暖的手,多么有力的手啊!

她的脸深深地埋进书里,书香陶醉了她。她仿佛在做梦,梦见他的手捧着她的脸,好像听到他在轻轻地对她说话,感到那温润的气息在她的脸上慢慢弥漫开来。

她猛然醒来,一切如故。上中班的时间已到,她把书放在脸上,又放在胸前,她舍不得放下,但又无法,她喃喃低语:我的爱,我要上班了。她小心地把书放好,就像哄一个婴儿入睡,又如向心爱的人告别。

那么他现在在做什么呢?他在看书,还是?她的脑海里全是他。她似乎失去了自己,只有他在她心中。那么,他在哪里?

不知为什么,她的泪花盈满眼睛,使她无法看清道路。

她想,将来,他们坐在桌前读书,这边是他,那边是她。在夜深人静时,相视一笑。如果他很专心,忘了喝水,她就给他递到嘴边。故意惹他气恼,他起身抓她,她跑,他追,最后她没处躲藏了,扑进他温暖的怀抱。噢,人生是多么幸福,相爱是多么美好啊!

她是浩瀚的沙漠,他走过的地方,就变成了绿洲。

每一个脚印都向你靠近,每一次呼吸都为你存在。噢,每一天的太阳都在你我的心中,无论风雨交加,无论黑夜难明,永远的你,只有光明,永远的我,唯有向你跋涉。

丁香下中班的时候,几天没见的江泓竟然跑来了。她高兴地望着他问:“你不好好复习,怎么来了?”

江泓说:“刚才同事回宿舍说,在医院的楼道拐角处,有人拿着一针管血,挡住过路的人要钱,不给就威胁要把艾滋病的血刺到人身上。我怕你碰上,就跑来了。”

“天哪,那快报警。”“已经报了。”“真是什么人都有,什么事都可能发生。是不是那些艾滋病病人没钱治病,才想出了这样的鬼点子。”“也说不准是有人故意威胁抢钱的。艾滋病人,多数身体很弱。”

两人说着话,左顾右盼地走出了医院。在出租屋门前,江泓伸手握住丁香的手准备道别,丁香疼得“哎哟”一声,把手缩了回去,江泓这才发现,她的一个手指上缠着纱布。“你的手怎么伤了?”“一个小女孩咬的。”“哪个小女孩?”“唉,引产的,好像刚上初中的样子,她真是疼可怜了。”江泓捧过她受伤的手说:“你也疼可怜了。她咋就不管不顾的,把你的手咬得这样严重呢。”“她疼疯了。”江泓忧虑地说:“家庭、学校、社会教育的三道防线没夯结实,医院就成了阻止此类伤害的最后一道墙。”

丁香伸出另一只手,握了握江泓的手说:“晚安!”江泓吻了吻她的手说:“做个好梦。”

丁香微笑着挥挥手,进屋去。江泓在门外立了片刻,舍不得走,又去敲门。门中现出丁香可爱的脸庞,江泓走过去,紧紧拥抱住她。良久,他才凝望着丁香深情的目光说:“我的丁香,为了能经常看到你,我想弃考了。”丁香双手捧着他亲切的脸说:“你已经决定的事,就别懈怠。不管你去哪儿,不管有多久,我都会等你的。”“我的丁香,你有一颗善良的心。”丁香微笑着轻声对他说:“我想起泰戈尔写的诗,世界上最远的距离,不是,我站在你面前,你不知道我爱你,而是,爱到痴迷,却不能说我爱你。”

强强找着了

寒冷的冬天又来了。树叶,绿了,黄了,红了,落了。风呼呼刮着,片片树叶飞在玻璃窗上,飞在大地上,飞向野外,成了枯叶。冬天的树,孤单挺立。如果不凭以往的经验,真叫人怀疑它们还能不能复活了。

妇产科又进入了一年中最繁忙的时候。

听说豺狗子得了钱,并没有找个媳妇安心过日子,而是在快活林包了一个临时老婆,把闹事分得的钱都送进了快活林和男女专科。柴家父子很久没有露面,他们好像全然忘了自家的孩子还丢在医院这码事儿。

就在大家张罗着要给柴贵人过生日之前,火烧眉接到警察的电话,说在打拐行动中,他们解救出了几十个孩子,让她前去认领。

“天啊,我的强强!”火烧眉大叫着,扔下产床上正在分娩的孕妇,边哭边跑,双手撕掉接生衣,向外奔去。坛子还没来得及喊医生,就扑过去徒手接住了一个猛然娩出的婴儿。

在一群被解救的孩子中,火烧眉和酒蛇一眼就认出了他们的儿子强强。强强缩在角落里，神情木呆呆的。

“强强，强强……”火烧眉和酒蛇叫他。

见他们喊他，强强吓得钻进了桌子底下。

“强强，我是妈妈，我是妈妈……”

“强强，我是爸爸，来，爸爸抱……”

他们越走近，强强越往里爬。

桌腿挡住了，强强没处走了，吓得大哭起来。

火烧眉和酒蛇把强强抱起来，强强吓得推搡着，挣扎着。

强强竟然认不得他们了。夫妻俩抱着强强大哭，强强吓得大哭，把在场的人都惹得心酸。

解救的女警察过来，强强要去她怀里，酒蛇强抱着。警察说，被拐卖的孩子很容易忘记亲生父母，得慢慢相认，希望他们先不要吓孩子，也希望他们尽快带孩子去看心理医生，抚平孩子心灵的创伤与阴影。

这是令妇产科所有人都高兴得眼泪纷纷的消息。强强找到了，妇产科丢失的那个婴儿也同时找到了。惊乍高兴地一把拽掉头上的护士帽扔向房顶，打得白炽灯猛然摆动起来，她发疯似的喊着对大家说：“找到了，找到了，压在我心头上的大山终于崩塌了！”同样，警察从拐卖妇女儿童团伙的人贩子口中得知，那个哑巴就是他们从外地贩来卖给柴家的。

大家给柴贵人过生日，贵人高兴地从这个妈妈怀里跳到那个妈妈怀里，从这个妈妈手里拿了礼物给那个妈妈。强强则胆怯地低着头，躲闪着火烧眉和大家。

在柴家事件发生的那个半夜，豺狗子恰好叫酒蛇出去喝酒，强强一个人跑出家门，去医院找妈妈的路上恰巧碰到了人贩子，他们把他转卖给了大山深处一户没有生养孩子的夫妻。男的外出打工，女的忙田里的活儿，强强经常被养母锁在家里，有时一锁就是一整天。加上怕人知道，他们不让强强和村里的小朋友一起玩耍，强强变得特别怕人，时时躲避。

酒蛇瘦得像个干瘪的老头，他已经戒酒，与火烧眉轮换着带强强去做心理治疗。治疗了近半年时间，强强的精神才渐渐恢复。

经历了这样的苦难，酒蛇再也不敢大意，每天，他把强强送到幼儿园老师的手中，下午早早守在门口，看到孩子喊着爸爸向他跑来，他的眼里就涌满了幸福的、愧疚的泪水。

老姜的感言

老姜要退休了，医院为她举行了欢送仪式。院长简要总结了她为医院和病人付出的心血，几个青年医生向她献了花。

老姜在妇产科工作了一辈子，尤其在当科主任的十多年里，无论是三九寒天的深夜，还是酷暑当头的正午，只要科室有急诊，无论她刚端起饭碗，无论她刚刚入梦，无论她正守着病重的老母亲，无论她自己身体有多么不适，无论家里有多么急需处理的事儿，在电话挂断的那一刻，她已经迈开了出门的脚步，匆匆向医院赶去。没有犹豫，没有怨言。寒冬深夜，病人住院高峰期，急诊多，病人病情变化快，有时她刚刚做完一台手术，拖着疲倦的身子，顶着寒风，在黑夜里摸索到家，怕吵醒家人，蹑手蹑脚上床准备关灯，急促的电话铃声又响了，她又不得不披上衣服，顶着寒风向医院跑去。有时候一晚上接连两三台手术，忙到天亮，已经极度疲惫，但她还要一丝不苟地为病人查房，科室的同志除了更加心疼，更加敬重，也只有更加努力工作，让她少操一份心，就是对她最大的关心和支持了。

由于经常站立和做手术频频刷手，老姜的腿和手落下了久治不愈的顽疾——难治性关节炎。一个冬夜，天下着大雪，为抢救一个大出血的产妇，她从雪地里连滚带爬向科室跑，等把病人抢救平安了，她的双腿关节却僵硬得好半天都难挪动。她刚步履艰难地从手术室回到科室，又来了一位急诊难产孕妇。此刻，她顿时忘记了自己的疼痛，立即开始了紧张的抢救。

老姜是科室主任，经常碰到病人和家属非要对她“特别感谢”。老姜只好同他们开玩笑：红包的确是好东西，人人爱，我也爱，但如果我今天收这个病人的，明天收那个病人的，越收心越贪，那我不就变成贪污犯了吗？你们原本好心好意感谢我，却把我感谢“落水”了，你们也不忍心吧。

还有些病已痊愈的乡亲在逢年过节提着土特产来感谢老姜，她实在推不过，非把钱塞给人家，要不然绝不答应。老姜总是对乡亲说：我知道你们的一片心意，但国家给我发的工资我够用，你们快把东西拿回去自己补身体，只要你们生活得好，少得病，就是对我们最大的关心。

有一天，她在严重变形的手指上敷着中药做手术，接连做了三台手术后，她的手痉挛了。同事们围着给她又捏又揉，也没什么效果。老姜回到家连筷子也拿不动，老伴边给她喂饭边心疼地唠叨："你快申请休息吧。"她说："再过几个月吧，妇产科又忙又累，留不住人，好不容易新来了两个医生，我得手把手把她们带出来才放心。""你天生就是受苦的命。""其实，你不当医生，体会不到当医生的乐处，我们天天看着一个个新生命诞生，看着一个个男人幸福的人抱着婴儿手扶妻子满意地离去，我们受再多的苦都是值得的。""你看你的手，变成啥样子了？""你别嫌弃它，它不知道救过多少人的命。""你幸亏还有我，还有儿子，要不然就变成林巧稚了。"

在送别老姜的座谈会上，那些年轻的医生们让老姜谈谈人生。老姜笑着说，人忙了，一天很快就会过去了，一月很快就会过去了，一年很快就会过去了，一辈子也很快就会过去了。我还是个孩童时，常埋怨时光之慢，总盼望着快快长大，总是这一年端午节才过，又盼着何时才能带上明年的花花绳，总是这年中秋吃了月饼又盼来年，这样盼着，日子就长得没完没了。也许正因为等待，岁月才富有色彩，我们对将来有过太多设想，那也叫理想。

这个过程中，当年拍着我们入梦的爷爷奶奶相继去了，当年身强力壮托起我们咯咯笑的父母背如弓了，而我们一路打打闹闹，一天天长大了。生活就是这样，不管你想通也好，想不通也好，也不管你能不能接受，还是乐不乐意接受，它总是在你该去干啥的时间就得去干啥，它不可能让你等待，或者观望。它叫每一个人都必须是参与者，我们就是在这样的跑步过程中猛然回头，才发现自己已成了我们曾经盼的大人。我们开始苦苦寻觅着爱情，开始经营生活，我们为自己的一些事情有时连养育我们的亲人也忘记了。他们却时时记挂着我们，问孩子要不要看，问工作是不是很苦。再后来，我们的孩子在成长，我们为生活奔波，我们的双鬓白发丝丝，这才明白生活是什么，人生是什么了。人就是这样一代代走过来，我们只能完成我们该完成的任务，然后把它移交给我们的孩子，就像我们这些老人退了,你们接过我们手中的事业一样,这就是人生。

年轻的时候,我以为我的力量是用不完的,现在我才明白,一个人的承载都是有限的。我越来越感到力不从心。生活给予你多少,你都不能拒绝,有多苦,人都必须勇敢地扛着,默默地忍受着,盼望转机的到来。人生是寻根问底而没有答案的题卷,我你都在里面,而不在局外。这个过程必须负重,必须脚踏实地。我们当医生护士,辛苦为病人,有些病人还就不买你的账。他们把医疗行为等同了餐馆、商场等一般性服务,他们认为医院收了他们的钱,就得把病治好。可是病人千差万别啊。年轻人,无论如何,你们一定要对病人耐心,要反反复复讲,只有让每一个病人和家属都明白了,都同意了,他们积极配合了,医生的治疗,才能通畅。

我也听到医生这样说:你再不交钱就没药了。你是医生还是我是医生!恶狠狠的,冷冰冰的,换了我是病人,我也接受不了。

年轻的医生们问:姜主任,妇产科那么辛苦,你有幸福感吗?

是辛苦的也是幸福的。当你忙碌了一天,病人转危为安,当你回到家,有人为你递过一个湿热的手巾,捧来一碗热乎的饭菜……是啊,生活还要什么,似乎这就是最大的幸福了。为爱着自己和自己所爱的人活着,就是全部。

姜主任,当初,你的人生理想就是要当妇产科医生吗?

不是,我曾经的理想是当一名战地记者。当年,我极不情愿地到了妇产科,才发现这里比战场更精彩,更激烈。喜欢挑战极限,"能吃、能站、能忍"的同志们,你们去妇产科吧。

掌声中,老姜谢幕。

短暂的分离

江泓要去考研究生,丁香把他送到火车站。长长的站台上,江泓牵着丁香的手久久不愿放开。

噢,恋人的离别哟,当指尖从指尖,撕裂,滂沱的泪,掀动了列车。站台变成了指尖触不及的天。

亲爱的人啊,你走了仅仅三天,我却感到年一般漫长。紧张的你是不是也像我一样,无时无刻不想念着我!噢,不,你可不能像我一样,你要专心考试。我的生活还是上班、下班、读书,只是更加牵挂你,心里总是空荡荡的。

今天昙姐叫我去吃带鱼,很香很香,我俩吃了一大盘。亲爱的,你不是也爱吃带鱼吗?等你回来,我们一起学做带鱼吃吧。

此刻,我是多么想你。想依着你的肩膀,想听你说话,想你怀抱的安然,想你唇的甘甜。你,我宁静的港湾,收留我的疲惫,我的苦乐。

爱是这样简单,简单到只把你一个人装进心里。站在相逢的丁香树下,久久等你,把你的名字吻了又吻。我坦然,我的确沉进了终日的牵挂。有时真想紧紧地握着你的手,向你倾诉堆满心间的思念。

有多少日子没有听到你说话了?有多少日子在心中默默地对你说,你是我最亲爱的人,我想你啊。有多少日子在思念中度过,又有多少日子还要牵挂。想到你忙,我只有默默不语,生怕我的思念会打扰你,只有把它深刻在心里。每每想你,禁不住潸然。

很想你,想到无人的地方放声哭一场,把心中的思念全哭出来。可这世上,哪个地方没有人呢。到处都是人,挤来挤去。

无法抗拒的思念如狂奔的野马,越想收住就越要挣脱。相爱的开始,痛苦的开始,相思的开始。

这个冬天太长了,长得无边无际。

傍晚,暮霭隐约,在幽静的河边,独自漫步。猛然,看见你亲切的微笑,我跑上前,紧紧牵着你的手,我们如暮霭般缥缈,心灵深处的灯,悄然而亮。

你躲在星星里,还是藏在月光后,偷笑。我总是看不见你,着急,眼睛再次模糊。夜深了。清冷的月色,一个人,万般思绪。

亲爱的,你知道吗?自从与你相爱,我就一直在等你,等你在空闲时忽然想起我,给我写信或打电话,或突然来看我,这是无比的幸福啊。

等待的心是如此焦虑而伤悲,但我怕影响你,怕打破你的宁静。有时思念的心无法安宁,我就在地上徘徊。一次次说服自己,直到平静下来。

我就这样一直在等你,好像在很远很远的地方有过一个美丽的约定,在很久很久的将来有一个完美的结局。

我一直用一颗悬而不定的心在等你,等待在我的人生中有彩虹的烁丽。

我好像一只候鸟,孤独地徘徊。

爱情不仅是亲吻和春风,它同时又是严寒时的松柏,黑夜中的火花,长途跋涉中手心与手心的搀扶。

每一颗心都有起落的时候,每一个人的天空都有暗淡的时候,多少风雨独自忍受,如今有你,我不再寂寞。

亲爱的,你的电话让我的心顿时战栗起来。你终于要回来了,多么幸福啊。那个我深深盼着的人终于要来了!我要赴一生的约会,赴再不离别的相聚。从此,他是我的,我是他的。啊,亲爱的人,你终于要来了……纵然白发披肩,纵然皱纹遮眼,狂风怎能吹熄心灵的灯盏,钝斧怎能砍掉守候的门槛!

写下这些,突然,脚下颤抖起来,身子颤抖起来,杯子和灯也颤抖起来,这才明白,地震了!噢,爱情,何尝不是始料不及的地震?稍纵即逝或山崩地裂,不可抗拒!无能为力!也许只是震颤,也许大厦覆倾。随之,生活如故或生命顿失……好在,无论出现怎样的结局,我的心早已飞向了你。

亲爱的,我今天又情不自禁地走到丁香树下,似乎你早就在那里等我……我悄悄地拭去眼角的泪,心中默默地念着你的名字,好像你就在不远处,能听到……噢,思念竟然这样痛!没有真心相爱的人是永远无法知道这到底有多痛……

白光光的太阳穿不透灰蒙蒙的天。树秃着枝头,地裸着脊背,呼呼的冷风拍打着窗棂。坐在桌前,捧起你的照片,我仿佛看见春天娇艳的花朵,翩翩的蝴蝶。仿佛听见你喊我的名字,顿时呼吸紧促,心怦动。抬头,两行泪水,风依然。长久的冬天,等待的心啊,不安又不安。

我想你,我愿此生只在你的心坎上。你在哪里?我漂泊如风。小草的一生,悄然生长。我在缥缥渺渺、恍恍惚惚之中,压抑着对你无尽的思念,可思念如石缝中的小草,拼命往外挤。

智障的女人

那个常年流浪街头的智障女人跪在街上又哭又叫。不知是哪个路人报了警,警察就把她送到了医院。她穿着脏得看不出颜色的破棉衣,脚上将就着不知从哪儿拾到的一只单球鞋,一只休闲鞋。

医生问她:“你以前生过孩子吗?”“我有好多男人,有一个坏蛋,老打我。有一个酒鬼,有一个对我还好,经常给我好吃的。”“你现在有几个孩子?”“嘿嘿,我也不知道,我数一数,两个花猫,三个黑狗,一个娃娃……”“你到底生过娃娃没有?”“没有。”“你这是第一次生孩子吗?”“哎呀,多了,多了。”“有个男人,天天跑来叫我生。那个酒鬼,还打我。”“那他去哪儿了?”“不知道,不知道。我也到处寻他,你们见着他了没有,你们是不是也想生娃娃,把他藏起来了?”逗子、丁香和惊乍几个护士实在忍不住,捂着嘴跑进更衣室偷着笑起了。医生只好说:“你的家人呢?”“谁?”“你的家人。”“谁是我的家人?”“你家在哪儿?”“就是北市场的那个墙旮旯里嘛。”“你叫啥名字?”“叫过的多了,我忘了。哎呀,我肚子痛,你们快给我看看,我肚子里是不是进了老鼠?快给我打老鼠,我把它全毒死去。”医生无奈地摇摇头,惊乍和丁香只好把女人扶进产房。

经过三个多小时的折腾,女人终于生下一个又瘦又弱的女婴。丁香把女婴抱在女人面前说:“看,你的女儿。”不料她突然挣脱捆绑的双手跳下产床喊:“快,快把这个老鼠烧了吃肉。”吓得丁香抱着孩子转身就跑。她追着,滴沥的血迹弄了满地。好在有警察帮忙,大家总算把她拦住了。

医生处置过胎盘,问警察:“现在咋办呢?”警察说:“你们先哄着她休息。孩子你们暂且看着,等协调好了再安排。”

大家好不容易把她哄到病床上,怕出意外,婴儿只能暂且放在护士更衣室。大家洗干净柴贵人小时候用过的奶瓶,喂养女婴。中午,当值班护士去病房时,那个女人已经跑得不见了。

妇产科的人又不得不轮流照顾女婴。一星期后,民政局才接收了她。

过了几天,中午大家正在更衣,说着下班回家吃啥饭,科室突然撞进来一个头脸包裹得很严实的女人,她大哭大嚷要找医生。医生问:“你哪里不舒服?”她一把扯掉头上的围巾说:“我到处疼,浑身上下没有不疼的地方。我男人打我,我到处藏呢。你们快把他拉住。”她说完拾起地上的垃圾桶套在头上,蹲在地上发抖。惊乍悄声地说:“妈呀,她就是那个丢下孩子不管的疯女人,可能是精神病又发作了。”家长低声问严厉:“要不要叫保卫科来。”严厉摆摆手说:“等一等,她的精神受了刺激,可能产生了幻觉,让安静一会儿。”于是大家在更衣室内屏气等着。这时,墙上的呼叫器猛然响了,吓得那个女人顶着垃圾桶就向外跑去。

“这种人太可怜了,像榴莲一样。真是每一个精神病人都有一部血泪史。”“国家怎么就不把这种人收养起来啊?”“也不知道她生的那个孩子现在咋样了?”大家在叹息中回家了。

收条

“儿子,你闲了怎么也不想着常回家呀?你就不知道你老妈想你吗?”妈妈打电话问。

江泓故意说:“妈,我有空得陪我女朋友,等过年和她一起回去。”

“你小子,才认识几天,八字还没见一撇,胳膊肘就向外拐了,也不知道回来帮着家里办年货。快说说,找了个啥样的女朋友?”

“就是你上次见过的。”

“不会是那个小护士吧?要是她,你可别带到家来,咱们家都是高级知识分子,才不会欢迎她的。”

“妈,你就不要硬撑在中间插杠子了。她是咋样的人,我了解。我很爱她,她也非常爱我。我绝不负心于她!”

“不可能,我是不会让一个伺候人的小护士进我家门的。”

“那还不简单,我们租房在外面过自个的小日子就是了。”

“儿子,你是非要气死我才罢休呀。”

“我不气你，妈，我希望你能放下架子，尊重我的女朋友，更尊重我的选择。”

“你别不知好歹，妈是为你好，为咱们家好……”

江泓不顾妈妈的唠叨，还是去妇产科等丁香下夜班，同她一起去她的老家。坛子见了他笑着说，小江，你可要对咱们丁香好好的，女人的幸福和美都是男人给的。只要从她嘴边或脸上听出看出一个不好处，咱们妇产科的姐妹都不饶你。江泓笑着说，不敢不敢。

在姑妈的张罗下，丁香家的老房子有人买走了。他们此去，就是拿一些念物。

仅隔三四天就轮一回的夜班，从晚上十点接班到第二天早上九点交接完才能下班，长长十多个小时不歇脚不眨眼地忙碌和紧张，下班心情放松了，眼睛酸溜溜的，浑身软绵绵的。丁香上车后和江泓说了几句话，就累得靠在江泓的肩膀上睡着了。江泓侧了侧身，把她拦进怀里，久久地瞅着她睡着的样子，她的脸像蓝天般纯净，平静！

丁香回到从小长大的老家，家中的旧物，不免令她伤心难过。好在有恋人江泓相陪，相劝。丁香泪眼蒙眬地说：“你是我的贵客，我今天在家给咱俩做一顿饭，算是招待你，也算是向我的家永远告别了。从此，我就无家可归了。”江泓伸手抚去滑过丁香脸庞的泪珠说：“从此，我就是你的家，我家就是你家。春节咱们一起回家过年。”她说：“过年的时候最讲究亲人团聚。我去不合适的。”江泓捧着她的手说：“有什么不合适的，难道你不是我的亲人，我不是你的亲人吗？”她说：“你的心，我明白，只是……”“只是我们还没有像别人那样行一些俗套的仪式，你怕有人闲话是不是？”见他猜透了心思，她的脸不由得红了。“嘿，我的丁香姑娘还是诗人呢。看来思想也不够超脱嘛。仔细想想，我们选择怎样的生活，并不关他人的事，又何必非要摆那些花里胡哨的样子给人看呢。”她微笑着说：“我很赞成你的观点。”江泓说：“那咱们可就说定了啊，过春节咱俩一起回家，让爸和妈见见你这个可爱的儿媳妇。不用咱们多说一句话，他们自然就为咱俩的事操办开了。你不知道，他们都是老思想，我妈其实也是个很好面子的人。”“唉，那样太麻烦老人了。”“只要他们高兴，愿咋折腾就咋折腾去。咱俩嘛，只管相守爱情就是了。”

两人说了一会儿话，开始整理东西。过了一阵，丁香出去买菜，留下江泓一个人在屋里收拾。墙角的最底层有个旧得看不出字迹的纸箱，箱内放着几件破旧衣服。江泓整理到箱底，看见有个破布袋，布袋里是一双洗过的半旧的男式布鞋。江泓刚想扔掉，又感觉一只布鞋里好像塞着一团灰布卷。江泓好奇，伸手摸出来，打开一看，不由得大吃一惊。

这是一张发黄的字迹有些模糊的收钱条，落款竟然是江泓父亲的名字。

怎么回事？这是父亲的笔迹。她家里怎么会有他父亲写的收钱条？

啊？天哪，难道？难道——丁香知道它吗？不，她肯定没有看见过。

惊慌中，江泓急忙把东西放进上衣的口袋。丁香提着菜回来，他还没有从惊讶和慌乱中回过神来。

"对不起啊，这屋里太冷了，看你的脸，冻得毛瑟瑟的。"丁香瞅着他歉意地说。

"噢——冷——"

"那我快点给咱们做饭，吃了热饭就暖和了。"丁香麻利地收拾着做饭，笑盈盈地说："谢谢你来我的寒舍。尽管咱们吃了这顿饭，这里就不是我家了，但至少，我能在家里给你这个尊贵的客人做一顿饭，也算表了我的心意。"

"啊，丁香，你把我看得太重了……"

"自然，你在我心里太重、太重了。"

"也许，也许，要看得轻些才好……"江泓有些不知所措地说。

吃过简单的饭，他们就背上东西出门，默默地向妈妈长眠的那片树林走去。

丁香脚步凌乱。江泓一手提着东西，一手拉着她。

没有风，树林一片寂静。丁香和江泓踩着枯叶慢慢走入树林深处。她带他到撒过妈妈骨灰的树旁，深深地向妈妈和爸爸鞠了躬。两人坐在不远处的树下。

"听姑妈说，爸爸和妈妈恋爱时，经常来这儿。后来，爸爸出事了，走进了这儿。小时候，妈妈常带我来这儿玩。长大后，我和妈妈也常来这儿散步，谈心。好多次梦里，我都梦见这片树林，有时是小时候玩耍的情景，妈妈还是那么年轻，有时是撒妈妈骨灰的情景，妈妈像风一样，不见了……"

江泓望着树影，轻声问："丁香，你非得弄清楚从前的那些事吗？"

"我想，既然妈妈不想让我知道，不想让我背负，不想让我受到伤害，那么，我就应该尊重妈妈的意愿，不再追问，而是平静地走自己的路，这是妈妈最愿意看到的。如果我非要违背妈妈，去捡拾那些曾经的不幸，就会辜负妈妈的心。就算他们同谁有过节，那也是他们那一辈人的恩怨，就算我最终弄清楚，又能怎样呢？难道让我当个江湖侠女，为他们报仇？那样，冤冤相报，有什么必要呢。远去的，就让它远去吧，像尘埃一样，任它散落远方吧……”

江泓站起来，伸手拉过她的手说：“是啊，过去的就让永远过去吧，我们要向前看，往好处想……咱们回吧。”

返回的路上，他们紧握着彼此的手，几乎没有说话。

江泓回到家，把那张收钱条放在妈妈眼前问：“妈，你认得这个吗？”

妈妈惊讶地问：“这是从哪儿弄来的？”

“我的女朋友欧阳砚家。”

“她！她不是姓丁吗？”

“她叫欧阳砚，丁香是我给她起的名字。”

“啊，真是冤家路窄，你为啥不找别人，偏偏就找了她呢？”

“妈，你能给我说说是怎么回事吗？”

“那年冬天，下了几尺厚的雪。我骑着车子去上班，一个扫大街的叫花子瞎了眼把我挡倒。当时，我正准备去外地学习，回来后要提干。可那叫花子把我的前程毁了，彻底毁了。我住院了，单位的另一个同事就去学习了。她现在都当副市长了。那个瞎了眼的叫花子，把我的一辈子都毁了。”

“唉，有点夸张了吧。”

“你过来，看，我鬓角上的这道伤痕。”

“这和丁香无关。”

“那是她的父母，她能不知道事情的前前后后吗？她是不是早就打听到你是我儿子，存心要害咱们呢。要不然偏就这么巧。”

“不不，丁香从来没打听过你们。”

“难道她就不会从别处打听？”

“就算她打听到我是你儿子，就算以前的事情全是她父母亲的错，可都过去这么些年了，谁还会记恨这些呢？”

“事情没有你想的那么简单。”

“不管从前发生过什么事，我都会和她好。”

“你休想！”

“妈，你要是不说，谁能看出你的鬓角受过伤啊！”

“我心头的恨，心里的伤，你当然看不出来！儿子，你必须和她断绝来往！”

“噢，妈，我……不能丢下她啊……我爱她！”江泓闭上眼睛，无力地倒在沙发上。

期待

自那天从欧阳砚家回来，江泓就像躲进深山老林，没有了一丝音讯。

欧阳砚向外科打听，有人说他家中有事请假了，有人说他辞职了，有人说他外出进修去了。

噢，心爱的人，你为什么突然走了？要去多久？为什么不给我说一声呢？你到底碰到了什么难事？不管有多难的事，你也该告诉我啊，你不是说过，我是你的亲人吗？噢，我的亲人啊，你到底怎么了？是家中的爸爸妈妈有病了？还是你病了？是家中的亲人出了意外，还是你碰到了什么不测？亲爱的人，不管你遇到什么苦痛，我都愿意与你分担，望你千万别瞒我，别躲我，别把我当外人。难道我不是你最亲最爱的人吗？

在急切而惆怅的等待中，好些日子过去了，春节过去了。

有一天，她终于收到他的一个短信：我去大医院进修了。若无急事，勿扰！勿念！

心理学所讲，面对压力，男人需要空间，女人渴求亲密。江泓无法承受母亲的歇斯底里，也无法面对深情的恋人，在令人窒息的痛苦中，他选择挣脱，逃避。

欧阳砚漫无目的地走出门，不知不觉到了很远很远的郊外。雪纷纷，她变成了一个雪人。直到天黑，她才拖着冻僵的腿走到路边。一辆浑身披雪的公交车慢慢地停在她面前。

街灯亮起来了。雪越来越厚，雾茫茫的道路，车如喘不过气的老牛，走走停停。车窗上结着一层湿淋淋的白雾，坐在车内的人，个个沉默不语。

雾气越来越厚，天越来越黑了。

不知谁的电话猛然响了，是家人打来的。接着又有电话打来，他们说着“快到了，快到了”，电话过后，车里又安静下了。

终于到站了，车灯一亮，人们争先恐后下车向家而去。有些来接站的人，他们唠叨着这雪天，好像已经同自己的亲人分别了许多年。

风很冷，浓浓的雾气包裹着街灯，很昏暗。欧阳砚在浓密的雾气里慢慢走着，觉得自己仿佛化成了雾，飘摇不定。

心如一个流浪儿，无处投宿。每一个角落都灌满了冷风，每一阵冷风都锐利刺骨。噢，心爱的人，你在哪里？你何时才能给我一个温暖的胸怀？抱抱我这颗快要绝望的心。噢，心爱的人，你是否已在一个温暖的怀中，你是否梦见一颗为爱你而到处流落的灵魂。心爱的人，夜的黑毯把她裹紧，凛冽的风，告诉她失去的爱情。

雾缠绕着她，她从头顶撕下一片，竟然是一封没有地址，没有署名的信。她正要打开，突然来了一阵风，信从她的手中飞上了天空。她跑着追着，转眼它就消失得无影无踪。她听见有人说：那是一颗失落的心，让她去寻觅她的爱人。

她呆呆地立在雪地里，沉重如泥的双脚，不知向何处行走。胸膛很空，她找不到自己的心。

突然，刻骨铭心的痛苦点亮了思念，打开了记忆的闸门，他对她说：嗨，丁香姑娘。太阳西下，皎洁的月色染白了无际的夜幕。大地如一个披着薄纱的新娘，静静等待，在丁香树浓密的叶子下，是谁和谁，牵手。

噢，她已经接受了他的遗忘，熟悉了他的冷落，再也没有什么可以叫她受不了的事了，对吧。

雪悄然，夜睡了。她不知怎么回到了住处。屋里也很冷，她捧着一杯热水，目光凝聚在堆雪的窗口。那只曾短暂停在窗前的鸟儿浮现在她的眼前。它没有归巢吗？噢，它早已归巢。只有她孤独的心，渴望抚慰，收容……

拐角那盏路灯，戴着雪花帽，寂静地亮着。一个影子，凝望着灯，让光渗入孤独的心，使自己如灯般平静。

思念缥渺，何处是回头的路？

也许人生注定是孤苦的旅程，那就接受天命，把心紧锁起来。若干年后，所有的情感乃至生命都将消失在茫茫的宇宙之中。

以为爱的脚步会永远行走在她的世界里，爱着被爱着，幸福着被幸福着。突然惊醒，爱已经离开，已经走了，只有风一阵阵。爱，风一样飘过，风过了，风过了。

亲爱的，如果你要放弃，我可以答应你，只要你开心。为你，我什么都愿意！你让我"勿扰！"好的，我答应你再也不会打扰你的生活，完全尊重你的意愿，这样够不够呢？也许我的爱你已经厌倦，不再珍惜。

我无法表达我的内心有多么痛苦和彷徨。我在挣扎，努力，再努力，我想走出这种困惑，真的想走出来，苦涩浸透我的骨髓。就让我怀着对你的祝福平静下来吧，所有关于你我的开始与结束，竟然如此短暂。当我拥抱你的时候，我以为自己拥有了世间无人可及的幸福，如今才知道自己一无所有！

但愿你不因放弃一个真心实意爱你的人而后悔。但愿我不再以为遇到了一个能够相知的人，而把他永远放在心上。

爱情雨露失落，生活大树长青。

雾，遮挡视线，我看到了你。阳光，使我看到了远处。追念一个飘忽的影子，他偷走了我的爱情。

你的冷漠，霜冻我心。

摘取流年的一片叶，纪念远去的青春。我不追问灵魂。我追不上。

嬗变的季风，掀起了皱纹。

找到的归宿，仍是驿站。

结满心事的树叶，在秋风里散落，路，斑驳。一个人，怀念和一个人，在落叶中漫步的时光。那时夕阳悠长，他们的话，一直没说完。

热恋的人，竟然是追忆不到的风景。人生的路，到底有多崎岖！

无情，破碎了所有的希望。是否有一条路，能够逃遁天堂。

哽咽着，有些话，不能出声……

风飒飒兮木萧萧，思公子兮徒离忧。

梦魇

欧阳砚走不出爱江泓的心。她实在忍不住了，就拨打他的电话，但总是无法接通。

想念，这算不算急事？能不能成为打扰的一种理由。细细想来，这又算是什么急事！一切都没有理由，但想念太浓烈，太扯心，心急如焚，这唯一的理由都不能当作理由。当所有的理由都不能成立，当所有的借口变得枉然，变得苍白无力，又没有依据，那么还有想念的理由吗？她的心不由怯了，怯地战栗起来。

她不知给他写了多少封信，都没有回音。欧阳砚的心一天天坠入深渊！

也许想念你，这是我的过错，不可饶恕，是我不该走的错路，可这样倔强地走下去，能峰回路转吗？会柳暗花明吗？还是前方是陡壁悬崖，难道最后走到崖壁，纵身一跃。

于是颤抖着强逼自己忘却，选择一条退路，也许苟且的生存就是真实的生活。那些梦幻般美丽的向往，不过如风一样。

我心里乱蓬蓬的，不能像过去那样专注地读书。有时候，低头才发现自己发待了很久。有时候去商店，站在那里却忘了自己要买什么东西。我就像一个失忆的人。

为什么，你走了，重重山，从此难望穿。什么也化不开，浓烈的思念。此刻，无论你在哪儿，都在我心里！

寒风掠过清浅的夕阳，瑟缩的手，抚不去沉重的哀伤。你走了，我的心隐隐难过。冷风，慢点儿吹吧，别让严酷的冰霜，煞伤我对你的痴情。

所有的话，抵不住你的沉默，月亮的背面是什么？我不知道。

时刻思念，浓与淡，你不知。

黑夜，梦魇封喉，我无力的手，挣扎。

你的眼神，如温润的清泉。你的怀抱，如柔软的绸缎。我多么想，尽情沐浴，酣然安眠。

思念揪扯着心，亲爱的人，我给你写了那么多信。为什么总没有回音？

你的冷漠，令人怀疑太阳的温热。你的无言，使我的白天犹如黑夜。亲爱的，我怎样才能相信，这是真的？

沉默的坚冰，封锁不住明媚的春天。看，爱之河，奔腾向前。听，爱之歌，已经飞越万水千山。

噢，埋在泥泞里太久了，我多想自由行走，畅快呼吸。

人生苦短，再别压制，勇敢地面对内心面对爱，亲爱的，如果你还爱我，为什么要躲着我？

多想依偎在你身边，手捧手驱寒，心贴心温暖，像那无邪少年，真诚不知谎言，热情未懂欺骗。

漂泊的覆盆，挽起蒲公英，随流浪的风，远行。谁说无人成全，卑微的爱情。

河边的柳絮，对水中的落花说，等等啊，等等。水潺潺，花无言，它们才不管，柳絮的伤感。

燃烧的心，渐渐茫然，我不知道，无限哀伤，何时飘远？

你说过的那些也许并不认真的话，令我欣喜、激动、悲伤……相聚，难道不是我们苦苦的、苦苦的期盼吗？仿佛一道曙光，点燃爱的火焰，生活泛起层层碧波般的希望。

怎么舍得，盈满泪的眸子偏移你的脸。从此，遥远的距离，长久的岁月，将爱割断。

我不知道什么是爱情，只是每次听到你的声音，眼睛总会朦胧。我不知道什么是爱情，只是每次分别，心都隐隐疼痛。那么，你能否，告诉我，什么是爱情？

为什么要等你的信，为什么要等你的电话，难道没有你的信我非要难过吗？难道没有你的消息我非要着急吗？是啊！我实在由不得自己要难过，要着急啊。

再也忍不住了，为这样冷漠的人。再也不等了，为这样无情的人。为这样的人耗尽全部热情乃至生命，只是一场空。我用我的等待诠释了我的心，你用你的沉默印证了你的无情。

也许该坦然而平静地放下了，不要把别人丢弃的包袱压在肩上，嵌入肉里。割舍虽然痛苦，但总比永远扛下去好吧？是得明白些，自由些。从此，再不想关于那个人的所有。幸福也罢，痛苦也罢，都不必去牵挂。从此，做自己吧，做快乐的自己吧。春天去踏青，冬天去滑雪，迈着轻盈的步子。再也不担心他寂寞，不想他难过，他愿意干什么已经不关自己。洒脱些，自在些，这难道不是想要的生活吗？

我用所有的热情换来了荒山的冷漠，我用全部的真诚换来了厚重的冰雪。终于明白人间的情不是想换就能换来的。收起眼泪，也许才能更好地看清这些。

你不在意我的哀伤，任它到处游荡。我不能把湿漉漉的哀伤，靠在你身上。

这是我的不幸，也是你的悲哀。当我信以为真、怀着热腾腾的心等待时，你却将锋利的匕首对准我的心，你怎么一点儿不怜惜我是否疼痛。

我渴望自然、平等的爱,渴望真诚,渴望彼此的心灵相通。

我该用怎样的方式埋怨?沉默?尽管我是这样埋怨,却找不到合适的方式。爱不行,恨不能,难道,连埋怨也不行吗?无尽的哀伤浸透骨髓,顺着眼睛流淌。

为什么没有只言片语?你还没有傲慢到如此地步吧?要么是我思念到了求你的地步!请你,给我一个突然离开的理由!

你那冰冷的面孔啊,是否真的遮盖了内心的柔软。

曾经,你的一个短信,一句问候,都感动得我眼里闪出泪花。噢,深沉的爱啊,怎么藏不住,心的喋喋不休!

唯有归来是!何归期?盼归期,无归期,相思渺渺,魂游离。

弃婴

这天清晨,阵阵风吹的门帘不停忽闪起落。欧阳砚早早来到科室,听见产房正在忙,就过去拿钥匙。正走着,她隐隐听见有孩子的哭声。她停步细听,哭声好像在过道中。她好奇地走进过道,果然看见楼拐角的榴莲怀中竟然抱着一个婴儿。天啊,她抱了谁家的孩子?欧阳砚怕出意外,就慢慢凑过去说:“榴莲,你的宝贝可真多,给我一个行吗?”榴莲说:“不给。”欧阳砚轻轻地拿起榴莲经常抱在怀里的一个布娃娃说:“看你这个宝宝多可爱,给我行吗?”榴莲急忙放下婴儿,要她的宝宝。欧阳砚把布娃娃塞给榴莲,抱起那个婴儿转身向产房跑。她到产房打开包被一看,这是个出生不久的婴儿,头皮上有几处输液留下的针眼,包被里有几片旧尿布,还有半袋奶粉。

看来这是个被遗弃的婴儿,调姐仔细给婴儿做了检查说:“也没啥毛病,哪个狠心肠的父母,咋就把娃娃扔了呢?”美妞抚摸着婴儿发凉的小脸说:“不是超生的,就是私生子,再么就是检查出有啥治不好的病。”欧阳砚说:“这可咋办呢?”调姐说:“娃娃饿的,你给她冲点奶粉,我打110。”

欧阳砚拿出一个干净纸杯,冲了奶粉喂婴儿,美妞灌了热水瓶放在婴儿的包被下,调姐则向110报案。一个男警察听调姐说罢,愣了一会儿说:“这个婴儿嘛，我们一时也没办法找她的父母，你们会喂养，又会看病，就暂且放在你们那儿，白天我们再去处理吧。”“我们科室病人多，不好照料，请你们尽快想办法。”就这样，她们只好把婴儿安置在柴贵人的小床上。

上午，警察调查完走了。又过了两天，不知谁传出了消息，一对没孩子的夫妻找到妇产科想收养孩子。征得警方同意后，妇产科的人就将婴儿交给了他们。为确保婴儿健康，他们抱着婴儿去儿科、内科找专家检查，并做了彩超和CT。当时没有检查出疾病，他们就抱着婴儿走了。第二天，他们又将孩子抱了回来，还气呼呼地说：“我们去大医院，医生说这孩子可能大脑有病。你们的诊断水平太差了，咋能把有病的孩子给我们！”

婴儿又一次被遗弃在妇产科，警察没有找到婴儿的父母。妇产科忙碌得像打仗似的，每一位医护人员都在跑着干，但她们不得不轮流照顾这个婴儿。洗尿布、烫奶瓶、冲奶粉……这使本来就忙得团团转的医护人员不堪重负。期间，有人想领养孩子，又怕孩子有病。

转眼一星期过去了，芋头给孩子洗了几次澡，逗子给她买了奶粉，雪糕给她买了两套漂亮的宝宝服，家长给她缝了小被，欧阳砚给她买了彩色的气球……同柴贵人一样，护士的更衣室就成了这个孩子临时的家，这儿晾着洗过的尿布，那儿放着奶瓶和生活用品。一会儿你抱起孩子说：“宝宝怎么哭了？妈妈看是不是尿了？”一会儿她抱起孩子说：“宝宝乖，妈妈给宝宝冲奶粉。”

警察仍没有找到孩子的父母，民政局今天说明天来，明天又说后天来，推来推去十天过去了。这天又来了两个想抱养孩子的人，他们见孩子白白净净，眼睛清澈明亮，打心眼里喜欢。于是，他们给孩子做了全面检查后抱走了。过了一天，他们再一次将孩子抱回来说：“我们在大医院做了检查，医生说这孩子可能缺钙，怕以后长成鸡胸。”正在低头写病历的严厉猛然站起来说：“哪个医院哪个科室的哪个医生这样给你说的？我找他去！”“我们也没盯住，人家就是这样说的。”严厉一拍桌子说：“简直是胡说八道。”他们见医生火了，放下孩子转身就走。大心肠抱起孩子，心疼地说：“这个可怜的孩子已经叫仪器检查过几次了，没病也会弄出病的，说啥再也不能检查了。”夜莺把孩子抱到小床上，爱怜地唱道：“世上只有妈妈好，有妈的孩子像块宝。世上只有妈妈好，没妈的孩子像根草。”家长瞅着她说：“前阵子你念叨着要抱养一个呢，要不，把这个娃娃抱回去。”夜莺说:“我也这么想呢,恰好我老公出差了,得一个月才能回来。家长,你说,他没亲眼看,我敢不敢做主抱回去呢?”家长说:“这是大事,最好等他亲自看了,也好放心。”

又过了几天,来了一个乡村妇女逗了逗孩子说:“看起来很机灵的,哪个没心的把她扔下不管呢?这娃娃,我抱了。”

几年后,那个妇女来医院看病,身后跟着一个非常可爱的小姑娘喊妈妈。这是后话。

回信

江泓直到去外地读研究生后,才给欧阳砚回了一封信。

丁香:

为什么想那么多呢,爱就是爱,爱了就是爱了,爱过就是爱过,爱着还是爱着,不过就是这么简单的事情,何必把自己痛苦到绝望呢。简单、简单、再简单,我们都是一样的,别想那么多,想得多了,只能是伤害了自己,又伤害了自己最不愿伤害也不该伤害的人。请你记住,宽容的港湾,才会有静静的幸福之船停靠。其实,我恨自己无双翼,可以夜晚飞到你的身边。破晓时分,又飞出去,在人世间追逐所谓的“功名利禄”。丁香,希望你以后不再这样沉重,爱得太累,灵魂会枯萎的。你到现在一直都不明白,很遗憾,对一个男人来说,最难堪的是他无法言说的沉默,他内心巨大的痛苦,对方总是不明白。你是个聪明的人,我们为何不能轻松相处呢?一个人爱一个人没有什么错,错的是你爱着却用爱折磨自己。你花那么多的时间写那么多的信,无非就是思念,为什么不默默地记在心间?思念这么累,请不要累了你的心,也别累了我这颗困顿的心。爱情是快乐的,不是沉重的。愿我们都不要背负着沉重的负担生活。

丁香,我是那么喜欢你,喜欢的神魂颠倒,如醉如痴。随着分离的时间越来越长,你似乎变成了一个美丽而变幻的影子……你说你天天等着我的信,这叫我心里很不安。如果说没有时间写信算是一种推脱的话,更主要的是,我的心绪一直很烦乱,总是无法平静下来好好给你写一封信,请谅解。

如果,我只是说,如果我很长时间没有给你写信,请你,请你一定要保重!

……

多少苦涩的思念!多少无言的期待!如今,终于等来了他的信。

噢,一个影子……

很长时间不给我写信,很长时间是多长时间?

噢,你的心绪为何那样烦乱?

难道,难道你不再给我写信了吗?啊,难道你……

踉踉跄跄,频频回头,爱,被长路,拽成线,辎碾。也许,渐行渐远,也许,终要拧成团。

相遇,是祸?是福?我之罪?我之悲?我的勇气终于被你的盾挡住了,我坦然是我尽力了,我平静是我看透了……这是一个人倾心的爱和一个人的薄情吗?

羞,从发际漫过,炙热疼痛。这是命运最无情的嘲弄!苍天哪,涛涛的泪,惊醒了沉睡的石堆。

一个人心里没有另一个人,别的不过是借口而已。我不再相信,我不再相信爱情!

痛过,哭过,还得无味地活着。

我以为世上没有哪一个人,能够像我一样深深地心疼着你,牵挂着你,苦苦地等待着你……既然你并不在意,我也就释然了……

划过天空的陨石,碰着了头。陨石无故,头血流……

爱阻拦了一切,我如懦夫困在井底!

伸向你的是热情的手,怎么得到的是锋利的斧!

一个人,深深地爱着另一个人。而爱不一定能换得爱,这就是命运。

叫不出的"亲……",锤碎了心。风中的尘,似魂,飘散。

云,你戏弄吧,雾,你嘲笑吧……

疼,压着胸口,慢慢就忍了。泪,睁大眼睛,流光就没了。

只有自己的胸膛,能盛自己的泪。只有自己的脚,愿意走自己的路。

想起周国平的话:在最深重的苦难中,没有呻吟,没有哭泣。沉默是绝望者最后的尊严。

何时把魂丢了，过路的人，如果你们碰见，请捎个话，让它回来。

绝望纠缠着，绝望的眼里没有温柔。

长夜，泪流。

青春凋零，岁月无声，我的守望，不过是季风。

所有的情感，都在心里集结！压抑、奔涌。

我最亲爱的那个人，你只在意你的心，并不在意我的心啊。

离别，肝肠寸断，让可怜的影子去吧，心死也不走。

将恨酿成烈酒，将爱酯成毒药。

人生的伤痛和凄苦，莫过于你撕心裂肺地爱上一个他也说爱你的人，转眼，那个人却把你当成沾污他手指的瘟疫，远离你……你如疾驰的马，惊魂碰壁。捂住胸口，呻吟连呻吟……喘息接喘息……慢慢挣扎起身，忘记卸去爱的枷锁，绝望而无目的地走……

夜已深入了凌晨。不知从何处发出的声音汇在一起，蜂群般在城市的上空嗡嗡而鸣。

与其这样苟且活着，不如挣扎起来去死。

欧阳砚不知何时倒在地上。她睁开眼睛，伸手拽住床腿，欠起身，慢慢将身子挪到床边，就散架似的倒在枕头上，眼睛直愣愣地对着墙上镶着的一面破镜子。

原本是几尺的长镜子，大半边不在了，只剩扇子大的一个下角，开花一样碎裂着，使得对面的床与欧阳砚的影子仿佛裂成了碎片。镜框底是粗糙的压麻板，当初光亮如少年的镜子，不知何时被撞破了。

恋爱几乎无不美好。曾经那些海誓山盟、花前月下，泡影般酝酿着甜言蜜语的毒酒。喝了这样的毒酒，也致命。

不知过了多久，她爬起来，站在门边，对着自己的小圆镜子细致地洗脸，梳头，涂口红。口红染亮了她苍白的唇。

她脱掉衣服，随手丢下，打开箱子，首先映入眼帘的是那条淡黄色的连衣裙。他满眼喜欢地欣赏着说：丁香，你穿上这条裙子就像春风中婀娜的柳枝。噢，她想起了那次终生难忘的河边相遇。那时，一切都是那么透亮，那么明朗。如今，生活怎么变成了这样？悲伤，绝望！哦，不再多想了，很快就结束了。

她拭去眼角的泪水，侧身，前后打量着合身的裙子。

这时，她看见膝盖外侧有一片红枣大的淤紫。这是在哪儿碰的？刚才碰的？她的两条腿上，有几处柴家事件留下的深深浅浅的旧伤疤。唉，得穿上长筒袜才能遮住。她伸手去拿箱里的袜子。就在前几天整理东西时，她把一些旧袜子扔了，只留下一双新的长筒袜。拿长筒袜的时候，她的手禁不住颤抖着。袜子长蛇般从指间滑向脚端。她不假思索地坐在床头，像要出门那样，穿上丝袜。

她又穿上高跟鞋，身材显得高挑，亭亭玉立。她像欣赏画一样，把自己反反复复上上下下欣赏着，脑海中突然浮现出了鲁迅的话：悲剧是将人生有价值的东西毁灭给人看。是的，即使是悲剧，也要以优雅的方式结束。

又想起一位女作家，她就是用丝袜结束一切的。

对，丝袜。可包里没有长筒袜了。之前怎么将那些长筒袜扔了呢？可就算没扔掉，也不能用旧袜子结束自己呀！眼下，只有刚穿的这双新丝袜了。她的目光环视着屋子。那墙上破裂的片片镜子和菜刀都会在瞬间结束悲剧，但她害怕鲜血。最后，她的目光落在窗帘上。如果将窗帘撕开，挽在梁上……

海蓝色的窗帘上印着朵朵浪花，她将变成一叶小舟，漂去远方！

她迈着小步，走向窗帘。

她掀起窗帘，看见一缕微微的曙光从天边透过来！

欧阳砚眨眨眼，猛然想起自己今天要上特护班，想起昨天从下级医院转来的一个抽搐昏迷的重度妊娠高血压孕妇。家长紧急调班，护士得一步不离的轮流守护在挂着黑窗帘的高危抢救室，也就是大家习惯说的“黑房子”里。那间挨着医生办公室的黑房子平日锁着，一旦开门，必有生死攸关的大事。那个孕妇孕期才七个多月，要是她的病情不能缓解，大家至少要在黑房子里昼夜守护她一个月，等待胎儿慢慢发育成熟。

噢，不知道她的病情好一点没有？欧阳砚的手无意间松开了窗帘。此时，她似乎忘记了自己决然于心的举动，眼前浮现出抢救孕妇的一幕。噢，但愿那个孕妇和她腹内的胎儿平安吧。

她祈祷着，默默转身，过去捧起他的信，吻了又吻，小心折起来，放好。

亲爱的人，如果这是你给我的最后一封信，我将毕生珍藏！亲爱的人，但愿在很长很久之后，你的心情能够平静，到那时，你还会想起我……但愿……

欧阳砚低头去换衣服。她得提前一小时赶去接班。

宽厚的昙姐

欧阳砚神情忧郁,工作时的忙碌,使她暂时忘记了痛苦。下班后,她一个人待在那间将要拆掉的出租屋里,简单吃口馒头或饼子,躺在床上,手里捧着考试的书,眼睛却什么也看不见,不知不觉,眼角的枕巾湿了一大片……

这天下班,坛子看见欧阳砚无精打采,就拉她去了家里。

吃过饭,坛子拦着欧阳砚坐在沙发上说:“砚子,我看你成天少言寡语的,是不是有啥心事,是不是江泓走得时间长了,你们之间有了隔阂?不管有啥事,给姐说说,不要总压在自己的心里。”

欧阳砚靠在坛子的肩膀上,哽咽着,简短说了她和江泓的事。

坛子捧着她的手说,砚子,别难过,你永远是我们最坚强的砚子,而不是柔弱的丁香。

砚子握紧坛子的手说,所谓的坚强,不过是孤单、无助和挣扎。

坛子叹息着说,其实,世上的好男人很多,只是你第一个遇上他了,把心交给他了,就觉得他最好。等你慢慢把心收回来,你就会重新去认识,去选择。别泄气,没有哪个姑娘的爱情像人们想象的那样顺利。人生在世只有短短几十年,没有必要为一个不珍惜你的人长久去伤心。唉,姐这样给你宽心,其实,如果真的爱了,放下也难啊。

坛子给砚子捧了一杯水,转身边弄花边说,前几年,我家那个顽怂有了新欢,他对我说,你知道,我本来是很爱你的,只是慢慢淡了,变成了舍不得的亲人。我知道扭转不了,只好顺其自然。他怕我受不了,想不开,给我道歉,说好话。我说,我祝福你能获得幸福,已经这样了。我还有什么办法,最主要的是我们把以后的路走好,各自不要后悔才是。他长叹了一口气没说什么,只是转过脸抹眼泪,我的泪珠子也不断线……以前他开玩笑说,如果他变心我会哭。我笑着说不可能,我笑还来不及,哭什么?真听到了,你说我咋能不哭。我们毕竟深爱过,我们毕竟在一个锅里吃了十几年饭,我们眼前的一切都是两个人一起苦苦盼下的。那时每当宽裕了买一件盼望的东西,我们那个高兴呀……那天,他哭着走了,我禁不住放声大哭起来。一起走过的生活,对谁都不是儿戏,仔细思量,我做不到,无论如何也做不到将自己的爱人“给”别人,就算违心把所爱的人推出去,我也会紧紧地跟在他身后……唉,这几年,我们少了夫妻的亲密,但还是相依相靠的亲人。有人说我软弱,可我,真的不想太强硬。有时候,我们都得接受生活的改变。

一个又一个岔道口伴着我们的一生。有时候,找不到生活的意义时,这样的岔道口可能就在天堂和地狱之间。有时候,有些事,好像卡住了人的脖子,咋躲都躲不过去。扛到最后,还是过去了。砚子,开心点吧,啥难事都会过去的。

坛子同砚子说话的时候,手中拿着一个小洒水壶和抹布,将阳台上的花叶子洒上水,用抹布一个一个拭干净。

砚子,你看这花儿长得多嫩,多好,就算世上有人和咱们过不去,但这些花可对咱们好着呢。它们给咱们开花,把咱们的屋子装扮漂亮,这都是对我们的恩赐。我常想,大地总是生长那么多漂亮的花儿,生长那么那么多香甜的果实,真是对我们太宽厚了。

你看这束一品红,是我无意中碰见有人把它丢弃在花园边,就觉得它很可怜,拾回来了。之前,不知是移栽的原因,还是水土不服,一品红的绿叶相继凋落,红叶和茎干也渐渐枯了。芋头和雪糕来看见了,都说活不了,让我扔了。我也动过扔的念头,不过一直没有行动。后来,它竟然慢慢活了,过了些日子,它的枝条圆润发亮,还结了几个圆圆的绿苞儿。

有一天,我浇水时发现那些绿苞儿周围长出了几片红艳艳的小叶子。渐渐的,所有的枝头都有了新生的红叶。上次芋头和逗子几个又来,都感叹红叶的美丽。我笑着说:那是它们经历了生死,那是它们走出衰败的火红。如果当时没有足够的耐心,在花挣扎求生时早早扔掉,那它们也就没机会摆脱死亡,鲜活地照耀你们的眼睛了。花如此,人亦如此。火焰簇簇,一品红。枝叶凋零,绿叶生。

砚子走过去,靠着坛子的肩头说:昙姐,我明白了。怀念,是再也绕不过的伤。不过,我会慢慢振作精神的。

奔腾的生活

又一个丁香花开的季节，几辆大型挖掘机开进了医院，开进了妇产科对面的花园。随着地面的震颤撕裂，结满花的一棵棵丁香树在生长了一辈子的土地上摇摆，歪斜，最后连根拔出，轰然倒地。一树树一嘟嘟美丽的花儿瞬间摔成了纷飞的碎片，碾成了泥，变成了土。大吊车强行拔起折干断枝的丁香树，运走了。花园转眼就变成了大坑，这里要新建一栋专科病区。

一天，不知为什么事情，杨大夫的男女医院里也聚集着乱哄哄的医闹。

面对医疗行业越来越严酷的环境，医院大门设了警务室，院内处处安装了电子监控。在李爷爷、缪国庆和许大夫等众多医学专家的努力下，医院引入了新的医患纠纷调解机制。同时，国家也出台了制止医闹的法律。

严厉接了老姜的班后，工作更加繁忙，根本无暇顾及自己的终身大事。好在医院引进了一位博士，在一次疑难病例讨论会上，严厉以过硬的专业知识驳倒了博士。真是惺惺相惜，棋逢对手，他们就是在你争我驳中，碰出了爱情的火花，牵手走进了婚姻。

一天下班更衣的时候，美妞故意逗前来妇产科接严厉的男博士：你们两个爱较真的人，可别在家里争着争着打起来，锅碗筷子扔一地，我们才不去给你们劝架啊。洗手的严厉扭头说，我们争的是科学，又不是鸡毛蒜皮。美妞笑呵呵地说，也难说，炒菜时，你说油温一百度了，他说一百零一度了，这也是科学，两个人争着争着，油温猛飙到四五百度，那不就哗地着火了。逗子挤眉弄眼地说，美妞，严大主任现在是咱们科的头头了，你说话要讲究分寸，不要总是没大没小的，叫咱们的严大主任在外人面前没威信。美妞哈哈笑着说，你个死逗子一口一个严大主任的，也不怕拍马屁拍到蹄子上磕掉牙，你说，到底谁是外人？男博士揽过严厉的肩膀，边往外走边笑着说，我是外人。可你们的严大主任可是我的内人。

医院反复控告柴家，要求他们领回丢弃在妇产科的女孩。可悲的是豺狗子把闹事分得的钱挥霍光后，又重操旧业拦路抢劫判了重刑。老柴去另一个城市拾荒，失踪了，听说他好像被非法贩卖器官的人摘了器官。

在这种情况下，豺狗子放弃了对女儿柴贵人的监护权。

夜莺自从那次叫医闹推在地上摔倒流产后，不知经受了多少回痛苦的治疗，一直也没能怀孕。之前，她隔三差五把柴贵人抱回家照顾，婆婆和丈夫都很疼爱这个可爱机灵的小人儿，现在听说柴贵人没了监护人，一家人就抢着要领养她。

老姜退休后的一段时间，因孙子上幼儿园，她就没有急着去带孙子，而是为减轻大家的负担，把柴贵人抱回家精心抚养。夜莺从老姜怀里抱过贵人，老姜眼圈红红地说："我知道你是个心地善良的人，你一定会对她好，一定会当个好妈妈的。这个可怜的孩子，从今以后，她就是你的贵人了。"夜莺眼含热泪说："谢谢你老人家，谢谢咱们全科的人，是大家一起给我这样一个宝贝，我会更加心疼她的。"

爱大呼小叫的惊乍，也与她的警察男友结为伉俪。她曾半夜不敢去巡视病房，好多次，她夜里梦见科室出事了，披上衣服就往医院跑。渐渐地，她的心一天天坚强了，成熟了，也就习惯了妇产科快节奏的工作。

夜莺领养贵人的时候，先前娇小玲珑的惊乍已经怀孕，大腹便便、满脸色素沉着，嘴唇也严重变形。逗子和家长一帮猜惊乍怀的肯定是男孩，芋头、坛子、磨镰她们几个坚持说是女孩。于是，意见分歧的两帮人打赌，以后猜错的一方要请全科人吃大餐。

企鹅一样圆鼓鼓的惊乍，一直挺着大肚子坚持上班。那天下午，在治疗室配药的惊乍猛然搂住肚子"哎哟"起来。家长赶紧把她扶进待产室，调姐检查后建议她做剖腹产，她急得摆着手说："妈呀，妈呀，我要自己生，剖腹产太可怕了，你们像屠夫一样用刀切破我的肚皮，在里面别上钩子，几个人踩着手术床使劲把我的肚皮拉开……妈呀，剖腹产太可怕了，我可不剖呀。"

在大家的期待中，在同事们想尽了各种无痛分娩的办法，在惊乍经历了巨大的疼痛后，她终于生下一个虎头虎脑的男孩。

孩子一出生，逗子就高兴地喊打赌输了的人兑现吃大餐的许诺。磨镰边扎脐带边对哇哇哭的婴儿说："嗨，坏小子，谁叫你长个把儿，害得我们要请客。再哭，再哭我摘了你的把儿。"家长给疲惫不堪的惊乍用勺子喂着糖水说："我们这回可要借宝宝的光了。”惊乍的警察丈夫一直在门外焦急地等候，终于听见孩子的哭声和大家的玩笑，他猛然推开产房门大喊：“啊，我请你们吃大餐。”家长笑着向他摆摆手说：“哪能叫你破费啊。”

磨镰包好脐带，托起婴儿对惊乍说：“看，你儿子。”惊乍疲惫地微笑着说：“谢谢。”磨镰侧身把婴儿转给欧阳砚。欧阳砚捧过这个粉墩墩的婴儿说：“你这个淘气宝宝，可把你妈折腾苦了。”逗子笑着说：“不经历疼痛，哪有孩子。当妈的人，统统得过这一关。”严厉笑着说：“这个惊乍，那么多无痛分娩的办法用了，好像对她就不起任何作用。”逗子哈哈笑着说：“那些办法是硕士和博士研究的，肯定对你有作用，你也快想着当妈啊。”家长说：“分娩的疼痛，可不认人，谁都得受啊。”

行动吃力的惊乍分娩了，大家仿佛也卸下了沉重的担子。

是啊，也就在这个月，欧阳砚、火烧眉、磨镰等几个“柴家事件”的“当事人”终于还清了赔款，能够领到全额工资了。